여공 문학
섹슈얼리티, 폭력 그리고 재현의 문제

1판 1쇄. 2017년 7월 3일

지은이. 루스 배러클러프
옮긴이. 김원·노지승

펴낸이. 정민용
편집장. 안중철
편집. 최미정, 윤상훈, 강소영, 이진실

펴낸 곳. 후마니타스(주)
등록. 2002년 2월 19일 제300-2003-108호
주소. 서울 마포구 양화로 6길 19, 3층(04044)   값 17,000원

편집. 02-739-9929, 9930   ISBN 978-89-6437-284-5 03800
제작. 02-722-9960
팩스. 0505-333-9960
블로그. http://humabook.blog.me
페이스북, 인스타그램/Humanitasbook   이 도서의 국립중앙도서관
                                          출판시도서목록(CIP)은 e-CIP
                                          홈페이지(http://www.nl.go.kr/ecip)에서
인쇄. 천일인쇄 031-955-8083   이용하실 수 있습니다(CIP제어번호:
제본. 일진제책 031-908-1407   CIP2017014855).

여공 문학

섹슈얼리티, 폭력 그리고 재현의 문제

루스 배러클러프 지음 | 김원·노지승 옮김

후마니타스

추천사

여성 산업 노동자에 의한/대한 글쓰기는 그간 다양한 학문적 관심을
끌어 왔지만, 이 책은 다음 몇 가지 점에서 특히 주목할 만하다. 먼저
산업 문학, 노동 문학, 여성 글쓰기에 관한 서구 학계의 이론적 성과를
불러와, '여공 문학' 논의에 새로운 지점들을 제공한다. 또한 1920,
30년대 식민지 시기와 1970, 80년대를 아우르면서, 여성 노동자에
대한 사회적 통념과 사회운동 담론, 문학적 개입, 재현의 문제와
글쓰기/글읽기의 의미를 긴 호흡으로 분석한 점에서도 귀중한
시도이다. 부제가 말해 주듯이 '섹슈얼리티'와 '폭력'이라는 렌즈를
통해 현실과 재현에서 여성 노동자가 통제되고 동원되는 복잡한
역학을 이해하고자 하는 관점도 새로우며 큰 설득력을 가진다.
성·젠더·노동의 문제를 문학과 역사의 경계를 넘나들며 오랫동안
천착해 온 배러클리프 교수의 『여공 문학』이 한국에서도 신선한
자극이 되기를 기대한다.

_남화숙, 워싱턴 대학 역사학과 교수

『여공 문학』은 여공을 '산업 역군,' '급속한 산업화의 희생자,' '계급
해방의 영웅' 등으로 타자화하는 기존 서사와 과감히 절연하고, 여공이
허구적인 인물로 등장하는 문학작품, 자전적 수기와 소설 등을
분석함으로써 여공을 둘러싼 급진적 재현의 정치를 개념화하고 있다.
저자는 한국 역사와 문학에 대한 해박한 지식을 바탕으로 전 지구적
산업화와 이에 착종된 성적 적대, 그리고 남성의 시각에서 만들어진

법제도 사이에서 여공은 왜 모순적인 존재로 드러날 수밖에 없었는지를 명료하게 보여 준다. 이 책에 나타난 여공들은 추상적인 계급 모순의 수동적 담지자들과는 거리가 멀다. 그들은 동시대 다른 사회 구성원들과 마찬가지로, 여성다움, 안정, 가족, 지식과 예술 등에 대한 욕망을 추구했으며, 그 욕망을 실현하기 위해 개인적, 집단적 선택을 내렸고, 그 실패에 좌절했으며, 무엇보다 중요하게는 서양 고전과 한국 문학을 탐독하고, 이를 바탕으로 자신의 상황을 이해하고 해석했던 독자이며 작가였다. 예리한 페미니스트 역사학자가 쓴 한국 여공과 여공 문학에 관한 심도 깊은 연구서.

_양윤선, 보스턴 대학 한국·비교문학과 교수

믿을 만한 번역자들에 의해 이제야 한국에 소개되는 루스 배러클러프의 『여공 문학』에서 두 가지를 다시 배운다. 첫째, 여성 노동에 있어서 '노동'과 '성'(젠더/섹슈얼리티)은 전혀 별개의 범주가 아니라는 것. 『여공 문학』은 여성 노동이 곧 성폭력, 성차별, 성별 분업에 의해 규정되고 또 이를 감내하면서 이뤄져 왔다는 사실을 한국사의 가난하고 젊은 여성들을 통해 보여 준다. 둘째, '프롤레타리아의 밤'(랑시에르). 억압당하고 빼앗겼던 존재들이 스스로 읽고 쓴다. 인간됨을 외치기 위해 석정남과 장남수, 그리고 최근에는 김진숙과 그들의 친구들도 스스로 배우고 글을 썼다. 식민지 시기부터 오늘날까지 이런 가난하고 존엄한 존재들이 써놓은, 또 그들에 대한 글들이 남아 있으니 그래도 한국 문학은 '다행' 아닌가?

_천정환, 성균관대학교 국어국문학과 교수

차례

일러두기

___이 책은 *Factory Girl Literature: Sexuality, Violence, and Representation in Industrializing Korea*(2012)를 우리말로 옮긴 것이다. 다만, 원서에서 한국 독자들에게 불필요하다고 판단되는 본문 내용과 주석은 저자와의 협의를 거쳐 한국어판에서는 생략하거나 일부 수정했다. 또한 일부 출처의 오류도 저자의 확인을 거쳐 바로잡았다.

___본문에 인용된 문헌이나 자료 가운데, 국역본이 있는 경우 이를 참조했으며, 해당 국역본의 서지 사항과 쪽수를 대괄호 안에 병기했다.

___식민지 시기 문헌들의 경우 가급적 원전에 충실하되, 몇몇 표현들의 경우 오독을 피하기 위해 현행 맞춤법에 따라 수정했다.

___본문과 각주의 대괄호([　])는 옮긴이의 첨언이다.

___인용문의 경우, 대괄호([　])는 지은이의 첨언이며, 옮긴이의 첨언에는 [　-옮긴이] 표기를 했다.

___단행본·정기간행물에는 겹낫표(『　』)를, 논문·기고문·시·단편소설 등에는 홑낫표(「　」)를, 노래·영화·연극·텔레비전 프로그램 등에는 가랑이표(〈　〉)를 사용했다.

한국어판 서문

이 책은 냉전 시기 마지막 여름인 1989년 8월에 그 기원을 두고 있다. 그 여름 나는 한국기독학생회총연맹Korea Student Christian Federation, KSCF의 초청으로 한국을 여행 중이었다. 그 과정에서 나는 전라도의 한 농가에 머물기도 했고, 부천에서 젊은 노동자들을 만나기도 했으며, 서울 곳곳의 캠퍼스에서 대학생들을 만나기도 했다. 어디를 가든 1987년 민주화 항쟁의 영향이 손에 잡힐 듯했다. 그토록 열의에 가득 차고 에너지가 넘치는 대학생들과 캠퍼스를 나는 본 적이 없었다. 나를 초대한, 초록이 우거진 습한 날씨의 전라도 남부의 한 농민은 열심히 사전을 찾아가며 정부 정책에 대한 비판을 전해 주었다. 내게 가장 깊은 인상을 남긴 곳은 부천이었다. 부천에서 나는 내 또래의 십대 여공들을 만났는데, 그들은 언젠가는 책을 쓰고 싶어 했다. 그들은 야심이 있었고 독학한 러시아어로 러시아 대가들의 책을 읽고 있고 있었다. 하루는 노동자 작가들이 자신들의 시와 소설을 낭송하는 야외 모임에 참석해, 부천의 프롤레타리아의 밤이라고 할 만한 저녁을 보내기도 했다. 문학과 작가에 대한 그들의 열정은 내게 너무나 인상적이었다.

이 책에서 언급하고 있는 자전적 수기와 소설뿐만 아니라, 이 책 역시 그런 프롤레타리아의 밤에서 태어났다. 그러나 10여 년이 지난 1998년, 내가 이 책의 출발이 된 논문을 쓸 무렵에는 여공들의 문학작품이 이미 그 시의성과 세간의 찬사를 잃어 가고 있었다. 수기들이 쓰일 당시의 문학과 사회질서에 대한 도전으로 이글거렸던 이 책들은 기존의 문학 정전들뿐만 아니라, 그와 같은 정전들이 기반하고 있는 미학적 가치 체계 전반에 의문을 던진 특별한 텍스트들이었다. 그러나 10년 후, 이 책들이 제기한 자극은 잊힌 듯하다. 아카이브로서의 여공 문학이라는 아이디어조차 시대와 불협화음을 내는 것처럼 느껴졌다. 문학적 시도를 통해 세상을 변화시키려던 그들의 시도 역시 낡아 보였다. 1990년대 말 문학과 여공은 아무런 교차점도 없이 분리된 역사, 서로 다른 종류의 세계에 속한 것처럼 보였다. 이런 상황에서 '문학'과 '여공'이라는 두 단어를 조합한 "여공 문학"이라는 표현이 만들어 내는 부조화와 불편함은 나를 매혹시켰다.

이런 한국의 사정과는 달리, 오스트레일리아와 미국에서 내가 논문을 발표했을 때 많은 사람들은 한국의 여공 문학이라는 아이디어에 매료되었다. 19세기 영국의 위대한 산업 소설과, 한국의 제조업 경제에서 출현한 여공 문학은 서로 시공간적 거리가 있지만, 이 둘을 하나의 범주로 묶을 수 없는 것은 아니다. 레이먼드 윌리엄스가 찰스 디킨스, 엘리자베스 개스켈, 벤저민 디즈레일리, 찰스 킹즐리의 19세기 중반 소설들을 '산업 문학'industrial literature으로 분류한 이래, 여공은 산업화 사회의 주인공으로 그 문화적 권위가 널리 인정되어 왔다. 여공은 국가와 장르를 뛰어넘어 유럽, 미국, 오스트레일리아, 러시아, 동아시아의 다양한 작품들 속에서 찾아볼 수 있다. 그러나 한국에서 노동자계급 여성들이 펜을 들었을 때, 그들은 문학이나 노동운동을 통해 어떤 사회적 영향력을 얻으려고 애쓰기보다는 문학이 가진 문화적 권위에 대해 그들이 느끼는 우려와 불편함을 고백했다. 이들의 텍스트에서 우리는 여공들과 문학 사이의 관계가 지속적인 긴장 상태에 있다는 사실을 보게 될 것이다.

마지막으로 오래전 여행에서 내게 자극을 준 사람들과 한국에서 나를 돌봐 준 사람들, 그중에서 특히 이은주, 윤영모, 최정자에게 감사를 전하고 싶다. 이 책은 오스트레일리아 국립대에 제출한 박사 학위논문에서 시작되었는데, 논문을 책으로 고치는 과정에서 내가 생각을 진전시킬 수 있도록 도와준 케네스 웰스Kenneth Wells, 릭 쿤Rick Kuhn, 아트 버분Aat Vervoon에게도 감사한다. 현장 연구 기간 중에 한국에서 도와준 많은 사람들과 수많은 기관에도 마음의 빚을 지고 있다. 김동춘 교수와 성공회대 노동사연구소 총서 시리즈, 한국공공운수사회서비스노동조합연맹, 한국 노동사에 대해 가르쳐 준 서울대학교 국사학과 대학원생들, 박상중 목사와 부인 이순애 목사, 서울 국제 사회주의자 단체의 사람들, 그중에서도 특히 영주, 그리고 연세대·이화여대·서울대의 훌륭한 한국어 선생님들이 그들이다. 그리고 강송원, 박상이 가족, 김지민과 그녀의 가족이 내게 보여 준 환대와 우정에도 감사한다. 또한 1992년과 1993년 서울에서 내게 공들여 한국어를 가르쳐 주고 우정을 보여 준 사랑하는 친구 김혜란에게 이 지면을 통해 감사의 마음을 전하고자 한다. 무엇보다도, 김원과 노지승의 작업에 대해 우정과 연대의 마음을 담아 감사의 인사를 전하고 싶다.

2017년 6월

루스 배러클러프

서론
섹슈얼리티, 폭력, 문학

방직공장의 오전 6시 기적이 뛰 하고 울자 벤또 싼 흰 보褓를 옆에
낀 여공들이 우르르 몰려나온다. 수전 쓴 십오륙 세의 처녀들로부터
얼굴 누르스름한 삼십 미만의 젊은 부인들이 별세계에나 온 듯이 숨
을 내쉬며 좌우를 돌아다보면서 참았던 이야기를 지껄인다. 오전 7
시부터 종일 기계와 싸움하기에 고달픈 그들의 기계의 노예가 되었
던 연軟한 그 몸들이 이제 그 자리를 떠나 자유의 몸이 된 것이다. 해
풍으로도 유명하거니와 풍경으로도 굴지屈指하는 목포의 석양은 면
화가루에 붉어진 그들의 눈을 위로해 주며 해안의 양풍은 땀에 절은
그들의 얼굴을 곱게 씻어 준다. 그럼으로 종일토록 귀가 득근거리는
기계의 소리와 머릿골이 터질 듯이 심한 기름 냄새, 숨이 턱턱 막히
는 먼지 속에서 눈을 부비며 땀을 흘리면서 무의식으로 기계의 종이
되어 나自我를 잊었던 그들도 오후 6시가 되어 공장 문을 나서서 바
다 저편 일출산日出山 위에 붉게 타는 저녁 구름을 바라보며 포구浦

ㅁ로 돌아오는 흰 돛대의 움직이는 긴 그림자를 돌아보면서 냉풍이 머리카락을 휘날리는 해안을 걸을 때는 잊었던 나를 다시 찾은 듯이 정신을 차려 시원함을 느끼며 자유의 몸이 된 것을 기뻐한다.[1]

이와 같은 문단으로 시작하는 1925년 데뷔작 「추석전야」를 통해, 박화성은 약관 22세에 조선 문단의 주목을 받았다. 식민지 조선에서 새로운 근대문학 작가들의 활동 무대였던 유명 문학잡지 『조선문단』에 발표된 「추석전야」는 여러 가지 이유에서 주목할 만하다. 박화성은 유려하고 강력한 언어로, 공단을 한국 근대문학의 중심 장소에 위치시켰다. 그녀는 자신이 묘사한 장면에 진실성을 부여하는 명료하고 긴장감 넘치는 문체를 통해, 공장에서 벌어지는 성폭력[2]의 동학을 들려주었다. 「추석전야」의 주인공 영신은 일본인 감독에게 성적으로 학대당하는 젊은 여성 노동자 편에서 감독에게 항의하다 기계에 팔을 다쳐 상처를 입은 채 귀향하는 인물이다. 영신은 어린 남매와 시어머니를 부양하는 과부이자, 공장에서 일하는 '피곤한 젊은 엄마' 가운데 한 명이기도 하다. 작가는 영신을 남편의 죽음으로 식민지 경제의 예측 불가능한 노동 관행에 노출된 외로운 여성으로 설정한다. 하지만 그녀 역시 성폭력의 대상이었으며, 작품의 줄거리는 그

---

1 박화성, 「추석전야」, 『조선문단』, 1925년 1월, 185쪽.

2 [옮긴이] 이 책에서 "성폭력"sexual violence은 성희롱, 성추행, 성폭행, 강간 등 성을 매개로 한 직접적 폭력뿐만 아니라, 여성다운 언어와 행동, 여성으로서의 성역할을 강요함으로써 권력관계에서 여성을 열등하거나 수동적인 존재로 만드는 폭력적인 상황을 포괄적으로 지칭한다.

녀의 외로움과 취약성에 초점을 맞추고 있다. 초기 탄생부터 여공 문학에는 외로운 여성, 절박하게 돈을 벌어야 하는 가난한 여성들이 등장하는데, 이들은 친구나 동료가 아니라, 자신들의 일거수일투족을 거의 완벽히 통제하는 약탈자 사장이나 관리자들에 포위되어 있었다. 도대체 이런 일들은 왜 일어나게 되었을까?

이 책에서는 여공들이 한국 근대문학과 산업화된 한국 사회에서 정치적으로 매우 중요한 문화적 인물로 형상화되는 과정을 검토한다. 산업화 시기에 여공들은 커다란 기여를 했다. 이는 아무리 높이 평가해도 지나치지 않을 것이다. 1920, 30년대 섬유산업에서 일하는 노동자들 가운데 대부분이 여공이었으며, 1930년대 초반부터 제2차 세계대전 종전까지 섬유공장, 견사공장, 고무신 공장, 정미소, 연초공장에서 일하는 노동자의 30퍼센트 이상을 여공이 차지했다. 1960, 70년대 군사정부하에서 제2의 산업화가 진행될 당시, 여성 노동자들은 한국전쟁 이후 제조업이 부활할 수 있는 기틀을 마련했다. 1980년대에 이르면 1백만 명 이상의 여성들이 세계시장을 목표로 의류, 장난감, 사탕과 제과류, 전기제품 등을 생산하는 전국 각지의 도시를 전전하며 일했다. 여성 노동자들이 한국의 제조업 부문을 재건했던 것처럼, 그들은 한국의 자본주의적 발전을 평가하는 데 종종 사용되곤 했던 여공담론을 만들어 내는 데도 일조했다.

여공들이 공장에서 겪었던 부당한 고통은, 문학에 영감을 주었고, 이 과정에서 여공은 스스로 자신의 권리를 주장하는 문화적 주인공으로 등장했다. 여성 노동운동은 노동자계급의 참정권 획득을 위한 거대한 흐름의 일부였지만, 여공이라는 개별적인 인물들의 모습은 정치적인 것과 성적인 것이 강력하면서도 혼란스럽게 뒤섞인 모습으로 형상화되었다. 문학에서 여공을 감상적인 인물로 묘사하는 것은 남성 중심적 노동운동의 온정주의적 흐름을 대변하는 동시에, 여공의 고통에 관한 광범위한 미학적 집착을 보여 주는 것이다. 희생양 등으로 재현되었던 여성 노동자에 대한 감상주의적인 정치적 해석은, 1920, 30년대 그리고 1970, 80년대 내내, 노동운동 내에서 여성 노동자들의 역할을 중요하면서도 부차적인 존재로 의미화했다. 이 책은 문학작품을 통해 확립된 여공의 자화상에 초점을 맞추기보다, 여성 노동자들이 스스로 쓴 자전적 수기라고 불리는 담론의 전통을 분석하고자 한다. 또 여성 노동자계급이 자전적 수기를 쓰기 시작했던 문화적 계기cultural moment를 검토하면서, 1980, 90년대 대중적 노동운동이 전례 없이 활성화되었음에도 불구하고, 외로움과 소외가 그들이 쓴 작품들의 문체에서 지배적이었던 이유를 설명하고자 한다.

어떻게 여성 노동계급에 대한 문학적 재현representation이 그들에 대한 정치적 재현의 대체물이 되었는지 질문함으로써, 이 책은 정치, 젠더, 해방적인 사회운동과 그들의 이야기들 사이의 상호 관계에 대해 탐구할 것이다. 1920년대에 공장이라는 새로운 사회적 공간에 여성들이 막 진입했을 무렵, 감상적인 여공 문학은 여성을 통제하는 기능을 맡았다. 문학작품에서 여공들이 자신의 문화적 권리를 증진시켜 나가는 존재라기보다 동정의 대상으로 등장했던 것은, 그들이 동정적인 독자들의 성원patronage에 의존하고 있다는 것을 명확히 보여 주는 것이었다. 반면, 문맹의 하층계급 여성이 식민지 자본주의와 관련된 모든 부당한 관행들을 드러내는 문학작품의 주인공으로 등장함에 따라, 여공들은 자신들을 구속하고 침묵하게 했던 경제적이고 문화적인 구조를 통해 [거꾸로 자신을 드러낼 수 있는] 수사적·문화적 힘/권력을 획득했다.

이 책은 여공에 대한 이 같은 문학적 재현이, 여성 노동과 노동계급의 정치에 관한 좀 더 광범위한 담론들 및 페미니스트 노동사가 안나 클라크가 "산업화의 외상"이라고 부른 것과 연관되어 있음을 주장할 것이다.[3] 무엇보다도 이 책은 문학과의 관계에서, 여성 노동계급의 글쓰기가 무엇을 의미하는지에 관해 다룰 것이다. 중간계급 여성이 문학작품을 쓰기 시작했던 바로 그 역사적 순간에 근대 세계가 만들어지기 시작했다는 버지니아 울프의 유명한 경구가 옳다면,[4] 여성 노동계급의 글쓰기가 근대성, 자본주의 그리고 우리 자신에 관해 이야기해 주는 것은 무엇일까?

---

3 Anna Clark, "The Politics of Seduction in English Popular Culture, 1748~1848," in *The Progress of Romance: The Politics of Popular Fiction*, ed. Jean Radford, London: Routledge and Kegan Paul, 1986, p. 50.

4 버지니아 울프의 전체 인용은 다음과 같다. "18세기 말 무렵, 어떤 변화가 일어났는데, 내가 만일 역사를 다시 쓴다면 십자군 전쟁이나 장미전쟁보다 그것을 더 충실하게 묘사하고 더 중요하게 생각할 것입니다. 즉, 중산층 여성들이 글을 쓰기 시작한 것이지요." Virginia Woolf, *A Room of One's Own*, Oxford: Oxford University Press, 1992, p. 38[『자기만의 방』, 이미애 옮김, 민음사, 2006, 100쪽].

여공들은 누구인가?

한국은 식민지 시기에 처음으로 산업화를 체험했으며, 1920년 대 후반에 이르면 젊은 조선인 여성 가운데 상당수가 단순 제조 업에 종사하게 됐다. 이 책 전반에서 사용되고 있는 영어 표현 인 "공장 여성"factory girls은 식민지 시기에 이들을 묘사하는 데 사용되었던 '여공'女工이라는 단어와는 다르다.[5] 일견, 여공이라 는 단어는 전적으로 기능적인 용어(여성을 의미하는 '女'와 일/작 업을 뜻하는 '工'이라는 글자의 결합)로 보인다. 여기서 '공'工이라 는 단어는, 다양한 형태의 노동에 적용될 수 있지만, 한국에서는 오랫동안 '공장에서 일하는 것'과 관련해 규정되었다. 이 같은 의미에서 '여공'이라는 단어가 처음으로 사용된 시기가 언제인 지는 아직 제대로 밝혀지지 않았다. 게다가 노동사가 이옥지에 따르면, 1918년 이전에는 노동쟁의가 드물었고, 특히 여성 노동 자가 참여한 쟁의는 쉽게 찾아보기 힘들었다고 한다. 이런 상황 에서 이옥지는 여공이라는 단어가 신문에 언제 처음 등장했는지 를 추적했는데, 그 시기는 부산 정미공장과 인천 정미공장에서 일어난 쟁의들을 보도한 1919년이었다.[6]

　이 용어가 신문에서 사용되던 시점부터, 여공이라는 단어의

---

5 [옮긴이] 이 책에서 저자는 산업 문학의 맥락에서 한국의 '여공'을 영어권에 소개하기 위해 "공장 여성"factory girls이라는 표현을 쓰고 있다. 하지만 한국어 번역본에서는, 한국 이외의 맥락(예를 들어, 영국 빅토리아 시기 공장 여성들)을 제외하고는, 모두 '여공'으로 옮겼다.

6 이옥지, 『한국 여성 노동자 운동사 1』, 한울아카데미, 2001, 38쪽.

의미는 다양한 변화를 겪으며 확장되었다. 고용주들은 이 단어를 공장에 결원이 생겼거나 새로운 공장이 문을 연다는 사실을 알리는 데 주로 사용했지만, 사회주의 작가, 그리고 노동운동 활동가 들은 여성이 다수였던 공장에서 자행된 학대를 대중에게 환기하기 위해 여공이라는 용어를 빌려 썼다. 소설가들이 여공들의 내면세계에 관심을 기울이게 된 시기는 여공들이 신문이나 잡지에 글을 투고하기 시작한 때와 일치한다. 1920년대와 1930년대 초반에 걸쳐, 이들 두 집단은 독자 투고 형식의 편지글과 소설을 통해 여공이라는 새로운 정체성의 등장을 알렸고, 이를 통해 독자들에게 연민과 정치적 에너지를 환기했다. 1930년대 초반에 이르게 되면, 여공은 경제적 범주에 못지않게 문화적 표식이 되었으며, 거대한 사회경제적 변화의 시기에 원형적인 힘을 지녔던 주인공이었다.

번역자들이 항상 대면하는 문제는 정확성을 살릴 것인가 아니면, 단어가 번역되는 사회적 맥락에서 독자들이 그 의미를 쉽게 환기할 수 있는 단어를 선택할 것인가이다. 두 개의 언어 사이에서 글을 쓰면서, 나는 한 언어권의 산업 문학과 또 다른 언어권의 산업 문학 사이의 연관성을 드러내기 위해 '공장 여성'factory girl이라는 용어를 사용했다. 레이먼드 윌리엄스가 "산업 문학"이라고 구분한 1840, 50년대의 사회문제 소설은 이 연구를 위한 중요한 준거점이다. 레이먼드 윌리엄스는 산업 소설들이, 비록 혁명에 대한 두려움으로 탄생했지만, 언제나 노동계급 인물들을 재현하고 그들에 대한 동정심을 표현하는 데 관심이 있었다고 주장했다.[7] 여공이라는 단어가 한국 사회에 처음 등장한 식민지 조선의 정치적 지형은 이보다 훨씬 엄혹했지만, 이와 동시에 사회를 급진적으로 재구성하자는 주장이 받아들여지기 훨씬 쉬운 상태였다. 1910년 제국주의 일본으로부터 국권을 상실한 이후, 식민지 조선에서는 사회주의자, 공산주의자, 아나키스트들이 우위를 점하고 있었다. 이들은 러시아 볼셰비키 혁명의 성공과 여타 동아시아 지역에서 출현한 급진주의 운동의 발전으로부터 폭넓은 지지와 영감을 받았다. 일제가 조선을 더욱 생산력 높은 식민지로 변모시키기 위해 추진한 산업화의 시기, 날품팔이 노동자 및 계약직 공장노동자와 같은 새로운 도시 계급이 출현한 시기는, 프롤레타리아 권력이라는 새로운 담론이 식민지 조선에 유입된 시기와 일치했다.

식민지 조선에서 여성 프롤레타리아라는 이미지가 불러일으킨 연민과 의구심은, 그들이 재현되는 이중적인 표현들 속에서 발견할 수 있다. 그들은 비록 여성스러운 대상은 아니었지만 성적 대상이었으며, 자신들을 동정하거나 못마땅해 하는 시선들을 모두 거부하는 변덕스런 존재였다. 그들을 둘러싸고 20세기 한국에서는 공산주의와 자본주의라는 두 경합 세력의 꿈과 희망이 고착되어 있었다. 그러나 두 경쟁 진영이 퍼뜨린 상투적인 문구들은 이 책의 관심거리가 아니다. 또한 이 책은 여공에 대한 빈약한 담론에 대한 것도 아니며, "아래로부터의 역사"를 서술하려는 시도도 아니다.[8] 또한 여공의 주변화된 지위를 정치적으로

---

7 Raymond Williams, *Culture and Society*, London: Penguin, 1958[1985][『문화와 사회 1780~1950』, 나영균 옮김, 이화여자대학교 출판부, 1988].

확인하려는 것도 아니며, 낮은 임금, 형편없는 식사, 참정권 박탈[에 대한 문제제기]을 여공 문학이 대신할 수 있다는, 다시 말해 여공 문학의 우월성을 인정하자는 것 역시 아니다. 대신 이 책에서는 여공들이 품었던 깊은 열망을 탐색하고, 그들이 원했던 것뿐만 아니라 그들이 어디에서 즐거움을 찾았고, 누구로부터 승인/인정을 받고자 했는지 찾기 위해 여공들의 텍스트를 다시 읽고자 했다. 이 책에서는 여공에 대한 수많은 재현에 내재된 위선적인 오마주 대신, 우리에게 산업화 시기의 삶에 관해 새롭게 가르쳐 줄 수 있는 여성 노동자계급의 확신에 찬 목소리를 추적하고자 한다.

한국 근대문학에서 여공에 대한 재현은 모순으로 분열되어 있다. 여공들은 공장 시스템의 참상을 알려야 할 과제를 짊어져야 했지만, 그와 같은 학대에 연루되었다는 사실로 인해 비난의 대상 — 예컨대, 그와 같은 공장 시스템에 공모했다는 또는 성폭력으로 몸이 더럽혀졌다는 이유로 — 이 되었다. 또한 여성 노동계급은 여성스럽지 못하다는 비난을 받으면서도, 산업화된 수도 서울의 공장들과 거리에서 극도의 성폭력에 시달려야 했다. 그리하여 그들은 한편으로는 가부장적인 한국 사회에서 배제되면서도, 다른 한편으로는 그들을 착취하는 자본주의사회에 포획된 존재들로 서술되었다. 그러나 그들을 둘러싼 모든 이중

---

8 여기서 나는 부르디외의 『구별짓기: 문화와 취향의 사회학』[최종철 옮김, 새물결, 2006]에 대한 랑시에르의 비판을 다른 말로 바꿔서 표현했다. 자세한 비판은 Jacques Rancière, *The Philosopher and His Poor*, Durham: Duke University Press, 2003, 9장 참조

성에도 불구하고, 그들에게 정치적 중요성을 부여했던 노동운동과 사회주의 운동에 의해 여공들은 주목할 만한 중요성을 지닌 존재로 칭송됐다. 이 책은 이들 운동이 낳은 풍부한 기록물들이 있었기에 쓸 수 있었다. 식민지 시기 노동운동과 사회주의 운동과 관련된 기록물들은 노동계급 삶의 사회·경제적 현실에 관한 상세한 내용을 담은 여공 담론을 낳았다.

이 책에서 나는 여공이 한국 근대문학에서 급속한 산업화가 낳은 폭력성을 나타내는 결정적 표식이었음을 주장하고자 한다. 그들은 노동시장의 속임수에 쉽게 속아 넘어간 존재인 동시에, 공장 시스템의 폭력에 시달리는 존재로 문학작품에서 묘사되었는데, 그들의 정치적 중요성은 바로 이 같은 묘사를 통해 구축되었다. 그렇지만 여공들을 이처럼 굴욕적이고 비참한 존재로 묘사하는 것이 문학적 장치 가운데 하나가 되어 감에 따라, 여공 작가들은 이 같은 묘사 속에서 여성 노동계급의 주체성을 어떻게 묘사할 것인지를 두고 난관에 봉착했다. 특히 문제는 다음과 같았다. 원시적 자본축적의 폭력이 만연한 환경에서 어떻게 여공들을 성적 주체로서 묘사할 것인가? 그리고 사회적 리얼리즘이라는 틀 안에서 작업하면서도, 그들이 맞닥뜨린 굴욕적이고 비참한 상황을 관습적으로 재현하는 것 이상으로 어떻게 여공이라는 등장인물을 창조할 것인가?

이런 문제들에 직면해, 여공 문학에서 계급 갈등은 공장에서 자행되는 성폭력의 형태로 다루어지게 되었다. 1930년대 프롤레타리아문학[이하 '프로문학']에 등장했던 강간 장면과, 1970년대 여공들의 자전적 수기에 묘사됐던 작업장에서의 성폭력과 속임수들은 독자들이 여주인공의 계급 위치를 파악할 수 있게 하는 표식이 되었다. 시간이 지나면서 프롤레타리아 여성에 대한 재현과 성폭력에 대한 재현은 상호 구성적인 것이 되었다. 나아가, 성폭력은 여공의 비극에 대한 극적인 비유가 되었을 뿐만 아니라, 그들에 대한 독자의 관심을 이끌어 내기 위한 장치이기도 했다.

이 같은 난제 앞에서 우리는 여공 문학을 어떻게 다시 읽고 재평가해야 할 것인가? 이런 작품들에 대한 번역과 연구를 통해 작품이 전하려 했던 메시지와 맥락을 모두 분석할 수 있을까? 이 책의 핵심 주장은 폭력, 단순노동의 지루함, 산업화의 유혹과 괴롭힘이 모두 합쳐져 새로운 여성 노동계급의 주체성을 형성했다는 것이다. 여공 문학은, 그 한계에도 불구하고, 산업화가 한창이었던 한국에서 새로운 노동계급 자아가 등장할 수 있도록 했고, 이를 대중에게 소개했다. 이 책의 주제는 바로 이 같은 여공 문학이 등장했던 과정과 그것이 여성 노동계급에게 미쳤던 결과이다.

학문적 배경

한국의 노동사와 근대문학에 관한 나의 연구는 자크 랑시에르가 두 권의 책에서 제기한 질문들로부터 영감을 받았다. 『프롤레타리아의 밤』*The Nights of Labor*에서 랑시에르는 그간 봉인되었던 "노동계급 문화"에 대한 미시적인 연구로 눈을 돌려, 계급적 호기심class curiosity이라는 특별한 맥락을 통해 노동자와 지식인 사이의 즐거운 만남을 밝혀냈고, 이를 통해 새로운 종류의 노동사를 주창했다. 랑시에르가 『철학자와 그의 빈자들』*The Philosopher and His Poor*에서 제시한 주장은[9] 내가 다음과 같은 질문을 던지도록 했다. 즉, 여공이 문학작품의 여주인공으로서 독자들에게 선사한 감동은 글쓰기라는 문학적 행위로부터 그들을 배제해 온 것에 어느 정도 기인한 것은 아닌지 말이다. 랑시에르가 사용한 "오마주에 의한 배제"[10] 이론은, 한때 한국 근대문학사에서 역설적인 것으로 보였던 상황 — 여공들의 글쓰기에 대한 억압과 문학작품의 주인공으로서 그들이 행사했던 영향력이 나란히 존재하는 상황 — 을 재독해할 수 있는 효과적인 도구를 제공해 주었다.

이 외에도 다음과 같은 책들이 문학, 노동, 계급, 섹슈얼리티에 대한 내 연구를 풍성하게 해주었다. 퍼트리샤 존슨Patricia Johnson은 영국 빅토리아 시기 공장 여성들에 관한 책 『숨겨진 손들: 여성 노동계급과 빅토리아 시기 사회문제 소설』*Hidden Hands: Working-Class*

---

9 [옮긴이] 자크 랑시에르는 『철학자와 그의 빈자들』이라는 저서를 통해, "철학자들이 가난한 사람들을 지식의 주체가 아닌 객체로 다룸으로써 결국 '자신들만의' 빈자를 만들었다고 비판"한다. 다시 말해, "철학자들이 빈자들을 보여 주는 방식이 자신의 선이해와 욕구에 바탕을 둔 불완전한 재현일 뿐이라는 것이다." 이에 대해서는, 조문영, "계급적 소비의 거부: 중국 하얼빈 노동자 빈곤층의 주택 구입 열망을 바라보는 인류학적 시선," 『한국문화인류학』 2011년 9월호, 85쪽 참조.

10 [옮긴이] 오마주에 의한 배제는 노동계급에 대한 오마주를 통해 그들이 지닌 의미를 전용하거나 독점한다는 맥락으로 사용됐다.

*Women and Victorian Social-Problem Fiction*에서 영국의 산업화 과정에서 구체화된, 공장 여성들을 둘러싼 젠더와 계급 사이의 긴장에 관해 검토했다. 그녀는 빅토리아 시대의 이데올로기 속에서 노동하는 여성은 진정한 여성으로도 노동자로도 간주되지 않았기 때문에, 찰스 디킨스, 엘리자베스 개스켈, 벤저민 디즈레일리 같이 산업 문제를 다룬 소설가들에게조차 여성 노동계급은 문제적이었음을 보여 주었다.[11] 나는 여성성과 노동을 대조적인 것으로 규정하는 이 같은 젠더 규범이 한국에서도 작동했다고 주장하며, 여공 문학에서 안정적인 여성성에 대한 감각의 결핍[12]이 초래한 귀결을 검토하고자 한다.

폴라 라비노비츠Paula Rabinowitz의 『노동과 욕망: 대공황기 미국에서 여성의 혁명적 소설』*Labor and Desire: Women's Revolutionary Fiction in Depression America*은 문학적 급진주의의 젠더화된 역사를 어떻게 쓸 수 있는지를 보여 주는 모범적 사례다. 젠더가 급진적 문학에서 어떻게 표현되었고, 여성의 섹슈얼리티가 노동계급 서사 안에서 어떻게 쓰였는지를 상세히 기술함으로써, 라비노비츠는 여성 노동계급 주체성을 묘사하는 데 있어서 급진적 서사가 가

---

11 [옮긴이] 빅토리아 사회는 제국주의 팽창과 자본주의의 확산으로 부를 축적하려는 욕망이 침투하던 시기였다. 이런 변화는 기존 신분 체제를 동요시키는 원인이었으며 개인들에게도 강한 영향을 미쳤다. 그럼에도 이 시기 여성들은 주부가 되어 여성에게 자연스러운 것으로 간주되었던 의무 ― 가사와 모성 ― 를 다할 것을 강제 받았다.

12 [옮긴이] 여성스러움과 타락, 순정적임과 위험함, 가부장의 보호와 독립 등 여공들의 정체성을 둘러싼 충돌로 인해 그들이 불안정한 정체성 혹은 여성성에 대한 감각을 지니지 못했다는 맥락으로 이해할 수 있다.

진 잠재력을 강조했다. 그녀의 책은 급진적 운동, 텍스트, 여성의 섹슈얼리티 연구를 어떻게 하나의 일관된 전체로서 함께 다룰 수 있는지 내게 처음으로 보여 주었다. 낸시 암스트롱Nancy Amstrong의 『소설이 생각하는 법』How Novels Think은 최초의 근대소설들에서 출현한 개인들과 관련해, 어떻게 소설이 특정한 종류의 자아를 가능하게 만드는지에 관한 중요한 통찰을 제공해 주었다. 이 책의 5장에서, 고전의 반열에 오른 작품에 제시된 여공의 내면 형성에 관해 쓰면서, 나는 사회질서를 위협하는 여공의 욕망이, 근대적 개인을 창조하는 소설 쓰기라는 행위 속에서 어떻게 단련되는지에 대한 암스트롱의 분석을 길잡이로 삼았다.

문학작품에 등장하는 인물로서 노동계급이라는 주제와 관련해, 에이미 슈레이거 랭Amy Schrager Lang의 『계급의 문법』The Syntax of Class은 계급 갈등에 대한 공포에 사로잡힌 광범위한 사회적 맥락 안에서 계급을 어떻게 읽어 낼 수 있을지에 대한 방법을 제시해 주었다. 랭이 제시한 방법은 1970, 80년대 반공주의가 지배적이었던 한국에서 출현한 여공 문학에 특히 의미가 있다. 계급 갈등이 문학 안에서 특정한 비유를 통해 관리된다는 ─ 미국에서는 젠더와 인종 차이로, 한국의 경우 성폭력이라는 비유를 통해 ─ 그녀의 제안은, 한국의 노동 문학 안에서 계급을 독해할 수 있는 설득력 있는 본보기를 제공해 주었다. 마지막으로 모레이그 쉬크Morag Shiach의 『모더니즘, 노동 그리고 자아』Modernism, Labour and Selfhood는 문화적 형태로서 노동이라는 근대적 범주의 발전을 사고할 수 있는 맥락을 크게 확장시켜 주었다. 영국의 경험과 관련된 것이지만, 쉬크의 작업은 노동계급 운동의 도상학iconography에 관한 중요한 질문을 제기하는데, 여기서 일하는 여성에 대한 시각적 재현은, 한편으로는 일하는 여성을 무성적인 존재[여성적이지 않은 존재]로 보여 주는 방식과 성적으로 취약한 존재로 보여 주는 방식 사이에서 동요하고 있었다. 한국에서 여공을 어떻게 재현할 것인가를 둘러싼 문제는 진정성[진실성]authenticity, 책임성respectability, 사회적 리얼리즘social realism에 대한 관심에 의해 주도되었다. 이 책에서는 이 같은 딜레마를 해소하려 하기보다는, 여공에 대한 재현을 둘러싼 이런 갈등에 의해 만들어진 공백을 채우고, 여공 문학에 등장하는 주인공들의 운명을 통해 이들 논쟁의 결과를 읽어 내고자 한다.

한국에서 노동사는 1970, 80년대 이래 페미니스트 역사가들에게 중요한 영역이었다. 이송희는 "1960년대 이래 수출 일변도의 파행적 산업화로 한국 사회의 모순이 심화 확대되면서 [1970년대] 여성운동은 여성 노동운동에서부터 시작되었다"라고 쓰면서,[13] 1970년대 여성들의 노동운동이 복잡하게 뒤얽힌 한국 여성운동 조직들의 역사와 그와 같은 운동의 엘리트주의적 성격 및 기존 여성운동 단체의 권위에 도전하는 데 중요한 역할을 했다고 지적했다.[14] 특히 젠더 특수적 권리들 — 기존 여성 노동자

---

13 이송희, 「현대의 여성운동」, 한국여성연구소 여성사연구실 엮음, 『우리 여성의 역사』, 청년사, 1999, 403쪽.

14 1945년 일본 식민 지배가 끝난 뒤, 한국의 여성 단체는 좌익과 우익으로 분열되었다. 이후 미군정에서, 좌익 여성 단체들은 대대적인 탄압을 받아 괴멸됐다. 반면, 우익 여성 단체는 미군정의 지원을 받기도 했지만, 대체로 남성 단체들의 영향력 아래 있었다. 자세한 내용은 이송희, 같은 글, 397-403쪽과 문경란, 「미군정기 한국 여성운

와 임신한 여성 노동자의 해고에 대한 저항, 노동조합 여성 지도부의 사수 — 을 위해 여성 노동계급 운동이 전개했던 활동은 노동사에 대한 초창기 페미니스트들의 관심과 헌신을 이끌어 내는데 영향을 미쳤다.

1978년에 출간된 이효재의 「일제하의 여성 노동문제」[김윤환 엮음, 『한국 노동문제의 구조』, 광민사, 1978]는 식민지 시기 공장 내 젊은 여성들의 노동조건에 관한 선구적 연구였다. 이 논문은 식민지 시기 여공들의 삶과 투쟁에 대해 소개했는데, 여기서 묘사된 식민지 시기의 잔혹한 공장 내 관행들은, 1970년대 당시 서울 지역 공단들에서도 동일하게 반복되고 있었다. 정현백은 페미니즘 저널 『여성』에 실린 「여성 노동자의 의식과 노동세계: 노동자 수기 분석을 중심으로」(1985)를 통해, 당시 막 개화하기 시작한 노동운동 편에서 여성 노동계급의 수기를 분석했다. 노동사 연구자들은 1980년대 이래 노동운동의 성장과 법외노조가 항상 경험해야 했던 절박감[이는 국가와 자본에 의한 노동운동의 탄압과 고립화 전략에 따른 것이었다] 등에 대해 다루었다. 1980년대와 1990년대 초반의 노동사가들은 대체로 그들의 책과 논문들을 통해 민주 노조 운동에 기여하고자 했으며, 나아가 이 시기 노동자들과 노동조합 활동가들의 열망을 식민지 시기 노동운동의 투쟁과 결합시키고자 했다.[15] 후발 산업화 시기를 직

동에 관한 연구」, 이화여대 여성학과 석사 학위논문, 1989 참조.

15 대표적인 예로 김경일, 『일제하 노동운동사』, 창작과비평, 1992, 3쪽; 정현백, 「여성 노동자의 의식과 노동 세계: 노동자 수기 분석을 중심으로」, 『여성』 제1호, 1985,

접 경험했던 한국의 노동사가들과 문학 비평가들은 한국전쟁을 전후로 단절된 노동계급 운동의 계보를 재구성하기 위해, 식민지 시기의 초기 산업화 경험을 되돌아보고자 했다.

한국에서 여공 문학은 두 시기에 걸쳐 전성기를 구가했다. 첫 번째 전성기는 1920, 30년대 프로문학 운동이었고, 두 번째 는 1970, 80년대 저항적 노동운동의 일부로서 여공 문학이었다.[16] 두 시기 모두 여공 문학은 노동계급의 해방을 위한 거대한 움직임 가운데 일부였다. 1920년대 후반과 1930년대 초반 프로문학 운동[17]은 쇠락한 농촌 경제를 떠나 식민지 조선의 항구와 도시들을 가득 채운 산업 노동자라는 새로운 계급에 대해 진지한 관심을 보였다. 1980년대 새로운 "노동 문학" 운동은 한국에서 성장하고 있던 노동계급의 자기 확신과 더불어 태동했다. 이 책에서는 문학작품에 묘사된 여공들의 초상이 어떻게 변화했

118쪽 참조.

16 "프로문학"과 "노동 문학"이라는 용어는 시기에 따라 다르게 사용됐다. 식민지 조선에서 프로문학은 1920년대 중반에 처음으로 신문과 잡지에 등장했는데, 이 시기 프로문학의 대중화는 일본, 소련, 미국, 유럽에서도 나타난 전 세계적 현상이었다. 1920년대와 1930년대 '근대' 한국 문학의 성격을 둘러싼 초기 논쟁을 중심으로, 1980 년대 후반 급진적 출판사들이 이들의 작품을 재출간함에 따라, 이 시기 작품들에 대한 새로운 독자층이 형성되기도 했다. 이와 대조적으로 노동 문학은 1970, 80년대 남한 노동운동의 성장과 노동계급 문화의 부흥을 배경으로 한다.

17 [옮긴이] 프로문학 운동(1925~35)은 조선프롤레타리아예술가동맹Korea Artista Proleta Federacio이 주도한 것으로, 약칭 '카프'KAPF라고 불린다. 이 단체는 1925년 8월에 결성된 사회주의 문학 단체로, 계급의식에 입각한 프로문학 창작과 계급 혁명운동을 목적으로 삼았다. 『조선지광』朝鮮之光(1922), 『문예운동』文藝運動(1926) 등을 통해 작품 활동을 전개했으며, 대표적인 작가로는 최서해, 조명희, 이기영, 한설야 등이 있다.

는지를 검토하고, 여성 노동계급 작가들의 성장을 기록하기 위해, 서로 구별되는 이 두 시기를 연결시키고자 했다. 이 연구는 여성 노동계급 문학에 대한 계보학의 일환으로서, 한국의 산업화 과정에서 실종된 목소리들 가운데 일부를 복원하기 위한 시도이기도 하다. 식민지 시기 이래로, 여성 노동자가 직접 글을 써서 출간한 사례는 그리 많지 않으며, 현재는 그 가운데서도 일부만 남아 있는 실정이다. 여기에는 몇 가지 이유가 있는데, 여성 노동자계급의 낮은 문해력, 징계나 탄압에 대한 두려움, 그리고 "평범한 노동자의 침묵"[18] 등이 그것이다. 그러나 1920, 30년대 노동계급 여성의 관심사들은, 프로문학 운동에 참여했던 일군의 작가들에 의해 제시되었는데, 이 작가들이 내세운 여주인공들은 당시 여공들의 삶과 열망을 보여 줄 뿐만 아니라, 이 같은 소설을 쓴 작가들의 삶과 열망에 관한 귀중한 자료들이기도 하다. 1970, 80년대에 이르면 여성 노동자들이 직접 쓴 문학작품들이 점점 더 풍부해졌는데, 이는 문해력의 증진과 더불어 1980년대 저항 문학 운동이 활성화되었기 때문이다. 3장과 4장에서, 나는 여공들이 직접 쓴 세 권의 자전적 수기를 집중적으로 분석하고자 한다. 이 자전적 수기들은 당시 한국 사회에 만연했던 계급 차별에 대해 비판하고 있다.

여공에 대한 노동운동 진영과 학계의 오랜 침묵과 무시 이후,

---

18 마이클 데닝은 1930년대에 이르러 미국에서 전도유망한 프롤레타리아 작가의 소멸을 언급하며 이 구절을 사용했다. Michael Denning, *The Cultural Front*, London: Verso, 1997, p. 228.

김원은『여공 1970: 그녀들의 반역사』(2005[2006], 이매진)라는 중요한 책을 출판했다. 저항적 지식인들과 고용주들이 유포했던 1960, 70년대 그리고 1980년대 여공 담론에 대한 비판적 검토를 통해, 이 책은 여성 노동계급의 목소리를 복원했으며, 1970년대 여성 노동운동에 관한 비판적 시각을 제공해 주었다. 김원의 책은 1970년대 지배적인 노동운동사에 대한 비판적인 관점을 김승경 의『계급투쟁 또는 가족 투쟁』*Class Struggle or Family Struggle?*(1997)과 공유하고 있다. 한국의 노동운동사에서 여공들은 오랫동안 비극적인 여주인공들로 인식되었지만, 1970년대 후반 여공들이 주도했던 파업[예를 들어, YH무역 파업]은 (박정희 정권이 붕괴한) 1970년대 노동운동사에서 중요한 위치를 차지하고 있다. 그러나 김원과 김승경은, 영웅적으로 투쟁했지만 잔혹한 탄압을 받았고, 사실상 투쟁의 성과조차 없어 보이는 이 파업들로부터 이 여성들이 얻은 것은 무엇인지 물음으로써, 노동운동사를 둘러싼 거대 서사에 문제를 제기하고, 그들의 직접적인 경험을 중심으로 그들 자신의 목소리와 역사를 재위치시켰다.

이들의 접근 방식은 여공들이 쓴 글들에 대한 세밀한 텍스트 분석으로 나를 이끌었다. 정치적 위험을 무릅쓰고 자본과 국가에 맞섰기에, 여공들은 "이타적"이며 [한국 노동운동에] "영감을 불러일으켰"다고 칭송받았지만, 정작 여공들 내면에서 갈등하고 있던 자아의 모습은 그간 간과되어 왔다.

이 책은 또한 재현의 정치에 대한 관심이라는 점에서 이남희 의『민중 만들기: 한국 민주화 운동과 재현의 정치학』*The Making of Minjung: Democracy and the Politics of Representation in South Korea*(2007)[이경

희·유리 옮김, 후마니타스, 2015]과 공유하는 지점이 있다. 이남희는 한국 지식인들의 투쟁을 민족 분단, 군부 통치, 후발 산업화 그리고 미국과의 신식민주의적 관계 등과 같은 위기로부터 "주체성의 복원"이라는 측면에서 탐구했다. 지식인들의 이 같은 지적인 여정은 1970, 80년대 노학 연대라고 불렸던 지식인과 노동자 사이의 이례적인 연대로 이어졌으며 "노동 문학"이라는 새로운 장르를 창출했다. 하지만 이남희는 『민중 만들기』에서 1970, 80년대 지식인들이 처한 위기가 무엇인지 보여 준 반면, 이 책은 이 시기 한국에서 "평민 문화"[19]를 형성하기 위해 노력한 여공 작가들에게 관심을 기울이며, 1970, 80년대 대항문화를 그것의 중요한 선구적 사례들, 다시 말해 식민지 시기의 '붉은 10년'과 연결하고 있다.

이 책의 구성

여공이라는 범주가 1919년 처음 신문에 등장했음을 지적하며

---

19 [옮긴이] common culture는 공통 문화로 번역되는 경우도 있으나, 지식인들이 위로부터 구성한 저항·민중 문화와 다른 수준에서 독자적으로 만들어진 "평민 문화"라는 번역이 적절할 것으로 보인다. 이는 초기 현대문화연구소CCCS를 구성했던 레이먼드 윌리엄스, 리처드 호가트, 에드워드 팔머 톰슨 등이 고급문화와 대중문화의 구분을 비판하며 노동계급 혹은 평민의 고유한 문화적 자율성을 강조한 면과 흡사한 것으로 보인다.

서론   섹슈얼리티, 폭력, 문학

시작되는 1장에서는 급진적 잡지, 신문에 실린 독자 투고, 기사, 의견란, 익명의 시, 파업 공고문을 검토하면서 1920년대 여성이 대다수였던 공장이 어떻게 성폭력의 장 ─ 이것이 여성 노동력에 대한 규율의 일환이었든 또는 노사 관계에 대한 통제 결핍을 보여 주는 증거이든 간에 ─ 으로 이해되었는지를 보여 주고자한다. 공장에 대한 이 같은 이해는 여성 노동자들이 성폭력의 문화에 굴복하도록 강제했던 상벌 제도를 통해 좀 더 확실하게 이해될 수 있다. 식민지 산업화 시기 첫 십 년간을 묘사한 기록들(여공들이 썼거나, 여공이 등장하는 기록들)을 추적해 나가며, 나는 어떻게 여공들이 자본주의적 관계가 그들에게 제시한 유혹에 대한 최초의, 가장 양가적인 해석자가 되었는지 드러낼 것이다.

프로문학과 노동계급 급진주의는 1920년대와 1930년대 초반의 특징으로 모두 "식민지 근대화" 및 이에 대한 비판의 결과물이었다. 2장에서는, 1920, 30년대 프로문학의 아방가르드 작품으로 돌아가 프로문학 운동기에 등장했던, 여성 노동계급의 재현을 둘러싼 문제를 검토하고자 하는데, 이들 작품에서 여공은 자본주의의 성적 희생양 또는 남성 공장 감독에게 유혹당하거나 강간당하는 존재로 묘사된다. 나는 이 같은 폭력을 부인하는 것은 아니지만, 프로문학에서 여공들을 동정과 폭력의 대상으로만 서사화하는 것이 여성들이 대다수였던 식민지 공장 내 만연했던 성폭력에 대한 얼마나 사실적인 묘사였는지 살펴보고자 한다. 여공을 유혹하는 이야기들은 강압적인 제국주의 국가에 의해 수행되었던 급속한 식민지 산업화의 혼란과 위기 속에서 소설의 형태로 재생산되었다. 그러나 이 이야기들은 또한 독특한 종류의 급진주의를 보여 줬는데, 이 같은 급진주의에서 고통받는 여주인공은 남성 사회주의자의 에로틱한 대상이 되었으며, 이는 향후 몇십 년 동안 여공 문학에 부정적인 영향을 끼쳤다.

1930년대 이후 문학작품에서 여공이 거의 사라져 버린 현상은 여공들이 정치적 삶으로부터 배제되고 있었음을 보여 준다. 3장에서 나는 1970년대 노동운동 문화에서 새롭게 재등장한 여성 노동계급의 형상에 대해 검토하고자 한다. 이와 동시에 냉전 시기를 거치며 억압되었다 다시 부활한 노동 정치가 자전적 수기라는 새로운 장르를 통해 권위주의적 발전 국가에 대응하는 과정에서, 고통받는 여공을 핵심적인 도덕적 상징으로 활용했음을 보여 줄 것이다. 그러나 이 "고통받는 여주인공"들이 감당해야 할 대가는 컸다. 나는 '고통받는 여주인공'으로서 여공들이 수행했던 역할이 얼마나 그들에게 파괴적이었는지 설명하기 위해, 1970년대에 성장하고 있던 노동운동의 폭발점 — 1976년 동일방직 나체 시위 — 을 검토하고자 한다.

4장에서는 여성 노동계급이 독학을 통해 문학의 세계로 진입하는, 고단하지만 독특한 과정을 설명하기 위해, 1970년대 한국의 교육 구조를 검토하고자 한다. 특히 나는 1980년대에 군부독재 타도를 목표로 내걸었던 노학 연대의 핵심 요소로 (변혁의 주체로 지식인들에게 호명되었던) 육체노동자와 (문화 자본을 지닌) 지식 노동자 사이의 관계에 초점을 맞추고자 한다. 노학 연대를 해명하기 위해 나는 가장 높이 평가받는 세 명의 여성 노동계급 작가 — 석정남, 장남수, 송효순 — 의 작품을 검토해 보고자 한다. 나는 이들의 자기 재현을 그들에게 영향을 준 작가들, 특히 토머스 하디, 하인리히 하이네와 연결시키고자 한다. 그리고 나는 계급 분할(차별)이 개별 여성에게 미쳤던 효과에 관한 그들의 비판을 계급 간 연애, 문학을 통한 위로, 가족과의 이별에 관한 이야기와 관련시켜 설명할 것이다.

1990년대 한국의 경제적 번영과 민주화로 문학과 노동운동에서 급진주의적 언어가 불필요해짐에 따라, 급속한 산업화 과정에서 치러야 했던 비용과 이에 저항했던 혁명운동 사이의 타협을 모색하는 후일담 문학이라는 새로운 흐름이 생겨났다. 후일담 문학으로 문단의 비평적 찬사를 받았던 베스트셀러 작가 신경숙은 『외딴방』에서 그녀가 공장에서 일하며 보냈던 유년 시절을 발군의 능력으로 복원해 냈다. 프롤레타리아 출신 작가와 여주인공인 여공 사이의 간극을 서사화하고 있음에도, 신경숙의 『외딴방』은 한국의 여공 문학 전통을 계승한 작품으로 여겨졌다. 5장에서는 『외딴방』에 대한 다시 읽기를 통해, 내면성으로의 전환, 여공의 사랑, 그리고 자살에 대해 평가해 보고자 한다.

이 모든 프로젝트는 그들을 형상화하려 했던 노동운동과 문학 운동이 여성 노동계급과 어떻게 연관되어 있는지에 대한 우리의 이해를 넓히기 위한 것이다. 이 프로젝트들은, 여성 노동자들을 운동의 주체로 서사화하는 과정이 오히려 그들의 고통에 대한 낭만화에 토대를 두고 있었다는 점을 강조하기 위해, 여공을 둘러싼 담론들을 비판적으로 분석하는 작업이기도 하다. 뒤에서 살펴보겠지만, 이 같은 현상[고통에 대한 낭만화에 기반을 둔 여성 노동자 계급의 주체화 방식]은, 하층계급 여성의 글쓰기가 억압받고 있었던 1920년대 문학작품 속에 여공들이 처음으로 등장하게 됨에 따라 나타난 것이라 할 수 있다. 나아가 이 책은 1970년대에 여성 노동계급이 글을 쓰기 시작했을 때, 그들 역시 이 같은 문학적 전통을 어떻게 스스로 만들어 냈는지 검토할 것이다. 사회적 맥락 속에서, 여공 문학을 분석함으로써, 이 프로젝트는 노동조합운동에 적극적으로 참여했던 사회적 행위자로서 여성 노동계급과 자신을 희생양으로 낭만화하는 문화적 표상으로서 여공 사이의 간극을 탐색해 볼 것이다. 1920년대와 1930년대 초반 프로문학 실험기의 소설, 1970, 80년대 여공들의 자전적 수기, 그리고 1990년대에 비평적 찬사를 받았던 소설가 신경숙의 작품들은 급속한 산업화라는 강렬한 역사적 체험에 대한 원형적原型的 해석이라고 나는 주장하고 싶다. 그래서 나는 이 독특한 기록물들을 '여공 문학'이라고 부르고자 한다.

여공 문학은 노동 정치와 문학 운동 간의 교차를 통해 가장 잘 이해될 수 있다. 여공 문학은 급속한 산업화 경험에 대한 이야기 이상이다. 오히려 여공 문학은 어떻게 문화적 명성[여공이 문학작품의 주인공이 되는 것과 같은]이 정치적 권위 — 이른바 '변혁 운동의 주체'라는 — 로 오해될 수 있었는지를 잘 보여 준다. 또한 여공 문학의 등장은 문화적 참정권 기획[여공들의 글쓰기 또는 작가 되기]에 내재한 양가성을 폭로하는데, 여기서 양가성이란 여공들이 [급속한 산업화라는] 새로운 경험 세계를 개척했음에도, 여전히 기성 작가들이 등단 여부나 학력 등 작가로서의 자격을 그들에게 강요했던 현실을 의미한다. 여공과 그들에 관한 소설들은 산업화 과정에서 여공들의 삶에 대해 많은 것을 알려 주었다. 또한 여공 문학은 노동운동의 여주인공이 되는 일,

가족 내에서 하찮은 존재로 여겨지다 서울로 올라와 외로움과 성적 호기심의 대상이 되는 일, 그리고 책을 읽을 시간조차 없는 상황에서 문학을 갈망했던 것이 그들에게 얼마나 고통스러웠는지 보여 준다. 이 책에서 여공 작가들을 괴롭혔던 질문들 — 작가로서 자신들의 글쓰기 능력에 관한 질문들 — 은, 여공들이 살았던 겹겹이 쌓인 세계(그들이 경험했던 공장, 그들의 숨겨진 세계, 그리고 그들이 글쓰기를 통해 창조한 상상의 공간)에서 나타나는 재현의 한계에 대한 질문으로 전환될 것이다.

1장

여공의
발 명

그들의 생활이란 글로나 말로 듣는 것보다 엄청나게 차이점이 많은 걸 느꼈다. 방직 회사나 전화국 같은 말하자면 좀 고등인 직업여성들, 더구나 처녀들을 방문할 때는 여자가 직업을 가진다는 것이 무리가 아니라고 생각되나 정미소나 고무공장에서 보는 애기 딸린 어머니들의 노동이란 너무나 비참하였다. 고무 찌는 냄새와 더운 김이 혹혹 끼치는 공장 속에서 애기에게 젖을 빨리며 쇠로 만든 롤러를 가지고 일하는 것이다. 정미소에 돌가루가 뽀얗게 날리는 데서 갓 까놓은 병아리 같이 마른 자식을 굴리는 것을 볼 때는 가슴이 메어지는 것 같았다.

「고민의 고백: 어느 부인 기자의 일기초」, 『신가정』!

감독은 요새 새로 들어온 여공 앞에 서서 무어라고 웃으며 이야기하고 있다. 그러다가 실팍한 궁둥이를 툭 친다. "일 잘해! 그래야 상금 타지."

강경애, 『인간문제』(『강경애 전집』, 406쪽)

여공이라는 범주가 처음 신문에 등장했던 1919년, 기자와 문필가, 소설가, 시인 들은 여공이라는 새로운 근대적 유형의 인물을 재현하려고 시도했다. 그런데 이런 재현에 대해 다음과 같은 의문들이 생긴다. 어떤 이들이 새로운 여공들인가? 그들은 무엇을 원하는가? 최초의 공장들이 1910년부터 1920년대에 걸쳐 식민지 조선에 세워졌을 때, 여공들은 새롭게 등장한 자본주의적 노동시장이 그들에게 열어 준 기회를 스스로 이용했던 것인가? 아니면 가난에 시달리다 모더니티라는 허울 아래 낡은 채무 노동 시스템[2]을 연장시키는 노동계약 안으로 포섭된 것인가? 이런 여성들이 새로운 일간지와 잡지에 등장했을 때 독자들은 누가 그들을 재현하고 있다고 믿었던 것인가? 그들은 이 장의 서두에 인

1 익명의 부인婦人 기자가 작성한 이 기사는 『신가정』 1935년 2월호에 실려 있다(이효재, 「일제하의 여성 노동문제」, 『한국 노동문제의 구조』, 광민사, 1978, 156쪽에서 재인용). 고무공장에 고용된 여성들은 방직공장이나 제사공장 여공들에 비해 나이가 많아 30세가량이었다. 이 여성들 중에는 등에 아이를 업고 일하는 경우도 드물지 않았다. 더 자세한 내용은 이옥지, 『한국 여성 노동자 운동사 1』, 38쪽 참고.

2 [옮긴이] 채무 노동bonded labor은 고용주가 노동자의 가족에게 고이자의 빚을 주고 대신 노동자를 낮은 임금으로 고용해 가족의 빚을 갚게 하는 방식의 노동 시스템을 일컫는다. 일본에서는 여공의 아버지가 고용주와 계약을 맺고 딸의 노동을 대가로 선불금을 받는 식의 계약이 있었고 식민지 시기 여공들에게서도 이런 사례가 발견된다.

용된 글처럼 고무공장의 참혹한 노동조건을 독자들에게 상기시키면서 노동자계급을 외부에서 관찰하고 있음을 스스로 고백하고 있는 "부인婦人 기자"[3]인가? 또는 익명으로 시나 글을 발표함으로써 자신들의 고통을 알리고 독자들의 박애 정신에 호소함으로써 공장에서 벗어나고자 했던 여공 저자들인가? 초기 식민지 산업화 시대에 프로문학과 급진적인 언론에 여공들이 등장했지만 정작 여공들은 안타깝게도, 그들의 처지에 공감하는 독자들과 접촉할 수는 없었다. 이것은 바로 공장노동자들이 일반적으로 문맹이었던 시대에, 그들 스스로 목소리를 낼 수 있기보다는, 외부의 시선 속에서 경제적이고 사회적인 문제나 성적인 형태로 여공들이 재현되었기 때문이다. 따라서 이 책의 질문은 다음과 같은 것이 되어야 한다. 노동계급 여성들의 글쓰기가 여전히 억압받고 있던 시절에, 기자나 소설가들을 위시한 지식인들에 의해 재현된 여공에 대해 우리는 어떻게 평가해야 할 것인가?

1920년대 중후반의 기사들, 즉 파업, 공장폐쇄, 사창가로 유인된 시골 처녀들에 대한 기사들이 단편소설들이나 장편소설들의 소재로 사용되었듯이, 여공 문학을 통해 정치적으로 호소하는 방식은 르포르타주와 픽션 사이의 생산적인 관계에 의존하고 있다. 그러나 문학적 소재로서의 여공은 여성 노동자들이 문학 작품에 거의 접근할 수 없었던 시기에 만들어졌다. 여기서 "접근"라는 단어는, 얼마 안 되는 시간을 쪼개서 글쓰기를 공부할

---

3 [옮긴이] 여기에서 '부인 기자'란 특별히 기혼 여성인 기자만을 의미하는 것이 아니라 일반적으로 '여기자'를 의미하는 당시의 표현이다.

수 있었던 이들과, 모든 에너지를 자신과 부양가족의 생계를 연명하는 데 바쳐야만 했던 이들이 분리되어 있었음을 의미한다. 우리가 볼 수 있는 글쓰기의 조각들은 남편이나 아버지를 잃고 더욱 낮은 하층계급으로 추락해, 상당히 복잡한 고용구조에 들어간 이들로부터 나온 것이다. 몇몇 사례들에서 알 수 있듯이, 새로운 일자리는 여성들이 공장에서 어떤 일을 할 것인지 명확하게 정해지지 않은 상태에서 나타났고, 따라서 이 장의 첫머리에 인용되었다시피 여성들은 매우 열악한 노동조건에 처하게 되었다. 이 장의 첫머리에서 인용되었던 어느 부인 기자의 글은 바로 이 같은 노동환경을 비판하며, 중하층·하층 여성에게 '제대로 된' 일자리를 모색하고 있다.

　노동하는 여성들이 직접 쓴 글은 물론 중요하지만, 이 역시 여전히 만들어진 "여공" 문학의 일부일 뿐이다. 그러나 1920년대가 진전됨에 따라 그들의 문학적 개입은 그들을 좀 더 체계적으로 재현하려 했던 진보적인 작가나 활동가들에게 중요한 단서를 제공했다. 이 시기 르포르타주와 문학적 잡글들 속에 형상화된 여공의 모습을 집중적으로 살펴보면, 당시 사람들이 식민지 조선에서 초기 자본주의를 어떻게 헤쳐 나갔는지를 알 수 있다. 당시 기자나 작가들은 자신들의 개인적인 열망과 꿈을, 식민지 시기 젊은 여성들에게 열린 새로운 경제적·사회적 공간에 투영한 것일까? 또는 그들은 여공들이 겪은 고난과 수모를 이해하려 했던 것일까? 급진적 언론의 기자들은 노동자들의 삶의 모습을 기사에 담기 위해 공장과 파업 현장을 배회하면서 이와 같은 질문을 던졌다. 이들이 작성한 기사는, 식민지 조선에서 제국 건설

사업이 맹렬히 진행되던 상황, 다시 말해 식민지 자본주의라는 맥락에서 만들어졌다. 그리고 비슷한 시기 식민지 조선에서 본 격화되기 시작한 사회주의와 산업화 덕에 여공의 형상은 여공의 숫자에 비해 담론적으로 과대평가되었다. 이처럼 자본주의 발전 과 사회주의 건설이라는 상호 적대적인 기획에 동시에 연결되어 있던 상황 속에서, 문학작품 속 여공들은, 특히 성性의 파토스[4]때 문에, 이 같은 식민지 경제체제 속에서 다른 이들이 수행할 수 없 었던 정치적 과제를 수행할 수 있는 존재로 부각되었다. 그러나 여기서 중요한 점은 여공이 문맹임에도 불구하고가 아니라 바로 그 때문에, 한국 근대문학에서 유의미한 존재가 되었다는 것이 다. 그들의 소리 없는 목소리, 즉 다른 이들은 단지 이론적으로만 전달할 수 있었던, 그들의 애끓는 고통으로 말미암아, 그들의 표 현 능력의 범위는 무한대로 확장되었다. 이 장에서는 여성 노동 시장과 대중 미디어 모두에서 이루어진 여공이라는 범주의 발명 에 대해 탐구하고자 한다. 이는 근대 여성 프롤레타리아 주체성 의 창출이 경제적인 행위일 뿐만 아니라 문학적인 행위이기도 하다는 점을 보여 준다.

---

4 [옮긴이] 성의 파토스란 여기에서 여공들이 여성이기 때문에 받아야 했던 고난과 수 모가 여공 개인은 물론 사회에 불러일으키는 강렬한 감정을 말한다. 여공들은 바로 '약한' '여성'으로서 그들의 고난을 사회에 호소했기 때문에 더 큰 공감과 동정을 불 러일으킬 수 있었고 따라서 정치적으로 큰 반향을 얻을 수 있게 된다.

자본주의의 확장

한국에서 체계적인 산업화 프로그램은 일본 식민지 시기에 처음 시작되었는데, 1920년대 말에 이르면 상당수 젊은 여성들이 공장에 들어가게 된다. 1931년 식민지 조선에서 가장 큰 비중을 차지한 세 부문의 공장들 — 방직공장, 식품가공 공장, 화학약품 공장 — 은 매우 많은 수의 여성을 고용하고 있었다. 방직 산업에 종사하던 노동자의 79퍼센트가 여성이었으며, 식품가공 공장과 화학약품 공장의 경우, 노동자의 30퍼센트가량을 여성이 차지하고 있었다.[5] 1931년 이 같은 새로운 "근대적" 기업에 고용된 공장노동자들은, 대부분이 농업에 종사하던 전체 인구의 작은 부분에 불과했지만, 1945년 일제 식민 통치가 끝날 무렵의 식민지 조선은, 1960년대 남한에서 급속한 근대화가 시작되는 데 도움이 될 만한 기반 시설을 갖추게 된다.

1870년대 후반, 조선이 국제적인 자본주의 시장에 문호를 개방했을 당시, 일본의 기업가들은 조선에서 처음으로 상업적 이해관계를 발전시킨 이들 가운데 하나였지만, 이는 일본의 수출입 수요를 보완하기 위한 것이었다. 그 결과 일본 경제에 종속적이고 의존적인, 초보적인 시장경제가 식민지 조선에 건설되었다. 1910년 8월 22일 일본이 조선을 공식적으로 식민지화하기까지, 봉건적인 농업 사회였던 조선은 일본에서 생산된 상품을 받아들

---

5 Park Soon-Won, *Colonial Industrialization and Labor in Korea*, Cambridge: Harvard University Asia Center, 1999, p. 25; 이효재, 「일제하의 여성 노동문제」, 144쪽.

였고, 산업화 중인 일본의 새로운 공장노동자들을 먹일 쌀을 수출하고 있었다.[6]

일본의 식민 통치 기간(1910~45년)부터 1960년대까지는 한국에서 자본주의적 산업화가 가장 광범위하게 발달한 시기였다. 1919년 이후 대대적인 산업화가 한국에서 시작될 당시, 이미 농촌은 지난 몇십 년간 빈곤 상태에 있었다.[7] 오랫동안 조선(1392~1910)을 떠받치던 농업경제는 부패하고 탐욕스러운 세금 제도에 짓눌려 무너지고 있었다. 이 시기에 많은 소작농들은 지방 관리들이 쥐어짜던 전정田政, 군정軍政, 환정還政 등 삼정의 문란을 감당할 수 없어 땅을 포기했다. 농촌이 빈곤했던 또 다른 원인은, 1918년에 완료된 일본의 토지조사사업 때문이었다. 일본의 토지조사사업은 소작농들의 관습적인 권리를 인정하지 않았는데, 이로 인해 상당수의 소규모 자작농들이 자신들의 땅을 잃었다. 쫓겨난 농민들은 유랑민이 되거나, 만주나 시베리아로 이주했다. 이런 국내적 빈곤과 불확실성 속에서, 조선은 1910년 역사에서 사라지게 된다.

농촌의 빈곤화는 일시적인 일자리를 찾아 도시와 농촌의 노동시장을 떠도는 농업 노동자들과 실업자를 과잉 공급했다. 1920년대에 수천 명의 사람들이 공장, 광산, 항구에서 일자리를

---

6 Carter Eckert, *Offspring of Empire: The Koch'ang Kims and the Colonial Origins of Korean Capitalism*, Seattle: University of Washington Press, 1991, pp. 9-10[『제국의 후예』, 주익종 옮김, 푸른역사, 2008, 34-38쪽].

7 1919년의 의미를 체계적인 자본주의적 산업화의 시작으로 보는 논의에 대해서는 같은 책, 2장을 보라.

찾아 떠돌던 상황은 농촌 빈곤의 직접적인 결과였다. 조선 후기부터, 자신의 토지를 소유하지 못했던 수많은 소작농들은 땅을 임대해 근근이 농사를 짓거나, 더 큰 농장에서 임금을 받고 자신의 노동력을 팔기도 했다. 이런 "농촌 무산계급"은 계절마다 임금이 요동치고 일자리를 찾는 사람들로 붐비는 농촌을 떠나 도시로 향했다.[8]

1940년대의 엄혹한 전시경제 속에서 농촌 무산계급의 변화와 도시로의 유입은 더욱 공고해졌다.[9] 조선의 산업화는 일본 철도국이 식민지 조선에 건설한 국철을 통해 지원되었는데, 철도 운송 네트워크는 1945년에 이르면, "부산에서 파리까지" 철도로 여행할 수 있을 정도로 광범위했다.[10] 식민지 시기 내내 조선은 대체로 농업경제에 머물러 있었지만, 도시를 중심으로 자본주의가 빠른 속도로 확산되었다. 1911년에 250여 개였던 공장

---

8 Lee Hoon Koo, *Land Utilization and Rural Economy in Korea*, p. 230. 농촌의 임금은 공장 임금보다 훨씬 낮았다. 그렇다 하더라도 이 책에 의하면 1930년대에는 농촌의 일자리가 드문 편이었기 때문에 시골 지역에는 "일자리를 찾는 사람들로 언제나 붐볐다"(p. 229).

9 Park Soon-Won, *Colonial Industrialization and Labor in Korea*, 3장 참조. 이 책의 3장에서는 전시戰時 식민지 조선의 시멘트 공업의 변화가 노동력과 산업구조에 미친 영향이 설명되어 있다. 카터 에커트는 식민지 조선에서 1930년대 말과 1940년대 초에 확장된 주요 전시 산업에 대해 논하고 있다. 이에 대해서는 C. Eckert, "Total War, Industrialization and Social Change in Late Colonial Korea," in Peter Duus(ed.), *The Japanese Wartime Empire, 1931-1945*, Princeton: Princeton University Press, pp. 3-39.

10 Bruce Cumings, *Origins of the Korean War: Liberation and the Emergence of Separate Regimes*, Princeton, NJ: Princeton University Press, 1981, p. 13[『한국전쟁의 기원』, 김자동 옮김, 일월서각, 1986, 43쪽].

수는, 1920년대에 이르면 2천 개를 넘어섰고,[11] 1943년 공장에서 일하던 사람들은 50만 명이나 되었다.[12] 산출량의 전반적인 증가에도 불구하고, 1920년대에 대부분의 공장들은 매우 작은 규모로 운영되었다. 1925년 공장 내 피고용인 수는 평균 18명에 불과했다. 1927년 서울 서쪽에 위치한 공장들의 노동조건을 조사한 보고서에 따르면, "공장이라고는 하나, 두세 군데의 대공장을 제외하면 거의가 이름 그대로 오두막집이었다. 변소가 설치되어 있는 곳은 아무 데도 없다"[13]라고 할 정도 공장 시설은 열악했다.

남성들뿐만 아니라 여성들도 1920년대에 하녀, 여공, 여급 등의 일자리를 찾기 위해 도시와 항구를 떠돌고 있었다. 여성들에 비해 남성들에게는 날품팔이, 광부, 짐꾼, 항만 노동자, 건설 노동자, 머슴, 직공 등 다양한 일자리가 훨씬 더 많았다. 1920, 30년대 하층민 여성들을 고용했던 주요 비농업 산업은 정미소, 방직공장과 제사製絲공장 그리고 고무공장이었다. 여성의 공장

---

11 김경일, 『일제하 노동운동사』, 37쪽.

12 김윤환, 「근대적 임금노동의 형성 과정」, 김윤환 외, 『한국 노동문제의 인식』, 동녘, 1983, 64쪽. 시골에서 도시로의 내부 이주에 덧붙여, 일자리를 찾아 해외로 나가는 상당한 규모의 이주도 있었다. 일본은 1940년대 전쟁기의 노동력 부족을 보충하기 위해 식민지로부터 노동력을 수입했는데, 조선인들은 광산, 항구 그리고 전시 산업 분야에서 일하기 위해 이동했다. 브루스 커밍스는 백만 명 이상의 조선인들이 1945년 10월부터 1947년 12월까지 본국으로 돌아갔다고 말한다. B. Cumings, *The Origins of the Korean War*, p. 60[『한국전쟁의 기원』, 97쪽. 커밍스가 인용한 통계는 남한 내로 유입된 인구를 기준으로 한 것이다].

13 김경일, 『일제하 노동운동사』, 59쪽에서 인용.

노동 참여는 1934년 전체 임금노동자의 34퍼센트를 여성이 차지하면서 절정에 이르렀다.[14] 어떤 산업들은 아예 여성 인력을 고용하는 것으로 특화되기도 했다. 1931년 방직 산업에 고용된 이들의 71퍼센트가 여성이었고, 그중 많은 이들이 12~15세 사이의 어린 소녀들, 다시 말해 미성년 노동자들이었다.[15]

1920, 30년대 많은 분야에서 여성들은 노동인구의 다수를 차지했다. 방적 산업 외에도 여성들은 제사공장에서도 86퍼센트, 고무공장에서는 67퍼센트의 노동력을 구성하고 있었다.[16] 노동사학자 이정옥은 제사공장들이 주로 여성 노동력을 고용했을 뿐만 아니라, 그 가운데 16세 미만의 미성년자도 상당수였다고 언급한 바 있다.[17] 1921년 면사공장과 면방직공장 노동자의

<hr />

14 이효재, 「일제하의 여성 노동문제」, 144쪽.

15 이효재, 같은 곳; 신영숙, 「일제 식민지하의 변화된 여성의 삶」, 한국여성연구소 여성사 연구실, 『우리 여성의 역사』, 청년사, 1999, 318쪽.

16 이옥지, 『한국 여성 노동자 운동사』, 35쪽. 이런 여성 노동은, 전근대 시기 한국 농촌 여성의 노동 그리고 19세기에 점점 더 빈곤해진 양반가 아내들이 누에를 치고 물레를 돌려 살림살이를 책임졌던 일과 중요한 연속성을 갖고 있다. 이에 대해서는 이성구, 「조선시대 여성의 일과 생활」, 한국여성연구소 여성사 연구실, 『우리 여성의 역사』, 206-208쪽을 참조.

17 서형실은 「식민지 시대 여성 노동운동에 관한 연구: 1930년대 전반기 고무 제품 제조업과 제사업을 중심으로」(이화여대 여성학과 석사 학위논문, 1990)에서, 고무 산업과 제사 산업에서 발생한 여성 노동자들의 투쟁을 비교하며, 여성 노동자들의 집단행동에 영향을 미치는 구조적 조건에 대해 기술하고 있다. 서형실은 기혼 여성들이 대부분인 고무공장 여성 노동자들의 경우, 집단적으로 단결해 높은 임금을 요구할 수 있었던 반면, 미혼 여성들이 대부분인 제사공장 노동자들은 가혹한 노동조건과 가부장적인 공장 문화, 일상적인 노동 통제, 작업 배치와 일의 성격상 나타나는 연대감 형성 기회의 부재 등으로 말미암아 무기력 상태에 있었다고 지적한다. 상당수의 제사공장 노동자들이 미성년 노동자들이었던 것도 감독들이 노동자들에게 상당

20퍼센트가 16세 미만의 어린아이들이었고, 제사공장 노동자들의 66퍼센트가 미성년 노동자였다.[18]

식민지 시기는 고용 패턴이 재구조화되는 산업 성장의 시기였다. "농촌에서 공장으로"[19]라고 부를 수 있는 농민의 프롤레타리아화는 국내적으로는 농촌에서 산업 중심지로의 이동, 나아가 좀 더 광범위하게는 1920년대와 1930년대에 걸쳐 농민들이 일본과 만주에 있는 제국의 노동시장으로 빠져나가면서 시작되었다. 그러나 사람들은 자신이 오랫동안 살던 곳을 자발적으로 떠나지는 않는 법이다. 경제사학자 카터 에커트는 가난한 가족들이 딸들을 공장에 보내는 행위를 "어쩔 수 없는 사정"[20] 때문이라고 말하고 있다. 또 다른 기록에 따르면, 모집자들이 마을을 찾아올 때 부모들은 딸들이 공장으로 일하러 집을 나가지 못하게 하려고 그들을 가두거나 옷과 신발을 숨기기도 했다.[21] 모집자들이 일본인이 경영하던 조선방직이나 조선인이 경영하던 경성방직처럼 좀 더 큰 공장에서 일할 젊고 건강한 여성들을 찾으러 시골 지역을 돌아다닐 무렵, 이미 공장 노동이 폭력적이고

히 강압적이었던 원인이었다.

18 이정옥, 「일제하 공업노동에서의 민족과 성」, 서울대 사회학과 박사 학위논문, 1990(이옥지, 『한국 여성 노동자 운동사 1』, 35쪽에서 재인용).

19 구해근은 이 말을 그의 논문 "From Farm to Factory: Proletarianization in Korea," *American Sociological Review* 55(1990 October), pp.669-81에서 당시 한국을 묘사하는 데 사용하고 있다.

20 C. Eckert, *Offspring of Empire*, p. 193[『제국의 후예』, 285쪽].

21 신영숙, 「일제 식민지하의 변화된 여성의 삶」, 318쪽.

위험한 일이라는 보도가 신설된 일간지들을 통해 지역에 퍼져 있었던 것이다.

식민지 조선에는 참정권은 물론이고 최저임금제를 비롯해 공장 제도를 규제할 수 있는 그 어떤 법률도 없었다. 일본의 공장법은 "30여 년간의 논의" 끝에 1916년에 공포되어, 노동자들에게 다음과 같은 혜택을 가져다주었다. "15세 이하의 여성과 어린이들이 하루에 12시간 이상 일하는 것을 금지하며 또한 이들이 저녁 10시부터 오전 4시 사이에 노동하는 것도 금하며 이들에게 적어도 한 달에 이틀 이상의 휴가를 주어야 한다. 노동자의 최저 연령을 10세로 하는 경공업 분야를 제외하고는 최저 연령은 13세로 정한다."[22] 그러나 이런 규정들은 식민지 조선에는 적용되지 않았다. 1920년대 공장법 개정을 통해, 일본에서는 여성 노동자의 야근이 폐지되었지만, 오히려 규모가 큰 일본인 방직 회사들은 일본 공장법의 제약을 받지 않는 식민지 조선으로 공장을 옮겼다.[23]

식민지 조선에서 임금 체계는 여러 단계로 나뉘어 있었다. 조선에서 일하는 일본인 남성 노동자는 가장 높은 임금을 받았고, 작업 현장에서 감독이나 관리자로서 가장 높은 지위를 차지

---

22 Vera Mackie, *Creating Socialist Women in Japan: Gender, Labour and Activism, 1900-1937*, Cambridge: Cambridge University Press, 1997, p. 76. 맥키는 여성 노동자들의 모성과 야간 노동에 대한 공장법이 여성 노동자들의 권리의 측면이 아닌 여성들에 대한 "보호"의 측면에서 제정되었다는 중요한 지적을 한 바 있다.

23 더 자세한 내용은 C. Eckert, *Offspring of Empire*, pp. 191-192[『제국의 후예』, 282-283쪽]를 보라.

했다. 일본인 여성 노동자들의 임금은 일본인 남성 평균 임금의 절반가량을 받았는데, 이는 조선인 남성 노동자와 비슷한 수준의 임금이었다. 조선 여성 노동자들은 대략 조선인 남성 노동자들 임금의 절반을 받았다. 그리고 조선인 미성년 노동자들은 조선 성인 여성 노동자 임금의 절반을 받았다.[24] 임금은 1920년대와 1930년대에 걸쳐 거듭 변화했고, 1929년의 주식시장 붕괴 이후 가파르게 떨어졌지만, 이와 같은 임금 구조는 계속해서 유지되었다. 여성 노동자들에게 가장 낮은 임금을 지급한 분야는 제사 산업이었는데, 1931년 가장 낮은 급료를 받는 노동자의 경우 평균적으로 일당 10전을 받았다. 그해 견직 산업의 평균 일당은 41전이었고, 방직공장에서 일하는 여성 노동자들은 일당으로 평균 60전을 받았다.[25]

이 시기에 조선과 일본의 모든 공장에서 노동자들은 모호하게 규정된 "위반 사항들"에 근거해 자의적인 처벌을 받곤 했다. 감독들은 벌금, 잔업, 물리적 처벌 또는 해고와 같은 위협을 통해 노동자들에게 상당한 권력을 행사했다. 역사학자 퍼트리샤 츠루미는 일본 방직공장에서 벌금으로 처벌받을 수 있는 위반

---

24 Park Soon-Won, *Colonial Industrialization and Labor in Korea*, p. 114. 박순원은 식민지 조선에 거주하던 일본인들의 수가 1930년 52만7천 명에서 1940년 71만3천 명으로 증가했다고 보고한다. 식민지 내에 거주하던 상당수의 일본인 노동자들의 존재는 일자리 경쟁을 심화시키고 조선인 노동자들을 노동시장에서 저임금 비숙련 영역으로 떠미는 결과를 초래했다. Ibid., p. 21.

25 Ibid., p. 118[1928년 시내버스 요금은 7전, 1930년 전화 가설비는 5~20원, 1929년 여관 숙박비는 40전~2원, 그리고 쌀 한 가마니는 13원 정도였다. 이 당시 1원은 지금으로서는 2만4천 원에서 2만5천 원 정도의 가치가 있는 것으로 추정된다].

사항들을 밝힌 바 있다. 이 목록은 "부적절한 행위", "게으름에서 비롯된 나쁜 품행" 그리고 "음란한 행위"와 같은 모호한 항목들로 노동자에게 책임을 물을 수 있었다.[26] 카터 에커트는 일본과 마찬가지로 사소한 위반으로도 노동자를 해고할 수 있는 경성방직의 제도에 대해 지적한 바 있다.[27] 벌금은 이의를 허용하지 않은 채 일방적으로 부가되었는데, 이는 이 시기에 발생한 주요 노동쟁의에서 불만 사항 가운데 하나로 제기되곤 했다.

임금을 추가로 지급하거나 월급의 일부를 공제하는 보너스와 벌금 제도는 공장 규율 체제의 핵심이었다. 노동사학자 재니스 김에 따르면, 노동자들은 이 같은 벌금 제도에 대해 격분하곤 했는데, 그 이유는 형편없는 공구나 기계에 문제가 있을 때도 불량품에 대한 비용을 벌금 형식으로 노동자에게 떠넘겼기 때문이다.[28] 이에 비해 보너스 제도는 여성 노동자들을 철저하게 감시하고, 다루기 쉽게 만드는 주된 방법이었다. 급료를 보충하는 이런 보너스가 생활비를 보완하는 데 얼마나 도움이 되었는지는 불투명하지만, 보너스는 노동자를 공장의 기풍에 길들이려는 우회적인 수단이었고, 감독의 재량에 따라 집행되었다. 즉, 보너스는 여성들을 장시간 노동, 유해한 노동조건, 성적 학대, 그리고 어떤 경우에는 밀고와 같은 공모 문화에 매어 두기 위해

26 E. Patricia Tsurumi, *Factory Girls: Women in the Thread Mills of Meiji Japan*, Princeton: Princeton University Press, 1990, p. 151.

27 C. Eckert, *Offspring of Empire*, p. 198[『제국의 후예』, 288쪽].

28 Janice Kim, *To Live to Work*, Stanford: Stanford University Press, 2009. p. 88.

설계된 정책이었다.

카터 에커트는 경성방직에서 일하던 여성 노동자들의 평균 월급에 대해 자세히 살핀 바 있는데, 그 월급은 한 달에 15엔가량으로 "쥐꼬리만큼 낮았다."[29] 공장에 들어온 많은 소녀들은 가족이 그들을 부양할 수도 없었고, 지참금도 마련할 수 없었기 때문에 공장에 온 것이지만, 여공들이 벌어들이는 소득은 그들을 빈곤한 노동자로 고착시켰다. 임금 구조는 여공들을 독립적으로 살게 하거나 또는 소비 자본주의라는 새로운 세계에 편입시키기는커녕, 그들에게 최상의 생존 방법이 결혼임을 상기시켰을 뿐이었다.

실제로 경성방직처럼 대규모 공장들의 턱없이 낮은 보수 체계는, 여성 노동자의 곤궁한 상황을 잘 보여 준다. 여공들은 이처럼 낮은 임금으로 독립적인 생계를 꾸리면서도, 대부분 자신의 가족을 위해 저축을 해야 했다. 게다가 여공들은 공장에서 제공하는 숙식에 대해서도 돈을 지불해야 했다. 여성과 아이들을 차별한 식민지 조선의 임금 체계는, 노동자계급 남성은 집안에 남아 있는 가족을 부양하기 위해 높은 임금을 받아야 한다는 "가족 임금"이라는 관념에 느슨하게나마 기대고 있었다.[30] 이런

---

29 C. Eckert, *Offspring of Empire*, p. 197-199[『제국의 후예』, 291-292쪽. 경성방직의 한 달 평균 월급이 15엔이라는 것은 숙련공과 비숙련공의 평균 임금을 추정한 것이다. 에커트에 의하면 경성방직 여공의 임금은 다른 산업 노동자의 임금보다 약간 높았고 일본인이 경영하던 조선의 면방직공장과 비슷한 수준의 임금이었음에도 불구하고, 1930년대 중반 경력이 짧은 여공들과 미성년공들의 월급은 6~9엔 정도였다].

30 이효재, 「일제하의 여성 노동문제」, 131-132쪽.

논리에 기반을 두고 미혼 여성과 홀로 공장에 들어온 어린이들에 대해 가해진 임금 차별은 이런 정책이 얼마나 결함투성이인지를 잘 보여 준다.

여성 노동시장

1920년대에서 1930년대 초 식민지 조선의 정미소, 방직공장, 성냥공장, 고무공장, 담배공장에 들어온 젊은 여성들은 가장 값싼 노동력을 찾을 수 있었던 농촌이나 시골 마을에서 모집된 이들이었다. 이들 여성들은 마을 공동체와 가족을 떠나 그들의 운명을 자본주의 시장에 온전히 내맡긴 식민지 조선의 첫 "근대적 인간" 가운데 하나였다. 1920, 30년대에, 특별한 기술이 없는 값싼 여성 노동력은 노동 집약적 산업에 적격이었다. 여종과 농촌 일꾼이 낡은 경제의 대표적인 노동 유형이었다면, 도시의 하층계급 여성들은 공장과 근대적 성매매 지역이라는 새로운 장소에서, 자신의 노동력을 판매할 수 있는 기회를 엿보았다.[31]

---

31 송연옥Song Youn-Ok은 "Japanese Colonial Rule and State-Managed Prostitution: Korea's Licensed Prostitutes," *Positions* 5:1(Spring 1997)에서 조선총독부가 "식민지 조선에서 매춘업을 어떻게 국가가 주도하는 공창제로 근대화했고 어떻게 홍등가에서 성매매업을 규제했는지"를 언급하고 있다. 송연옥에 따르면 식민지 시기 성매매 산업의 팽창은 1930년대에서 1940년대 초까지 확대된 태평양전쟁과 관련되어 있다. 또한 공창제는 1940년대 일본군에 의한 "군위안부" 동원과 관련되어 있다.

여성 노동력을 공장에 팔아넘기는 일은 매우 수익성 좋은 사업이었기에 젊은 여성들을 공장 인력으로 사고파는 새로운 유형의 모집인들이 식민지 조선의 지방 철도역 등지에서 활동했다. 여성을 사고파는 거래가 번창한 것은 식민지 농촌의 빈곤 때문이었는데, 수천 명에 이르는 여성들이 일자리를 구하기 위해 도시와 항구로 쏟아져 나왔다. 당시 상황을 묘사한 글에 따르면, "부산역에 가면, 항상 여공들을 파는 무리들을 볼 수 있"었고, "또한 은밀하게 여공을 파는 이들도 있었다. 그리고 회사의 가격이 적당하기만 하면 그들은 한 번에 스무 명 혹은 삼십 명의 소녀들을 팔아넘기기도 했다."[32] 젊은 여성과 소녀들은 공장 기숙사에서 안전하게 지낼 수 있고, 월급도 받을 수 있다는 말에, 고향으로부터 멀리 떨어진(이런 조건에서 여성들은 회사에 절대적으로 의존할 수밖에 없었다) 방직공장으로 원거리 여행을 감행하기도 했다. 그러나 여성 노동시장은 다층적이었으며, 미로 같은 시스템이었다. 당시 일간지들에는 모집자들의 꾐에 빠져, 주막이나 사창가, 심지어 머나먼 일본으로 팔려 간 소녀들의 사연이 실리곤 했다.[33]

---

32 강이수, 「1930년대 면방대기업 여성 노동자의 상태에 대한 연구」, 이화여대 사회학과 박사 학위논문, 1992, 141쪽에서 인용.

33 같은 글, 143쪽을 보라. 이 논문에서, 사회사학자 강이수는 1930년대 구인 관행에 대해 면방직공장에서 일했던 여성들을 인터뷰한 바 있다. 강이수는 "대부분의 공장의 피고용인들은 모집자들을 '질 낮은 사람들'로 기억하고 있다. 모집 당시 모집자들은 완전한 거짓말을 거리낌 없이 하는 것은 물론, 여공들을 성적으로 가해하는 등 사회적으로 완전히 혐오스러운 행위를 하기도 하고 공장과 같은 합법적인 일자리를 찾아 주겠다는 미끼로 사창가나 술집으로 유인하기도 했다"(143). 강이수는 이런 사건들에 관해서 1926년과 1927년 『동아일보』의 기사를 인용하고 있다. 강이수, 같은 글,

성매매 산업은 여공들에게는 일자리를 구할 수 있는 대안적인 공간이었지만, 또한 고립되어 보호받지 못한 채 외지로 일하러 나가는 하층계급 여성에 대한 광범위한 사회적 우려가 형성되는 데 영향을 미쳤다. 사실, 초기 식민지 시기에 성매매 산업과 제조업은 노동력의 채용과 판매에서 공통점이 많았다. 둘 다 빚을 담보로 몇 년 동안 개인의 노동력을 사는 채무 노동 체계였다. 게다가 공장 일자리를 알아보는 것 자체가 성적으로 쉽게 이용당할 수 있다는 것을 의미하기도 했다. 모집자뿐만 아니라 언론인들조차도, 독자들의 의식 속에 공장 노동과 성폭력 사이의 이같은 연결 고리를 만드는 역할을 했다. 즉 공장 취업 과정 자체에도 이미 공장 내부에 도사리고 있던 것과 유사한 위험과 곤경이 도처에 깔려 있었다. 이 시기 일간지 기사들은 성폭력 또는 빚을 담보로 한 노동계약에 내재되어 있는 폭력과 더불어, 사회가 이를 암묵적으로 용인하고 있음을 보여 주면서, 신문 독자들에게 도시에 사는 여성 계급에 대한 이 같은 편견을 조장했다.

신문이나 잡지에 투고된 시와 편지들, 일기 형식으로 게재된 픽션, 급진적 언론에 실린 잡글들과 르포르타주, 그리고 프로문학 운동하에서 창작된 단편소설과 장편소설에 이르기까지, 문학에 여공들이 등장할 때마다 나오는 압도적인 주제는 공장에서 벌어지는 성폭력이었다. 그것이 자의적인 처벌 방식이든(사람들 앞에서 옷 벗기기) 임금을 미끼로 한 것이든(성적 관계를 대가로 한 보너스 지불), 젊은 여성 노동자들을 사냥감처럼 바라보는 광범

137쪽도 보라.

위한 문화적 맥락 속에서 성폭력의 위협은 노동계급 여성을 다루는 언론 보도 속에 만연해 있었다. 그렇지만 공장 내 성희롱 문화에 대해 다소 다른 시각에서 언급하는 다양한 장르들도 많았는데, 그중에서 공장 파업 공지문과 편지글은 사건에 대한 정보를 가장 명확히 보여 준다.

노동자들의 불만과 요구 사항을 실은 파업 공지문은 여공의 처지를 알려 주는 모든 장르 가운데 가장 생생하면서도, 가장 신뢰할 만한 것으로 보인다. 어떤 공지문에서는 명백한 혐의를 제기하기도 한다. 1926년 목포의 직포공장에서는 일본인 감독이 여직공을 폭행해 파업이 촉발되었는데, 노동자 140명이 감독의 폭력을 중단해 달라는 요구를 내걸고 파업을 일으켰다.[34] 1926년에도 한 정미소에서 여성 노동자들이 자의적인 폭력을 중단해 달라고 요구하며, 특정 관리인의 교체를 요구하기도 했다. 인천의 또 다른 정미소에서는 두 명의 노동자가 "일본인 관리자가 젊은 여공들을 때리는 데 격분해" 파업을 벌이기도 했다. 1926년, 쓰노다津野田 양복점의 노동쟁의에서 나온 여러 불만 가운데 하나도 바로 "일본인 감독의 여직공에 대한 폭행"이었다.[35]

1926년부터, 공장 내 성희롱 및 성추행과 관련된 사건들에

---

34 김경일, 『일제하 노동운동사』, 567쪽[『동아일보』(1926/11/13)에 실린 이 파업 사건은 한 여공이 어린아이를 안고 물을 먹이러 가던 중 아이의 손이 우연히 일본인 감독의 얼굴에 닿았고 이에 일본인 감독이 어린아이와 여직공을 폭행한 사건에서 촉발되었다. 이 기사는 이 사건의 장본인인 일본인 감독이 "조선 계집은 다 죽여도 일 없다"라고 외치며 항의하는 다른 여직공들을 폭행해 부상에 이르게 했다고 전하고 있다].
35 이옥지, 『한국 여성 노동자 운동사 1』, 39쪽.

대한 여공 자신들의 이야기가 『동아일보』(1920년에 설립)에 최초로 등장하기 시작했다. 또한 1925년 여성 작가 박화성은 여공들이 경험한 물리적·성적 위협의 진상을 밝히는 여공 이야기[「추석전야」]를 발표했다. 이 시기부터 공장 이미지에 대한 사회적 감시는 공장을 실제로 운영하던 공장 경영자들이 아닌 비평가들이 담당하기 시작했다. 또한 1926년에는 당대의 선도적인 진보 성향의 잡지 『개벽』開闢에 적구赤駒 유완희(1901~64)[36]가 「여직공」이라는 제목의 시를 발표하기도 했다.

봄은 되었다면서도 아직도 겨울과 작별을 짓지 못한 채
— 낡은 민족의 잠들어 있는 저자 위에
새벽을 알리는 공장의 첫 고동 소리가
그래도 세차게 검푸른 하늘을 치받으며
삼천만 백성의 귓곁에 울어 나기 시작할 때

목도 메다 치여 죽은 남편의 상식상을
미처 치우지도 못하고 그대로 달려온
애젊은 아낙네의 가쁜 숨소리야말로

---

36 [옮긴이] 경기도 용인 출생으로 지금 서울대 법대 전신인 경성법학전문학교를 졸업했고 1923년에 경성일보를 시작으로 『동아일보』, 『시대일보』, 『중외일보』, 『조선일보』 등에서 기자 생활을 했다. 사회부 기자들이 만든 언론 운동 단체인 '철필구락부' 사건으로 동아일보에서 해직된 바 있으며 1925년부터는 『시대일보』, 『개벽』 등에 프로문학 운동과 기본적인 인식을 공유한 「여직공」, 「희생자」, 「나의 행진곡」 등을 발표한 바 있다(함동수 외, 『송은 유완희의 문학 세계』, 문학인식, 2015 참조).

악마의 굴 같은 작업장 안에서

무릎을 굽힌 채 고개 한번 들리지 못하고

12시간이란 그동안을 보내는 것만 하여도……오히려 진저리 나거든

징글징글한 감독놈의 음침한 눈짓이라니……

그래도 그놈의 뜻을 받아야 한다는 이놈의 세상

오오 조상이여 남의 남편이여!

왜 당신은 이놈의 세상을 그대로 두고 가셨습니까

아내를 말리고 자식을 애태우는[37]

이 시에서 탄식은 가난에 대한 분노와 뒤섞여 있다. 일반적으로 여성보다 두 배의 임금을 받는 남성 가장 없이 살아가는 독신 여성의 경우, 임금 가운데 필수적인 부분인 보너스를 외면하기 어렵다. 그런데 바로 그들을 유혹하는 미끼가 되었던 보너스 체계는 여성을 장시간 노동, 열악한 작업환경, 그리고 성추행이라는 공장 문화와 공모하게 만들었다. 이 시는 여성이 자신의 노동조건을 비판하기 위해, 자신이 사용할 수 있는 언어를 어떻게 사용하고 있는지를 보여 준다. 또한 이 시에서 여직공은 스스로의 힘으로 살지 못하게 만드는 경제하에서 자신의 무기력함에 분노하면서, 또한 부재하는 남편을 그리워하고 있다.

노동계급 여성이 겪는 성희롱과 관련해, 동료 남성들 역시

---

37 『개벽』, 1926년 4월호, 110쪽.

이런 성희롱에 저항하는 입장에 있었는지는 분명하지 않다. 여성 노동자에게 자행되었던 성희롱에 맞서 여성 노동자와 남성 노동자가 함께 저항했던 사례는 단 한 건이 있다. 그러나 성희롱과 관련된 사례는 아니지만, 여성과 남성 노동자가 함께 행동한 경우들이 있었다. 예를 들어, 1931년 인천의 역무力務 정미소에서는 여성 노동자에게 남성 노동자와 대등한 임금을 지불하라는 요구를 내걸고 남성과 여성 노동자들이 두 차례의 파업을 함께 벌인 바 있었다.[38] 작가 강경애는 1934년에 『동아일보』에 연재된 소설[『인간문제』]에서 남녀 노동자가 종종 서로를 이념적으로 이끌었음을 우리에게 상기시키고 있다. 여공에 대한 성적인 관심은 상급자인 감독뿐만 아니라 동료 남성 노동자들에게도 있었지만, 남성 노동자들도 함께 참여한 1930년 평양 산십제사공장山十製絲工場의 파업에서는 6백 명 노동자들이 하루 10시간 노동과 먹을 만한 음식, 그리고 "남공의 농담을 금하라"라고 요구하며 파업을 벌인 바 있다.[39]

공장 내부에서 자행된 성적 강요sexual coercion를 직접적으로 묘사하는 글이 처음 등장했을 당시, 그 묘사 방식은 성적 강요에 대해 비판적인 입장을 취하고 있다. 예를 들어, 1929년 11월 『동아일보』에 여성 노동자에 대해 연재된 정기 칼럼인 「직업 부인이 되기까지」 중에는 다음과 같은 편지가 있다. 신문은 글쓴이를 이성룡이라고 밝히고 있다.[40]

38 이효재, 「일제하의 여성 노동문제」, 165쪽.
39 김경일, 『일제하 노동운동사』, 550쪽.

저는 팔자 기박하여 세 살 때 아버님을 여의고 일곱 살 먹은 오빠와 홀로 계신 어머니가 방앗간에 다니셔서 제가 15세에 4년제의 보통학교를 졸업하였으며 오빠는 양복직공이 되어 어머님도 편안하게 집안에서 살림만을 돌보시었습니다. 그러나 운수불길하여 오빠가 20세에 신병으로 이 세상을 떠나게 되었습니다. 저의 집안을 흔들어졌습니다. 악착한 세상 맛볼 때는 다달았습니다. 그 길로 연초 회사 여직공을 댕기게 되었습니다. 때는 열일곱 살 먹든 봄이었습니다. 노동임금은 매일 10전씩 3주의 견습을 마치고 조일朝日[담배 이름 아사히-옮긴이] 물뿌리 천 개 끼는 데 6전씩 받고 하루 잘하면 5천 개로 6천 개까지에 30여 전의 돈으로 생활을 그날그날 하였습니다. 그러나 그뿐인가요. 일만 하면 그 노릇만 하게요. 감독이나 순시에게 아양을 부리면 하루가 곱게 넘어가고 비위를 거스르면 욕을 먹고 온갖 고초를 받아 겨우 20전에 불과합니다.

대부분의 경우와 마찬가지로, 아버지의 죽음은 이 가족에게 파멸을 의미했고 가족의 생계를 위해 이성룡은 공장에 가게 됐다. 이성룡의 진술에서 알 수 있듯이 여성 노동자들에게는 노동자로

---

40 『동아일보』(1929/11/03). 이성룡의 편지는 「직업 부인이 되기까지」라는 제목의 정기 칼럼란에 실려 있다. 이 칼럼은 1929년 『동아일보』에 연재되었는데 고용 시장에 들어온 다양한 종류의 여성들, 기생, 교사, 여공 등이 보내온 편지를 싣고 있다[여기서 '직업 부인'이란 식민지 시기 직업을 가진 여성들을 통칭해 부르는 말이다. 여성이 사회에 나와 일을 한다는 관념이 처음 생겨난 식민지 시기에 직업을 가진 여성들은 새롭고 신기한 유형의 인물들이었다. 결혼 여부와 관련 없이 쓰인 '직업 부인'이라는 단어에는 대중이 느낄 법한 이런 새로움과 신기함이 담겨 있었다. '직업여성'이라는 단어와 혼용해 쓰이기도 했다].

서 열심히 노동하는 역할뿐만 아니라 남성 감독들에게 애교를 떠는 역할도 주어졌다는 점에서 당시 담배공장의 경영 스타일을 엿볼 수 있다. 그녀는 계속해서 다음과 같이 말한다.

사자굴 같은 그곳을 들어갈 때는 도수장屠獸場에 들어가는 소와 같이 싫습니다. 또 남공들의 무서운 색色에 주린 무서운 유혹은 그칠 날이 없습니다. 그나 그뿐인가요. 퇴사시는 경찰에서 죄인 다루듯이 일일이 검사하지요.

여러분! 놀라지 마셔요. 17세 소녀에게 그 무리한 감독의 손에 유방으로 하부에 이르기까지 조사를 합니다. 얼마나 원통합니까. 17세 처녀의 몸에 그 무리한 행동을 달게 받게 하고 저주의 피눈물을 머금고 한낱 돈 30여 전에 억매인 생활을 삼 년이란 긴 세월을 하게 되었습니다.

이성룡은 직장에서 벌어지는 성추행에 대해 폭로하면서, 노동자계급의 남성 동료들뿐만 아니라 공장 감독의 성희롱과 협박에 대해 고발하고 있다. 그 시절에는 성희롱이라는 단어는 없었지만,[41] 이성룡은 그것을 자세히 풀어서 설명함으로써 여공들이

---

41 [옮긴이] '성희롱', '성추행'이라는 단어가 언론에 등장한 것은 1980년대 말부터이고 광범위하게 사용된 것은 1990년대부터이다. 그러나 성희롱과 성추행이 범죄로서 확정된 것은 1993년에 제정된 '성폭력특별법'(성폭력 범죄의 처벌 및 피해자 보호 등에 대한 법률)에서부터다. 성폭력 개념과 성폭력특별법의 제정 과정 등에 대해서는 한국성폭력상담소, 『성폭력, 법정에 서다: 여성의 시각에서 본 법담론』, 푸른사상, 2007을 참조할 수 있다.

공장 내에서 어떤 대우를 받는지 독자들이 분명히 알 수 있도록 했다. 무엇보다도 여기에서 중요한 것은 여공들이 어떻게 공장 내부의 성폭력 문화에 순응하게 되는지를 그녀가 폭로하고 있다는 점이다. 더구나 여공들의 월급이 무엇보다도 그들의 "훌륭한 행실"과 복종이라는 주관적인 기준에 달려 있다면, 누가 감독자의 제안을 뿌리칠 수 있을 것인가?

19세 되든 가을철에 어떤 사람의 말이 부산 모 방직 회사로 가면 견습 기한이 2, 3개월인데 식비 제하고 15원을 주고 3개월 후에는 한 달에 평균 50원을 준다는 말에 어찌나 기뻤는지 모르겠습니다. 여러분이여 삼십 전 받는 내가 1원 50전을 받게 되면 얼마나 기쁘겠습니까. 어머님과 눈물로 이별을 하게 되었습니다. 여러분들이여 놀라지 마시오. 부산을 당도하니 눈물이 앞을 가리웁니다. 먹는다는 밥은 양쌀밥에[42] 된장국 하나요. 작업 시간은 12시간이지오 작업은 주야 2회로 합니다. 또 작업 장소는 90여 도나 되는 삼복에 문을 꼭 닫습니다. 그 이유는 공기가 들어오면 실이 끊어진다는 것입니다. 감독의 무리함은 경향이 일반이지오. 얼굴이나 반반하지 못하면 연초회사와 같이 고통이 막심합니다. 준다고 하는 것은 견습 기한에 식비

---

42 "양쌀"이란 추측컨대 남아시아에서 값싸게 수입된 안남미를 일컫는 듯하다. 저녁 식사에 대한 상세한 묘사는 여공의 글쓰기의 특징으로 이들이 배고픔에 고통받고 있다는 사실을 알려 준다. 이런 굶주림에 대한 묘사는 또한 1970, 80년대 한국 노동 문학의 특징이기도 하다. 노동자들의 보잘것없는 보수는 그들에게 제공되는 식사를 통해서도 추측할 수 있다. 여공들에게 제공되는 식사 비용은 그들의 월급에서 공제되는 것이 일반적이었다. 따라서 가장 낮은 월급으로는 제일 형편없는 음식을 먹을 수밖에 없었다.

제하고 3원이오 3개월이 지나도 불과 1원이 최상일 것 같습니다. 그 뜨거운 물에 열 손가락이 짓물러서 보기에도 흉하거니와 손을 붙잡고 울 때가 많습니다. 여러분들이시여 30전이나 1원을 받아 일가족에 도움이 되느냐 하면 결코 되지 않습니다. 돈과 사회 조직이 이와 같은 이 사회 여러분들이여 한개 여공의 하소연이나마 맘 깊이 양해하시어 이와 같은 사람의 기쁨의 노래를 들으시도록 힘써 주시기를 믿고 붓을 던지옵니다.

플로렌스 나이팅게일의 자서전을 읽으면서 버지니아 울프는 "글을 쓰는 것이 아니라 절규하고 있는 것 같다"라고 말한 바 있는데, 이 같은 언급은 바로 위의 짧은 글에도 해당될 수 있을 듯하다.[43] 이 서간문이 게재된 지 두 달 후, 부산에 소재한 조선방직주식회사(이하 '조선방직')에서는 2,207명의 노동자들이 임금 삭감 계획에 저항해 파업을 벌였다.[44] 그들이 제기한 불만은 질 나쁜 공장 음식과 벌금제, 조선인 노동자에 대한 차별 대우, 그리고 여성 노동자들의 처우에 대한 것이었다.[45] 이 시기부터 여성 노동자들이 받는 부당한 처우에 대한 항의가 파업 공지문에

43 Hermione Lee, *Virginia Woolf*, London: Vintage, 1997, p. 17.

44 [옮긴이] 부산진에 소재했던 조선방직(일명 '조방'朝紡)에서 1930년 1월에 남녀 직공이 함께 참여한 파업을 일컫는다. 조선방직은 1917년 일본의 자본으로 설립된 조선 최초이자 최대 규모를 자랑하는 방직공장이었다. 조선방직 총파업은 1930년 1월 10일부터 시작했고 사회주의자들 중 화요계와 관련이 있었던 것으로 알려져 있다. 조선방직 파업에 대해서는 이송희, 「일제하 부산 지역 방직공장·고무공장 여성 노동자들의 쟁의」, 『이화사학연구』 2003년 12월호를 참조.

45 김경일, 『일제하 노동운동사』, 559-560쪽.

반복적으로 등장했다. 조선방직 파업에서는 회사 측이 여성 노동자를 통제하고 지배력을 행사하는 방법이었던 여성 노동자들의 출문권出門券[46]을 없앨 것을 요구하기도 했다. 남성 노동자들은 어느 정도 이동의 자유가 있었지만, 여공들의 경우에는 관리자들이 그들을 완전히 통제할 수 있도록 출퇴근을 기록하는 출문권을 발급 받았다.

　마침내 여공에 대한 재현과 성폭력에 대한 재현은 서로를 잠식하기 시작했다. 즉, 텍스트 내에서 수많은 공장들에 만연해 있던 여공들에 대한 성적 위협intimidation의 문화를 숨김없이 언급하는 것은, 얄궂게도 정작 그와 같은 폭력 시스템이 실제로 어떻게 작동하는지에 대해서는 불투명하게 만들었다. 그렇지만 공장 내에서의 성폭력을 이해하는 것은, 왜 이 시기부터 여공들이 자본주의의 성적 희생양으로서 재현되는지를 이해하는 데 핵심적이다. 불투명한 보너스와 벌금 체계, 노동자 모집 과정과 노동계약에 관한 미비한 규제, 왜곡된 여성 노동시장, 젊고 건강한 여성들마저도 녹초로 만드는 지극히 험한 일들, 이 모든 것들은 공장 체계의 주요 운영 원리들이 불합리하게 작동하도록 만들었다. 게다가 공장의 상벌 제도가 애매하고 자의적으로 운영되었기에, 성희롱 역시 혼란스럽고 기이한 방식으로 자행되었다. 여공을 묘사하고자 하는 모든 노력과 호기심에도 불구하고, 여공들이 신문과 문학작품들 속에서 파악하기 힘들 정도로 불투명하게 그려져 있다면, 그것은 필시 공장 내에서의 자본주의적 관계

---

46 같은 책, 560쪽.

를 강제하는 상벌 제도와 공모의 애매한 정치학ambiguous politics 때문일 것이다.

분명 공장에서의 성폭력 문제를 제기하는 것과 공장 체계에서 젠더 폭력의 기능을 이해하는 것은 전혀 다른 것이었다. 노동쟁의에 대해 언급하는 신문이나 파업 공지문들은 모두 공장에서 여성들이 겪는 부당한 처우를 완곡하게 표현했다. 그리고 1930년대 초 프로문학은 이 같은 완곡어법에 의해 가려진 공장 내 역학 관계와 부르주아적 가식을 폭로하려 했지만, 젊은 여성 임금노동자들의 섹슈얼리티 문제를 다루는 데에는 대체로 실패하고 말았다. 프로문학에서 묘사되는 성폭력은 분명 독자들에게 성폭력에 대해 경고하는 역할을 했지만, 그와 같은 경고가 독자들 중에서도 동료 여공들에게 주의를 촉구했던 것인지 또는 여공들에게 동정적인 독자들에게 여공들이 처하곤 했던 어려움을 알리는 것인지, 아니면 여공들을 괴롭혔던 이들에게 그 위험성을 경고하고자 했던 것인지 구별하기 어려웠다.

요약하자면, 이성룡이 '실제' 여공인지, 또는 편집자의 상상 속의 인물인지와 무관하게, 그녀는 봉건적 소작민의 언어로 호소했고 자비로운 정의를 바라며 애원했다. 이들은 산업화로 인한 외상trauma을 겪고 있었지만, 정작 그곳에서 벗어날 수 있게 해달라고 독자들에게 호소할 때에는 "봉건적이고, 농촌적이며, 가부장적인 유대 관계"에 얽매여 있었는데, 이 같은 상황은 전前자본주의적 관계가 여전히 지배적인 힘을 발휘하고 있음을 보여준다. 이성룡은 빈곤의 덫과 악취 나는 노동조건에서 자신이 벗어날 수 있기를 간청하면서, 여공들이 성추행까지 당하고 있음을 넌지시 알리고 있다. 자신을 그곳에서 벗어나게 해줄 사람과 후원자를 찾으면서, 그들은 독자들에게 도움을 요청할 뿐, 동료 노동자들을 불러내고 있지는 않다. 그럼에도 불구하고, 이성룡의 편지가 갖는 중요한 혁신적 측면은 바로 그녀가 호소하는 방식에 있다. 즉 그녀는 근대적인 대중매체를 이용해 전국의 독자들에게 호소하고 있고, 그렇게 함으로써 여공에 대한 공적 영역의 관심을 최초로 이끌어 냈기 때문이다.

산업주의와 재현

그 누구보다도 기자, 작가, 편집자 들은 여성들의 공장 노동을 소재로 한 글들의 **논조**[어조]tone를 정할 필요가 있었다. 과학적인 논조를 택할 것이냐, 아니면 감상적인 논조를 택할 것인가? 아니면 충격을 받아 전율하는 듯한 논조? 아니면 동정하는 어조? 노동자들에게 자선을 베풀 듯이 쓸 것인가 아니면 엄격하게 객관적으로 쓸 것인가 등등 말이다. 여성 노동자들이 벌인, 최초의 주요 쟁의에 대한 보도는 이에 대한 실마리를 제공한다. 1923년 7월 서울의 네 군데 고무공장에서 일하는 1백여 명의 여성 노동자들은 '경성고무 여직공 조합'을 건설해 임금 삭감에 항의하고, 여성 노동자들에게 모욕적인 행동을 한 감독의 파면을 요구하며 파업에 들어갔다.[47] 이 파업은 식민지 시기 여성 노동자들이 벌인 최초의 쟁의였다. 새로 결성된 노조와 조선노동연맹회, 청년회 그리고 급진적 조직들이 파업기금을 모으고 응원하는 전보를 보냈으며, 그들 조직을 지원하기 위한 순회강연을 조직함으로써 식민지 전체에 바람을 불러일으켰다.[48] 당시 여공들의 공장 밖 장외투쟁은 시간 순서대로 『동아일보』 지면에 기록되어 있다.

무서운 아사 동맹餓死同盟은 그들의 최후의 수단인 동시에 조선의 노동계급에서는 최초의 사실이라 한때의 흥분으로 조직된 듯이 돌발한 아사 동맹은 과연 일주야까지 지낸 작일 오전까지도 의연히 계속되어 정오에 불볕에 흘릴 땀을 거두기도 무섭게 불의의 소낙비도 맞았고 베치마 적삼에 스며든 빗물이 마르기도 전에 음습한 저녁 이슬까지 맞아 가면서도 150여 명 직공들은 아카시아 그늘에서 하룻

---

47 이런 파업에 대한 정보는 이효재, 「일제하의 여성 노동문제」, 162-163쪽; 김경일, 『일제하 노동운동사』, 531쪽; 이옥지, 『한국 여성 노동자 운동사 1』, 42-43쪽; 『동아일보』(1923/07/03~07/16). [1923년 7월 3일, 경성 광화문 밖에 있는 해동海東·뇌구瀨口·경혜京鞋·동양東洋 네 군데 고무공장에서 일하던 여직공 1백여 명이 일제히 파업을 했다. 파업의 직접적 이유는 종래 임금보다 2원 내지 3, 4원을 깎아 지불하면서 강제로 일을 시키는 데 대한 불만이었다. 이런 여공들의 요구에 고무공장 대표들은 동맹파업한 직공을 각 공장에서 절대로 고용하지 말 것, 금후로도 이미 고용된 직공이 동맹파업에 참여하는 경우 다 같이 해고할 것 등 강경한 결의를 통해 여직공들을 위협했다. 여공들은 이에 굴하지 않고 7월 5일, 새로 파업에 참가한 한성 고무공장 여공까지 합하여 '경성고무 여직공 조합'을 조직, 조선노동연맹회에 가입하는 한편, 아사 동맹을 체결, 고무공장 앞의 내려 쪼이는 불볕 아래서 연좌 농성을 하며 그들의 주장을 관철하려 했으나, 경찰에서 도로취체법과 치안경찰법을 내걸고 강제로 해산시켰다(「노동자의 책」 홈페이지, "경성고무 여공 파업" 항목 참조(http://bit.ly/2sJIuqE)].

48 한 강연의 제목은 "노동자계급의 선봉에서: 조선의 여공들"이었다(이효재, 「일제하의 여성 노동문제」, 163쪽). 이효재는 이들 고무공장의 파업 여공들에 대한 일본 노동자 단체들의 지지도 있었다고 지적하고 있다.

밤을 새웠다. …… 강경한 공장 측의 태도는 여전히 냉정하여 청하는 물까지도 주지 아니 하였었다. 스무 살 서른 살 먹은 여자들은 그래도 젊은 사람이라 억지로도 괴로움을 참았으나 사오십에 가까운 늙은이와 15세 미만 되는 어린애들은 울고 참고 참고 울고 하다가 마침내 세 사람은 병까지 들어 밤바람이 스치는 풀밭에 눕기에까지 이르렀다.[49]

식민지 언론의 이 짧은 기사는 우리로 하여금 파업이, 즉각적으로는 아니지만, 주체성들을 창조했다는 사실을 상기시킨다. 기자는 파업에 참가한 사람들을 묘사할 적절한 방식을 찾으며 글의 방향을 모색하고 있는 것으로 보인다. 이 시기의 신문과 잡지(번역가이자 문학사가인 마셜 필Marshall Phil은 "사회적 선교사들"이라는 별명을 붙여 주었다)에 특징적으로 나타나는 현란한 설교조의 언어를 통해, 이 기사의 저자는 파업 중의 여성들이 겪고 있던 고통 속으로 맹렬하게 들어간다. 그러나 이 기사에는 드라마와 파토스는 있지만, 이상하게도 [사회를 변혁시킬 만한] 힘은 없어 보인다. 여공들의 파업에 대한 이 같은 초기 보도는, 내가 "급진적인 자선"[50]이라고 부르는 그런 주제를 발전시키는 대신, 주관적인 르포르타주로 읽히는데, 이는 여공에 대한 동정심을 만들어 내는, [독자와 여공 사이의] 경계선이 작동하고 있기 때문

---

49 『동아일보』(1923/07/08).

50 [옮긴이] 문맥상 약자들에 대한 자선이 단순히 동정적 차원에 그치지 않고 사회를 변화시킬 정도로 큰 규모의 변혁이 되는 것을 말한다.

이다. 그렇지만 노동자의 경험을 향해 돌진하려는 이와 같은 간절함은 이 시기 문학과 언론의 특징이다. 경성고무 파업은 고용주와 경찰에 맞서 싸운 기나긴 여공 파업의 시작점으로, 여공들이 언론의 주목을 받을 수 있는 계기가 되었다. 또한 경성고무 파업은 성장하고 있는 여공들을 한국 자본주의사회에서 새롭게 구별되는 존재로 만들었다. 다만, 이런 특별함이 여공 스스로의 것인지 혹은 그들을 침묵의 노동으로부터 해방시키기 위해 이들의 파업을 기록한 이의 것인지는 우리가 탐구해야 할 문제이다.

이 시기는 노동계급 여성을 연구하는 역사가들에게 매우 중요하다. 이는 산업화 프로젝트에서 여공이 중요했고, 이 시기에 여공들의 파업이 많았기 때문만이 아니라, 작가와 언론인들이 사회에 새로운 비판적 관심을 기울였으며, 또한 신문과 잡지가 하층계급에 대해 언급하기 시작했기 때문이기도 했다. 이런 중요한 문화적 전환은 사이토 마코토齋藤實 총독의 "문화 통치 시기" 및 그 여파가 남아 있던 시기에 일어났다. 이른바 "문화 통치"란 말은, 이 시기에 문학·음악·영화와 같은 분야에서 민족적·문화적 생산물들이 눈에 띄게 꽃을 피웠으며, 그리고 이 시기에 문화가 중요한 정치적 역할들을 수행했다는 것을 의미하는데 — 이는 문화가 "한국적인 것"의 저장고인 동시에, 정치적 공론장이 폐쇄된 상황에서 정치적 입장을 표현하는 역할을 했음을 의미한다 — 문화 통치 시기는, 일본이 중국으로 세력을 확장해 식민 통치가 전시 체제로 변화하기 전까지인, 1930년대 초반까지 지속되었다.[51]

1919년의 3·1 운동과 이에 대한 일본 경찰의 탄압 이후, 일본은 통치 전술을 억압적인 무단통치에서 좀 더 회유적이고 효과적인 문화 통치로 바꾸었다.[52] 실제로, 1920년대와 1930년대 초 식민지 조선의 분위기는 여러모로 일본 내 분위기를 반영하고 있었다. 역사학자인 로버트 스칼라피노와 이정식에 따르면 "일본 당국은 급진적인 정치 행동에 참여할 권리와 급진적 이론을 행사할 권리 사이에 명확한 선을 그었다."[53] 이 같은 분위기에 힘입어 한국 내에서도 급진적 언론이 번성했고, 조선 프로문학 운동 — 이는 일본, 러시아를 비롯한 여러 나라들의 정치적·문학적 발전에 의해 자극을 받은 것이다 — 이 모습을 드러냄에 따라, 문단은 여공들을 포함한, 임금노동자라는 새로운 계급에 대해 관심을 갖기 시작했다.

식민지 조선의 양대 주요 일간지인『동아일보』와『조선일보』는 1920년대와 1930년대 초에 걸쳐 노동운동의 성장에 주목했다. 이 두 일간지는 일본의 식민 통치가 조선어 신문과 잡지에 대

---

51 이 시기에 글쓰기에 대한 검열이 이루어지지 않았다는 것은 아니다. 오히려 가혹한 검열과 주기적으로 이루어지는 경찰 단속의 와중에도, 작가들은 정치의식이 고양된 분위기 속에서 소설·시·에세이를 쓰며 기교와 감성으로 문학적 지형을 헤쳐 나갔다. 이 같은 정치의식에 대한 해석은 J. M. Coetzee, *Giving Offense: Essays on Censorship*, Chicago: University of Chicago Press, 1996, p. 112 참조.

52 역사가 마이클 로빈슨Michael Robinson은 한국에서의 전술적 변화를 이끈, 일본의 통치 엘리트들의 변화에 대해 상술하고 있다. 이에 대해서는 C. Eckert et al., *Korea, Old and New*, Seoul: Ilchokak, 1991, pp. 276-285 참조.

53 Robert Scalapino and Lee Chong-Sik , *Communism in Korea*, Vol. 1. Berkeley: University of California Press, 1972, p.66[『한국 공산주의 운동사』, 한홍구 옮김, 돌베개, 2015, 157쪽. 이 표현은 급진적인 정치적 행동은 불법으로 규정되어 탄압을 받았지만, 급진적인 이론의 연구 등은 어느 정도 허용되었던 상황을 가리킨다].

한 규제를 어느 정도 완화했던 1920년에 창간되어[54] 당대의 주요 쟁점들을 다루는 생생한 공론장 역할을 했다. 정치적 영역에서는 의회와 정당 또는 정치적 대표의 부재라는 제한이 있었지만, 신문의 논설은 이 같은 정치적 참여가 부재한 시기에 다양한 의견들이 서로 소통하고, 사람들을 동원하는 매체로서 유의미한 역할을 담당했다.

역사가 마이클 로빈슨은 이 일간지들이 사이토 총독의 문화 통치 기간 동안 얼마나 절충적이었는가를 잘 보여 준 바 있다. 정치적으로 "중도적인" 시각을 가진 사업가들에 의해 설립된[55] 이 신문들은, 사주社主의 부르주아적 민족주의를 재생산하는 사설에서부터 프로문학에 이르기까지, 정치적 스펙트럼이 넓었다. 이 신문들은 불법적인 파업에 대해 기사화하거나, 노조의 급격한 증가 양상에 대해 보도하기도 했고, 전국적으로 벌어진 크고 작은 파업에서 등장한 노동자들의 요구를 나열하기도 했다.[56]

식민지 조선에서 이런 신문들이 출현한 역사는 또한 책을 읽는 근대적 대중이 형성되는 역사이기도 하다. 1920년대에서 1930년대 초의 독자들은 여러 기라성 같은 출판물의 세례를 받았다. 그렇지만 당시 독자들의 독서는 유행에 의한 쏠림 현상도

---

54 C. Eckert et al., *Korea, Old and New*, p. 283.

55 M. Robinson, *Cultural Nationalism in Colonial Korea, 1920~1925*, Seattle: University of Washington Press, 1988, p. 114[국역본, 405-406쪽].

56 김경일, 『일제하 노동운동사』, 521-567쪽에 실린 부록을 보라. 이 두 신문은 1920, 30년대에 노동쟁의 소식을 열성적으로 보도했다. 이는 이들 신문이 1970년대에 보도했던 파업 보도 건수들과 비교해 특히 그러했다.

심했으며, 그 내용들에 대한 지적 이해에서는 매우 취약한 측면
도 있었다. 1927년 『조선지광』朝鮮之光은 「엇던 젊은 사회운동
자의 일기」라는 허구적인 글을 게재하고 있다. 이 글의 저자는
식민지 조선을 휩쓸고 있는 사상에 대한 열기를 전하면서도, 이
와 동시에 젊은 사회주자들 사이에서 나타났던 일종의 "래디컬
시크"radical chic[57]에 대해 풍자하고 있다.

二月 十三日

모레 저녁이 강의할 날이다. 나는 연사의 한 사람이면서 어쩨 아모
것도 생각하지 못해서 어찌해야 좋은가? 문제는 꿩장하게 「여자의
경제적 지위와 해방운동」이라고 크게 걸어 놓고는 하나도 생각하지
못해서 어쩌면 좋으랴. 청중에게 무엇을 드리나? 대관절 강연을 어
떻게 하나? 본래 연단 단련이 없는데다가 아는 것조차 없으니 어쩌
면 좋으랴? 무어라고 할까? …… 그 강연에는 많은 것을 요구한다.
그러나 나는 잘 알지 못한다. 나는 무산자이다. 동시에 학교에서 공
부를 기회조차 얻을 수 없었던 것만큼 무학한 사람이다. 어떻게 할
까. 수많은 군중에게 무엇으로 달콤한 그림을 그리게 할까. 아아 모
름의 괴롬이여!

二月 十四日

---

57 [옮긴이] 1970년 언론인 톰 울프Tom Wolfe가 만들어 낸 말로, 진보적 이념을 자신의
사회적 지위와 명성을 위해 이용하는 상류층 사람들을 다소 풍자적으로 일컫는 말이
다. 이 책에서는 '상류층'을 풍자하기 위해서라기보다는 사회주의를 유행처럼 피상적
으로 소비하는 젊은이들을 비판하기 위한 맥락으로 사용되었다.

밤에 ××촌에 놀러 갔다. 거기는 3, 4인의 여성들이 나의 놀러 가기를 기다리고 있었다. 노는 방식은 역시 이전과 같이 화투도 놀고 과자도 사다 먹고 사회운동에 대한 이야기도 하고 연애 문제도 이야기하고 하였다. 특히 연애 문제는 이때까지든지 빼놓은 때는 없었고 그때마다 반드시 내 입으로부터 거반 시작되었다. 오늘 저녁에는 특히 이론 방면을 역설하였다. 나는 입센을 말하며 카펜터를 말하고 엘렌 케이의 현모양처주의를 ××하였다. ……카펜터의 그것은 사회주의적이면서도 이상주의적인 색채를 띤 것을 지적한 후 다시 유물사관적 지위에서 성적 도덕을 설명한 오그스트 베벨을 소개하였다.[58]

급진적인 잡지 『조선지광』의 위 인용문은 "노동"과 "운동" 사이의 거리, 즉 생산직 여성들 가운데 교육받기를 원하는 이들과 운동가들 사이의 간극을 선명하게 기술하고 있다. 이 글에서 풍자의 대상이 되고 있는 '젊은 사회운동자'는 막상 "여자의 경제적 지위와 해방운동"이라는 제목의 공개 강연은 지식이 부족해 제대로 준비하지 못할 정도로 쩔쩔매지만, 여성들과의 사적인 만남에서는 당시 식민지 지식인들에게 근대적 연애에 관한 아이디어를 제공한 인물들(입센, 카펜터, 엘렌 케이, 베벨 등)에 대한 얄팍한 지식(오해를 포함해서)을 과시하고 있다. 이 잡지의 편집자는 프롤레타리아 여성들 앞에서 얄팍한 지식을 과시하는 운동가의 모순을 그대로 폭로함으로써 독자들로 하여금 **여공들을 대신해** 분노를 불러일으킬 목적으로 이 글을 쓴 것으로 보인다.

---

58 「엇던 젊은 사회운동자의 일기」, 『조선지광』 1927년 7월(69호), 31쪽.

한편 기자들이 공장의 노동조건에 대해 상세하게 묘사하기 위해 주의를 기울이고, 여공들이 겪고 있던 가난을 감각적으로 묘사했던 것은, 여공의 삶이 독자들에게 매우 낯설고 심지어는 이국적이기까지 했다는 점을 알려 준다.[59] 이 장의 서두에 인용된, 공장의 노동조건에 관한 글을 쓴 "부인 기자" 역시, 온갖 종류의 학대에 예속되어 착취당하는 무기력한 식민지 자본주의의 외로운 희생양으로서 여공들의 이미지를 만들어 냈다. 노동조건에 대한 생생한 묘사는 식민지 기간 내내 신문 지면에 산재해 있었다.[60] 그 생생한 묘사의 예로 『조선중앙일보』 1936년 7월 2일자에 실린 부산의 방직공장에 대한 다음과 같은 묘사를 들 수 있다.

우렁차게 돌아가는 기계와 날카롭게 휘두르는 감독자의 눈살 밑에서 백도에 가까운 열도에 먼지 섞인 공기를 호흡하며 침침한 공장

---

[59] 쉴라 스미스는 1840, 50년대 빅토리아 시대 "가난한 자들"에게 관심을 돌린 작가들에 대해 연구한 바 있다. 이 작가들이 매우 상세하게 묘사했던 낯선 하층민들의 삶은 상층계급에게는 늘 보이지 않았던 것이다. 쉴라 스미스는 이를 가리켜 "가난한 사람들에 대한 소설가들의 감각적인 반응"이라 불렀다. 예컨대 찰스 디킨스, 엘리자베스 개스켈과 같은 작가들은 마치 외국에서 살고 있는 듯이 묘사되었던 가난한 사람들의 물질적인 디테일 그리고 그들의 삶과 습관에 대해 서술한 바 있다. Sheila Smith, *The Other Nation: The Poor in English Novels of the 1840s and 1850s*, Oxford: Oxford University Press, 1980, pp. 23-44.

[60] 공장 내에서의 작업 환경에 대한 보고로는 『동아일보』(1927/06/25)에 실린 소녀 노동자들에 대한 가혹한 환경에 대한 기사를 예로 들 수 있다. 또한 특히 일본인 공장에서 일어난 파업에 대해 폭넓게 다룬 보도에서도 당시의 작업 환경에 대한 서술을 찾을 수 있다. 이 장에서 논의했던 경성 고무공장 파업에 대한 1923년 7월 『동아일보』에 실린 자세한 보도를 보라.

속에서 뼈가 아프고 살이 닳도록 일하는 여공들은 대개 15, 16세의 아릿다운 처녀들과 혹은 20세 전후의 젊은 여인들인데 그 대다수가 각지의 농촌에서 모집되어 온 사람으로 그중 특히 경북 등지의 사람들이 많다는 것이며 정든 고토와 부모형제를 떼치고 천리타향의 외로운 신세로 부산방직이 돈벌이 좋다는 소문을 듣고 와 있는 그들의 수입은 과연 얼마나 되는가? 그러나 놀라지 말지어다. 처음 들어온 여공들은 하로에 15, 16전이 최고로 6, 7년을 이 속에서 늙고 시달린 숙련공이래야 최고 30, 40전이라 하니 이 얼마나 근소한 수입인가. 그러면 15, 16전의 일급으로 어떻게 살어 가겠느냐는 의문을 누구든지 가질 수 있을 것이다. 그 적은 수입으로 호구만은 하야 갈 수 있는 방법은 있으나 그것은 사내 기숙사라는 것이 있어 그 구조를 보면 6, 7조疊씩이나 되어 보이는 방들이 즐비하게 연하야 있어 한 칸에 평균 십수 명 씩을 수용하고 문간에는 수위가 교대로 번을 서 있으며 사감의 날카로운 시선은 부절히 그들의 행동을 살피고 있어 극히 자유를 제한하고 있는 것이다. 그리고 먹는 음식 역시 한 공기 (보통 공기만 한) 남짓이 되는 양철 그릇에 보리 외 값싼 쌀로 지은 밥(증기로 쪄서)과 김치쪽이 그들의 점심이라 한다. 그나마 아침은 너무나 이르고 점심은 먹을 시간이 모자라며 저녁은 왼종일 시달려 기진하여서 옳게들 먹지 못하고 그 적은 양의 밥도 남긴다고 한다. …… 얼굴빛은 마치 중병이나 앓고 난 사람처럼 창백한 빛이 가로질리어 있으며 신체는 쇠약하져서 요즘같이 더운 때에는 간간이 졸도하는 직공도 비일비재라 한다.[61]

---

61 『조선중앙일보』(1936/07/02).

이 같은 기사들은 식민지 공장의 명예를 실추시켰다. 1930년대 중반 『조선중앙일보』의 한 기사는 "일반 가정의 공장에 대한 좋지 못한 선입견이 일반화되어 있었다"[62]라고 언급하기도 했다.

1920년대와 1930년대 초중반 조선에서 나타난 사회참여적인 문학과 노동자계급의 급진주의는 "식민지 근대성"의 산물이자, 바로 그것에 대한 비판이라는 두 가지 측면을 동시에 갖고 있었다. 대중에 대한 호소문과 파업을 통해, 노동자계급 여성들이 저임금과 위험한 작업장 그리고 성추행에 대해 저항했을 때, 그들은 자본주의적 근대성이 만들어 낸 산업사회를 규탄하기 위해 그 자본주의적 근대성의 도구들을 요구하고 있었다. 그들의 언어는 낡은 것과 새로운 것의 혼합물이었다. 여공들은 농촌적이고 봉건적인 유대 관계에 여전히 기대고 있으면서도, 자신들을 위해 사회가 새로운 공적인 역할을 해줄 것으로 요구하고 있었다.

그러나 이런 요구에도 불구하고 신문과 잡지에서 여공들이 쓴 글이 희소하고 단편적이었던 것은 한국에서 하층민 여성의 글쓰기가 오랫동안 역사적으로 억압되어 왔기 때문이다. 물론, 여성의 글쓰기에 대한 이 같은 억압은 노동하는 많은 여성들이 문맹이었던 식민지 조선에서, 문해력의 경제와 관련되어 있다. 1922년의 총독부 조사에 따르면, 임금노동자들의 59퍼센트가 학교에 다닌 적이 없다고 전해진다.[63] 여성만을 대상으로 한 통

---

62 『조선중앙일보』(1936/02/22). 김경일, 『일제하 노동운동사』, 61쪽에서 재인용.

63 Park Soon-Won, *Colonial Industrialization and labor in Korea*, p. 81.

계는 이보다 높다. 1930년 조선총독부의 일제 조사 보고에 따르면, 조선인 여성의 92퍼센트가 완전히 문맹이었다.[64] 그리고 식민지 조선에서 간행된 잡지들에 대한 연구에 따르면, 19세기의 낡은 문학적 관습이 일부 남아 있었다. 예를 들어, 조선 시대의 신분제의 잔재였던 기생들은 자신들을 위한 잡지를 발행했지만, "근대적인" 여공들은 결코 그러지 못했다.[65]

젠더 공포

앞서 언급했던 1923년 경성고무 여공 파업은 노동자들이 고용주와 경찰에 맞선 싸움이었고, 오랜 여공 파업 역사의 시작점이었으며, 그들을 언론의 관심을 받게 함으로써 막 태동하기 시작

---

64 Song Youn-Ok, "Japanese Colonial Rule and State-Managed Prostitution," p. 190.

65 [옮긴이] 기생들은 1927년 기생 잡지 『장한』長恨을 간행한다. 여공들이 자신들을 위한 잡지를 간행하지 못한 것과는 대조적이다. 이에 대해 '기생'이라는 집단이 조선 시대에 천민으로 대접받았지만 전통적으로 양반과 대화를 나눌 수 있을 정도의 교양과 지식을 갖춘 집단이었다는 점에서 여공에 비해 근대의 기생이 문학에 더 쉽게 접근할 수 있었다는 연구가 있었고 이런 기존 연구에 저자가 동의하고 있는 것으로 보인다. 따라서 저자가 말하는 '19세기의 낡은 문학적 관습'이란 바로 기생이 여공들에 비해 더 쉽게 문학에 다가갈 수 있었던 전통을 가리킨다. 이 당시 여공들이 모두 다 문맹이었던 것도 아니며 글쓰기가 전혀 없었던 것은 아니지만 가난한 여공들은 교육을 받기 어려웠고 글을 쓴다 하더라도 당시 잡지들은 여공과 같은 하층계급 여성들이 글을 실을 수 있을 정도로 일반 대중에게 열려 있지 않았다. 기생과 근대문학과의 관련에 대해서는 정혜영, 「기생과 문학」, 『한국문학논총』 2002년 6월호를 참조.

했던 식민지 자본주의사회에서 여공을 다른 집단과 분명히 구별하게 만든 사건이었다. 1923년의 파업 이후, 고무공장들은 식민지 시대의 가장 치열했던 노동운동의 장소가 되었다. 예를 들어 1931년에서 1935년에 걸쳐 평양에서는 각기 서로 다른 고무공장에서 일하던 1천여 명의 노동자들이 임금 삭감에 항의하는 파업을 벌였다.[66] 경성고무 여공들의 파업은 언론의 주목을 받고, 지지자들을 얻었다는 것뿐만 아니라, 그들의 고충을 널리 알렸다는 점에도 그 의의가 있었다. 노동자들은 여성과 남성 그리고 미성년 노동자들 사이의 임금 차별에 항의하기 위해, 그리고 여성 노동자들에게 가해진 성추행을 폭로하기 위해 작업을 중단했다. 이와 유사한 항의가 뉴스 기사나 문학작품에서 이 시기 여공들의 삶을 일별할 때마다 등장했다. 여기에서 다음과 같은 질문이 제기된다. 공장이나 다른 작업장을 젠더 공포gender panic와 성폭력의 장소로 만든 변화들, 즉 이 시기 젠더 관계들 속에서 일어나고 있는, 좀 더 거시적인 변화들이란 무엇이었던가?

　　페미니스트 역사학자인 안나 클라크는 초기 영국 산업혁명 시기 평민들의 문화가 "성적 위기"sexual crisis ― 성별 노동 분업에서 나타난 변화가 기존의 성적·젠더적 이데올로기들을 전복시킨 현상 ― 로 인해 부정적인 영향을 받았다고 말한다. 클라크는 이런 성적 위기가, "젠더 관계에서 나타난 거대하고 혼란스러운 대격변으로, 노동하는 대중 ― 18세기의 장인, 소규모 상점주, 노동자, 세탁부, 재봉사, 하인, 선원 들 ― 이 임금을 받

66 김경일은 『일제하 노동운동사』, 553-555쪽에서 954명이라고 말한다.

는 노동자계급으로 변화"[67]하는 과정에서 노동에서의 새로운 젠더 구별은 물론, 이에 수반된 사회적·도덕적 변화들에서 초래된 것이라 설명하고 있다. 이런 변화에 대해 클라크는 "[빅토리아 시기] 중간계급의 가치인 체면respectability이, 노동계급이 과거에 누렸던 성적 자유를 압도하면서, 수많은 여성들이 19세기 초 [중간계급 문화의 영향을 받아] 변화한 노동계급 문화의 도덕에 포섭되었다"[68]라고 설명하기도 한다.

식민지 조선에서도, 산업화는 기존의 성별 분업을 영원히 변화시켰다. 일제 식민 통치하의 자본주의적 산업의 팽창은 마침내 가부장이 아내와 아이들의 노동을 지배했던 조선 사회의 봉건 경제를 대체했다. 그리고 영국의 산업혁명과 마찬가지로, 한국의 자본주의적 산업은 공장이나 광산 그리고 새로운 산업에서 노동으로 생존하게 된 이들에게 가장 큰 변화를 가져왔다. 젠더 이데올로기와 계급 이데올로기 사이의 갈등의 중심에 바로 여성 노동계급이 있었다. 이 같은 갈등은, 토지를 기반으로 한 마을 중심의 봉건사회에서 산업사회로의 이행을 통해, 커다란 반향을 불러일으켰다. 남성들이 그들 가족에 대한 경제적 지배력을 상실하게 되자, 여성들이 소득을 창출해야 하는 역할을 떠맡게 되었고, 이는 그들을 초기 자본주의의 공적 영역 — 공장, 상점, 성매매 지역, 사무실, 학교 등 — 으로 밀어 넣었다. 여성의 경제적

67 A. Clark, *Women's Silence, Men's Violence: Sexual Assault in England, 1770~1845*, London: Pandora Press, 1987. p. 13.

68 Ibid.

독립에 대한 전망, 즉 여성의 새로운 사회적 자율성을 기대하게 만드는 그런 독립에 대한 전망이 식민지 조선을 뒤흔들었다.

그러나 성적 위기는 비단 "봉건적인" 젠더 이데올로기와 "근대적인" 젠더 이데올로기 사이의 갈등만을 의미하지 않았다. 오히려 성적 위기는 식민지적 근대성과 자본주의적 산업화가 남성과 여성의 삶에 새로운 층위의 복잡성을 덧붙이는 것이라 할 수 있다. 한편으로, 자본주의적 근대성은 여성을 착취하는 새로운 방식을 열었지만, 다른 한편으로는 그들에게 새로운 공적 역할을 부여한 것이기도 했다. 그러나 이 같은 변화는 모순으로 가득 차 있었다. 식민지 조선에서, 노동하는 여성들은 자신들이 전통적으로 여성으로서 해서는 안 되는 것들 ― 즉, 가족의 아무런 보호도 없이 집을 떠나, 유해한 환경의 공장에서 일하며, 돈벌이로 여성이 갖춰야 할 아름다움을 상실하는 것과 같이, 공적인 고용 상황에서 겪을 수 있는 온갖 위험에 노출되는 것 ― 을 체화하고 있다는 사실을 발견했다. 그들이 수행하는 노동의 유일한 미덕은 타인, 즉 가족을 위해 돈을 번다는 점이었다. 따라서 여공들은 한국에서 진행된 산업혁명기 동안 매우 험난한 길을 걸었고, 그 모순들 ― 최대한의 강인함과 인내심이 요구되는 공장 시스템의 "희생양"으로서 또는 그들을 최악의 학대에 노출시킨 근대적 자본주의 시장으로 인해 "타락함"으로써 ― 을 전형적으로 보여 주었다.

노동계급 여성들은 물론, 이 시기에 일하기 위해 집을 나간 여타의 여성들에 대한 성희롱은 두 가지 분명한 기능을 수행했다. 즉, 하나는 그들을 성적으로 차별화된 일자리들에 붙잡아 두는 것이다. 그리고 다른 하나의 기능은 작업장에서 남성에 대한 여성의 복종을 강화하는 것이다.[69] 이런 이중의 예속에 대해 역사학자 서형실은 성희롱이 의도적인 경영전략이라고 말하기도 한다. 고무 제품 제조업과 제사업 여성 노동자에 대한 체계적인 성적 지배를 연구한 서형실은 여공들과 성적 관계를 맺으려는 감독과 감시자들의 전략은 결국 노동자들을 분할 지배하는 방법이었다고 주장한다. 서형실은 다음 장에서 보다 자세하게 논의하게 될, 유진오의 단편소설 「여직공」에서 감독들이 "특정 노동자를 회유, 매수하고 게다가 성관계를 맺으며 일반 노동자들의 동태를 감시"하도록 하는 방법을 볼 수 있다고 지적한다.[70] 감독들과 성관계를 맺은 여공들은 그런 성행위 자체 때문에 또는 감독이 그들에게 베푸는 호의에 대해 동료들이 반감을 갖거나 질시하기 때문에, 동료 노동자들로부터 자주 밀고자로 의심을 사거나 따돌림을 당했다. 따라서 파업의 한 쟁점이었던 성희롱은 여공들을 포섭하고, 다른 이들을 위협해 노동자들을 분열시키기 위한 전략이기도 했다. 성희롱은 남성 감독과 남성 동료 노동자들이 여성 노동자들에게 행사할 수 있었던(또는 그들이 그렇다고 믿었던) 통제력의 수준을 나타냈다. 또한 그것은 공장이라는 새로운 사회적 공간에 진입한 여성들에게는 그 어떤 권리도 부여되지 않았다는 사실을 보여 준다.[71]

---

69 이 요약은 Catherine MacKinnon, *Sexual Harassment of Working Women: A Case of Sex Discrimination*, New Haven: Yale University Press, 1979에서 가져온 것이다.

70 서형실, 「식민지 시대 여성 노동운동에 관한 연구: 1930년대 전반기 고무 제품 제조업과 제사업을 중심으로」, 59쪽.

71 김경일, 『일제하 노동운동사』, 59-60쪽은 1927년 대구의 가타쿠라片倉 제사공장에

그러나 여공들이 대면했던 그 모든 장애물에도 불구하고, 노동계급 여성들은 식민지 경제 안에서 자신들의 처우에 대해 저항할 방법을 찾아냈다. 그들은 자신들의 노동쟁의와 자신들의 집단에 말을 걸어 줄 근대적 미디어에 관심을 돌렸다. 이런 변화의 계기는 작가들이 여공들에 대해 새로운 비평적인 관심을 쏟게 되었고, 새로운 "프로문학" 운동의 주창자들이 노동자들을 예술과 정치의 핵심적인 혁명적 주체로 묘사하기 시작했던 역사적 순간과 관계가 깊다. 여성 노동자들이 성희롱을 묘사하기 위해 사용한 언어들은 모호할 때도 있었지만, 여성들이 일했던 공장에서 발생한 노동쟁의에서 제기된 불만 사항 목록에는 여공들에 대한 폭력 문제가 반복적으로 등장했다. 자본주의사회에 새롭게 등장한 이들을 연민을 갖고 바라본 관찰자들의 반응은 더더욱 모호했다. 잔혹한 장면들을 묘사하면서도, 우유부단한 언어를 사용한 것은 이들이 한국에 최초로 등장한 여공을 재현하는 데 한계를 갖고 있음을 보여 준다. 성폭력에 대한 묘사들은 텍스트 안에 언급되고 있는 폭력들을 독자들에게 환기시키기를 꺼려하는 것처럼 보이거나 성희롱을 작동하게 하는 속임수에 스스로 걸려 있는 듯하여, 여공들이 겪는 생생한 체험을 적절히 묘사하는 데 실패했다.

흥미로운 점은 이성룡의 글과 『개벽』에 실린 시에서, 여공들이 소망했던 유토피아적인 세계가 자본주의적 혹은 사회주의적

서 일하던 14세 여공의 아버지가 딸을 구타한 공장 감독을 고소한 사건을 언급하고 있다. 이 사건에서 공장 감독은 기소 유예 처분을 받았다.

미래가 아닌 봉건적 과거라는 것이다. 두 저자는 비록 억압적이었지만 여성 보호의 논리를 폈던 가부장적 사회를 떠올리면서, 여성들을 무자비하게 착취하는 산업사회를 비판하기 위해 그와 같은 가부장적 모델을 이용하고 있다. 이런 애매한 목소리는 1920년대 후반과 1930년대 초반 산업화의 시기를 담아내는 동시에, 여성 노동자가 갖는 양가적인 사회적 지위를 드러내고 있다. 여성이 집안에서 가족과 함께 있는 것이 더 어울린다고 생각하는 시선 속에서, 즉 집 밖으로 나온 여성 노동자를 가난하기 때문에 어쩔 수 없이 노동에 예속된 이들로 보는 사회적 시선 속에서,[72] 공장에서 노동하는 젊은 여성들은 결코 사회적 승인을 받지 못했다. 경비가 허술한 감옥에 비유될 수 있는 억압적인 기숙사 시스템은 "보호"에 대한 노동자들의 요구, 즉 바깥 세계로부터 젊은 여성들을 그리고 순결이라는 그들의 성적 명예를 지켜 달라는 요구에 대한 기이한 응답이었다.[73]

---

[72] 일레인 김은 「남성들의 이야기」에서 여성의 공장 노동에 대한 사회적 승인이 부족함을 언급하고 있다. Elaine Kim, "Men's Talk," in Kim, Elaine & Choi, Chungmoo(eds.), *Dangerous Women: Gender and Korean Nationalism*, London: Routledge, 1998[일레인 김, 「남성들의 이야기」, 최정무 외 지음, 『위험한 여성』, 박은미 옮김, 삼인, 2001. 일레인 김은 직접 공장 노동에 대해 직접 언급하고 있지는 않지만 한국 여성의 몸이 기본적으로 남성이 노동에 효율적으로 참여할 수 있도록 유지되는 데 동원되었다고 말한다(일레인 김, 같은 글, 94쪽). 이런 시각에 따르면 '공장 노동'과 같은 생산직은 기본적으로 여성의 일로 인정되지 않았던 것이다].

[73] 강이수, 「1930년대 면방대기업 여성 노동자의 상태에 대한 연구」, 222-223쪽에서는 감옥처럼 건축된 종연 방직공장에 대해 언급하고 있다. 이 공장에는 탈출을 막기 위해 여섯 개의 망루가 설치되어 있었고 도주한 여공들을 순사가 역 근처에서 잡아오기도 했다. 이에 대해서는 이옥지, 『한국 여성 노동자 운동사 1』, 53쪽도 참조.

1920, 30년대는 근대적인 자본주의적 사회관계에 진입함으로써 여성들이 최초로 근대성과 조우할 수 있었던 역사적 순간으로 종종 재현된다. 근대성에 의한 여성의 해방은 근대적 노동시장으로의 진입 여부에 달려 있는 듯하다. 즉 학교, 병원, 공장, 대중교통, 미술관, 전화 교환 등등에서의 노동이 그것이다. 한걸음 더 들어가, 노동하는 것 그 자체는 노동에 필요한 기술이나 지식을 습득한 만큼 그에 상응하는 급료와 같은 보상을 받는다는 관념이기도 하다. 이런 관념으로 인해 부상하는 자본주의사회에서 노동은 남성과 여성 모두에게 가치 있는 범주로 새롭게 등장했다. 특히, 여성들이 노동을 통해 자유를 찾거나 "자아"selfhood를 찾을 수 있다는 생각은 사회주의적 성향의 여성들뿐만 아니라 소위 신여성들이 자신들의 삶을 스스로 선택함으로써 입증하고자 했던 믿음이기도 했다. 그렇지만 요새 같은 공장 안에서 어떻게 자아를 찾을 수 있다는 말인가? 앞서 인용한 1929년 『동아일보』의 고정 칼럼은 이 지점에서 교훈적이다. 이 칼럼에는 「직업 부인이 되기까지」라는 모호한 제목 아래, 일하는 미망인, 기생, 고아 출신 여공들이 겪는 시련들이 자세히 열거되면서 폭로되어 있다. 식민지 자본주의의 새로운 주체를 언급하고 있는 이런 기사에서 우리는 사회적으로 증폭되어 가는 젠더 공포와 여성 프롤레타리아에 대한 심각한 비관주의를 보게 된다.

노동운동 속의 여성들

노동계급 여성들의 사회적 지위가 높다고 할 수 없다면, 그들의 정치적 지위 역시 높을 수 없었다. 1920, 30년대 노동계급 여성들은 남성들이 리더십을 행사하고 있던 노동운동 내에서 그들 스스로 정치적인 공간을 개척하기 위해 노력해야만 했다. 그러나 이는 그리 성공적이지 못했다. 『한국 여성사: 근대편』은 이것이 얼마나 노동운동의 손실이었는가를 강조한다. "노동조합은 여성 노동자의 이익을 적극적으로 옹호하지 못하고 있었고 그들을 조직화하려는 의식적 노력을 기울이지 않았다. 따라서 광범위한 여성 노동자들을 그 대열 내로 끌어들이지 못해 여성 노동자의 조직화는 매우 낮은 수준이었다."[74]

페미니스트 역사학자인 이효재는 1978년에 출간한 꼼꼼한 연구를 통해, 20세기 초반 여성 프롤레타리아 지도자, 작가, 사회주의자 들을 발굴해, 그들이 한국 노동운동사에서 차지하고 있던 정당한 지위를 복원한 첫 연구자였다.[75] 이효재는 1928년의 영흥 파업이나 1929년의 원산 총파업처럼 더 크고 잘 조직된 파업에 가려져, 많은 역사학자들이 전통적으로 식민지 노동

---

74 한국여성연구회, 『한국 여성사: 근대편』, 풀빛, 1992, 241쪽. 이 책은 계속해서 다음과 같이 말한다. "여성운동의 대중 조직이었던 근우회도 인텔리겐차 중심으로 조직되어 있었으며 성장하는 여성 노동자와 여성 농민을 조직 속에 포함하지 못하고 있었다"[근우회는 좌우합작 단체인 신간회가 1927년 설립되고 난 뒤 다음해에 자매단체로서 설립된 여성 단체로 좌익계 여성 인사들이 주도했다].

75 이효재, 「일제하의 여성 노동문제」.

운동의 잠재적 형태로만 규정해 왔던, 여성 중심의 공장과 작업장에서 발생한 주요 파업들을 연대기 순으로 정리한 바 있다.[76]

이효재의 작업은 노동사가인 이옥지에 의해 이어져 더욱 확장되었다. 이옥지는 이효재와 마찬가지로 각종 자료들에서 파업에 참가한 노동자들을 포괄적·젠더 중립적 단어인 '직공'(주로 남성으로 추정되는)으로 표현하고 있기 때문에, 파업에 참여한 여성 프롤레타리아들의 존재가 쉽게 간과되었을 수 있음을 경고한 바 있다.[77] 이옥지는 남성 동료들과 더불어, 여성 노동자들이 파업에 참여했다는 사실은 공장노동자들이 발표했던 요구 사항들 속에서 찾을 수 있다고 지적한다. 예를 들어, 1926년 쓰노다 양복점 파업에서 노동자들이 제기한 불만 사항 가운데에는 "일본인 감독의 여직공에 대한 폭행"이 포함되어 있었다. 이옥지는 이 같은 정보를 근거로 여성 노동자들이 이 파업에 참여했음을 짐작할 수 있다고 주장한다.[78]

1920년대에서부터 1930년대 중반까지는 식민지 노동운동이 가장 활발했던 시기였다. 그러나 1930년대 말경에 수많은

---

76 김윤환, 『한국 노동운동사 1: 일제하편』, 청사, 1982와 김경일, 『일제하 노동운동사』를 참조.

77 이옥지, 『한국 여성 노동자 운동사 1』, 39쪽[한편 이효재 교수에 의하면, 1919년에서 1940년 사이에 신문이나, 잡지, 기타 통계자료를 통해 볼 때 여성이 참여한 노동쟁의 사례는 122건에 달하는데, 그중 여공만 참가한 것이 94건, 남녀가 함께 참가한 것이 28건이었다고 한다. 이 경우에도 '직공 파업'이라고 표현된 것은 남자 직공의 단독 쟁의로 간주해 사례에서 제외되었는데, 실제로는 더 많은 노동쟁의들에서 남녀가 함께 참가했으리라 보고 있다].

78 같은 책.

노동운동가들이 검거되고, 노동운동이 지하로 잠적함에 따라, 여성 노동자들이 노동쟁의의 중심이었던 대규모의 공장에서 파업을 조직하는 등의 노동운동을 하는 것이 매우 어렵게 되었다. 식민지 전시경제하의 대규모 공장에서 여공들이 억압적인 노동 환경에 맞서 어떻게 저항했는지 살피기 위해, 이옥지는 이 시기 공장들을 보도했던 신문의 조각 기사를 검토한다. 이옥지는 1930년대 후반 억압적인 공장 노동에 맞서 여성들이 저항했던 증거로 공장에서 도망쳐 지방의 한 기차역에서 잡혀 다시 공장에 끌려온 여공들의 이야기를 언급하고 있다.[79]

1945년 해방 직후, 혁명적 노동운동 조직인 조선노동조합전국평의회(전평)[80]가 조직되어 일제 소유의 기업과 공장에 대한 노동자 자주 관리 운동을 펼쳤다. 그러나 전평은 남성 노동자계급 조합원들만을 배타적으로 대변했던 것으로 보인다.[81] 이옥지의 연구에 따르면, 1946년, 50만 명의 강성 조합원으로 전평이 결성될 당시, 조합원 가운데 여성이 25퍼센트를 차지하고 있었음에도 불구하고, 여성들이 전평 지도부 내에 포함되었다든지

---

79 같은 책, 53쪽[1930년대 말, 일제의 직접적인 탄압이 가중되고 있던 시기에 벌어졌던 한국 노동자들의 저항과 관련해, 이옥지는 "이런 상황에서 한국 노동자들은 파업보다는 결근, 이직, 탈주 등으로 그들의 불만을 표출하고 항거하였다"라고 지적한다].

80 [옮긴이] 조선노동조합전국평의회는 1945년 조선공산당 산하의 노동운동 단체로 조선민주청년동맹과 함께 조선공산당의 양대 세력을 이루었다. 1945년 9월 파업을 주도하기도 했지만 1947년 좌익 운동이 남한에서 불법화되자 지하로 숨어들게 된다.

81 '전평'의 혁명적·민주적 가능성에 관한 찬사는 George E. Ogle, *South Korea: Dissent Within the Economic Miracle*, London ; Atlantic Highlands, N.J.: Zed Books ; Washington, D.C.: International Labor Rights Education and Research Fund, 1990, pp. 8-12를 보라.

또는 전평 계열 지부에서 지부장이나 임원 등 공식적 지위를 차지했다는 기록은 없었다.[82] 실제로 이옥지가 찾아낼 수 있었던 여성 노동자에 대한 단 하나의 언급은 제사공장과 방직공장에서 파업을 "여공들의 쟁의"로 알리는 문구뿐이다.[83] 해방을 추구한다고 주장하는 조직에서조차, 여성들은 수동적으로 애원하는 희생양 역할을 떠맡을 운명에 처했던 것으로 보인다.

결론

여공들이 한국의 식민지 근대성의 어떤 자리에 들어갈 것인가라는 문제는 오랫동안 페미니스트 역사학자들에게 주어진 질문이었다. 특정 부류의 젊은 여성들이 식민지 근대성을 새로운 공적 영역, 즉 여학교, 카페, 친목회와 같은 장소에서 마주쳤을 때, 하층계급 여성들은 식민지 근대를 성매매 지역과 공장에서 마주쳤다. 하층계급 여성들은 그들을 규제하는 공장의 호루라기를 통해 시간 규율을 배웠고, 그들을 으스러뜨릴 수 있을 정도로 위협적인 기계에 대한 두려움을 작업장에서 느꼈으며[84] 자신들

---

82 이옥지, 『한국 여성 노동자 운동사 1』, 62쪽. 여기에 대한 예외는 사회주의자 정종명을 들 수 있는데 정종명은 부인부의 책임자였다. 한국사사전편찬회(이이화 감수), 『한국 근현대사 사전』, 가람기획, 1990, 238쪽.

83 이옥지, 『한국 여성 노동자 운동사 1』, 62쪽.

84 이는 특별히 일본 광산에서 일했던 여성 노동자들의 경우에 해당한다. 그들은 광

의 노동으로부터 얼마만큼의 가치가 발생할 수 있는지를 노동시장에서 배우게 되었다. 그들은 또한 근대적 취미는 봉급뿐만 아니라 그들이 가질 수 없었던 여가 시간을 필요로 한다는 사실도 알았다. 나아가 그들은 "가장 봉건적인 권위 체계가 가장 근대적인 공장의 중심에도 존재할 수 있다는"[85] 것, 그리고 바로 이 점이 근대성의 수많은 모순 가운데 하나라는 것을 깨우쳤다.

출간된 여공의 글에는 그들이 사회에 던지는 다양한 통찰들이 들어 있었다. 이 여성들은 "근대성"(근대적인 자본주의적 관계 속에 형성된)이 얼마나 잔인할 수 있는지를 최초로 간파해 낸 사람들이었다. 그들은 자신들이 직장에서 경험한 성적 강압과 그 강압에서 받은 충격을 사회에 알렸고, 파업을 통해 변화의 가능성에 대한 자신들의 신념을 주고받았다. 그러나 정작 그들이 쓴 글은 매우 적었고 그들의 언어가 신문과 잡지 지면에 등장하는 것은 매우 잠깐뿐이어서 앞서 언급했던 글 또한 그들이 경험한 이야기의 일부일 뿐이다. 중간계급의 교육 받은 여성들이 그들을 위한 문단의 지분을 주장하기 시작했을 때,[86] 소작농과 천민

산 갱도의 승강기에 깔려 으스러지기도 했다. 일본 내 한국인 여성 광부에 대한 언급으로는 W. Donald Smith, "The 1932 Aso Coal Strike: Korean-Japanese Solidarity and Conflict," *Korean Studies*, vol. 20, 1996, pp. 102-103 참조.

85 Dipesh Chakrabarty, *Rethinking Working-Class History: Bengal 1890-1940*, New Jersey: Princeton University Press, 1989, xi.

86 [옮긴이] 식민지 조선에서 근대 여성 작가가 최초로 출현한 것은 1910년대지만 최초의 근대 여성 작가들이었던 나혜석, 김원주, 김명순은 당시 문단에서 일정한 지분을 갖고 있다고 보기 어려웠다. 1930년대에 들어서야 박화성, 최정희, 이선희, 강경애, 백신애 등 보다 많은 여성 작가들이 본격적으로 활동해 '여성' 작가로서 문단 내에서

의 딸들인 여공들과 문학의 거리는 매우 멀었고 그들의 삶은 일상의 노동에 찌들어 글로 쓰일 수 없었다.

식민지 시기 여공들의 삶에 관해 언급한 글쓰기의 파편은 극히 적은 분량만이 활자화되어 있어 이 글에서 다룬 파편들이 거의 대부분이라 말할 수 있을 정도다. 비록 적은 분량이지만 그 글쓰기의 파편들은 노동하는 여성들이 사회에서 얻은 지식과 경험들을 쏟아 내고 있다. 이 시기 여공들은 그 시대의 주요한 사회적 불안들, 즉 가계경제의 파산, 새로운 사회적 공간인 공장과 성매매 지역에서 이루어진 여성의 근대화, 그리고 조선인 노동자들의 식민지적 예속 등을 상징한다. 이 시기, 신문기자와 편집자들은 여공들을 농촌 가계의 빈곤과 절망에 대한 재현으로서 묘사했다. 그것은 경제적 진보가 아니라 오히려 경제적 위기의 기호였다. 마을과 가족의 보호로부터 벗어나 외부 세상의 일에 얽히는 것은 아무도 아닌 익명의 존재로 노동시장에 내던져지는 것이었으며, 이는 그 시대의 절박함을 몸으로 체현하는 것이었다.

이 장을 마무리하기에 앞서, 나는 한국 최초의 "근대적" 여공이라는 역설로 화제를 다시 바꾸고 싶다. 그들은 글쓰기를 통해 자신들을 표현할 수 있는 기회가 거의 없는 노동조건 속에 놓여 있었고, 또한 문맹인 탓에 그들의 목소리를 거의 잃어 버렸지만, 여공은 식민지 산업화에서 매우 중요한 존재이다. 시와 편지, 여성 노동자의 파업 요구들 그리고 그들을 취재한 기자들의 보고 속에 남겨진 흔적들을 통해, 나는 그 경험의 파편들을

일정 지분을 얻기 시작했다.

한데 모으고자 했다. 비록 적은 파편들만이 남아 있을 뿐이지만 여공의 존재는 억압적인 구조 속에서도 결코 완전히 사라지지 않는다. 그리고 여기에서 우리는 초기 자본주의 단계에 있는 식민지 조선의 근대적 인쇄술과 출판 산업의 의의를 찾을 수 있다. 자본주의는 새로운 사회적 노동 분업을 생성시키고 낡은 방식을 파괴했을 뿐만 아니라 민중들이 문학적 생산 도구에 새롭게 접근할 수도 있게 해주었다. 이를 두고 문화사가 마이클 데닝은 "글쓰기의 프롤레타리아화"[87]라고 설명한 바 있다. 학교교육의 확대와 더불어 여성 프롤레타리아들이 읽고 쓸 수 있게 되면서, 문학적 글쓰기는 독립적인 재력을 가진 남성과 여성 들만의 영역에서 벗어나게 되었으며, 여성 노동자들에 의한 문학의 생산이 20세기 한국에서 붐을 이루게 되었다.[88]

여공이 등장하는 문학과 기사들을 통해, 그들이 경험했던 악몽 같은 어떤 것들이 우리 앞에 폭로되었다. 그러나 여공들이 부분적인 파편 속에서만 나타났다는 것은, 여공과 문학 사이에 거리가 있음을 우리에게 말해 준다. 식민지 시기 일군의 작가들이 그와 같은 거리를 좁히려 했지만, 프로문학 속에서 여성 노동자 계급을 재현하려는 시도는 쉬운 일은 아니었다. 다음 장에서는 네 편의 프로문학 작품들 속에 여공들이 어떻게 재현되었는지를 다룰 텐데, 이 작품들은 여공들이 모순적인 계급 및 젠더 이데올

---

87 M. Denning, *Cultural Front*, p. 239.
88 문맹이 모든 여성에 해당되는 것은 아님을 분명히 밝힐 필요가 있다. 1938년 보통학교 교사의 14퍼센트는 여성이었다. 이효재, 「일제하의 여성 노동문제」, 146쪽.

로기의 중심에 있음을 보여 준다. 나는 이 장을 시 한편으로 마무리할까 한다. 작가 강경애[89]의 다음 시는 강경애가 인천의 공단에서 6개월간 일한 뒤에 쓴 것으로, 여성지 『신여성』[90]에 실렸다. 이 시는 이보다 5년 앞서 『개벽』에 실린 시 「여직공」과 더불어, 이 장을 마감하는 역할을 하게 될 것이다. 이 시는, 이 두 시가 발표된 시점 사이에 놓인 5년이라는 기간 동안, 여공들의 호소에 대한 응답이 새로운 프로문학 운동 안에서 생성되고 있음을 말해 주고 있다. 다음 장에서 우리는, 또 다른 10년을 만나게 될 것인데, 이 시기에 여공들은 공장 내에서 자행되었던 성폭력을 뒤엎을 채비를 마침내 갖추게 된다.

「오빠의 편지 회답」

오빠!

오래간만에 보내신 당신 편지에

"사랑하는 누이야 어찌 사느냐?"고요

---

89 [옮긴이] 황해도 장연 출신의 작가 강경애는 카프 작가는 아니었지만 사회주의 이념에 동조한 작가였다. 특히 남편 장하일과 결혼해 고향을 떠나 인천에서 노동자로 살았던 경험은 장편소설 『인간문제』를 쓰게 된 중요한 자산이기도 했다. 1931년 강경애는 간도로 이주해 조선일보 간도지국장으로 있으면서 『인간문제』, 「지하촌」, 「소금」 등의 대표작을 썼지만 1943년 사망한다. 해방 후 남편 장하일은 강경애의 대표작 『인간문제』의 단행본 간행을 주도한다.

90 [옮긴이] 1920년대에서 1930년대까지 간행되었던 대표적인 여성지로 개벽사에서 간행되었다. 개벽사에서 간행한 『개벽』보다 훨씬 대중지의 성격이 강하면서도 개벽사가 갖고 있던 이념을 일정하게 유지하고 있는 여성지였다.

오빠!

당신이 잡혀 가신 뒤 이 누이는

그렇게 흔한 인조고사 댕기 한번 못 드려 보고

쌀독 밑을 긁으며 몇 번이나 입에 손 물고 울었는지요

오빠! 그러나 이 누이도

언제까지나 못나게끔 우는 바보는 아니랍니다

지금은 공장 속에서 제법 고무신을 맨든답니다

오빠 이 팔뚝을 보세요!

오빠의 팔뚝보담도 굳세고 튼튼해졌답니다

지난날 오빠 무릎에서 엿 먹던 누이는 아니랍니다

오빠! 이 해도 저물었습니다

거리거리에는 바람결에 호외가 날고 있습니다

오, 오빠! 알으십니까? 모르십니까?

오빠! 기뻐해 주세요 이 누이는

옛날의 수집던 가슴을 불쑥 내밀고

수많은 내 동무들의 앞잡이가 되어

얼골에 피가 올라 공장주와 ××답니다.[91]

---

91 『신여성』 1931년 12월호(이상경 엮음, 『강경애 전집』, 소명출판, 1999, 800-801쪽
수록). 마지막 행의 단어는 검열로 삭제되었다.

2장

유혹의
이야기

"우리 동리 가서 이런 이야기 말아요."

채만식, 「팔려간 몸」

1933년 유명 소설가 채만식[1]은 공장에 있는 연인을 찾아 서울로 가는 한 시골 젊은이에 대한 단편소설을 발표한다. 그러나 [서울에 있는 공장에서] 연인을 찾을 수 없었던 그는 곧 그녀의 운명에 대해 알게 된다. 그녀는 공장 대리인으로 위장한 모집자에 속아 유곽에 팔려 간 것이다. 이 두 젊은이들은 작가 채만식이 독자들에게 알리고자 했던 교훈, 다시 말해, 근대 자본주의적 관계의 야만성을 알아야만 했다. 그러나 이들은 어떤 알 수 없는 힘에 속고 말았다. 이 같은 교훈을 특히, 어리고, 글을 모르며, 도시에 의지할 데가 없는 여공들은 잘 알고 있어야만 했다. 이 세 가지 요소들은 부도덕한 모집자와 동정적인 독자들 앞에 놓인 그들의 처지를 압축적으로 보여 준다. 그러나 채만식은 이야기를 여기서 끝내지 않는다. 견우라는 이름의 젊은이는 연인 직녀를 찾으러 유곽 지대에 뛰어든다. 며칠 동안 견우가 직녀를 찾아다니는 과정을 통해, 소설은 유곽 지대를 공공연히 보여 준다. 마침내 유곽의 동료 색시들은 포주에게 혼이 날 것을 걱정하면서 견우에게

---

1 [옮긴이] 1902년 군산 출생으로 1925년에 등단하여 소설을 쓰기 시작했고 개벽사, 조선일보, 동아일보 등에서 기자로 일하기도 했다. 그는 사회주의 이념에 동조하는 동반자 작가이자 식민지 시기 대표적인 리얼리즘 작가로 꼽힌다. 대표작 「치숙」, 『탁류』, 『태평천하』 등은 식민지 조선의 모순을 냉철하게 그려 낸 수작이다.

그의 연인과 한 시간 동안 만날 수 있는 시간을 허락한다. 이 장면에서 채만식의 리얼리즘은 파토스를 발산한다.

> 유곽문 앞에서 직녀는 울며 견우의 목에 다시 매어달렸다.
>
> 「내년에 또 와요.」
>
> 「오냐. 오마」
>
> 견우도 굵다란 눈물이 쏟아진다.
>
> 「우리 동리 가서 이런 이야기 말아요.」
>
> 「응. 아니할게. 내년에는 돈 가지고 와서 네 몸값 치러 주마.」
>
> 「돈이 어데 그렇게 있수. 나는 여기서 한평생 살 테야.」
>
> 「뭐? 걱정 마라. 내년에 못되면 내후년, 내후년 못되면 내내후년에라두 꼭 해가지구 꼭 오마.」
>
> 「어쨌든지 내년 오늘 잊지 말구 와요.」
>
> 「오냐 꼭 오마.」
>
> 「꼭」
>
> 「응. 꼭.」[2]

두 연인의 이별과 사랑을 통해, 우리는 채무 노동에 의한 고용계약[3]의 실정["모집하러 온 키다리에게 강제로 몸을 뺏기든 것. 그 뒤에

---

2 채만식, 「팔려간 몸」, 『신가정』, 1933년 8월호, 47쪽[잡지 『신가정』은 1930년대 대표적인 여성지로 동아일보사에서 간행되었다. 당시 대표적인 언론사인 동아일보사와 조선일보사는 각각 종합지와 여성지를 간행함으로써 1930년대 분화된 독자들의 취향을 관리하고자 했다. 동아일보사는 종합지로 『신동아』를, 여성지로 『신가정』을 간행했고, 조선일보사는 종합지 『조광』과 여성지 『여성』을 간행했다].

구경도 못한 몸값 5백 원에 이곳으로 팔려 온 것"]과 그와 같은 계약이 두 연인들에게 부과한 내면성을 알게 된다. 이 이야기는 여성들이 겪는 사기 그 자체에 대해 그다지 관심을 기울이지 않는다. 즉 채만식은 포주가 여성의 몸을 파는 기만적인 여성 노동시장에서 여성들이 어떻게 살게 되는가에는 관심이 없다. 그 대신 소설은 그 시대의 흔한 러브 스토리를 제시한다. 순결한 여공과 사창가에서 훼손된 여성을 구별하려고 서성이는 대신[4] 위대한 작가 채만식은 삶과 사랑이 이런 성매매 산업 속에서 어떻게 지속되는지에 주목한다. 젊은 연인들의 사랑은 평생 일해도 결코 갚을 수 없을 정도로 엄청난 빚과 대결한다. 서로를 여전히 사랑하고 있으며, 가장 잔인한 환경 속에서도 서로를 소중히 여기는 연인들의 맹세 속에서, 채만식은 독자들에게 다음과 같은 강렬한 질문을 던진다. 즉, 자신의 몸[노동력]을 판매하지 않으려는 사람과 누군가의 몸[노동력]을 사지 않으려는 사람이 만나는 지점은 과연 [자본주의적 관계 속에] 존재하는가? 이 질문은 결국 식민지 조선에서 자본-노동관계의 핵심, 즉 인간의 노동을 사고파는 자본주의적 시장 관계에 대한 비판적 질문이었다.

3 [옮긴이] 채무 노동에 대해서는 이 책의 1장 옮긴이 주를 참조. 당시 유곽의 성매매 여성들은 알선료, 생활비 등의 명목으로 포주들에게 빚을 지고 있었고 이 빚을 다 갚을 때까지 유곽을 떠날 수 없었다. 이 빚은 고이자로 불어나 여성들이 이 빚을 갚을 가능성은 매우 희박했기 때문에 실질적으로 여성들은 유곽을 떠날 수 없는 상태에 있었다.
4 [옮긴이] 「팔려간 몸」의 주인공 직녀는 견방직 회사에 취업하고자 했고, 따라서 애초에 그녀가 원했던 여직공의 상태는 성매매 여성에 비해 상대적으로 결백하고 순결한 여성으로 그려질 가능성이 있었다. 그러나 채만식의 이 소설에서는 이런 구별 자체에 별로 관심이 없다.

이 장에서는 1930년대 초반 작가들이 자본주의적 시장 관계에 대한 비판의 표식으로 여공을 선택해 묘사한 작품들에 대해 탐구할 것이다. 그들은 여공을 자본주의의 성적 희생양으로 묘사했고, 그럼으로써 일본의 식민지 산업화 프로젝트의 핵심에 있는 폭력에 맞섰다. 그러나 프롤레타리아 개인의 문제보다, 계급이라는 집단의 문제를 중시했던 당시 프로문학의 형식 속에서, 욕망, 갈등과 같은 등장인물들의 내면세계는 어떻게 전달될 수 있었을까? 프로문학은 공장에서 실제로 일어난 사건들과 어떤 관련이 있는 것인가? 그리고 가장 비천하고 타락한 상태의 여공을 다룬 문학에서 여성 주체는 어떻게 등장할 수 있었을까?

프로문학

1840, 50년대 영국 소설이 [대중문학과 대비되는] "고급 문학"serious literature으로 변화된 상황에 대해, 쉴라 스미스는 "이 작가들은 빈곤한 사람들을 가장 중요하고 개인화된 인물로 사고함으로써 이 시대를 만들었다"라고 말한 바 있다. 이 시기 작가들은 상상력을 발휘해 슬럼가, 공장가의 주민들을 묘사함으로써 자신들이 살고 있는 사회에 대해 새롭게 비평적으로 주목했다.[5] 이와 비슷한 급진적인 충동이 1920년대 중반부터 식민지 조선에서 프로

---

5 S. Smith, *The Other Nation*, p. 2.

문학 운동을 불러일으켰고, 이 운동은 문학을 통해 한국인들이 식민지 산업화로 인해 어떤 대가를 치러야 했는지를 깨닫게 해주었다. 식민지 시기에 유행한 다른 많은 것들과 마찬가지로, 프로문학은 식민지 조선 사회의 독특한 지형에 맞도록 개조된 수입품이었다. 식민지 조선으로 돌아와 프로문학 운동을 시작한 사람들은 바로 일본에서 『씨 뿌리는 사람』種蒔く人, 『문예전선』文芸戦線[6]과 같은 프로문학 저널을 읽은 조선인 학생들이었다.[7]

1925년 8월 조선프롤레타리아예술가동맹은 초기에는 문학을 중심으로 결성됐지만 곧 연극, 영화, 음악, 미술 등을 포함시키며 확장되었다. 프롤레타리아 소설은 1920년대 중반 식민지 조선의 『개벽』[8] 『조선지광』[9] 『신계단』[10] 『조선문단』[11] 같은 잡지

6 [옮긴이] 일본 프로문학 운동의 흐름 속에서 간행된 대표적인 잡지들이다. 『씨 뿌리는 사람』은 1923년에 창간되고, 『문예전선』은 1924년에 발간되었다. 1928년에는 일본 프롤레타리아예술가동맹NAPF이 조직되어 기관지 『전기』戰旗가 간행되었다.

7 Kim Yoon-Shik, "Phases of Development of Proletarian Literature in Korea," *Korea Journal*, Vol.27, No.1 Jan 1987. 이 시기 일본 프로문학에 대한 포괄적인 설명은 Heather Bowen-Struyk, "Rethinking Japanese Proletarian Literature," PhD thesis, University of Michigan, 2001, 1장을 참조.

8 『개벽』은 1920년에서 26년까지 간행되었던 선구적이며 진보적인 저널이었다. 1926년 잡지 내 급진적인 글들이 증가하면서 폐간되었다. 『개벽』에 대해서는 김근수, 『한국 잡지사 연구』, 한국학연구소, 1992, 153쪽과 M. Robinson, *Cultural Nationalism in Colonial Korea*, p. 115[국역본, 405-406쪽]를 보라.

9 1922년 11월에 첫 호를 발간한 『조선지광』은 "사회주의 이론, 당대의 사회운동, 프롤레타리아문학"에 대한 글들을 유포시키는 데 헌신한 잡지였다. 잦은 압수를 견디다가 1930년대 최종적으로 종간되었다. 김근수, 『한국 잡지사 연구』, 125쪽.

10 『신계단』新階段은 1932년에 간행을 시작했고 『조선지광』을 편집한 동일 인물 유진희에 의해 편집, 간행되었다. 총 11호가 간행된 후 1933년 9월에 종간되었다. 같은 책,

나 『조선일보』, 『동아일보』에 연재 형식의 소설로 등장했다.[12] 이 소설의 저자들이 지식인 또는 언론인이라는 사회적 지위를 갖고 있었음이 위의 신문들에 밝혀져 있기는 하지만, 어떤 경우에는 종종 "작가" 또는 "노동자" 그 어느 쪽으로도 자신들을 규정하기 어려운 이들이 잡지사에 시와 단편소설을 보낸 경우도 있었다. 예를 들어, 작가 강경애는 그녀의 고향인 황해도 장연에서 학교 교사로 일하기도 했지만, 1931년 남편 장하일과 간도로 이민 가기 전까지 인천의 공장에서 일하기도 했다. 강경애 스스로도 이 같은 변화를 겪었지만, 인물의 변신이라는 프로문학의 관행은 그녀의 1934년 소설 『인간문제』에도 영향을 미치고 있다. 이 소설에서 농촌의 프롤레타리아들은 도시 노동자가 되고, 하인이 여공이 되며, 여공들은 투사가 된다.

식민지 조선의 프로문학 운동은 1925년부터 1935년까지 존속했던, 카프를 중심으로 통합되었다. 프로문학 작품의 상당수

151쪽.

11 『조선문단』은 1924년 처음 간행된 선도적인 문학 저널 가운데 하나로 이북명과 박화성의 프로문학이 게재되기도 했다. 『조선문단』에 대해서는 같은 책, 126-127쪽과 Michael Shin, "Interior Landscape: Yi Kwangsu's 'The Heartless' and the Origins of Modern Literature," in Shin, Gi-Wook & Robinson, Michael. (eds.), *Colonial Modernity in Korea*, Cambridge: Harvard University Press, 1999, p. 427n90을 보라[이광수가 주재하고 방인근이 출간 비용을 댄 『조선문단』은 특정 이념을 띤 잡지는 아니었으며 다양한 경향의 작품들을 실었다. 또한 현상모집과 추천제라는 등단 제도를 통해 채만식, 박화성, 최서해 등 계급적 문제의식을 지닌 작가들도 이광수의 추천으로 『조선문단』을 통해 등단했다].

12 민족주의 신문인 『조선일보』와 『동아일보』는 1940년 폐간되기까지 식민지 시기 최고의 일간지였다. 잡지 『개벽』과 마찬가지로 1945년 해방 후 복간되었다.

에서, 노동자계급 여주인공들은 고용주 또는 자본가 계급에 의해 겁탈을 당하거나 성적인 박해를 받았는데, 이 같은 이미지들은 여공의 투쟁이 아니라, 여공들 편에서 투쟁하는 남성 중심적인 노동운동의 헤게모니를 강화했다.[13] 공장에서 자행되는 성폭력을 프로문학 안으로 불러들인 작가들조차, 공장 관리자들이 여성 노동자들의 삶을 어떤 방식으로 완벽히 지배하려 했는지를 보여 주면서도, 여성들을 종종 이 같은 폭력의 에로틱한 대상으로 전시했다. 내 주장은 여공들을 이렇게 산업화의 성적 희생양으로 재현하는 것이 여공들에게 정치적 목소리를 부여하지 못했다는 것이다. 외려 그것은 여공들이 "희생양이라는 여성화된 지위"[14]에 머무르도록 하는 길을 열었다.

앞으로 네 명의 여공 이야기를 탐구하면서, 나는 프로문학 운동의 작가들이 노동자계급 여성들을 재현하면서 마주쳤던 어려움을 보여 줄 것이다. 강간과 추행에 시달리는 여공들이 심퍼사이저sympathizer[15]나 사회주의자 남성들에 의해 구조되는 카프

---

13 이 시기 노동운동의 리더십이 어떻게 남성들에 의해 행사되었는지를 알기 위해서는 이옥지, 『한국 여성 노동자 운동사 1』, 39쪽을 참조. 또한 이 같은 구조가 전체 노동운동을 어떻게 약화시켰는지에 대해서는 한국여성회 엮음, 『한국 여성사: 근대편』, 241쪽을 참조할 수 있다.

14 이 문구는 퍼트리샤 존슨에게서 가져온 것으로, 존슨은 이 표현을 위와는 다른 맥락에서 사용했다. 존슨은 이 문구를 찰스 디킨스의 『어려운 시절』에 등장하는 스테판 블랙풀을 묘사하는 맥락에서 사용하는데, 블랙풀은 신체적·성적으로 아내에게 지배당하는 인물로, 여성에 대한 남성의 폭력이라는 노동자 가정 내에서 일반적으로 벌어지는 폭력 관습을 뒤집고 있다. Patricia Johnson, *Hidden Hands: Working-Class Women and Victorian Social Problem Fiction*, Athens: Ohio University Press, 2001, p. 149 를 보라.

작가들의 소설들은, 식민지 조선에서 사회주의적 남성성의 구성 방식에 대해 많은 것을 말해 준다. 작가들은 유혹seduction이라는 수사를 통해 노동하는 여성들을 성폭력에 수동적인 존재로 그려 내면서, 남성화된 사회주의 정치학을 구원과 복수에 대한 여성들의 유일한 희망으로 제시하곤 했다. 이런 소설들은 당시 공장들에 **만연해** 있던 성폭력 — 통상적인 자료에서는 거의 드러나지 못했던 폭력 — 에 대한 중요한 실마리를 제공했지만, 여성 노동자들이 그와 같은 폭력으로부터 해방될 가능성은 거의 제공하지 못했다. 한편, 프로문학 운동에 직접 연루되어 있지는 않지만, 그로부터 영향을 받은 다른 작가들도 공장 소설들을 썼다. 식민지 시기 가장 훌륭한 근대 작가들 가운데 한 명이었던 강경애는 서울과 인천의 공장과 항만에서 일하는 노동자계급에 주목하기 시작했다. 1930년대 초 전 세계를 휩쓴 프로문학 운동[16]으로부터 깊은 영향을 받은 강경애는 여공을 공장 내 성폭력 문화에 대해 가장 잘 맞서 싸울 준비가 되어 있는 인물로 내세웠다. 그녀의 1934년 소설 『인간문제』는 개성이 뚜렷한 허구적 인물로서, 그리고 이와 동시에 사고하고 행동하는 정치적 존재로서

---

15 [옮긴이] 심퍼사이저란 완전히 사회주의자로 자처하거나 좌익 운동에 적극 뛰어든 사람은 아니지만 암묵적으로 사회주의 이념에 동조하는 이를 가리킨다. 사회주의가 당시의 젊은이들이 사이에 폭넓은 지지를 받았지만 당시 청년들은 일제의 검열이나 감시 체제로 인해 적극적인 사회주의자가 될 수 없었다. 이런 상황은 심퍼사이저라는 인물의 유형이 발생하게 된 한 요인이기도 하다.

16 윌리엄 엠슨은 1934년에 간행된 그의 에세이 "The Proletarian Pastoral"에서 이 운동에 대한 동시대적인 평가를 간단명료하게 제공하고 있다. William Empson, *Some Versions of Pastoral*, New York: New Directions, 1974를 보라.

노동자계급 여성의 가능성을 보여 주었다.

성폭력이 어떻게 성적 유혹이라는 수사로 표현되었는지 탐구하는 것은 매우 중요하다. "유혹"이라는 단어는 공장 내부에 존재하는 권력과 섹슈얼리티의 복잡성을 환기시키는 모호한 용어이기 때문이다. 공장 내 위계는, 성폭력에 합의[동의]의 형식을 띠게 하는 것을 비롯해, 노동자의 성적인 삶에 영향을 준다. 그리고 나는 "수사"라는 단어를 사용함으로써, 프로문학에서 여공을 성적으로 유인하는 서사가 단지 공장 내의 폭력만을 지시하는 것이 아니라, 강압적인 제국주의 국가에 의한 계급 착취, 여성이 맡은 새로운 노동 그리고 산업화라는 대격동에 대한 불안감을 함께 표현하고 있음을 언급하고자 한다. 많은 문학사가들과 사회사가들, 특히 영국의 테리 이글턴과 안나 클락, 그리고 미국의 마이클 데닝은 초기 자본주의사회에서 나타나는 유혹의 서사들을 계급 갈등의 정치적 비유로 보고 있다.[17] 나는 특히 여성 노동자들의 "생생한 경험"과 문학적 수사를 연결 짓는 데 있어서 안나 클락의 시각에 기대고 있다. 안나 클락은 18세기 영국의 귀족과 공장주들이 하녀와 여공들을 유혹하는 유명한 이야기들을 근대의 임금노동 시장에 의해 초래된 젠더 역할의 위기와 전통적인 가족경제가 산업화되면서 초래되는 정신적 외상의

---

17 Terry Eagleton, *The Rape of Clarissa: Writing, Sexuality and Class Struggle* in Samuel Richardson, Minneapolis: University of Minnesota Press, 1982; A. Clark, "Politics of Seduction in English Popular Culture, 1748-1848," pp. 47-70; M. Denning, "Only a Mechanic's Daughter" in *Mechanic Accents: Dime Novels and Working-Class Culture in America*, London: Verso, 1998.

표현으로 보고 있다.

그런데 식민지 조선에서 특징적인 여공 유혹의 서사는 또 다른 의미를 갖고 있다. 성추행과 강간을 일상적인 것으로 만드는 공장 시스템 그 자체를 언급함으로써 프로문학은 블루칼라 여성들의 노동하는 삶에 중요한 관심을 갖는다. 그러나 앞으로 살펴볼 것처럼, 유혹이라는 수사를 사용하는 것에 문제가 전혀 없는 것은 아니다. 유혹이라는 용어가 지닌 모호성 — 한편으로는 구원을 기다리는 또는 그녀가 욕망하는 것에 대해 "가르침을 받을" 필요가 있는 수동적인 주체로 여성들을 만들거나, 고용주에게 여성들이 침묵하게끔 강요하는 사회적 맥락을 더욱 정교하게 만들 수 있기 때문에 — 으로 말미암아, "어쩔 수 없는 협력의 정치학"desperate politics of collaboration이라는 유의미한 개념을 통해 식민지 시기 공장을 면밀하게 읽어 내는 것이 필요하다.[18] 식민지 조선의 프로문학에서 여공은 항상 성적 위험에 처해 있으며, 그들을 둘러싼 공모 관계와 강간, 유혹의 도화선은 독자들에게 노동자와 자본가 사이의 관계에서 권력이 어떻게 복잡하게 얽혀 있는지를 알려 준다.

카프 회원들과 그 후원자들이 문학 속에서 노동자계급의 여

---

18 나는 이런 문학작품들을 분석하면서 유혹의 수사가 갖는 유용함을 제안하고 있지만 좋은 유혹과 나쁜 강간이라는 실제로는 애매한 구별을 강조하는 방식으로 이 용어를 사용하려는 것은 아니다. 그 대신, 나는 성적 불평등과 협력(공모)이라는 환경에서 번창하는 관계들과 이 관련 안에서는 해결될 수 없는 유혹의 모호성을 탐구하고자 한다. 문학에서의 유혹에 관한 탁월한 논의로는 Ellen Rooney, "Criticism and Subject of Sexual Violence," *Modern Language Notes*, 98:5 (December 1983), pp. 1269-1278를 참조.

성들을 재현하기 시작했을 때, 그들은 여공들의 삶을 사회 비판의 도구로 이용했다. 1931년 1월 『조선일보』에 연재된 유진오의 단편소설 「여직공」과 『신계단』 1933년 3월호에 실린 이북명의 「여공」에서, 노동자계급 여성들은 본질적으로 공격받기 쉬운 대상으로 묘사되었다.[19] 이들 두 남성 작가의 프로문학에서 노동자계급 여주인공은 사회주의적인 남성 노동계급에 의해 구조된다. 이들 소설 속에서 노동자계급 여성들은 혁명의 보조자로 묘사되며, 그들 스스로의 체험을 통해서가 아니라 남성 동료들의 세심한 지도를 통해 정치적으로 각성하게 된다. 즉 (그들 스스로는 해방을 가져올 수 없는 존재로 묘사된) 이들 여공은, 노동자들의 해방을 열망하는 정치적이며 문학적인 운동 속에서 정작 노동자계급 여성들에게 할애된 역할들이 얼마나 주변적이며 제한적인가를 우리에게 알려 주고 있는 것이다.

남성이 지배하는 노동운동에서 사회주의적 언론인들과 활동가들이 노동자 여성들의 '대의'를 대신 옹호했던 것처럼, 이북명과 유진오의 작품은 여공들의 무력감에 초점을 맞추고 있었으며, 이에 따라 자립이 가능한 또는 스스로 해방을 성취할 수 있는 존재로서 노동자계급 여성을 드러내는 데 실패했다. 이들 두 작가의 작품에서, 여성 노동자들이 공장에서 직면하게 되는 성적 위기는 유혹의 수사로 제시된다. 또한 자본주의사회로의 변

---

19 이북명은 카프 회원이었고 유진오는 공식적으로는 카프에 가입하지 않았지만 카프의 정치적 노선을 지지하면서 『조선일보』에 프로문학을 발표한 이른바 "동반자 작가"이다. 이들 프로문학은 훗날 남한 정부에 의해 판매와 유통이 금지되어 1987년 민주화 이후 해금 조치되기까지 남한에서는 볼 수 없었다.

화로 말미암아 어느 정도 유동성을 가지게 된 젠더 역할은 '희생'이라는 새로운 미학을 통해서만 다뤄지는데, 이는 여성들의 수동성을 재확립한다.

유혹의 이야기들

1933년에 발표된[20] 이북명의 단편소설 「여공」에 등장하는 여주인공 정희는 급진적 남성 노동자인 창수의 낭만적 파트너, 다시 말해 창수가 투옥된 것에 대한 또는 계급투쟁의 짐을 짊어진 것에 대한 성적인 보상[창수를 잊지 못하고 기다리는 존재]이다. 창수는 순박한 정희에게 책도 빌려주고 "동지로서의 연애"[21]에 대해서도 알려 준다. 창수가 [선동죄로] 투옥된 이후, [턱없이 낮은 급료로 병석에 누워 있는 어머니를 봉양하며 생계를 꾸려야 했던] 정희는 돈을 주겠다며 입맞춤을 하려는 공장 감독에게 괴롭힘을 당한다. 그녀가 저항하자 감독은 정희가 창수를 생각하는 것에 대해 '이러면 재미없다'고 협박하며, 정희에 대한 추행을 두 남성들 간의 투쟁으로 변화시킨다. 정희는 소설 「여공」의 주요 인

---

20 [옮긴이] 이북명의 소설 「여공」은 1933년 『신계단』 3월호에 게재되었다.

21 이북명, 「여공」, 하정일 엮음, 『식민지 시대 노동소설선』, 민족과 문학, 1988, 220쪽. "붉은 연애" 혹은 "동지적同志的 연애"는 1920년대 결혼에 관한 봉건적 전통을 공공연히 무시하고 퇴행적인 사회적 환경에 저항했던 급진적인 사회주의자 커플을 묘사하기 위해 만들어진 단어이다.

물이지만 주인공은 아니다. 주인공은 소설의 초반부에 투옥된 이후 다시 등장하지 않는 창수이다. 투옥된 이후 창수는 소설에 등장하지 않음에도 불구하고, 노동자들에게 계급의식을 싹틔우고, 파업을 일으키도록 영향력과 지도력을 행사하는 역할이 여전히 그에게 부여된다.

유진오의 「여직공」은 1931년 식민지 조선의 유력 일간지[『조선일보』]에 [1월 2일부터 22일까지 16회에 걸쳐] 연재되어 좀 더 광범위한 독자들이 읽을 수 있었던 더욱 길고 복잡한 작품이다. 주요 인물인 옥순은 제사공장에서 일하는 미혼 여성이다. 옥순의 아버지가 건설 현장에서 추락 사고를 당해 장애를 입었기 때문에, 옥순과 그의 어머니는 가족의 생계를 위해 일하지 않으면 안 되었다. 옥순은 정치에는 관심이 없지만 오랜 친구인 근주를 존경하고 있다. 선배 여공인 근주는 결혼해 아이가 있고, 임금을 삭감하려는 고용주의 계획에 공개적으로 항의하는 인물이다. 하루는 옥순이 감독의 사무실로 불려 가고 거기에서 일본인 공장 감독 전중(다나까田中)을 만난다. 전중은 옥순이 직공들 가운데 제일 부지런하다고 칭찬하며, 돈을 쥐어 준다. 그리고 그녀의 친구인 근주의 동태를 살피라고 말한다. 감독의 비위를 거스를 수 없었던 옥순은 어쩔 수 없이 돈을 받고, 또한 감독의 지시대로 근주의 환심을 살 것에 동의하게 된다. 다음날 저녁 옥순은 전찻길 아래 찜통 같이 더운 근주의 집을 방문한다.

그곳에서 옥순 ― 그리고 독자들 ― 은 또 다른 사회주의자 남성, 즉 근주의 남편인 강훈이 이끄는 사회주의자 세포조직을 만나게 된다. 옥순은 그날 '순례', '경옥'과 같은 젊은 노동자들을 만나고, 공장에서 자신과 나란히 서서 종일 일하던 '보배' 역시 이 모임에 나오고 있었다는 사실에 놀라게 된다. 그러나 옥순은 모임 내내 공연히 겁이 나고 불안에 떨었다. 다음날 옥순은 친구들을 '배반'한다는 불안감에도 불구하고 조직에 가담한 사람들을 전중에게 밀고한다. 그리고 잠시 뒤, 그 자리에 함께 있던 조선인 김감시가 의미심장하게 웃으며, "자미있는 이야기를 많이" 나누라며 자리를 비우자 전중은 옥순을 강간한다.[22] 그러나 폭력적인 강간으로 시작한 장면은 섹스 장면에 대한 서술로 끝을 맺는다. 이 중요한 구절에서 작가는 일본인 감독과 옥순의 섹스를 묘사하기 위해 마치 객관적인 거리를 유지하듯 옥순과의 동일시로부터 빠져나온다. "두 몸은 기름이 바싹 마른 리놀륨 마룻바닥에 덜커덕 넘어졌다. 옥순이가 정신을 차렸을 때에는 그는 이미 처녀가 아니었다. …… 전등 밑 테이블 위에 감독은 땀 흐른 얼굴을 치켜들고 담배를 피우고 있다. …… '정신 났소' 하며 감독이 볼에 쏙 들어간 주름살을 지우고 묻는다."[23]

강간이 섹스로 축소되면서 옥순은 공장 감독과 작가 자신을 위한 성애적 대상이 되어 버린다. 결말에서 옥순이 감독에게 밀고한 근주, 순례가 해고되고 죄책감을 느낀 옥순은 급진적인 정치에 눈을 뜨게 된다. "옥순이의 가슴에는 처음으로 생전 처음으로 끓는 피가 뜨겁게 뛰었다. 근주여, 순례여, 동무들이여. 싸우라, 끝까지 싸우라. 이 고자쟁이 옥순이의 더러운 몸을 짓밟고

---

22 유진오, 「여직공」, 『동아소설 대계: 이효석·유진오 편』, 동아출판사, 1995, 64쪽.
23 같은 글, 65쪽.

앞으로 나가라!"[24] 옥순은 동료들의 해고 소식은 물론 비밀 회합에 있었던 보배가 감독으로부터 폭행당했다는 말을 듣고 감독에게 저항하기 시작한다. 결국 옥순도 해고당하게 되고 그녀는 처녀성을 잃은 것은 물론 친구들을 배반했다는 사실에 분노와 후회를 느끼게 된다. 작가는 다음과 같이 결론을 내린다. "일변 회사에서는 이리해 불량분자를 대개 떨어낸 후에 (그 통에 감독은 꿀떡까지 하나 얻어먹고) 다시 제사차의 정리 계획을 진행하였다."[25] 이 소설은 해방의 정치학과 여공들을 당시 사람들, 특히 감독들이 생각하고 있는 그대로 묘사하는 것("꿀떡") 사이에서 갈피를 못 잡고 있는 것처럼 보이는데, 저자인 유진오는 여공들에게 자행되는 폭력이 성애화되고, 강간이 여공들의 정치적 각성을 일깨우는 계기가 된다는, 우리에게는 다소 충격적인 이야기를 들려주고 있다.

이 두 소설에서 정치적 권위는 남성들에게 있다. 여공인 근주는 공장 작업장에 대해 가장 많은 것을 알고 있는 인물이지만, 그녀와 다른 이들의 행동에 중요한 영향을 미치는 이론을 가르친 사람은 바로 그녀의 남편 강훈이다. 두 편의 소설에서 여공들은 위험천만하게도 배신의 유혹에 흔들린다. 옥순이 그 배신의 유혹에 "굴복"하는 반면, 사회주의자인 창수와 강훈과 같은 남성들은 배신의 유혹에 휘둘리지 않는다. 그리고 이들 여성의 정조는 그들의 정치적 입장만큼이나 시험의 대상이 된다. 그러

---

24 같은 글, 67쪽.
25 같은 글, 79쪽.

나 정희나 옥순은 자신들이 겪은 성추행을 여공들이 스스로 맞설 수 있는 문제로 인식하고 이에 대항해 투쟁할 수 없었다. 이 지점에서 여공 자신이 스스로 "각성"하는 주요 인물로서 등장하는 『인간문제』는 노동자계급 여성에게 앞의 두 소설보다 훨씬 더 큰 정치적 상상력을 부여하고 있다는 점을 알 수 있다.

『인간문제』

강경애의 소설 『인간문제』는 1934년 8월 1일, 『동아일보』에 첫 회가 게재된다. 총 120회에 걸쳐 연재된 이 소설은 여공이자 소설의 주요 인물인 선비가 결핵으로 사망하는 것을 끝으로 같은 해 12월 22일 연재를 마쳤다. 1930년대 초를 무대로 한 이 소설은 시골 처녀에서 대도시 여공으로 변화하는 젊은 여성의 삶의 여정을 생생하게 묘사한다. 또한 방직공장에서 선비가 죽기까지 공장 내에서 벌어지는 다양한 사건을 다루면서, 비밀 혁명 모임의 동지들을 비롯해, 소설의 공간적 배경인 서울의 재즈 카페와 인천의 요새와 같은 공장 등에 대해서도 생생히 그려내고 있다. 이 소설의 작가 강경애는 소설이 게재될 무렵 28세였고, 만주의 남쪽 지역인 간도 지방에 살고 있었다.[26] 강경애는 잡지

---

26 한국인들의 간도 이주는 19세기 초에 시작되었다. 흉작으로 인해 많은 수의 농민들이 더 나은 삶을 찾아 만주로 이주했다. 일본이 한국을 병합한 1910년 이후 정치적

『신가정』과 『신동아』에 이미 글을 발표한 적이 있는 작가였지만, 장편 『인간문제』로 명성을 얻게 된다.

『인간문제』는 1920, 30년대 농촌의 빈곤이 젊은 여성들에게 초래한 결과를 폭로한 소설이었다. 강경애는 이 소설을 통해 봉건적 농촌 마을에서 근대적 공장으로 향하는 고통스럽고, 위태로우며, 불완전한 여정에 대해 서술한다. 강경애는 그녀의 주요 작품들 속에서 여공들과 첩들을 중점적으로 다룸으로써[27] 근대 세계가 가난한 여성들이라는 식민지적 주체들에게 어떤 영향을 미치는지 탐구하고 있었다. 강경애의 독창성은 그녀의 삶 자체가 그녀가 묘사하는 인물들의 삶에 매우 근접해 있다는 점에 있는데, 이 소설을 통해 강경애의 초년의 삶이 매우 빈곤했다는 사실을 독자들도 자연스럽게 추측할 수 있다.

강경애(1906~44)는 1906년 황해도에서 태어났다.[28] 그녀의 아버지는 농촌의 일꾼이었는데 1909년 부친이 사망한 뒤 강경

망명이 이런 경제적 이주와 결합되어 간도는 항일 독립운동의 근거지가 되었다. 이에 대해서는 C. Eckert et al., *Korea, Old and New*, p. 185, 243, 273과 한국사사전편찬회(이이화 감수), 『한국 근현대사 사전』, 90-93쪽을 보라.

27 [옮긴이] 강경애의 주요 작품 가운데 「소금」은 간도의 한 어머니가 남편과 아들을 잃은 뒤 생계를 유지할 수 없어 중국인 지주의 하녀로 들어갔다가 첩이 된 이야기를 다루고 있다. 이 장에서 분석 대상이 되고 있는 『인간문제』의 선비도 지주의 첩이 되었다가 여공이 된 경우다.

28 강경애의 삶에 대한 정보는 이상경 엮음, 『강경애 전집』, 815-820쪽; 강이수, 「식민지하 여공 문제와 강경애 『인간문제』」, 『역사비평』, 1993년 봄호; 서은주, 「강경애: 궁핍 속에 피어난 사회주의 문학」, 『역사비평』 1992년 겨울호; 김양선, 「강경애: 간도 체험과 지식인 여성의 자기반성」, 『역사비평』 1996년 봄호; 이희춘, 「강경애 소설 연구」, 『한국언어문학』 46, 2001를 참고한 것이다.

애의 어머니는 육십대 남성과 재혼했다. 그러나 계부에게는 이미 자식들이 있었고, 새로 맞은 부인의 딸까지 부양할 만큼 경제적으로 부유하지 못했으며, 의붓딸의 교육에 대해 관대하지도 않았다. 하지만 그녀의 어머니는 재혼을 할 무렵, 새 남편의 가족에게 그녀의 딸이 학교에 다닐 수 있게 해달라고 간청했고, 그 덕에 강경애는 아홉 살이 되던 1915년 장연 여자 보통학교를 다닐 수 있었다. 강경애는 배움에 목말라 있었지만, 그녀의 새 가족들은 새 남편의 집에서 실질적으로는 하녀 노릇을 하는 강경애의 어머니와 그 딸인 강경애에게 돈이 들어가는 것을 달가워하지 않았다. 학창 시절 내내 그리고 평양의 유명한 숭의여학교를 다닐 때에도 강경애는 월사금을 내느라 늘 어려움을 겪었는데, 그녀가 학교 친구들의 돈이나 물건 등을 훔쳤다는 죄목으로 처벌받았다는 기록도 존재한다.[29] 강경애는 자신의 글에서 학교 친구들이나 의붓 형제들과의 싸움에서 한 아이가 외면당하고 모욕을 당하는 광경을 폭로하기도 했다.[30]

1923년 강경애는 미국인 여교장이 운영하던 미션 스쿨인 숭의여학교에서 발생한 동맹휴업에 가담하는데, 이 휴업은 당시 여론의 주목을 끌었다.[31] 1923년 10월 휴업은 강경애가 3학년 때 일어난 일이었다. 강경애를 비롯한 일단의 학생들은 기숙사

---

29 김양선, 「강경애」, 348쪽; 이상경 엮음, 『강경애 전집』, 815쪽. 이런 경험들은 강경애의 소설 「월사금」과 「원고료 이백원」에도 언급되어 있다.

30 강경애, 「월사금」과 「원고료 이백원」 참조.

31 『동아일보』(1923/10/17, 10/18) 참조.

측이 추석 연휴에 친구의 무덤을 찾아가기 위해 외출을 신청한 한 학생의 요청을 불허하자, 엄격한 기숙사 규율에 항의해 동맹 휴업을 했고, 이 일로 강경애는 퇴학 처분을 당했다. 이 시기 숭의여학교는 "평양 제2감옥"이라는 별명이 있을 정도로 조롱거리였다.[32] 강경애의 정치적 감각은 동맹휴업과 같은 사건들을 통해 일찍이 연마되었던 것으로 보이는데, 실제로 식민 통치 기간 동안 조선인 학교들에서는 다양한 정치적 활동이 빈번히 벌어지곤 했다.[33]

강경애는 한마디로 정의하기 어려운 작가이다. 그녀는 어떤 단체에서 적극적으로 활동한 적이 없었다. 그녀는 프로문학을 했지만 카프에 가입한 적이 없으며, 근우회槿友會와 관련되기는 했지만 활동은 미미했다.[34] 그녀의 문학 활동은 시, 단편소설, 수필, 서평, 두 편의 장편소설 그리고 자전적 글쓰기 등 다방면에 걸쳐 있다. 그녀의 소설 『인간문제』는 소설이 신문 연재로 발표

---

32 이상경 엮음, 『강경애 전집』, 816쪽[강경애는 숭의여학교에서 퇴학당한 뒤 서울의 동덕여학교에 편입해 들어간다. 동덕여학교는 천도교 계열 학교로 민족주의적 기운이 강한 학교였다].

33 Hildi Kang, *Under the Black Umbrella: Voices from Colonial Korea 1910-1945*, Ithaca: Cornell University Press, 2001[『검은 우산 아래에서: 식민지 조선의 목소리 1910~1945』), 김진옥·정선태 옮김, 산처럼, 2011], 8장을 보라.

34 최경희는 강경애가 카프 그룹 언저리에 있었다고 언급한다. 하지만 그녀는 심퍼사이저였지, 조직에 직접 가담한 적은 없었다. Choi Kyeong-Hee, "Impaired Body as Colonial Trope: Kang Kyŏng-ae's 'Underground Village'," *Public Culture*, Vol 13, No 3, 2001, p. 441n31. 강경애 문학에 대한 선구적 연구자이자 『강경애 전집』의 편자이기도 한 이상경에 따르면, 강경애는 1929년 『조선일보』에 발표한 회고글에서, 자신을 "근우회 장연지부 강경애"로 밝히고 있다고 말한다. 이상경 엮음, 『강경애 전집』, 705쪽.

되었던 당시만 해도 카프 문학의 퇴조와 맞물려 그다지 주목받지 못했다. 강경애의 『인간문제』가 다시 주목을 받은 것은 해방 이후였다. 1944년 강경애가 사망하고, 동아시아를 지배하던 일본 제국이 몰락한 1945년 이후, 강경애의 남편인 장하일은 월북해 『로동신문』의 부주필이 되었다. 강경애에 관한 선구적인 연구를 한 이상경은 장하일이 1949년 로동신문사에서 『인간문제』의 재출간을 주선함으로써, 해방 이후 남한과 북한에서 원고가 살아남게 되었다고 추측한다.[35]

강경애는 빈곤이 여성에게 야기하는 압박과 덫을 정확하게 이해하며 글을 쓴 작가였다. 많은 문학사가들은 생생한 리얼리즘에 대한 그녀의 열정에 주목하면서 강경애가 직접 겪었던 가난과 소설 속의 극빈한 인물들 사이의 연관 관계에 대해 주목했다.[36] 그러나 강경애의 리얼리즘은 소작농이나 공장노동자들에게만 국한되는 것이 아니었다. 강경애의 유명한 단편소설 가운데 하나인 「어둠」은 공산주의자인 오빠가 사형을 당했다는 소식을 들은 한 조선인 간호부看護婦의 하루를 다룬 이야기다. 『인간문제』에서는 작가가 가장 동정하는 인물로 선비와 간난이를 등장시키고 있는데, 이들은 식민지 조선에서 '근대적 삶'의 가장 초라한 귀퉁이에 진입하고자 애쓰는 인물들이었다.

강경애의 혁신적 측면 가운데 하나는 노동자계급 여성들을, 식민지 근대성을 체현한 신여성으로 예시했다는 점이다. 이들은

---

35 이상경 엮음, 『강경애 전집』, 4-5쪽.
36 서은주, 「강경애」; 김양선, 「강경애」; 이희춘, 「강경애 소설 연구」를 보라.

근대성이 약속한 가치 — 좀 더 광범위한 정치적·개인적 자유와 같은 — 를 실현하고자 싸웠고, 근대성의 잔혹한 징후들을 극복하고자 애썼기 때문이다. 『인간문제』의 여주인공 선비는 소작농의 딸로 고아가 된 뒤, 마을 지주인 덕호의 하녀가 되었다가 그에게 강간당한 뒤 고향을 떠나 아무도 자신을 알아보지 못하는 서울과 인천의 공장에서 일자리를 찾는다. 선비는 다른 마을 출신으로 자신보다 먼저 덕호의 첩이었던 간난이와 친구가 되는데, 간난이는 [선비보다 먼저] 서울에서 독립적인 삶을 개척해 나간다. 선비에게 대도시에서 살아남는 방법과 인천에 막 생겨난 방직공장에서 일자리를 얻는 방법을 알려 준 사람도 바로 간난이었다.

정신적 외상을 경험하게 되는 선비의 여정은 중요 남성 인물인 '첫째'의 이야기와 함께 나란히 전개된다. '첫째'는 더욱 가혹한 빈곤 속에서 모친과 함께 살던 같은 마을 소년이었다. 첫째의 어머니는 마을 남자들의 성적 노리개였는데, 이런 환경에서 첫째는 술과 싸움을 일삼는 분노에 가득 찬 젊은이로 자란다. 그러나 정의감이 강한 첫째는, 덕호에게 진 빚으로 인해 자신과 마을 사람들이 수확을 앞둔 벼를 갈취 당하자 이에 항의하며 폭행을 저지르고, 그로 인해 주재소에 갇히게 된다.[37] 주재소에서 풀려난 첫째는 얼마 후 인천항으로 흘러들어 자신의 길을 찾고, 신철을 만나 노동운동에 눈을 뜬다.

---

37 강경애, 『인간문제』; 이상경 엮음, 『강경애 전집』, 231-243쪽.

신여성과 잉여 인간들

세 사람의 주인공(선비, 간난이, 첫째)과, 그들과 같은 또래의 상
층계급 출신의 동년배들(덕호의 딸 옥점과 그녀가 숭배하는 대학생
신철)을 대비시킴으로써, 작가는 빈곤과 사회적 계급이 식민지
조선에서 어떻게 자본주의적 근대성의 체험을 매개하는지를 밝
힐 수 있었다. 부유한 신여성인 덕호의 딸 옥점에 주목함으로써,
작가 강경애는 식민지 조선 사회에서 여성들 간의 연대 가능성
에 대해 의문을 제기한다. 이 시기에 "신여성"New Woman이라는
용어는 근대적 교육을 받고, 근대적 사상과 풍습을 받아들인 여
성들을 가리키는 신조어였다.[38] 강경애는 옥점을 악의와 탐욕으
로 가득 찬 신여성으로 제시한다. 사회사 연구자 강이수에 따르
면 "지주의 딸로서 대학 교육을 받은 신여성인 옥점은 식민지 상
황의 질곡이나 억압과는 전혀 무관하게 오직 자유연애와 '사랑'
의 문제에만 집중하여 고민하는 유한층 여성을 대변한다."[39]

강경애의 소설에서 옥점과 대조적인, 주목할 만한 신여성 유
형은 공장이라는 새로운 사회적 공간 속에서 근대화되는 이들이

---

38 [옮긴이] '신여성'과 '신여자'란 용어가 처음 사용된 것은 1910년대 말부터였다. 신여
성과 신여자 중 1920년대에 들어와서는 신여성이라는 용어가 더 보편적으로 사용되
기 시작했다. 처음에는 교육받은 여성으로서 구제도와 구도덕에 맞서는 여성을 가리
키는 의미로 사용되었지만 곧 신여성이라는 단어는 통속적으로 사용되기 시작했고
신식 교육을 받고 서구적 패션을 한 사치스럽고 허영에 찬 여성이라는 다소 부정적
인 의미로 사용되기도 했다. 신여성의 용어 사용에 대해서는 노지승, 『유혹자와 희생
양: 한국 근대소설의 여성 표상』, 예옥, 2009 참조.

39 강이수, 「식민지하 여공 문제와 강경애 『인간문제』」, 338쪽.

었다. 선비를 죽게 만든 공장 시스템 속에서 살아남은 간난이는 소설의 마지막에서, 그녀가 속한 노동계급 여성들이 공통으로 경험하는 곤경 실체를 깨닫고 언젠가 그것을 극복할 수 있도록 준비된 인물이 된다. 간난이는 마을에서 벌어지는 강간과 축첩 그리고 공장에 만연한 성추행이라는 여성 빈곤의 덫을 일찍부터 이해했고, 이를 다른 하층계급 여성들과 공유하기도 했다.

또한 강경애는 덕호의 아내(옥점의 어머니)와 옥점의 질투를 그려 냄으로써, 옥점으로 대표되는 부유한 계급 출신의 신여성들과 옥점의 어머니로 대표되는 구식 어머니들 사이에 그 어떤 차이도 없음을 보여 준다. 그들은 모두, 자신들을 위해 노동력을 제공하는 다른 여성들, 즉 종살이하는 여성들을 짓밟거나(옥점) 집안에서의 압제를 즐기기(옥점의 어머니) 때문이다. 강경애는 여공들의 집단적 해방 또는 자아 해방에 대해 쓰면서도, 식민지 조선 사회에서 서로 다른 계급 출신 여성들 간의 연대의 한계에 대해서도 문제를 제기한다. 그녀의 소설에서 노동자계급 여성들과 종살이하는 여성들은 "모두 다른 여성들에게 괴롭힘을"[40] 당하는 존재로 그려지는데, 여기서 강경애는 부르주아 여성들이 마을 여성들을 착취하는 식민지 조선의 상황을 비판하고 있다.

그러나 다른 한편으로 강경애는 "잉여 인간(남성)"이자 고독한 이상주의자 대학생인 신철이라는 지식인 남성에 대해 가장 강력히 비판한다. "잉여 인간"은 러시아 작가 투르게네프의 작품

---

40 P. Johnson, *Hidden Hands*, p. 12에서 이 말은 산업화된 영국에서 노동자계급 여성들의 곤경을 묘사하기 위해 사용되었다.

을 통해 대중화된 말로, 이상주의와 억압적인 국가 사이에 끼어 있으면서, 자신이 소유한 안락한 영지領地 내에서 루소를 읽고 변화를 꿈꾸는 투르게네프 소설의 남성 주인공을 가리킨다.[41] 1920, 30년대 한국의 좌익 지식인들이 식민지 조선의 상황을 50년 전의 러시아에 비유했을 때, 그들은 또한 투르게네프의 잉여 인간과 같은 허구적인 캐릭터들에 영향을 받은 것으로 보인다.[42] 세계의 변화에 대해 말하지만 정작 행동할 수 없는 지식인, 귀족들의 모호한 초상을 그린 투르게네프를 비롯한 러시아 작가들은 이들과 비슷하게 정치적 자유보다는 문화적 자유를 더 크게 누리고 있었던 1920, 30년대 한국 작가들의 관심을 끌었다. 강경애 소설 속 인물인 신철은 바로 이런 모호성을 체현하고 있는 인물이다.

신철은 옥점의 대학생 친구로서 그녀가 방학 동안 자신의 집

---

41 알렉산드르 푸시킨의 『예브게니 오네긴』과 미하일 레르몬토프의 『우리 시대의 영웅』에서 그 기원을 찾을 수 있는 "잉여 인간" 개념과 그 문화적 현상의 풍부한 역사에 대해 알려 준 김숙영에게 감사한다. 여기에서 나는 이 용어를 폭넓은 문화적 현상이 아니라 식민지 조선의 프로문학 운동에서 나타난 특정 현상만을 가리키는 것으로 사용하고 있다.

42 [식민지 조선에서 가장 먼저 프로문학을 주창한] 프로문학 비평가 김팔봉[1903~85]은 [1923년 『개벽』 7월호에 「프로므나드 상티망탈」이라는 제목의 글을 실으면서] 식민지 조선을 알렉산더 3세(1881~94) 치하의 러시아[혁명이 일어날 무렵]에 비유한 바 있다. 또한 그는 [이 글에서 투르게네프의 소설 『처녀지』에 등장하는 네즈다노프의 자살을 예로 들면서] 지식인의 역할과 한계를 표현한 작가로서 투르게네프를 언급하며 프롤레타리아를 혁명의 주체로 호명하기도 했다. Kim Yoon-Shik, "Phases of Development of Proletarian Literature in Korea," p. 31. 러시아 문학은 물론 대부분의 서구 문학은 일본어 번역을 경유해 한국에 소개되었다. 따라서 서구의 특정 작가와 작품에 대한 일본인들의 관심은 식민지 조선의 문학적 취향에 영향을 미쳤다.

에 머물도록 데려온 인물로 독자에게 소개된다. 신철은 옥점의 스승의 아들로, 사법시험을 준비하는 잘생긴 서울내기지만, 그 세대 젊은이들이 빠져들곤 했던 거대한 비행非行, 즉 사회주의 운동에 가담하고 있었다. 옥점은 이런 신철을 사랑하게 되고 그녀의 가족은 그들의 결혼을 허락한다. 신철의 아버지도 아들에게 부유한 고리대금업자이자 지주의 딸인 옥점과 결혼할 것을 명령한다. 그러나 신철은 이 같은 안락한 결혼과 자신의 신념을 맞바꿀 수 없었다. 옥점에 대해서 모호한 태도를 취하던 그는, 하녀인 선비에 대해 자신의 감정이 깊어지고 있음을 느낀다. 그는 또한 그런 감정이 노동계급의 해방을 위한 정치 운동에 참여하도록 하는 자극제가 되고 있음을 깨닫게 된다. 소설의 결말에서 신철은 노동계급 운동에서 지식인 남성의 리더십이라는 문제적 이슈를 체현한다.

신철에게는 많은 매력이 있었지만 그는 선비의 사랑을 받을 수 없었다. 선비의 마음은 신철이 아닌 첫째에게 점점 기울어간다. 하녀인 선비에 대한 신철의 사랑 이야기는 소설의 3분의 1이나 차지하며 독자에게 소개된다. 신철이 손님으로 옥점의 집에 머무는 동안, 신철은 자신의 셔츠를 정갈하게 빨고 다려 오는 아름다운 선비를 보고 마음을 빼앗기게 된다. 신철은 그들 사이에 놓인 계급적 거리에 대해 새삼스럽게 당혹스러워 하면서 "동무를 따라 카페 같은 데로 더러 다녔으나 이렇게 여자를 어렵게 대하여 보기는 처음이다"라고 생각한다.[43] 신철은 선비를

---

43 강경애, 『인간문제』, 193쪽.

자신과 대등한 인간으로 생각하고 있었지만, 옥점은 단지 선비가 자신보다 훨씬 더 아름답다는 이유로 선비를 경쟁자로 생각하고 있었다. 강경애의 소설에서 여성의 아름다움은 계급의 경계를 가로지르는 상품이며, 이는 한국의 고전 소설 이래로 친숙한 수사이기도 하다.[44] 선비는 마을 사람들이 신뢰했던 가족의 딸이기는 하지만, 양친의 죽음으로 가족의 보호를 받지 못하게 되었고 따라서 용연 마을에서 그녀는 공격당하기 쉬운 약한 존재가 되었다. 여러 명의 남성들이 그녀의 육체에 대한 소유권을 주장하며, 선비를 주시하고 있었다. 덕호, 신철, 첫째 모두 그녀를 원하고 있었던 것이다.

선비의 강간

열일곱 살에 고아가 된 선비는 덕호로부터 그의 집에서 집안일을 거들며, 그의 딸 옥점이 도시의 학교에서 공부하는 동안, 딸처럼 대접받으며 옥점의 방을 쓰라는 제안을 받는다. 선비가 이 제안을 수락하고 덕호의 보호 아래 들어감에 따라 덕호는 선비

---

44 한국 고전소설의 대표작인 『춘향전』에서 젊은 양반 남성과 비밀리에 결혼한 기생의 아름다운 딸 춘향은 정절을 훼손당할 위기 상황에서 그것을 잘 지켜 넘음으로써 양반계급에 합당한 여성이 되고자 노력한다. 강경애는 여덟 살 때 『춘향전』을 읽었고 그로 인해 한국 고전문학에 대한 열정적인 애착이 시작되었다고 말하고 있다. 강경애, 「자서소전」, 788-789쪽.

의 보호자 겸 고용주 역할을 하게 된다. 문제는 옥점이 서울에서 돌아와 선비를 방에서 인정사정없이 쫓아내면서 시작된다. 안하무인인 옥점이 보기에 선비는 하인 계급의 소녀일 뿐, 여학생인 옥점과 하녀인 선비 사이에 계급 경계를 넘어선 자매애가 들어설 여지는 없었다.

강경애는 일찍이 식민지 시기 여성들에게 교육에 대한 강력한 판타지가 있었음을 알고 있었다. 강경애 소설의 주인공인 선비는 학교에 가고 싶었지만 소설 중반까지도 학교를 다니지 못한 채 학교에 다니는 꿈을 마음속에 품고만 있었다. 덕호는 선비에게 접근하면서 그녀를 유혹하기 위한 미끼로 자신의 딸 옥점처럼 학교에 보내 주겠다는 이야기를 던진다. 공장주가 학교에 갈 수 없는 소녀들을 모집할 때도 이 미끼는 똑같은 효력을 발휘하곤 했다.[45] 이 같은 미끼의 잔혹성은 학교 다닐 것을 꿈꾸던 선비가 덕호에게 강간당할 때 명확히 드러난다.

선비를 강간한 후 덕호는 규칙적으로 선비와 동침하기 위해 선비의 방을 찾았고, 선비는 이에 따를 수밖에 없었다. 덕호의 가정에서 강간이라는 행위는, 미국의 문학 연구자 헤이즐 카비의 말을 빌자면 하녀였던 선비가 첩이 되는 것으로, 이는 "가부장제적 측면에서 보면 성적 규범에 순응하는 것"이다.[46] 강경애

---

45 C. Eckert, *Offspring of Empire*, p.201[『제국의 후예』, 296쪽]을 보라. 경성방직의 직공들을 위한 교육 프로그램에 대해서 에커트는 "내키지 않는 부모들이 아이들을 공장에 보낼 수 있도록 설득하는 데 매우 유용했다"고 서술하고 있다[에커트에 따르면 경성방직은 매일 두 시간씩 초보적인 읽기·쓰기·산수를 포함한 '기숙사' 교육을 실시했다].

46 Hazel Carby, *Reconstructing Womanhood*, New York: Oxford University Press, 1987, p. 22.

는 이 관계에서 선비가 얼마나 타협적이었는지를 보여 주는데, 선비는 아들을 낳아 덕호의 집에서 가장 힘 있는 여자가 되는 것과 그 집을 도망치고 싶다는 생각 사이에서 고민한다.[47] 여기에 걸린 판돈은 컸다. 만약 선비가 임신을 해서 대를 이을 아들을 낳게 된다면 덕호의 집안에서 그녀는 가장 힘 있는 여자가 될 것이었다. 그러나 선비보다 먼저 덕호의 첩이었던 간난이처럼 임신을 하지 못한다면 집안에서 그녀의 추락은 불가피한 것이었다. 이런 와중에 옥점이 선비가 신철과 적절하지 못한 관계를 맺었다고 선비를 모함하자, 이에 분노한 덕호는 선비를 쫓아내게 된다. 그리고 마침내 선비는 서울로 여행을 떠나는데, 그곳에서 그녀는 여공으로 변신하게 되는 것이다.

이런 인물들의 초상을 통해, 강경애는 하녀에서 여공으로 변신한 가난한 소녀들에게 별 쓸모없었던 순결에 대해 어떤 미화도 하지 않으면서, 식민지 하층계급 여주인공이 처한 현실을 탁월하게 보여 주고 있다. 더 나아가 산업화와 근대화가 초래한 세계의 잔혹성을 잊지 않는다. 폐쇄적인 마을에서 고아가 된 선비는 보호받지 못하는, 즉 "소유자 없는" 여성이라는 끔찍한 운명에 노출되었다. 그러나 강경애는 유교적 봉건주의와 이제 막 시작한 자본주의 사이에서 남성과 여성의 관계에 어떤 중요한 차이가 있음을 암시하기보다는, 두 체제 모두에서 선비가 지속적으로

---

47 새뮤얼 리처드슨의 여자 주인공 클라리사가 처해 있던 곤경에 대해 테리 이글턴이 내린 평가가 여기에서도 적용된다. "생존의 조건이 되는 공모에 그 희생자가 동의함으로써 권력은 그 자체로 재생산된다." T. Eagleton, *Rape of Clarissa*, p. 82.

희생되었다는 사실을 보여 준다. 선비의 예쁜 얼굴과 순진한 태도는 봉건적인 지주와 마찬가지로, 그녀의 삶으로 강제로 들어온 다른 남성들, 즉 공장 감독자들에게도 매혹적인 것이었다.

공모의 경제

『인간문제』의 세 명의 주인공(선비, 간난이, 첫째)은 마을에서 나와 도시로 가야만 했고, 프롤레타리아가 되어 그들 모두가 이미 공유하고 있었던 인간문제에 완전히 눈 뜨게 된다. 덕호의 첩이 되었다가 위기에 처한 선비는 이미 마을을 떠난 간난이를 찾아 서울로 간다. 선비보다 세상 경험이 많은 간난이는 대도시에서 선비의 안내자가 되고 이 둘은 곧 인천의 방적공장에 취직하게 된다. 그런데 간난이에게는 비밀이 있다. "선비는 간난이가 저렇게 늦게 돌아올 때마다 무엇을 깊이 생각하는 것이 수상스럽게 생각되었다. 자기가 시골 있을 때 밤마다 덕호에게 당하던 것을 생각하며 무의식간에 그는 진저리를 쳤다. 따라서 간난이 역시 그런 일을 저지르지나 않는가? 하여 불안과 의문에 슬금슬금 그의 눈치를 살폈다."[48]

독자들이 곧 알게 되듯이, 간난이의 비밀은 성을 약탈하는 남성 포식자와의 불법적인 로맨스가 아니라 노동운동과 관련되어

---

48 강경애, 『인간문제』, 348쪽.

있었다. 1930년대 초반 전국의 공장에 들어가 노조를 결성하고 노동조건을 개선하기 위해 활동하고 있던 사회주의자들과 마찬가지로 간난이는 비밀리에 동료들에게 정치 팸플릿을 배포하는 한편, 생계를 위해 인천의 한 방적공장에 들어가게 된다. 인천에서 간난이의 정치적 접촉 대상은 다름 아닌 신철로 밝혀진다. 신철은 사회주의 운동을 포기하지 않았다는 이유로 또한 옥점과의 결혼을 거부했다는 이유로 아버지와 의절한 채, 노동운동에 투신한 상황이었다. 그의 첫 번째 임무는 첫째와 친구가 된 인천 공장 지대에서의 임무였고, 두 번째 임무는 간난이와 선비가 일하고 있는 바로 그 공장에서의 노동운동과 관련되어 있었다.

공장에 온 첫날 밤, 간난이는 잠에서 깨어 창문 밖을 우두커니 바라보며, 시커먼 담에 갇혀 있다는 고적감을 느꼈고, 그녀가 앞으로 그곳에서 혼자 감당해야 할 노동운동에 대해 걱정했다. 공장을 둘러싼 담은 마치 뚫을 수 없는 요새와도 같았고, 그녀는 그 담벽에서 어떤 조그만 구멍이라도 발견할 수 있을까 걱정스러워 한다. 임무를 위해 공장 밖에 있는 신철로부터 도움을 받아야 하기 때문이다.

그때 간난이는 복도에서 어떤 소리가 들리자 문 밖을 내다보며 어두운 복도를 둘러본다.

간난이는 숨을 죽이고 문소리 나는 곳을 바라보았다. 여공 하나가 신발소리를 죽이고 감독 숙직실 편으로 가는 듯하여 간난이는 뜻밖에 호기심이 당기어 그의 뒤를 살금살금 따라섰다. 숙직실 앞에서 그는 발길을 멈추고 머뭇머뭇 하더니 문을 열고 들어간다. 간난이는,

거` 누굴까? 하고 생각해 보았으나 짐작하는 수가 없었다. …… 옛날
에 덕호에게 인격적 모욕을 감수하던 그 자신이 등허리에서 땀이 나
도록 떠오른다. 그는 한참이나 서서 이런 생각을 하다가 숙직실 문
앞에까지 가서 귀를 기울였다. 아무 소리도 들리지 않았다. 그는 중
대한 그의 사명이 없다면 당장에 이 문을 두드리고 이 공장 안이 벌
컥 뒤집히도록 떠들어 이 사실을 여공들 앞에 폭로시키고 싶었다.[49]

그러나 간난이는 문을 두드리지 않고 독자들의 궁금증은 그대로
남는다. 간난이가 폭로하고 싶었던 "진실"이란 무엇인가? 여공
들이 감독과 섹스를 한다는 것? 그런데 이런 섹스에서 권력관계
의 "진실"을 어떻게 밝힐 것인가? 누군가가 이렇게 감독과 "매
일 밤" 관계를 갖는 것은 하나의 사건에 불과할 수 있지만, 그
결과 그 여공은 감독과 우호적인 관계를 맺음으로써 공장에서
권력을 갖게 되며, 아울러 정기적으로 더 많은 급료를 받게 된
다는 것을 간난이는 알고 있었다.
　박화성의 「추석전야」와 유진오의 「여직공」 그리고 이북명의
「여공」과 달리, 『인간문제』에서 공장 감독과 여공이 관계를 맺
는 장면은 강간이나 에로틱한 폭력으로 묘사되지 않고, 폭로의
위험을 감수해야 하는 직공과 감독 간의 은밀한 섹스로 그려진
다. 인천에서의 공장 체험과 리얼리즘에 대한 작가적 열정으로
강경애는 강간보다는 공모된 섹스를 묘사한다. 그 이유는 공모
된 섹스가 실제로 공장에서 극단적인 성추행이 이루어지는 가장

---

49 같은 책, 360쪽.

일반적인 방식이었기 때문이다. 다른 프로문학 작가들이 강간으로 묘사하기를 선호하던 사건을, 강경애는 더욱 타협적이고 절박하기까지 한 일이라고 생각하고 있었다. 우리는 이 지점에서 공장에서의 젠더 관계가 강간의 정치학보다는 공모의 경제학에 의해 돌아가고 있다고 말할 수 있을 것이다.

당시 상황에서 강간은 거의 문제시되지 않았으며 파업 공지문이나 신문에도 "처우"나 "욕설", "몸수색"에 대한 항의보다 훨씬 드물게 등장한다. 노동자들은 문제를 제기하면서도 그들이 욕하는 감독들의 언어를 빌려 자신들이 당하는 일들을 표현하기도 한다. 먹을 만한 음식과 하루 열 시간 노동을 요구하며 6백여 명의 노동자가 파업을 벌인 산십제사공장에서 여성 노동자들은 남성 동료들에게 "농담"을 그만두라고 요구하기도 했다.[50] 우리는 "농담" — 실제로는 성적 괴롭힘을 의미하는 — 이라는 표현이 매우 애매한 것이라고 결론을 내려야 할지도 모른다. 공장 안에서 남성과 여성 사이의 관계는 확실히 단정하기 어려운 경우가 있기 때문이다. 그러나 더 심각한 속임수는 바로 이 같은 상황에서 발생한다. 다양한 일들로 말미암아, 남성과 여성의 성적인 관계는 지속적으로 애매해지고, 증명 불가능하며, 공모적인 것이 되며, 언제든 쉽게 발생하게 된다. 1장에서 살펴보았듯이, 급료와 보너스 제도, 직공 채용의 관행, 법적 보호의 부재, 여공에 대한 공장의 부당한 영향력 등에 대한 지배적인 담론 등은 모두 여공들에게 강요된 묵인의 정치를 은폐해 버렸다. 기숙사에서

---

50 『조선일보』(1930/04/25)(김경일, 『일제하 노동운동사』, 550쪽에서 재인용).

일어나는 그 일들이 이해되지 않은 채, 강요된 성적 공모를 노동 운동에서나 프로문학 모두에서 정치적인 이슈로 다루지 못하게 만드는 것은 바로 그 애매함이었다. 즉 강요된 성적 공모는 그것의 애매하고 복잡한 성격 때문에 번창하게 된 것이다.

침실로 돌아온 간난이는 기척에 놀라 잠이 깬 선비에게 다음과 같이 말하며 공장 감독에 대해 주의를 준다. "우리들을 부리는 감독들과 그들 뒤에 있는 인간들은 덕호보다 몇천 배 몇만 배 더 무서운 인간들이란다."[51] 간난이는 그녀가 본 것을 선비에게 말하지 않는다. 며칠 후 간난이는 공장 뒷담에 뚫린 수채 구멍을 통해 전단을 전달받아 다음날 아침 공장 곳곳(이불 밑이나 방안 구석)에 가져다 놓는다. 그 전단은 이미 알려진 또는 비밀이었던 공장 내 모든 사건들을 폭로하고 있었다. 이 일은 며칠 동안 반복되었고 모든 종류의 화제가 전단의 요구 사항에 오르내렸다. 여공들은 전단에 그 전날 밤에 있었던 감독의 연설을 비판하는 내용이 실려 있는 것을 보고 놀라워한다. 전단이 여공들을 더 가깝게 만들면서 그들은 공장 안에서 벌어지는 자신들의 일에 대해 토론하기 시작한다. 소녀들은 잠자리에 들면서 특히 '상금' 제도에 대해 이야기한다.

"이애, 이 종이를 누가 들여보내 주는지 모르겠으나 여기 써 있는 글이 꼭 맞는다야! 감독이 왜 그때 하루에 20전씩 상금을 준다고 하더니, 어디 상금 주디? 말만 상금이야!"

---

51 강경애, 『인간문제』, 362쪽.

기숙사 상층 4호실에서는 여공들이 자리에 누우며 이런 말을 하였다.

"그래 해영이는 그렇게 일을 잘해두 말이어, 상금 타보지 못했대. …… 아이 참 어쩌면 거짓말 하는지 몰라!"

"그래두야, 아이 인물 고운 저 7호실에 있는 신입생은 벌써 상금을 탔나 보더라.……"

"상금을 탔대? 거 누구여?"

웃기 잘하는 여공이 이렇게 물었다.

"이애는 누구 듣겠구나. 좀 가만히 말하렴."

웃기 잘하는 여공은 킥킥 웃으며 이불 속으로 손을 넣어 꾹 찌른다.

"누가 듣기는 누가 듣니? 이 밤에"

"이애 봐라! 너 감독이 밤마다 순시 돈다, 너 그런 줄 모르니?"

"순시를 돌면 어때. 이불 속에서 하는 소리가 밖에 나갈까. 좌우간 누구여? …… 아, 요새 갓 들어온 예쁜이 말이구나."

기숙사에서는 선비를 예쁜이라고 별명을 지었다.

"이애 말 말라. 해영이가 그러는데 말이야. 바루 해영이 앞에 신입 여공이 있지 않니?[52] 그런데 그 앞에서 감독이 떠나지 않고 자꾸만 싱글싱글 웃더래! 아이 참 죽겠어! 그 꼴 보기 싫어! 왜 그때는 용녀를 그렇게 허지 않았니.……"

"홍. 용녀보다 신입 여공이 더 고우니 그렇지. 사실 곱기는 고와요! 내가 남자라도 반하겠더라. 그 눈이나 코를 봐라네."

"곱기는 뭣이 고와. 그 손이 왜 그러냐. 난 손을 보니 무섭더라."[53]

---

52 여기에서 신입 여공은 선비를 가리킨다. 선비는 간난이와 함께 공장에 들어왔고 공장에 들어온 지 얼마 안 되어 감독은 그녀에게 눈독을 들이기 시작한다.

가는 귀 어두운 여공이 이렇게 말하였다.

"아따 이 귀머거리! 뭘 좀 들었나베 …… 히히 후후 …… 이 손이 손이 히히."

……

여기까지 말한 가는 귀 어두운 여공은 가슴이 벅차는 듯하여, 이불을 조금 벗으며 숨을 돌리었다.

"이애 말 마라. 나두 서울서 미루꾸[우유의 일본어-옮긴이] 공장에 있을 때, 글쎄 감독놈이 하도 밉꼴스레 굴고 품값도 잘 안 주어서 우리들이 동맹파업인지를 일쿠려 안 했니? 그랬더니 그중에 몇 계집애가 싹 돌아서서 글쎄 감독에게 고해바쳤구나. 그래서 모두 쫓기어나지는 안 했으나 감독놈이 미워서 견딜 수가 없어 그래 나오고 말았다. 뭘 그래 다 그런데……"

"그런 계집애들은 모두 죽여 버려! 흥 그런 것들은 말이다, 감독놈과 연애하는 계집애들이어.……"

"이거 봐라 일은 죽도록 하구서는 손에 돈도 쥐어 보지 못하구, 우리는 그래 이게 무슨 꼴이냐. 어머니 아버지 앞에서 고이 자라가지고 이 모양을 해! 난 오늘 이 손이 하마터면 기계에 끼여 잘라질 뻔하였다! 들어올 때는 누가 이런 줄 알았니?"

그는 손을 볼에 대며 진저리를 쳤다. 핑핑 돌아가는 얼레[방적기-옮긴이]를 금방 보는 듯하였다.

---

53 선비는 어린 시절부터 손으로 일을 했기 때문에 거칠고 쭈글쭈글한 손을 갖고 있다. 그녀의 손은 그녀의 아름다운 외모와 현저한 대조를 이루고 있었다. 신철은 그녀의 아름다운 외모와 그녀의 나이 들어 보이고 주름진 손을 동시에 받아들이지 못한다.

"이 종이 갖다 주는 사람을 만나 봤으면 좋겠어! 어디 우리 지켜볼까?"[54]

여기에서 우리는 여공들이 스스로 "각성"하는 광경을 볼 수 있다. 공장에서 벌어지곤 했던 여공과 감독의 성관계는 이들 모두 잘 알고 있던 것이고, 이들은 여공에 대한 감독의 "유혹"을 비판하면서, 여성 노동자들을 힘들게 일하는 여공들과 감독과 연애하는 밀고자로 잔인하게 가른다. 그러나 이 장면에서 우리는 강경애가 글쓰기를 정치적인 깨달음의 형식으로서 제시하고 있음을 감지할 수 있다. 선동적인 어조의 전단(독자는 실제로 그 전단을 보지 못하고 단지 들을 수 있을 뿐이다)과 그 전단이 여공들에게 미친 즉각적인 효과는 문학과 정치적 의식화 사이의 뗄 수 없는 연관성을 시사한다. 전단에 담긴 수사적 메시지는 여공들의 각성을 여공들이 모두 겪고 있던 문제들에 대한 공감으로 확장시킨다. 부분적으로 이 장면에서 전단은 『인간문제』의 전체 프로젝트 가운데 하나 ― 바로 오랫동안 하층계급 여성에 대한 억압을 용인하면서도 주목조차 하지 않았던 사회에 여공의 삶을 널리 알리는 ― 를 공유하고 있는 셈이다.

여공들이 스스로 각성한다는 점은 강경애 소설의 특징적인 면모이다. 우리가 보아 왔듯, 여공들에 대해 글을 썼던 프로문학의 남성 작가들은 급진적 남성 노동계급에 의해 어떤 의식적인 각성이 이루어지는 방식을 선호했다. 이런 의미에서 『인간문제』

---

54 강경애, 『인간문제』, 362-364쪽.

의 사회주의자 남성인 대학생 신철의 운명은 1934년 대량 체포가 일어나기 전에 출간된 초기 프로문학에서 비슷한 역할을 했던 그의 동료들과 비교했을 때 매우 대조적이다.

카프의 종말

『인간문제』의 신철은 인천에서 사회주의 활동을 벌이다 체포된다. 예심 판사가 된 신철의 옛 친구 박병식은 그에게 다음과 같은 근거를 들면서 '열심히' 전향을 제안한다. 새로운 제도를 만들려면 오랜 역사, 즉 '장구한 시일과 막대한 희생'이 있어야 하는데 한 사람의 희생으로는 가능하지 않다는 것, '집안 형편도 딱하게' 되었다는 것, 그리고 '일본의 ××당 거두들도 이미 전향을 했다는' 것이 그 설득의 근거였다.[55] 감옥의 독방에서 심사숙고하는 신철의 머릿속에는 그의 친구인 첫째에 대한 기억이 떠나지 않고 있었다. 그리고 우리는 신철이 가진 급진적인 정치학이 항상 타인들을 위한 것이라는 점을 알게 된다. 신철은 공장 내부에 들어간 적이 없음에도 불구하고, 간난이에 대해 노련한 간부로서의 역할을 했고, 타인의 말을 잘 믿는 첫째를 보살피면서 식민지 경찰의 표적이 되었다. 신철은 전향해 자신의 정치적 신념과 우정을 포기함으로써, 자신이 관여하고 있던 노동

---

55 강경애, 『인간문제』, 400-401쪽.

운동의 중심에서 멀어진다. 거기에 대한 연민과 고통이 있다 하더라도 신철의 배반은 궁극적으로는 이 소설의 해결책이 될 수 있다. 왜냐하면 신철의 배반으로 첫째와 간난이가 스스로 혁명가가 될 수 있기 때문이다. 이북명과 유진오의 소설에서 사상의 세계와 일상 노동자의 세계 사이에 양다리를 걸친 급진적인 남성들은 여성이 대부분인 방직공장에서 모든 정치적 행위의 핵심 인물이지만 『인간문제』에서 신철은 이와 달리 주변적이고 스쳐 지나가는 인물로 밝혀진다.

강경애의 소설은 노동운동이 남성들의 영역만이 아니라는 점을 보여 주고 있으며, 그녀의 여주인공들, 특히 간난이와 선비는 사회주의가 여성 프롤레타리아에게 매력적인 이념이라는 생각을 공유하고 있다. 이 두 가지 지점은 다시 한 번 언급해 둘 필요가 있는데, 그것은 한국 사회주의의 역사라는 독특한 환경에서, 이 지점들이 자주 망각되어 왔기 때문이다. 김동춘은 탈식민주의 지식인들이 사회주의적 반反식민 투쟁의 역사를 이야기할 때 겪게 되는 난점에 대해, 다음과 같이 매우 간결하게 서술하고 있다.

조선의 사회주의는 우선 식민지 종주국인 일본을 통해 수입되었다는 점에서 대단히 불행한 출생 과정을 거쳤다고 할 수 있다. 그리하여 한국의 사회주의자들은 은연중에 자신의 문화적·역사적 자원을 등한시하고 성급한 '보편주의'에 경도되는 가능성을 애초부터 갖고 있었다. 뿐만 아니라 초기 사회주의자들의 압도적인 다수가 지주 혹은 부유층 출신이었다는 점은 사회주의가 '사회적' 사상으로서보다는 정치 노선이나 하나의 유행 혹은 문화로 받아들여질 개연성을 높였다. 자유주의가 그랬듯이, 사회주의 역시 무엇보다도 지식인들의 하나의 '유행'이었다고 볼 수 있다.[56]

식민지 조선에서 사회주의자들이 사상적으로 허약하게 보인 것은 사회주의자로 자처한 많은 이들이 1930년대 중반부터 "전향했다"는 사실 때문이기도 하다. 사회주의에 대한 헌신적인 태도를 바꿔 전향한 이들 가운데서도 눈에 띄는 이들은 바로 카프 회원들과 프로문학 작가들이었다.[57]

카프는 지도자급 회원들이 체포된 1931년부터 일본 경찰의 감시 대상이 되었다. 시인이자 소설가이며 비평가인 박영희는 초기부터 카프의 주요 회원이었는데, 1933년 조직을 떠나면서 "얻은 것은 이데올로기요, 잃은 것은 예술이다"[58]라는 유명한 말

---

56 김동춘, 『근대의 그늘: 한국의 근대성과 민족주의』, 당대, 2000, 259쪽. 김동춘은 식민지 조선 내에서 활동하던 사회주의자 그룹에 대해서만 언급하고 있다. 1930년대 만주에서 사회주의 계열 운동가들이 벌인 무장투쟁에 대해서는 Charles Armstrong, *The North Korean Revolution 1945~50*(Ithaca: Cornell University Press, 2003)[『북조선의 탄생』, 김연철·이정우 옮김, 서해문집, 2006], 1장을 보라.

57 일본 활동가들의 전향에 대해 쓴 리처드 미첼은 프로문학 작가들과 다른 다수의 좌파들은 1928년 대량 체포가 일어난 후 전향해 "내셔널리즘을 다시 받아들였고" 이런 일은 부분적으로 좌익들을 처벌하고 거부하기보다는 좌익이 국가를 "사랑"하도록 재교육하고자 했던 일본 재판부의 전술에 의한 것으로 설명하고 있다. Richard Mitchell, *Thought Control in Prewar Japan*(Ithaca: Cornell University Press, 1976), pp. 98-99. 이 참고문헌에 대해 알려 준 보웬-스트룩Heather Bowen-Struyk에게 감사한다.

58 Kim Yoon-Shik, "Phases of Development of Proletarian Literature in Korea," p. 33[카프 소속 작가들이 전향한 것은 1931년의 검거와 1934년 검거 사건(이른바 전주 사건)을 거치면서였다. 두 차례의 검거 사건과 내분으로 동력을 잃은 카프는 1935년 경찰

을 남겼다. 이 같은 분위기에서 노동자계급을 보호하고 그들의 상황을 개선시키는 운동을 포기하고 예술을 정치로부터 분리시키려는 태도로 이들이 변화한 것은 어느 정도 예측 가능한 일이었다. 예술과 문학은 많은 이들에게 사회와 정치를 초월한 것처럼 보이기 때문에, 특히 정치적으로 개입하는 것이 위험해진 1930년대 중반 이후의 시기에, 예술에 전념하겠다는 그들의 태도는 암암리에 당대의 정치에 개입하지 않겠다는 약속이 되어 버렸다. 그들의 선택은 그 어떤 정치적인 분규로부터도 거리를 두겠다는 전략적인 전향이었다. 그러나 그와 같은 거리 두기 혹은 탈정치화 역시 정치적인 맥락에서 벗어난 것이 아니라 그 자체로 정치적인 입장인 것이었다.

이들 카프 작가들이 여공들을 의식적으로 충분히 깨어 있는 인간으로 묘사해 낼 수 있는 상상적인 도약이 불가능함을 스스로 보여 주었을 때, 예술이라는 상상적인 영역으로 도피했다는 점은 매우 역설적이다. 그들의 전향과 더불어 운동으로서의 프로문학이 몰락한 이후 여공들은, 비록 이러저러한 결함은 있었지만 든든했던 동지를 잃었다. 노동자계급 여성들은 1980년대까지 적어도 한국의 제도권 문학 내에서 그리고 더욱 광범위한 공적 문화 안에서 사라져 버렸다. 김동춘이 앞서 언급한 바 있

에 해산계를 제출한다. 회월懷月 박영희가 말한 이 유명한 전향의 변은 1934년 1월 『동아일보』에 게재한 「최근 문예 이론의 신전개와 그 경향」에 실려 있다. 박영희는 이미 1933년 카프에 퇴맹원을 제출했는데 카프가 이를 수리하지 않자 자신의 입장을 정확히 밝히기 위해 1934년 1월에 이 글을 게재했다. 권영민, 『한국현대문학대사전』, 서울대출판부, 2004 참조].

듯이, 한국에서 감지되는, 다소 피상적인 사회주의적 전통에 대한 실망조차도, 오직 지식인들(인텔리겐치아)의 입장에서 표현된 것일 뿐 수많은 여성 노동자들이 이런 운동들에 관계되어 왔다는 사실은 대체로 인정되지 않고 있었다.

강주룡은 아마 이 시기 사회주의자로서 공개적으로 파업을 이끌었던 가장 유명한 여성 프롤레타리아였을 것이다. 강주룡은 평양적색노조[59]에 가입했고, 낮은 임금에 항의하는 평원 고무공장 노동자들의 투쟁을 이끌며 주목 받았다. 1931년 파업 시위가 경찰에 의해 해산되자 이에 항의해 평양 을밀대에 올라가 8시간 동안 시위를 이어 갔다. 이 사건 이후 공장 측이 파업에 참가한 강주룡 등을 해고하자 강주룡은 이에 항의하는 단식을 벌이기도 했다. 1931년 말 체포된 강주룡은 강경애의 『인간문제』가 발표되었던 1934년에는 이미 사망한 상태였다.[60] 만약 강경애가 간난이라는 인물에 대해 어떤 모델을 찾았다면 바로 자신을 고용한 고무공장을 "발칵 뒤집어 놓은" 이 젊은 과부가 가장 적합한 인물이었을 것이다.[61]

---

59 '평양적색노조'는 공산주의 노동운동의 일부였던 비합법적인 혁명적 노조로서 울산, 해주, 용산, 여수, 마산에 지부를 두고 있었다. 이 노조는 코민테른의 지령을 받고 있었고 1일 8시간 노동, 나이·젠더·인종과 무관하게 동등한 임금, 파업의 권리, 데모의 권리, 사회보험, 혁명 조직을 만들 권리 등의 공약을 포함하고 있었다. 한국사사전편찬회(이이화 감수), 『한국 근현대사 사전』, 230쪽. 총독부는 적색노조의 노조 활동가 1천 명가량을 체포해 엄벌에 처했다. Park Soon-Won, *Colonial Industrialization and Labor in Korea*, p. 123.

60 [옮긴이] 강주룡은 1931년 검거되었고 이듬해 병보석으로 풀려 났지만 곧 사망했다. 「을밀대의 옥상녀 강주룡 사망」, 『동아일보』(1932/07/17).

여공의 비극

프로문학 운동이라는 남성 중심의 세계에서 차지하고 있는 강경애의 애매한 위상(강경애의 글쓰기는 그 문체의 '남성성'으로 말미암아 상찬 받았다[62]), 경성 중심의 문단과 거리를 두었다는 점, 그리고 교육 이상으로 경제력이 여성 해방에 필수적이라는 그녀의 신념[63] 등으로 말미암아, 그녀는 노동자계급 여성의 해방을 추구한다고 알려진 조직들의 주변부에 위치하게 되었다. 이 같은 그녀의 애매한 위치는, 바로 식민지 경제의 중심에 놓여 있었지만 동시에 제국과 산업화라는 근대화 이데올로기의 주변부에 놓인 여공들의 처지에 비견될 수 있을 것이다.

그럼에도 불구하고 『인간문제』의 성취는 주목할 만하다. 이북명과 유진오가 노동자계급 여성의 억압 속에서 위기에 처한 젠더와 계급의 문제를 완전히 파악하지 못하고, 여공들의 복잡한 경험을 유혹과 구원의 이야기로 단순화한 반면, 강경애는 사회주의자들이 사용했던 이런 여공에 대한 상상력을 여성을 위해

---

61 강주룡에 대한 정보는 최민지, 「한국 여성 노동운동소사」, 이효재 엮음, 『여성해방의 이론과 현실』, 창작과비평, 1979, 249쪽; 이옥지, 『한국 여성 노동자 운동사 1』, 50-51쪽에서 가져왔다.

62 이 시대에 눈에 띄는 여성 프로문학 작가인 박화성과 더불어 강경애는 비평가들로부터 "남성적 작가"라는 별칭이 붙었다. 서은주, 「강경애」, 296쪽에서 인용. 프롤레타리아문학을 "남성적인" 글쓰기와 연결하는 것은 프롤레타리아가 남성과 본질적으로 동일시되고 있음을 나타낸다. 또한 그 작가가 여성일 때조차 프롤레타리아 인물에 대해 글을 쓰는 것은 비여성적인 것으로 추정되고 있음을 알 수 있다.

63 강경애는 이 점에 대해서 『신가정』 1933년 12월에 발표한 「송년사」에서 말하고 있다.

적절히 사용했다. 강경애의 소설에서 유혹의 수사는, 계급 갈등을 표현하기 위한 정치적 은유로 또는 노동자계급 여성의 역할을 성적인 것으로 국한시키기 위해 차용된 것이 아니라, 식민지 공장 내부에서 벌어지는 공모와 저항의 정치학을 탐구하기 위해 차용된 수단이다. 그녀의 소설은 우리에게 자주 언론과 파업 공지문에서 암시적으로만 보였던 성폭력을 탐구하게 하는 관문이 되고 있다. 나아가 강경애는 이 세계에서 성폭력과 추행을 모호한 관계로 만드는 바로 그 방식을 이해하고 있었다. 강간의 폭력적인 순간을 단순히 명료하게 묘사하는 것은 성폭력의 본질을 간과하는 것임을 강경애는 우리에게 보여 주고 있다. 강경애의 인물들은 공모라는 고통을 경험한다. 채만식의 「팔려간 몸」에 등장하는 '직녀'처럼 하층민 여성들은 새로운 종류의 주체성과 새로운 서사들을 가능하게 하는 변화한 경제적 현실을 선취하기 위해 씨름하고 있었다.

여공 문학의 개화開花는 문학적인 순간일 뿐만 아니라 역사적이고 경제학적인 순간이기도 했다. 사회적 리얼리즘이 미학적 선택일 뿐만 아니라 정치적인 개입이기도 했던 시절에 창작된 여공 문학은 젠더와 계급으로서 한국의 산업혁명을 정밀하게 읽어 내게 하고, 자크 랑시에르가 말한 바 있는 유명한 문구, "노동자들을 만나러 나와 그들의 역할을 자신의 것으로 취하려 했던"[64] 지식인들과 작가들 그리고 노동자들 사이의 관계를 추적

---

64 J. Rancière, *The Nights of Labor: The Workers' Dream in Nineteenth-Century France.* Philadelphia, PE.: Temple University Press, 1989, p. 22. 랑시에르는 여기서 '취하다'(ex-

하게 한다.

1933년 12월 잡지 『신가정』에 쓴 글에서 강경애는 "사회적으로 완전한 경제적 개변을 보지 못하고는 완전한 여성의 해방도 볼 수 없습니다. …… 더욱 여성은 상품화하며 따라서 인간적 지위에서 점점 더 말살되고 말 것입니다"[65]라고 말하며 여성 해방의 근본적인 조건을 제시했다. 실제로, 성별 노동 분업을 가져왔던 자본주의는 문학적 생산물에 대해 새롭게 접근할 수 있는 방법 또한 가져왔다. 문학사가인 존 길로리가 지적하듯이 "새로운 방식으로 여성을 상품화했던 바로 그 시스템이 그들에게 (소설과 같은) 새로운 상품의 생산을 가능하게 하여 여성을 새로운 종류의 문화적 생산자가 될 수 있게 했다."[66] 강경애는 "사회적으로 완전한 경제적 변개變改"에 대한 필요와 여공들의 비참한 삶의 조건을 독자들에게 일깨우기 위해 글을 씀으로써 여성의 노동을 착취하는 그 생산 시스템이 다른 한편으로는 그 시스템에 대한 비판을 가능하게 하는 데 필수적인 "문화적 자본"을 확산시키고 있음을 입증하고 있었다.

여공에게는 비극적 체험이었던 산업혁명에 대해 글을 남김으로써 강경애는 1930년대 식민지 조선 사회와 문화를 잠식해

---

propriate)라는 다소 부정적인 어휘를 사용하고 있다. 지식인들은 고된 노동을 끝낸 노동자들을 만나 그들의 삶을 배우기도 했지만, 다른 한편으로는 그들에게 자신들의 지식에서 나오는 권력을 과시하기도 했기 때문이다.

65 강경애, 「송년사」, 『신가정』 1933년 12월호, 이상경 엮음, 『강경애 전집』, 746쪽.

66 John Guillory, *Cultural Capital: The Problem of Literary Canon Formation*, Chicago: Chicago University Press, 1993, p. 349n25.

들어가던 변화의 중심에 노동자계급 여성들의 삶을 포함시켰다. 1920년대와 1930년대 초의 "생산적인 분위기"[67]의 일부이기도 했던 『인간문제』는 그 이후 쉽게 완전히 사라진 듯하다. 왜냐하면 그 모든 통찰력에도 불구하고 한 가지 중요한 요소가 빠져 있었기 때문이다. 소설 속에 여공을 포함하고는 있었지만 여공들에게 말을 걸고 있지는 않았던 것이다. 하층계급 여성들의 높은 문맹률과 그들을 녹초로 만드는 공장 노동이 독서 자체를 불가능한 취미로 만들었기 때문이다. 한국의 여공들 스스로가 문학을 통해 자신이 속한 사회에 말을 걸고 사회를 변화시키려는 시도를 하기까지는 문해력에서의 혁명과 더불어 두 세대가 지날 정도의 시간을 필요로 했다.

---

67 [옮긴이] 1920년대 후반에서 1930년대 초 프로문학은 문단에서 일종의 헤게모니를 쥐고 있었고 이에 다수의 프로문학이 창작되었다.

3장

서울로
가는 길

열여섯의 나, 차창에 손바닥을 대고 플랫폼을 내다본다. 잘있거라. 나의 고향. 나는
생을 낚으러 너를 떠난다.

신경숙, 『외딴방』, 28쪽

1930년대부터 1970년대까지 여공이 주요 등장인물로 나오는 문학작품의 퇴조는 그들이 정치적 삶으로부터 부분적으로 유리되었음을 보여 준다. 1970년대 후반과 1980년대 초반, 여공이 문학작품에 다시 등장했을 때, 그들의 모습은 이전 시기보다 훨씬 더 사회참여적인 모습이었으며, 사회와 괴리되거나, 다른 사람들과의 연대에서 이탈하지도 않았다. 1920, 30년대에, 여성들이 머물렀던 공장은 성적인 학대와 위협에 의해 규정된 세계였다. 1970년대 들어 여성 노동자계급의 글들은 그들의 삶의 터전이었던 작업장에 머물지 않고, 훨씬 더 넓은 사회적 영역을 다루고 있었다. 1970년대 여공들은 인천 만석동과 서울 구로동 등에 위치한 자그마한 빈민촌을 삶의 터전 삼아 대도시 생활에 뛰어들었다. 그들은 자신들의 삶을 매개했던 지배적인 이데올로기, 다시 말해 가부장제나 남성 중심주의로부터 벗어남으로써, 진실한 우애, 연대, 교육 그리고 로맨스를 발견할 수 있었다.

이렇게 1970, 80년대 등장했던 노동 문학은 식민지 시기 프로문학 운동과 여러 가지 측면에서 중요한 차이가 있었다. 식민지 시기 초기 프롤레타리아 아방가르드는 주로 문학 운동이었던데 비해, 1970, 80년대 노동 문학은 자신감 넘치고 문화적으로도 활기찼던 노동자 운동의 등장이라는 배경 속에서 태어났다.

이런 두 시기 노동 문학을 둘러싼 차이는 작가의 계급적 배경을 통해서도 명확히 드러나는데, 식민지 시기 프로문학 작가들의 출신 배경은 다양했다. 예컨대, 일부는 전업 작가였지만, 일부는 계급 간의 경계에서 근근이 생계를 꾸려 가며 자신들이 일하는 공장과 광산에 관해 글을 썼다. 또 다른 이들은, 매우 추상적인 정치적 열망을 지닌, 노동자계급을 외부에서 바라보는 '관찰자들'이었다. 식민지 시기와 비교해, 1970, 80년대 노동 문학의 참신성은, 노동 문학 작가 거의 대부분이 "진짜" 프롤레타리아였다는 데 있었다. 그들 가운데 다수는 저항적 서클 내에서 이미 널리 알려진 노동쟁의를 일반 독자들에게 설명하고 증언하기 위해 노동 문학을 집필했다.

그러나 1970, 80년대의 정치적 조건과 식민지 시기 사이에는 놀라운 유사성을 발견할 수 있다. 식민지 조선과 1970, 80년대 한국은 모두 군사정부로, 전직 고위 군 장성에 의해 통치되었다.[1] 두 시기 모두 국가는 매우 격렬한 산업화 시기를 관리 감독했다. 프로문학과 노동 문학은 각각 총독부와 군사정부에 의한 검열의 시대에 꽃피웠던 것이다. 확실히 식민지 시기부터 존재했던 프로문학은 박정희 정권(1961~79)과 전두환 정권(1980~88) 같은 군부 정권하에서도 금지되었고, 많이 배우지 못한 하층계급 출신 노동 문학 작가들은 초기 식민지 시기 프로문학의 실험과 단절된 채 노동 문학을 새로 시작할 수밖에 없었다. 다시 말

---

1 사실 박정희(1917~79)는 해방 이후 미군정에 의해 만들어진 대한민국 육군에 참가하기 전인 1940년, 관동군에 입대해 훈련을 받았다.

해, 식민지 시기 문학과 1970, 80년대 노동 문학은 시대를 가로지르는 대화를 하지 못한 채 단절되어 있었다.

그 외에도 국제적인 세력 판도 역시 한국의 산업화 경로에 영향을 미쳤다. 메이지 시대 일본과 마찬가지로, 한국은 "급속한" 또는 "후발" 산업화로 알려진 경제 발전을 겪었다. 유럽, 북아메리카, 일본과 같은 선진 경제에 비해 훨씬 뒤처졌던 한국은 "따라잡기 경제"라는 별명으로 불렸던 경제 발전에 뛰어들었다.[2] 이와 같은 경쟁 과정에서 개인적 혹은 사회적으로 치러야 했던 비용들 — 희생, 가족의 이산, 죽음, 삶의 질 저하 등 — 은 일자리가 늘어나고, 호롱불이 전깃불로 바뀌고 마을에 신작로가 들어서고, 서울 지하철이 개통되었던 것만큼이나, 산업화가 가져온 역사의 일부였다. 여공들은 이 같은 급속한 산업화의 혜택과 그들이 치러야만 했던 비용(혹은 희생) 사이의 충돌을 누구보다도 날카롭게 이해했다.

3장에서는 1970, 80년대 여공들에 관해 살펴보며, 여성 노동자들을 급속한 산업화의 선두에 섰던 주체로 위치시키고자 한다. 식민지 시기 문학에서 여성 노동자계급에 대한 재현이 그들의 불안정한 모습을 드러내고, 식민지 사회에서 억압되었던 것들에 대한 코드화된 기호였다면, 그것은 또한 식민지 시기의 모순을 폭로하고 이를 전복할 여성 노동자들의 능력을 예시하는 것이기도 했다. 3장에서는 여공들이 주체로서 노동운동과 문학을 구성하는 방식, 다시 말해 사회와 문학에 대한 급진적 도전 속에서 정치적 재현과 문학적 재현을 결합시키는 행위에 대해 탐구할 것이다. 식민지 시기 초기 프로문학과 달리, 1970, 80년대 여성들의 자전적 수기는 글을 읽고 쓸 줄 아는 노동자계급과 중간계급 출신 독자들을 대상으로 쓰였다. 이들 작가들은 자신이 독학으로 섭렵한 문학작품들을 독자들에게 알려 주기도 했는데, 이 같은 작품들은 새로운 미학적 형식인 노동 문학에 영감을 제공했으며, 노동 문학은 1980년대에 대중문화의 형식으로 산업화된 한국 사회의 잔혹한 측면을 가시화했다.

여공들이 문학 텍스트들을 활용할 수 있었던 것은 그 자체로 문화적 문해력을 획득하기 위한 사회적 투쟁의 결과였다. 장남수가 그녀의 수기 『빼앗긴 일터』 앞부분에서 자신을 높은 나무 위에 걸터앉아 『부활』과 『테스』 등을 읽던 열 세 살짜리 소녀로 묘사했던 그 시절은, 그녀가 초등학교를 졸업했지만, 형편상 중학교에는 진학하지 못한 채 억척스럽게 일을 해야 했던 시기였다. 장남수가 중학교에 다니는 친구들이 교복을 입고, 명랑하게 학교 얘기를 하며 집으로 돌아가는 모습을 엿보는 장면에서, 우리는 중학교에 진학한 친구들에 대한 그녀의 질투심을 뚜렷하게 엿볼 수 있다. 사실, 장남수가 인정하듯, 그녀에게 독서는 순수한 즐거움에서 비롯된 것이 아니었다. 고된 일상 속에서도, 그녀는 학교에 다니는 친구들을 생각하며 악착같이 책을 읽었다.

여성 노동자들의 문해력은 1930, 40년대 이래로 눈에 띄게
향상되었다. 1946년에는 거의 40퍼센트의 노동자들이 아무런
교육도 받지 못했지만, 1963년에 이르러선 5.5퍼센트만이 문맹
이었다. 1970년에 제조업 부문의 노동자들 가운데 42퍼센트가
중졸 학력이었으나 1980년 들어 고졸자의 규모는 61.4퍼센트
로 증가했다.[3] 1960, 70년대 임금노동자 가운데 여성 노동자는
가장 낮은 임금을 받았고, 가장 어렸으며, 교육 수준도 제일 낮
았다. 1970년대 대규모 공장들은 정부의 인가를 받아 노동자들
에게 직업교육을 제공했지만, 여성 노동력이 높은 비중을 차지
했던 섬유공장들의 경우 직업교육 대신 산업체 부설 학교를 세
웠다. 이는 이들 여성들이 매우 어렸고, 여성 노동력 가운데 상
당수가 학교교육을 제대로 받지 못했음을 시사한다. 또한 산업
체 부설 학교를 통한 교육은 승진을 위한 교육이나 결혼으로 경
력이 단절된 노동자들의 직업교육과도 관련이 없었다.[4]

육체적으로나 정신적으로 여성들에게 매우 열악했던 공장
노동의 악명은, 식민 통치가 끝난 뒤에도 여전히 지속됐다.
1961년 5·16 군사 쿠데타로 권력을 장악했던 박정희[5]는 의복,

---

3 이 수치들은 A. Amsden, Ibid., p. 222[국역본, 245-246쪽]에서 인용.

4 Ibid., p. 252[국역본 278쪽][산업체 부설 학교 설립은 여성 노동자의 이직률을 낮추
기 위한 것이었다. 1960, 70년대 남성 기능공과 여성 노동자 간의 직업교육 문제에 관
해서는 장미현, 「박정희 정부 시기 기술 인력 정책의 전개와 숙련노동자의 대응」, 연
세대 사학과 박사 학위논문, 2016 참조].

5 1963년 대선에서 대통령이 되기 전에 박정희의 공식 직함은 국가재건최고회의 의
장이었다.

신발, 가발을 통해, 그리고 1970년대 후반부터는 전자 상품을 통해 한국을 주요 수출국으로 변화시키기 위한 경제개발 계획을 추진했다. 여성, 특히 어리고 가난한 농촌 출신 미혼 여성들은 한국 경제의 성장과 전환을 이루는 데 핵심적이었다. 따라서 1960년대에 공장과 그 안에서 일하던 여성들에 대한 좋지 않은 평판이나 이미지를 애국적이고 순종적이며 검소한 여성 노동자라는 이미지로 채색하고 이를 칭송하고자 했던 것은, 비판적인 저널리스트들이나 소설가들이 아닌, 바로 한국 정부였다.[6]

문해력은 글쓰기에서 결정적으로 중요했을 뿐만 아니라, 생산직 노동자와 사무직 노동자 간의 관계 또한 변화시켰다. 생산직 여성 노동자들은 레오 톨스토이, 윤동주, 헤르만 헤세, 하인리히 하이네, 토머스 하디, 김소월 등 1970년대에 정전으로 여겨졌던 문학작품들을 홀로 섭렵했던 독자들이었다. 여공 문학 분석에서 내가 큰 영향을 받은, 문학 사학자 낸시 암스트롱이 "글쓰기의 주체성"agency of writing이라고 불렀던 개념 역시 한국 자본주의사회에 대한 문화적 비판을 구축하는 데 문학이 중요한 역할을 했다는 것을 명확히 증명해 줄 것이다.[7] 글쓰기의 주체성

---

6 1970년부터 정부의 취업 포스터는 미소를 지으며 예쁘게 차려입은 생산직 여성들이 다른 여성들에게 모범 노동자가 되어 "노동의 진정한 가치를 배울 것을" 호소하는 모습을 잘 포착하고 있다. Kim Seung-Kyung, *Class Struggle or Family Struggle?: The Lives of Women Factory Workers in South Korea*, Cambridge: Cambridge University Press, 1997, pp. 5-6.

7 Nancy Armstrong, *Desire and Domestic Fiction: A Political History of the Novel*, New York: Oxford University Press, 1987, p. 254[낸시 암스트롱의 『욕망과 가정소설』(1987)은 "근대 주체는 여성"이라는 테제를 내놓을 정도로 18, 19세기 여성 소설 연구에서 신기원

에 대한 탐구 — 문학, 문화적 영향 그리고 정치적 맥락을 포괄하는 — 를 통해, 우리는 이 시기에 나타난 자아, 사회 그리고 문화 사이의 관계에 대해 더 많이 알 수 있다.

상경

1960, 70년대 그리고 1980년대에 걸쳐, 수만 명의 농촌 소녀들이 자신의 꿈을 이루기 위해 서울 뒷골목으로 몰려들었다. 지방에서 막 상경한 사람들은 둥근 돔 지붕 모양의 서울역과 식민지 시절에 세워진 허름한 대형 빌딩에 경탄하며 플랫폼에서 도심으로 이어지는 가파른 계단을 올랐다. 그리고 이내 판자촌과 슬럼으로 각기 뿔뿔이 흩어졌다. 고향에서 할머니로부터 보살핌을 받던 송효순은 1973년 어느 비 오는 날 서울역에 도착했는데, 그 상황에 대해 다음과 같이 말하고 있다. "내리는 비를 보고 ……

을 열었다. 암스트롱은 이 시기 여성이 사적 영역에서 새로운 정치적 힘을 획득했고 이를 통해 근대 문화의 근간을 형성했다고 주장했다.『욕망과 가정소설』이 지닌 의의는 기존 비평가들이 여성의 수동성이나 무기력함을 강조하며 여성을 가부장제의 희생양으로 파악하는 관습을 정면으로 비판했다는 데 있다. 이 책에서 암스트롱은『폭풍의 언덕』이나『제인 에어』등과 같은 가정소설 분석을 통해 여성이 최초로 혈통에 근거한 권위로부터 탈피해 개인의 내적 성숙을 모색해 가는 과정을 그렸다. 다시 말해서 18, 19세기 귀족에 대한 중산층의 담론적 투쟁은 여성의 욕망을 정치투쟁의 의제로 올려놓았다. 이런 과정에서 영국 중산층 문화에 속했던 여성들은 소설적 재현 과정에서 희생양이 아닌 글쓰기의 주체, 즉 근대적 개인이 되었다는 것이다].

나는 수많은 인파와 차량에 넋이 빠져 슬픔도 잊고 말았다."[8]

　여성 노동계급들과 소녀들은 한국 산업화의 중심이었다. 이점에서, 1970년대 후반과 1980년대 초반 여공들이 정치적으로 비중 있는 인물로 문학작품 속에 다시 등장하게 된 것은 결코 우연이 아니었다. 이들 여성 노동계급이야말로 산업화 전략의 중심에 서 있었던 것이다. 1980년대 중반까지 전국적으로 수백만 명의 여성들이 경공업 부문에서 일했다.[9] 섬유·의류·신발공장 그리고 그 이후에는 전자산업 등 여성이 다수를 차지했던 공단에서 착취의 족쇄에 묶인 여공들은 경제성장을 위한 부를 창출하는 핵심적인 주체 가운데 하나였다. 여성 노동계급의 경제적·정치적 주변화는, 급속한 근대화의 비극적 부산물이었다기보다, 오히려 한국 자본주의 발전의 핵심 전략이었다.

　그러나 역설적이게도 여성 노동에 관한 대부분의 주요 연구자들은 산업화를 위한 여공의 희생이 불가피했다는 점에 동의한다. 『여공 1970, 그녀들의 반역사』에서 김원은, 기존의 노동사 연구만이 아니라, 우익 지식인을 비롯해 산업화 시기 정부의 정책 담당자들에게서도 나타나는 희생양 담론에 대한 지적 비판을 수행한다.[10] 김원에 따르면, 노동계급 남성에게 노동은 경제적 자립과 전문 지식의 표현이었지만, 여성, 특히 어린 미혼 여성에

---

8 송효순, 『서울로 가는 길: 現場手記』, 형성사, 1982, 27쪽.

9 Koo Hagen, *Korean Workers: The Culture and Politics of Class Formation*, Ithaca: Cornell University Press, 2001, p. 35[『한국 노동계급의 형성』, 신광영 옮김, 창작과비평, 2002, 68-69쪽].

10 김원, 『여공 1970, 그녀들의 반역사』, 이매진, 2006[개정판], 195쪽.

게 노동은 그들이 부양해야 할 가족에 대한 의무를 상징했다. 노동의 의미를 둘러싼 이 같은 성별 분업은 노동시장뿐만이 아니라 가족 안에서도 드러났다. 남성 형제들은 "미래의 생계 부양자"로 온 가족의 지원을 받으며, 대부분 공장 노동에서 면제돼 대학 학위를 땄던 반면, 여성들은 도시로 나가 일을 해야만 했다. 그럼에도, 그들의 노동은 단지 "가족의 생계를 보조"하기 위한 것으로만 여겨졌다.[11] 그러나 수많은 여성 노동을 생계 보조적이고 일시적인 노동으로 평가절하하며 감상적인 것으로 치부했던 이런 수사 안에 감춰져 있었지만, 그 안에는 커다란 변화 — 글쓰기의 주체인 독립적인 여성이자 노동자로서 스스로를 자각하는 과정 — 가 내포되어 있었다. 앞서 살펴보았듯, 김원은 『여공 1970, 그녀들의 반역사』에서, "젊고 미혼인 여성에게 노동은 가족에 대한 의무의 수행으로 여겨졌으며, 이런 성별 분업의 결과로 가족 내 남성은 '미래 생계 책임자'로, 여성은 '즉각적 생계 보조자'로 담론화되었다"라고 지적했다. 그러면서 김원은 이와 같은 담론이 "가족 내 남성을 위한 여성의 공장 진입을 정당화하는 담론이었고, 한국에서는 생계 보조 및 남성 가족 구성원을 위한 '출가'로 합리화되었다"라고 지적했다.[12] 이를 통해 우리는, 의무와 희생이라는 수사학 속에 은밀히 감춰져 있긴 했지만, 1960, 70년대 한국의 고용구조에서 '여성이 노동시장에서 다수를 차지하게 되는 커다란 변화' 역시 일어나고 있음을 감지할 수 있다.

---

11 김원, 같은 책, 195쪽.

12 같은 곳.

따라서 급속한 산업화 와중에 있던 한국의 문화와 경제를 이해할 때 핵심적 출발점으로 삼아야 하는 것은 바로 여공의 주변화다. 여공들의 세계를 꼼꼼하게 살피기 위해 그들이 쓴 자전적 수기를 인용하면서, 나는 여공들의 문학적 글쓰기와 노조 결성 투쟁에는, 자본주의사회로부터 자신들을 해방시키기 위한 투쟁뿐만 아니라, 자신들을 완전한 구성원으로 인정하지 않는, 다시 말해서 여공들을 급속한 산업화가 진행 중인 국민국가의 정식 구성원으로 인정하지 않는 좀 더 광범위한 문화적 맥락으로부터 자신을 해방시키기 위한 투쟁이라는 두 가지 측면이 동시에 존재했음을 주장할 것이다. 그들이 노동조합 활동과 문학적 글쓰기에 의지하게 된 데에는 당시의 역사적·문화적 계기와 밀접한 관련이 있었다. 즉, 문해력이 증가함에 따라, 여성들이 스스로 글을 쓸 수 있는 문학적 역량이 강화되었는데, 여공 작가들은 스스로 이 같은 역량을 실험해 보고 싶어 했다. 1970, 80년대에 일군의 작가와 예술가들이 "민중 속으로 가자"고 외치며 노동 현장에 뛰어들었을 때, 여공들은 노동조합 활동을 기반으로, 지식인과의 연대의 공간에서 글을 쓰고 작품을 출간했다. 노동조합 활동과 문학의 이 같은 결합은 계급 정치를 우선시했던 1980년대 한국에서 여성 노동운동의 고유한 문화를 만들어 내는 데 일조했다.[13] 하지만 이 여공들이 노동운동과 문학 그리고 다양한 문화

---

13 많은 페미니스트 역사가들은 1970년대 여성 노동운동은 그 전개 과정에서 한국 사회구조의 최대 희생자가 여성임을 인식하고 성차별 문제를 제기하게 했다고 언급한다(이송희, 「현대의 여성운동」, 한국여성연구소 엮음, 『우리 여성의 역사』, 청년사, 1999, 403-405쪽).

적 형식들에 끼친 영향은 그에 걸맞은 인정을 받지 못했으며, 쉽게 추적하기도 어렵다.

노동계급 여성의 자전적 수기가 산업화된 한국의 모순적인 젠더와 계급 이데올로기를 어떻게 드러내는지 분석하는 과정에서, 나는 퍼트리샤 존슨의 논의를 따르고자 한다. 존슨은 영국 빅토리아 시기 사회문제 소설에서 여성 노동계급에 대한 재현이 여러 난점에 부딪힌 이유로 "빅토리아 시기 노동계급의 구성에서 남성 편향성과 여성성 구성에서 중간계급의 편향성"을 제시한다.[14] 산업화 시기 한국에서 여공들은 자신들을 정숙한 여성으로도, 진정한 노동자로도 바라보지 않는 젠더와 계급 이데올로기에 자신들이 포획되어 있음을 발견하게 되었고, 따라서 자신들을 더욱 온전히 재현하기 위해 노동조합 활동과 글쓰기에 몰입했다.

한국에서 노동계급이 쓴 자전적 수기들은, 노동자들이 사회에 말을 걸고, 문학을 통해 한국 사회를 바꾸려 시도했다는 점에서, 1970, 80년대의 문학적 성과가 되었다. 1980년대 초반 세 명의 프롤레타리아 여성은 독자들에게, "좀 더 세상 얘기를 알려주"[15]기 위해 자전적 수기를 출간했다. 이들 세 명의 여성은 1982년 출간된 『서울로 가는 길』(형성사)의 저자 송효순, 1984년에

---

14 P. Johnson, *Hidden Hands*, p. 8.

15 이는 장남수의 말이다. 장남수, 『빼앗긴 일터』, 창작과비평, 1984, 36쪽[장남수는 서울로 가는 기차 안에서 만난 대학생 현우가 노동자들이 야근을 하는 사실조차 모른다는 것을 듣고, 그에게 좀 더 노동 현장의 진실을 알려 주려고 그와 만나기로 한다].

『빼앗긴 일터』(창작과비평)를 출간한 장남수 그리고 역시 1984
년에 『공장의 불빛』(일월서각)을 낸 석정남이었다. 이들의 자전
적 수기는 노동자들의 문집과 수기가 한창 쏟아져 나오는 가운데
등장했으며, 모두 민주 노조 운동의 지원을 받았다.[16] 이 점에서,
이 자전적 수기들과 그들이 묘사한 세계는 준비된 독자층을 지니
고 있었다.

   1970년대 초반 전태일 등에 의해 의류와 섬유 사업장이 몰
려 있던 서울의 일부 지역에서 시작된 고립된 노동쟁의는, 1980
년대에 이르러 본격적인 노동운동으로 발전했다. 1979년 박정
희 암살로 정권이 전두환을 중심으로 한 신군부로 넘어갈 당시
전두환은, 그람시의 표현을 따르자면, "헤게모니 없는 권력"을
행사했지만, 억압적 통치에 비례해 학생운동과 노동운동은 급속
히 성장했다.[17] 1990년 1월에 민주 노조의 전국적인 중심 조직
인 전국노동조합대표자협의회(이하 전노협)가 결성되었을 무렵,
좌파적인 노동계급 문화가 노동운동 내에 이미 만개해 있었다.

---

16 이 시기 다른 (수기) 작품들로는 유동우의 『어느 돌멩이의 외침』(돌베개, 1984), 박
영근이 편집한 『공장의 옥상에 올라』(풀빛, 1984), 김경숙이 편집한 『그러나 이제는
어제의 우리가 아니다』(돌베개, 1986), 나보순이 편집한 『우리들 가진 것 비록 적어
도: 근로자들의 글모음 1』(돌베개, 1983)이 있다. 그 외에 출간되지 않은 이야기와 자
전적 수기 모음 역시 1980년대 공장, 야학, 문학 서클을 통해 유통됐다. 이에 대해서
는, Kim Pyông-Ik, "Recent Korean Labor Novels: 'Labor' Literature vs. Labor 'Literature',"
Korea Journal Vol. 29, No.3, 1989, pp. 12-13 참조.

17 [옮긴이] 대표적인 사례가 1980년 5월 광주 학살, 삼청교육대, 강제 입영과 녹화 사
업 등이다. '전두환 정부가 1980년대 수많은 학생들을 운동권으로 만들었다'는 말이
있을 정도였다.

예를 들어, 전노협 건설을 위한 투쟁 과정에서 전투적인 노동자들의 투쟁가가 널리 보급되어 있었고, 다양한 종류의 노동계급 문화 — 노동자들의 투쟁과 열망을 표현한 걸개그림과 민중가요 — 역시 확산되어 있었다.[18]

노동사가와 노동사회학자들은 위에서 언급한 세 권의 자전적 수기를 1970, 80년대 민주 노조 운동에 관한 중요한 자료로 믿어 왔다. 예를 들어, 구해근은 1970년대 민주 노조 운동의 "문화와 의식"을 보여 주는 자료로 이 세 권의 책을 직접 인용했다.[19] 정미숙 역시 섬유산업에 대한 사례연구에서, 1970년대 민주 노조 운동과 노동 세계를 탐색하기 위해 이들의 "생애사"를 사용했다.[20] 자전적인 글쓰기와 인터뷰를 광범위하게 인용하면서, 정미숙은 여성들 간의 연대가 용이해진 역사적 조건에 주목했다. 하지만 이들 자전적 수기에 나타난 계급에 대한 주관적 경험을 처음으로 탐구했던 사람은 역사학자 정현백이었다. 1970년대 민주 노조 운동에 관한 모든 후속 연구에 영향을 미친 논문(1985)에서, 정현백은 생산수단과의 관계에서뿐만 아니라, 일상생활

---

18 전노협은 1997년 3월 10일까지 한국에서 합법화되지 않았던 민주적이고 독립적 노동조합을 대표하는 상급 단체이자 법외노조였다[1980년대 한국 민주화 운동에서 상징, 의례가 재현되고 성별화되는 과정에 대한 탁월한 연구는 김재은, 「민주화 운동 과정에서 구성된 주체 위치의 '성별화'에 관한 연구(1985~91년)」, 서울대 사회학과 석사 학위논문, 2003 참조].

19 Koo Hagen, "Work, Culture and Consciousness of Korean Working Class," in Elizabeth Perry(ed.), *Putting Class In Its Place*, New York: Columbia University Press, 1996, pp. 53-76.

20 정미숙, 「70년대 여성 노동운동의 활성화에 관한 경험 세계적 연구: 섬유업을 중심으로」, 이화여대 여성학과 석사 학위논문, 1993 참조.

속에서 여성 노동자들이 어떻게 계급을 경험했는지 분석했다.[21]

이 장에서, 나는 세 명의 여공이 쓴 자전적 수기들을 1970, 80년대 한국에서 전개된 노동운동에 관한 중요한 자료로 검토한다. 이는 한편으로 이 자전적 수기들이 당시에 벌어졌던 노동쟁의를 그들 나름의 시선으로 설명하고 있기 때문이다. 다른 한편, 이 수기들은 대중운동, 즉 노동자들을 대표하는 노동조합운동[소위 어용 노조와 대비되는 민주 노조 운동]에 대한 그들의 주관적 설명이기도 했다. 장남수 자신은 '공순이'(여공을 경멸적으로 이르는 말)가 된다는 것에 대해 다음과 같이 매우 상반된 감성을 드러냈다.

> 서울로 올라와서 이른바 산업 전사가 되었을 때, 야학에 다닐 때, 감옥에 들어갔을 때, 그리고 또 해고자로 이리저리 떠돌아다닐 때, 문득문득 나는 내 삶이 이 사회에서는 달갑잖은 버려진 역할만을 하는 게 아닌가 하는 자조적인 생각이 들 때가 한두 번이 아니었다. 물론 그러한 생각은 노동자들이야말로 이 사회를 움직이는 역사 발전의 원동력이라는 사실에 새롭게 눈뜨게 되면서 자연히 없어졌지만 말이다.[22]

도시산업선교회가 주도했던 민주 노조 운동의 이상과 일반 조합원들이 일상에서 느끼는 현실 사이의 이 같은 불일치는, 이들

---

21 정현백, 「여성 노동자의 의식과 노동 세계」, 116-162쪽.

22 장남수, 『빼앗긴 일터』, 7쪽.

자전적 수기들이 (집단적 노동자 문화로 칭송받았던 정치적 노동운동 안에서는 잘 드러나지 않았던) 각 개인의 목소리를 드러내 주는 중요한 자료임을 시사해 준다.

1960, 70년대 여성 노동시장

박정희 정부 주도로 수출 지향적 산업화 전략이 추진되던 1960, 70년대 한국은, 구해근의 말에 따르면, "자본가들의 천국"이었다.[23] "기업가로서 국가"[24]가 추진했던 국가 주도 발전 전략은 국가와 개별 자본이 부강한 민족을 건설하겠다는 목표를 공유하도록 했다.[25] 뒤에서 확인하겠지만, 수많은 고용주들은 중앙정보부와 같은 국가기구의 지원을 등에 업고 노동자들의 저항을 억눌렀다. 국가기구는 공장에서 노동쟁의가 발생할 경우, 신속하게 개입해 폭력을 사용하거나, 노동쟁의에 참여한 노동자를 블랙리스트에 올리는 등의 수법을 통해 노동자들의 저항을 효과적으로 잠재울 수 있었다.

1960년대 초반 수출 지향적 산업화 전략이 시작되면서부터, 단순 제조업 부문에 고용된 여성의 수는 1963년 18만2천 명에

---

23 Koo Hagen, *Korean Workers*, p. 33[국역본, 61-63쪽].

24 A. Amsden, Ibid., p. 79[국역본 90-91쪽].

25 "부강한 민족"으로서 한국은 유명한 박정희의 선언이다.

서 1985년 135만 명으로 늘어났다.[26] 핵심 수출산업인 의류·섬유·전자 산업에서는 십대와 이십대 초반 젊은 여성들이 노동력의 대다수를 차지했다.[27] 여성 노동자들의 존재는 1960년대 제1차 경제개발 계획 시기에 이미 감지되었고, 1970년대에 이르면, 주도적인 수출산업이었던 섬유산업의 경우 노동자의 70퍼센트 이상이 여성들이었다.[28] 정치경제학자 우정은에 따르면, 경공업 중심의 산업화 정책에서 중공업 중심의 정책으로 넘어가는 시점인 1970년대에도 단순 제조업 부문은 최대 호황(섬유산업 부문은 1979년에도 여전히 한국 최대의 수출산업이었다)을 구가하고 있었다.[29] 그렇지만 한국 경제와 노동계급의 구성에 커다란 변화를 초래한 중화학공업화가 추진됨에 따라, 섬유산업은 [1980년대에 들어] 급속히 축소되었다.[30]

　섬유산업은 일본의 식민 지배가 끝나고 1961년 박정희의 군사 쿠데타가 일어나기 이전 시기에 이미 가장 왕성한 회복력을 보였던 산업 부문이었다. 1950년대에 섬유산업은 미국의 원조 자금 덕에 빠른 속도로 회복될 수 있었으며, 한국전쟁 이후 가

---

26 Koo Hagen, *Korean Workers*, p. 35[국역본, 65쪽].

27 구해근은 1985년 여성은 의류 노동자의 88퍼센트, 섬유 노동자의 77퍼센트 그리고 전자 산업 노동자의 68퍼센트를 이뤘다고 서관모의 연구를 인용했다(Ibid., p. 36 [국역본 66쪽]).

28 Woo Jung-En, *Race To The Swift: State and Finance in Korean Industrialisation*, New York: Columbia University Press, 1991, p. 126.

29 Ibid., p. 144.

30 [옮긴이] 한국 정부가 중화학공업화를 공식적으로 선언했던 시기는 1973년 『중화학공업화 선언』이었다.

장 중요한 수출산업 가운데 하나로 부상했다. 가장 큰 규모의 여성 노동자들이 일했던 산업 가운데 하나였던 섬유산업의 이 같은 왕성한 회복력은 특히 주목할 만한데, 이는 한국전쟁의 종료와 더불어, 전시경제 시기에 공장에서 일했던 여성들 역시 이제는 가정으로 돌아가야 한다는 관념이 지배적이었기 때문이다.[31] 1940년대에 미군정의 탄압으로 좌파가 괴멸된 이후, 한국에서는 오직 보수적이고 애국적인 여성 단체들만이 살아남았는데, 특히 1960년대 초에 등장한 군사정부는 여성 단체들이 비정치적인 자선사업에만 전념할 것을 약속하도록 강제했고, 이를 어길 경우 해산시키겠다는 엄포를 놓았다. "현모양처" 이데올로기가 이 시기에 지배적이었다는 사실은 이 같은 상황을 가장 잘 보여 주는 것처럼 보인다.[32] 비록 이 시기에 노동계급 여성들은 공론장에서 거의 사라졌지만, 급격하게 변화하는 한국 경제 안에서 여전히 중요한 노동력이었다.[33]

---

31 정미숙에 따르면 섬유와 의류 산업에 종사하는 이들은 대부분 젊은 여성들 — 1963년에 노동자의 67.9퍼센트가 여성 노동자들이었다 — 이었다. 이로 인해, 이 산업들은 "여성 산업"이라는 별칭을 얻었다(정미숙, 「70년대 여성 노동운동의 활성화에 관한 경험 세계적 연구」, 37쪽).

32 한국전쟁 이후 노동계급 여성이 공론장에서 사라졌던 것은 우연이 아니었다. 여성 운동 단체가 보수적 성향 중심의 단체로 재편된 계기는 박정희의 군사 쿠데타였다. 1961년 군사정부는 모든 자발적인 결사와 정당 활동을 금지했다. 2년 뒤 몇몇 여성 단체들을 허용하며, 단체 설립의 조건으로 정치적 중립을 요구했다. 1960년대 내내 여성 단체들의 활동은 국가 재건에 도움이 될 수 있는 여성의 자기 계발, 자원봉사와 같은 사회사업 등으로 제한되었다. 여성해방과 관련된 활동은 전혀 이루어지지 않았다 (Soh Chung-Hee, *The Chosen Women in Korean Politics*, New York: Praeger, 1991, p. 84).

33 이옥지는 여성 노동자들이 중요한 역할을 했던 1950년대 노동쟁의로 섬유공장에

또한 이 시기는 한국이 국제적인 비교 우위를 통해 세계 시장에서 경쟁력을 갖췄던 시기이기도 했다. 그 비결은 간단했다. 저임금, 장시간 노동, 그리고 일을 찾아 도시로 끊임없이 밀려드는 젊은이들이 바로 그 비결이었다. 이 시기 공장으로 들어온 젊은 여성과 십대들은 산업화된 도시의 공단과 빈민가에서 그들의 운(運)을 시험해 보기 위해 서울로 향했던 가난한 소작농들의 딸이었다. 여공들은 자전적 수기에 그들이 처음 마주했던 서울 풍경을 기록해 놓았다. 1950년대 후반에서 1980년대 후반에 이르는 30년이 넘는 기간 동안 서울의 인구는 엄청난 속도로 증가했다. 1972년에 이미 서울은 6백만이 넘는 거대도시였다. 국제적인 이주가 거의 없었기 때문에, 서울의 인구 폭발은 농촌으로부터의 인구 유출이라는, 거의 전적으로 국내적인 요인 때문이었다. 1988년에 이르면 서울 인구는 1천만 명으로 증가한다.[34]

서울이나 인천, 마산, 부산 등 다른 산업 공단에서, 젊은 여성들은 한편으로는 낯설면서도, 기묘하게도 자신들이 떠나온 고향에서 경험했던 사회적이고 문화적인 관행들과 유사한 관행이 노동시장에서 작동하고 있다는 것을 알게 됐다. 『계급투쟁 또는 가

서 있었던 세 건의 노동쟁의[구체적으로 1951년 12월에 일어난 조선방직 쟁의, 1954년 대구 내외방직 그리고 1956년 대구 대한방직 노동쟁의였다]를 언급한다(이옥지, 『한국 여성 노동자 운동사 1』, 69쪽).

34 이 외에도, 경제성장에 따른 폭발적 인구 증가도 한몫했다. "이 시기 얼마나 인구 증가가 격렬했는지는 1959년 이후 1백만씩 인구를 더해 가는 데 걸린 시간이 5년(1964), 4년(1968), 2년(1970)으로 줄어들고 있는 것에서도 알 수 있다"(정숭교, 「서울 서울내기 서울 사람」, 한국역사연구회, 『우리는 지난 100년 동안 어떻게 살았을까 2』, 역사비평, 1998, 58-59쪽.

족 투쟁』에서 여성들의 공장 노동을 다룬 김승경은 농촌과 공장에서 나타났던 유사한 관행을 다음과 같이 잘 지적했다. "젊은 여성들이 공장에서 일자리를 얻게 되면서, 그들은 처음으로 집 밖에서 공적인 역할을 떠맡게 되었다. 그러나 이 같은 일자리에 딸린 낮은 지위와 미미한 임금은 관습적으로 젊은 여성들이 한국 사회에서 차지했던 낮은 지위와 거의 일치했다."[35] 1970년대 한국 경제에서 중요한 역할을 했음에도, 여성 노동자들은 관리자들이나 동료 남성 노동자들에게 "진정한 노동자"real worker로 인정받지 못했다.[36] 낮은 임금과 일시적 노동자로서의 지위는 그들이 결혼과 동시에 공장을 그만둘 것이라고 예상하게 만들었으며, 작업장에서 승진이 제한되어 있었기 때문에 여성 노동자들은 그들을 감독하는 남성 노동자보다 낮은 지위, 다시 말해 공장 내 위계질서의 가장 밑바닥에 머물렀다. 실제로 여성 노동자들이 주도했던 노동쟁의가 패배로 끝났던 중요한 원인은 고용주와 경찰 그리고 어용 노조인 한국노총에 협조했던 남성 노동자들의 사보타주 때문이었다.[37] 김승경에 따르면, 1970년대 여성 노동운동은, "박정희 정부 시기에 정부에 협력하도록 설계된 공식 노조 조직에 미혹된 남성 노동자들로부터 배신을 당했"는데, 이와 같은 작업장과 노조에서 여성 노동자들의 배제는 그들을 고용주

35 Kim Seung-Kyung, *Class Struggle or Family Struggle?*, p. 7.

36 Ibid., p. 104.

37 [옮긴이] 여성 노동자가 주도한 민주 노조에 맞서 남성 노동자들이 사보타주를 벌였던 대표적인 사례는 '똥물 사건'으로 널리 알려진 인천 동일방직과 남성 노동자들의 폭력으로 유명한 해태제과 등이었다.

뿐만 아니라 남성들로만 이루어진 노조에 맞서 싸우도록 급진화 시켰다.[38]

농촌과 도시

1970년대와 1980년대 초반 공장에서 일했던 대다수 여성들은 미혼이었고 그들 가운데 90퍼센트 이상이 지방도시나 시골에서 태어났다.[39] 농촌과 도시를 매개했던 수많은 여성 노동계급의 역할은 한국에서 진행된 성공적인 후발 산업화 프로그램의 중요한 특징을 명확히 보여 주었으며, 이와 더불어 농촌 가계와 수출 경제 모두에서 여성 프롤레타리아가 얼마나 중요했는지를 분명하게 드러내 주었다. 경제학자 앨리스 암스덴이 보여 준 것처럼, 한국의 발전 드라이브 시기에 농촌 경제를 지탱했던 것은 아내와 딸들의 노동이었다. 수많은 젊은 여성들이 농촌에서 도시의 산업화된 공장으로 일자리를 옮겼고, 월급을 성실하게 집으로 부쳐 농촌 경제를 지탱하는 데 도움을 주었다. 또한 고용주들은 그들의 저임금 노동을 통해 이윤을 축적할 수 있었다.[40] 사실상 여성 노동자들은 농촌과 도시 모두를 뒷받침했으며, 급격한 산

---

38 Ibid., p. 104.

39 정현백, 「여성 노동자의 의식과 노동 세계」, 121쪽.

40 A. Amsden, Ibid., p. 203[국역본 226쪽].

업화라는 외상적 경험 속에서 농촌과 도시 경제를 안정시키는데 핵심적인 역할을 맡았다.

젊은 여성들에게 서울은 커다란 희망인 동시에 공포의 대상이었다. 여공들이 서울로 올라왔을 무렵, 박정희 정부는 경쟁 도시인 북한의 평양보다 서울을 더욱 근대적이고 풍요로우며 강력한 도시로 만들기 위한 도시 집중화 정책을 한창 추진하고 있었다. 그들의 글을 통해 우리는 대도시 서울에서 그들이 느꼈던 흥분과 불안감을 쉽게 감지할 수 있다. 그러나 이 무렵 그들이 쓴 이야기들은 커다란 동요swing로 가득 차 있었는데, 이를 통해 우리는 그들이 가졌던 서울에 대한 환멸 역시 느낄 수 있다. 이 모든 감정들은 그들이 "가난한 농민의 딸"임을 드러내 준다. 석정남은 그녀의 서울 생활을 다음과 같이 썼다. "수년 동안의 객지 생활에서 내가 얻은 것이라고는 아무것도 없었다. 화려하고 아름다운 도시 서울에 대한 꿈과 동경이 깨어졌을 뿐이었다."[41]

신경숙 역시 고향에서 서울로 이주함에 따라, 자신과 가족의 계급적 지위를 다시 평가해야만 했다고 쓰고 있다. 고향에서 신경숙 가족은 경제적으로 안정적이었고 존경을 받았던 반면, 도시에서의 삶은 그녀가 하층민 가운데 한 사람임을 일깨워 줄 뿐이었다. "제사가 많았던 시골에서 우리 집은 어느 집보다 음식이 풍부했으며, 동네에서 가장 넓은 마당을 가진 가운뎃집이었으며, 장항아리며 닭이며 자전거며 오리가 가장 많은 집이었다. 그런데 도시로 나오니 하층민이다. 이 모순 속에 이미 큰오빠가 놓여

---

41 석정남, 『공장의 불빛』, 일월서적, 1984, 11쪽.

있고, 이제 열여섯의 나도 그 모순 속으로 들어갈 것이다."[42]

이 시기 산업화된 서울을 떠올리는 데 "공장"이라는 단어가 불러일으키는 이미지는 어느 정도 수정될 필요가 있다. 이 시기의 공장은 부유한 대기업에서 운영하는 청결한 노동조건을 지닌 작업장이 아니라, 희미한 불빛 속에 솜먼지가 가득 차 있는, 비좁고 어두운 토끼굴과 같았다. '기숙사'라는 단어가 연상케 하는 공간에 대한 감각 역시 수정될 필요가 있다. 기숙사는 서너 명의 여성이 서로 몸을 맞대고 바닥에 누워 잠을 자는, 또는 동료가 일하러 갔을 때에야, 번갈아 가며 몸을 누일 수 있는 정도의 작은 방을 의미했다. 학교나 대학, 공장이나 사창가에 적을 두지 않았다면, 혼자 사는 여성이 서울에서 숙소를 구하기는 쉽지 않은 일이었다. 이들이 쓴 글에서 서울은 우화 속의 도시, 즉 안락과 성공으로 향하는 문은 좁았고, 만원 버스와 거리는 서로 앞서 가기 위해 경쟁하는 사람들로 넘쳐 나는 곳으로 묘사됐다. 1970년대 후반과 1980년대 초반 여공 문학에서 묘사되었던 서울은, 성공의 화려함이 무자비하고 자기-혐오적인 에너지를 통해 숭배되는, 그런 도시였다. 이곳에서 모든 사람들이 성공을 통해 타인과 구별되기를 꿈꿨다. 이런 맥락에서, 여공들의 수기 역시 자신의 욕망에 대한 독특한 고백이 되었다. "왜 글쓰기인가"라는 질문, 즉 왜 이들의 욕망이 문학이라는 형태를 띠었는지에 대해서는 다음 장에서 좀 더 풍부하게 탐색될 것이다.

여공들은 자전적 수기를 통해, 서울 사람과 시골 사람들에게

---

42 신경숙, 『외딴방』, 문학동네, 1995, 58쪽.

그리고 독자들에게, 서울과 농촌에 대한 해석자로서의 역할을 자임했다. 수기에 묘사되어 있는, 농촌 및 도시에서의 생활에 대한 자세한 설명은 중간계급 독자들에게 여성 노동계급의 내밀한 삶에 대해 알려 주었다. 하지만 그들의 수기 안에는 또한 한국 사회에서 작동하고 있던 좀 더 거대한 사회적 힘이라는 주제 ─ 이주, 군사주의적 근대화, 후발 산업화 등 ─ 를 해석하는 서술자로서 여공들이 들어 있기도 했다. 여공들은 자신들이 마주했던 공장 문화에 관해 상세히 이야기하면서, 여성 노동자들이 경험했던 고통스러운 노동조건이 단지 노동환경의 어려움 때문만은 아니었다는 점을 서술했다. 이들은 상대적으로 느슨했던 농촌의 노동 규율 속에서 자라 왔기 때문에 공장에서 2교대나 3교대 등과 같은 낯선 노동 규율에 적응해야만 했다.

시골에서는 날이 어두우면 잠자리에 들고 시간에 관계없이 새벽이 밝아 오면 일어나곤 했었는데 이곳에서는 완전히 시간의 노예일 뿐 날씨의 변화라든가 밝고 어두운 게 상관이 없었다. 밤 12시나 1시 이렇게 깊은 밤에 일을 하기도 했고 식당에서 밥을 먹기도 한다. 시골에서 살 때 같으면 상상도 할 수 없는 일이었다. 한창 바쁘게 일을 하거나 밥을 먹다가도 지금이 한밤중인데 하는 생각이 들 때면 내가 영 딴 세상에 와서 이상한 일을 하고 있는 것 같은 느낌도 들었다.[43]

하지만 자전적 수기의 작가인 여공들은 자신들의 정치적 각

---

43 석정남, 『공장의 불빛』, 13-16쪽.

성과 계급의식이 도시에서 시작된 것은 아니라고 독자들에게 주의를 준다. 다시 말해, 여성들이 서울에 도착해 자본주의를 경험한 뒤에야 비로소 자신들의 낮은 지위에 대해 명확하게 분석할 수 있게 되었던 것은 아니었다. 특히 이는 정미숙이 지적한 사례에 해당하는데, 그와 같은 각성은 소녀들이 남성 형제들에게 상급학교 진학의 기회를 양보하기 위해 학업을 포기하게 되었을 때 일어났다. 이에 대해서는 더욱 풍부하게 다음 장에서 다루기로 한다.[44]

원풍모방에 여공으로 입사한 이후, 장남수는 신원 증명서 문제로 고향에 내려가게 된다. 밤차를 타고 아침 8시에 고향 역에 도착한 그녀는 도로 공사를 한다고 온통 너절하게 파헤쳐져 있는 길을 따라 집으로 걸어간다. 서울에서의 경험은 장남수의 감수성을 변화시켜 버린 것으로 보이는데, 낡은 고향집에 대한 그녀의 첫 인상은 가히 충격적이었다. "꾀죄죄한 집안 모습과 가난한 가족들 모습에 견딜 수가 없다. …… 너무 초라한 고향집. 예나 지금이나 …… 아니, 서울의 고층 빌딩과 화려한 세상 모습을 보아 왔기에 그래서 더 초라해 보였는지도 모른다."[45]

얼마 후, 장남수는 여름휴가를 받아 고향에 다시 내려온다. 그녀는 농촌에서 살아가는 것의 어려움에 대해 이야기하며, 더는 농사를 못 짓겠다고, 기술이나 배우겠다고 말하는 옛 친구들을 만난다. 장남수는 서울에서 겪는 가난과 생산직 노동자의 각

---

44 정미숙, 「70년대 여성 노동운동의 활성화에 관한 경험 세계적 연구」, 54-60쪽.
45 장남수, 『빼앗긴 일터』, 33-34쪽.

박한 삶에 대해 그들이 잘 알고 있지 못하다는 사실에 답답해하며, 서울의 실상에 대해 다음과 같이 이야기한다.

> 얘, 니네들은 도시 사는 사람들은 편한 줄 알지만 도시에 사는 가난한 사람들은 또 어떤지 알아? 여긴 차라리 안 보니까 속이라도 편하지. 온갖 고층들과 화려한 건물들과 백화점은 번쩍거리고 대학 뺏지들과 자가용들과, 어휴 말도 못해. 그 속에서 우리 같은 농사꾼의 자식들이 돈을 벌겠다고 끼어들어 사는 건데 정말 비참해. 책가방 들고 등교하는 뽀오얀 얼굴의 학생들 속에서 누렇게 뜬 얼굴로 공장에 가는 노동자를 상상해 봐. 버스를 타도 개네들은 회수권을 내고, 안내양은 자기도 노동자이면서 대학생한텐 친절한데 차비도 더 많이 내는 우리한테는 얼마나 불친절한지 알아? 정말 서울이 싫어.[46]

여공들은 화이트칼라 직종에 대한 갈망을 자주 이야기하면서도, 서비스 업종에 대해서는 그다지 언급하지 않았다. 아마도 그 이유는 이들 가운데 상당수가 경쟁률이 높은 공장 입사 시험을 통과하기 전에 이미 웨이트리스나 목욕탕 직원으로 서비스산업에서 이미 일해 본 적이 있었기 때문일 것이다. 특히 버스 차장의 노동조건은 악명 높았는데,[47] 버스 차장은 가장 모욕적인 방식으

---

46 장남수, 같은 책, 46쪽.
47 버스 차장의 노동조건과 1982년 인천 버스 차장들의 성공적인 파업에 관해서는 Cho Wha Soon(edited by Lee Sun Ai and Ahn Sang Nim), *Let The Weak Be Strong: A Woman's Struggle for Justice*, Bloomington: Meyer Stone Books, 1988, pp. 109-113 참조.

로 계급 차별을 당하는 직종이라는 오명을 얻었다.[48] 이런 이유로 여공들은 가능하면 서비스 부문에서 일하기를 꺼려했으며, 화이트칼라라는 지위가 약속해 줄 것 같은 자율성을 향한 갈망을 품고 있었다. "사무실의 꽃"이라는 화이트칼라의 이미지는 여공이 지니지 못했던 ― 장신구, 여성성, 여리여리함 ― 모든 특징을 체현하는 듯 보였다. 남성이 지배하는 사무실과 정부 부서에서는 아가씨라 불리는 "젊은 여성"을 필요로 했는데, 이들은 주로 커피를 타거나 전화를 받고, 심부름을 하거나, 편지나 서류를 타이핑하는 단조롭고 하찮은 업무를 수행했다. 장남수의 글은 고용 사회에 만연해 있는 다양한 층위의 갑질 문화 그리고 이런 사회 속에서 노동자들이 느끼는 잠재적 굴욕감에 대해 알려 준다.

도시 경험 ― 그 풍경과 자극들, 그리고 끝없는 가능성 ― 은 장남수로 하여금 자신의 삶을 그녀 주변에 있는 다른 사람들의

---

48 홍세화, 『나는 파리의 택시운전사』, 창작과비평, 1995[홍세화는 자신이 경험했던 다음과 같은 일화를 소개하고 있다. "그 대학생은 반말을 했다. 그녀는 반말을 듣고도 잠자코 있었을 뿐 아니라 존댓말로 대꾸했다. 그 두 사람의 나이는 비슷해 보였다. 그 대학생은 그 차장 또래의 여대생에게는 반말을 하지 않을 것이다. 그리고 그 여자가 버스 차장인 줄 알았다 하더라도 버스 차장 유니폼을 입지 않았고 길에서 만났다면 반말을 하지 못했을 것이다. 뿐만 아니라 설사 버스 차장 유니폼을 입었다 하더라도 버스 안에서 손님과 차장으로 만난 것이 아니라 길에서 만나 길을 묻게 되었을 때라면 반말을 하지 못했을 것이다. 그런데? 그 대학생은 어떻게 스스럼없이 반말을 할 수 있었을까?" 『나는 파리의 택시운전사』, 200쪽. 당시 버스 차장들은 승객들로부터 온갖 모멸적인 대우를 받았을 뿐만 아니라, 버스 요금 삥땅을 방지하기 위해 사측으로부터 '몸수색'을 당하기도 했다. 버스 차장들은 다양한 형태의 인권유린, 저임금과 열악한 노동조건 등으로 고통을 받았으며, 이는 여차장들의 집단적인 항의와 탈출을 낳았다. 「사설: 여차장의 비애, 이들의 처지는 개선돼야 한다」(『조선일보』 1973/05/25)에서는 월수입 1만 원, 하루 17~18시간이 넘는 이들의 노동조건 개선을 촉구하기도 했다].

삶과 비교하게 했다. 그녀가 고향에 잠시 돌아왔을 때, 우리는 고향이 변해 버린 자신을 담기에 너무 협소하다는 것을 그녀가 고통스럽게 인정하는 장면을 목격할 수 있다. 서울로 상경했던 수많은 시골 소녀들은 삶의 터전의 변화를 공유했다. 그들은 모두 도시에서의 역동적인 삶을 꿈꾸며 과거 경제적·사회적·문화적 삶의 중심이었던 농촌을 떠나 서울, 인천, 부산 등지의 교외 공단 지역으로 몰려들었던 것이다. 산업자본주의 자체가 야기했던 이와 같은 변화는 결국 노동계급 여성들이 자신들이 살고 있는 세계를 해석하는 새로운 방식을 터득하게 만들었다. 그리고 이로부터 낡은 사회와 그것에 대한 대안을 사고하는 노동계급 급진주의와 "노동 페미니즘"이 탄생했다.[49]

여공들이 "거대하고 아름다운 서울"에서 그들의 꿈이 실현되는 것이 불가능하다는 것을 깨닫게 되면서 자신들의 열망을 수정하지 않으면 안 되었듯이, 결국 대다수 여성 노동계급들은 서울에서 고향에 있는 듯한 편안함을 느낄 수 있도록 만드는 또 다른 강력한 이유를 발견해야만 했다. 레이먼드 윌리엄스는 자신의 책 『시골과 도시』The Country and the City에서 가능성의 공간으로서의 도시를 다음과 같이 언급했다. "웰즈는 사회변혁을 토론하는 정치 집회를 마치는 자리에서, 고층건물이 즐비한 대도시는 변혁을 위해 얼마나 많은 장애물을 제거해야 할 것인지를 가

---

49 나는 "노동 페미니즘"이라는 용어를 마이클 데닝의 글에서 빌려왔는데, 이 글에서 노동 페미니즘이란 노동계급 정치와 여성 노동계급의 삶에 초점을 맞춘 페미니즘을 의미한다. 노동 페미니즘은 가정과 상품 생산에서 여성이 주체화되는 방식을 다루지만, 자유주의 페미니즘과는 거리를 둔 분리된 입장이다. M. Denning, *The Cultural Front*.

늘해 주는 척도라고 말한 적이 있다. 나 역시 권력의 중심인 거대한 건축물들을 보며 웰즈와 같은 감정을 느낀 바 있다. 그러나 나는 '저것은 너희들의 도시, 너희들의 위대한 부르주아적 기념비, 여전히 토대가 취약한 문명의 위대한 구조물이다'라고 말하지 않는다. 혹은 그렇게 말하면서 또한 '이것이 우리 인간이 건설한 장엄한 결과물이다. 그렇다면 앞으로도 우리가 무엇을 이루지 못하겠는가?'라고 덧붙인다. 참으로 도시는 이와 같은 가능성의 감각, 집회와 운동의 느낌을 나에게 언제나 변함없이 선사한다."[50] 이와 마찬가지로, 해태제과 노조 활동가의 도시에 관한 다소 과장된 표현을 빌리자면, "우리의 꿈은 고향에 우리 집을 짓기에 충분한 돈을 모으는 것이었습니다. 이제 이 꿈은 모두 끝나 버렸습니다. 이제 저와 어머니는 도시 생활에 익숙해 졌습니다. 비록 우리는 가난하지만 도시 생활은 우리 시야를 넓혀 주고 많은 면에서 우리를 풍족하게 해줬다고 느낍니다."[51]

---

50 R. Williams, *Country and the City*, London: Penguin, 1973, p. 13[『시골과 도시』, 이현석 옮김, 나남, 2013, 23-24쪽].

51 Christian Conference of Asia's Urban Rural Mission, "Interview with Hai Tai Workers," Christian Conference of Asia.(ed), *From the Womb of Han: Stories of Korean Women Workers*, Kowloon: Christian Conference of Asia, 1982, p. 61.

공장에 들어가기

여성들이 서울에 관한 낭만적 이미지를 갖고 있었다고 해서, 이들이 어디서 어떻게 일을 시작할 수 있는지에 대한 아무런 정보나 계획도 없이 막연히 꿈을 좇아 서울에 온 것은 아니었다. 이들은 늘 친척이나 개인적으로 알고 있는 지인, 다시 말해 대체로 (서울에 먼저 와서 어떻게 서울 생활을 시작해야 할지 잘 알고 있는) 고향 출신 선배들의 도움을 받을 계획을 갖고 있었다. 1970년대 초반은 미숙련 노동자가 공급 과잉 상태였기 때문에, 유명 대기업들은 자신의 입맛에 맞는 노동자들을 선택할 수 있었다. 여기에 더해 만약 어떤 회사가 특별히 좋은 노동조건과 보수를 준다는 소문이 퍼지면 이 회사에 입사하기 위한 경쟁이 치열해지곤 했다.[52] 정미숙이 잘 지적했듯이, 사적인 연줄에 따른 공장 입직 관행은 고용주의 힘을 강화시켰다. "이러한 개인적 연분을 통해 고용되었을 때는 육체적으로나 정신적으로 쉽게 고용주에게 예속되어 버린다."[53]

이와 같이 고용주에 종속된 상황은, 사회적으로 윗사람에 대한 존경과 복종을 중요한 가치로 배운 농촌 출신 어린 미혼 여성들의 경우에 특히 그러했다. 이에 대해 정미숙은, "특히 미혼 노동자라는 특성은 이러한 관계를 더욱 공고히 만든다. 윗사람에 대한 복종과 공경을 중요한 가치로 받드는 전통문화에 익숙

---

52 정미숙, 「70년대 여성 노동운동의 활성화에 관한 경험 세계적 연구」, 60쪽.
53 같은 글.

한 여성 노동자에게 취직 과정은 계약관계라고 인식하기 어렵다"[54]라고 지적한 바 있다. 실제로, 고용주와 피고용주 사이의 "사적인 관계"는 대체로 고용주의 횡포를 더욱 심하게 만들었다. 그러나 1970년대 급격하게 확장된 노동시장 속에서 친족과 지역적 연계는 임시직을 얻거나, 공장 입직 테스트를 치룰 기회를 얻을 수 있는 중요한 수단이었다. 더불어 정미숙이 지적하듯이, 아래와 같이 노예가 주인에게 선택되기만을 기다리는 것처럼 보이는 면접시험 절차 역시 노동자들로 하여금 취직 과정을 계약관계라고 인식하기 어렵게 만들었다.

입사 절차는 꽤 까다로웠다. 면접시험은 별게 아니었는데 신체검사에서 많은 사람이 떨어졌다. 몸무게 53킬로그램 이상일 것, 키 155센티미터 이상일 것. 순발력을 테스트하는 손동작 검사, 시력 검사, 청력 검사, 색맹 검사 등등을 정신없이 하였다. 그래서인지 동네 사람들은 동일방직도 인물이 좋아야 들어가기가 수월하다고 얘기했다. 물론 건강 테스트를 하는 것은 당연하다고 볼 수 있겠지만 노예상인들이 노예시장에서 노예 매매를 할 때 상품으로 나온 건강한 노예들을 고르는 듯하였고, 시장에서 아낙네들이 싱싱하고 깨끗한 부식거리를 구입하듯이 일단 힘든 일을 이길 수 있는 건강한 체력의 소유자를 필요로 하였다.[55]

---

54 같은 글, 61쪽.

55 정명자, 『내가 알을 깨고 나온 순간』, 공동체, 1989, 91쪽(정미숙, 「70년대 여성 노동운동의 활성화에 관한 경험 세계적 연구」, 61쪽에서 재인용).

취업시 이루어지는 건강 상태에 대한 검사는 엄격한 규칙에 따라 이뤄졌지만, 공장 안에서 그들의 신체 건강에 대한 관리는 이런 엄격한 규칙과는 거리가 멀었다. 여공 문학들에는 산업재해가 여성들의 몸에 남긴 상처들에 대한 묘사와 더불어, 여성으로서 그들의 아름다움이 어떻게 손상되었는지에 대한 이야기가 간간이 실려 있었다. 이 같은 상처들은 불만 사항으로 제기되기보다 대체로 감춰졌는데, 이는 공장에서 그들의 지위와 임금을 결정하는 숙련·미숙련 사이의 위계 구조상에서 자신의 일자리를 지키기 위해서였다. 몇몇 여성들은 솔직하고 유머러스하게 그들에게 무슨 일이 일어났는지 말하기도 했지만,[56] 여성들은 대체로 상처를 외부에 알리지 않고 숨겼다.

공장에서 치러지는 입직 시험 외에도, 식민지 시기에 거대한 철도역 인근에서 열렸던 인력시장처럼, 산업화 시기 노동자들은 자신의 노동을 "인간 시장"에 내다 팔았다. "인간 시장은 바로 평화시장 중심에 위치해 있다. 이곳은 우리 같은 여성 노동자들이 팔리는 곳으로 점심시간에는 사장들이 재단사나 시다들을 구하려고 이곳으로 모였다.[57] 고용주나 관리자들이 언제나 이곳에

---

56 신경숙의 『외딴방』에 등장하는 희재와 사탕 포장 공장에 다니는 안향숙 모두 공장에서 다친 자신들의 손에 대한 이야기를 통해, 경숙의 손상된 신체에 대한 잠재적 우려를 덜어 주려고 한다. 신경숙, 『외딴방』, 136-137, 147쪽 참조.

57 '시다'란 의류공장의 견습생을 뜻한다. 전태일이 1970년 서울 평화시장 의류 노동자의 생활에 관한 조사를 했을 때, 12살에서 21살 사이 4천 명의 시다들이 매일 평균 14시간 동안 일하고 있는 것을 발견했다. 시다들은 한 달에 1,800~3,000원 사이의 급료를 받았는데 이런 정도의 급료로는 제대로 먹고 입기 힘들었고, 겨울엔 특히 더했다 (전태일, 『내 죽음을 헛되이 말라: 일기, 수기, 편지 모음』, 돌베개, 1988, 181-182쪽).

나오는 것은 아니었다. 어떤 때는 노동자들끼리 이곳에 모여 구직 정보를 교환하곤 했다. 인간 시장은 직장을 찾는 곳이었을 뿐만 아니라, 구직 정보를 교환하는 장소이기도 했다. 노동자들은 점심도 거른 채 이곳에 와서 시간을 보냈다."[58]

입직 과정은 그 자체로 공장에서 여성의 지위가 어떠했는지, 그리고 작업장에 이들이 들어왔을 때 느꼈던 자유가 어느 정도였는지를 보여 준다. 입직 과정에서 고용주의 일방적인 선택권은 당연한 것으로 여겨졌고, 권위주의적이고 불공평한 계급 관계가 자연스러운 것처럼 행사됐다. 다시 정미숙의 글을 인용하면, "한 달에 임금을 얼마나 받게 되는지, 노동시간은 하루에 몇 시간이나 되는지, 복지시설은 어떤 것들이 갖추어졌는지, 퇴직금은 있는지 등등의 취업규칙에 대해서 사측은 전혀 밝히지 않았고 여성 노동자들도 그것을 요구한다는 것은 상상도 할 수 없는 일이었고 그런 것이 있는지조차 모르는 경우가 대부분이다."[59] 정미숙이 주장했듯, 입직 과정 자체가 노사 관계의 성격을 규정했다.

하지만 공장 취업은 여전히 여성들이 갈망하는 일이었다. 『서울로 가는 길』의 앞부분에서 송효순은 서울에서 얻은 첫 직장에 대해 묘사한다. 그녀는 중국 식당에서 주방 보조일을 시작

---

58 이 발췌문은 일본인 미야자와 레츠코와 미국퀘이커봉사위원회American Friends Service Commitee에 의해 번역된 「인간 시장」이라는 익명의 논문에서 가져왔다. 이 르포는 "서울 평화시장에서 재봉사로 일하고 있는 여성이 1976년에 쓴 …… 매일매일 경험에 관한 개인적인 이야기"라고 서술돼 있다(Christian Conference of Asia's Urban Rural Mission, *From the Womb of Han*, p. 17).

59 정미숙, 「70년대 여성 노동운동의 활성화에 관한 경험 세계적 연구」, 61-62쪽.

한 뒤, 잡화점 계산대에서 일을 하기도 했고, 공중목욕탕 점원이 되었다가, 마지막으로 여공이 된다.[60] 송효순의 이 같은 삶을 통해 여성들이 취업할 수 있던 직업의 종류와 위계질서를 이해할 수 있다. 여러 위험에도 불구하고, 공장에 취업하려는 여성들의 욕망은 강렬했다. 공장은 그들을 기존 제도 안에 견고하게 안착시키는 노동계급의 직종을 상징한 동시에, 성매매 등의 위험이 도사린 불확실성으로 가득 찬 거리로부터 가장 멀리 떨어진, 상대적으로 안전한 일자리로 여겨지기도 했다.

여성상

공장 노동은 가난한 하층 여성들을 발전 국가에 이바지할 수 있도록 동원하는 한 가지 방식일 뿐이었다. 서비스산업이 긴 호황을 누렸던 1970년대에, 여성과 소녀들은 하녀·식모, 점원, 비서, 웨이트리스, 술집 여성, 마사지사, 성판매 여성[61] 등으로 도

---

60 송효순, 『서울로 가는 길』, 22-33쪽.

61 [옮긴이] prostitution 개념에 대해서는, 제2세대 페미니즘 논쟁에서 볼 수 있듯이, 아직도 학문적으로 논란이 많다. 이 책에서는 한국에서 현재 통용되는 '성매매'라는 번역어를 사용했다(자세한 논쟁에 대한 소개는 박정미, 「서구 '2세대 페미니즘'의 성매매 논쟁: 전개 과정과 이론적·실천적 함의」, 『페미니즘 연구』 9-2, 2009 참조). 다만 성매매가 성판매와 성구매로 이루어진다는 점에 주목해, 성을 판매하는 사람을 가리키는 맥락에서는 성판매자, 성을 구매하는 사람은 성구매자로 옮겼다.

시 안에서 일을 찾았다. 여공이라는 대중적 인간형은 산업화 시기에 여대생이라는 중산층 여성과 성판매 여성이라는 다른 두 여성상 간의 상호작용을 통해 만들어졌다.

여공들의 수기에서 대학생은 여공에게 고통을 안겨 주던 주체였다. 대학생과 여공의 연애에 관해서는 후술하겠지만(이 책 4장 참조), 장남수는 대학생 남성에게 배신당한 운희라는 여성을 감방에서 만난다. 그녀는 운희의 이야기를 듣고 두 계급의 사랑에 관해 다음과 같이 기록한다. "여대생이 연애를 하면서 키 크고 코 큰 남자와 팔짱을 끼고 영어로 중얼거리며 거리를 활보해도 그것은 국경을 초월한 사랑이니 어쩌니 하면서, 공단에서 일하는 우리들이 연애를 하면 성문란이라고 한다. 대학생이 잘못하는 것은 귀엽게 봐주고 노동자가 잘못하면 '천한 것들'이라고 욕한다."[62]

석정남은 어느 여름날 자기 또래의 소녀들을 보며 느꼈던 자의식에 관해 다음과 같이 표현했다. "어떠한 부끄러움도 참을 수 있었으나 나와 같은 또래의 계집애들이 잘난 체하고 멋진 옷이나 신발로 장식을 하고 사내들과 웃으며 걸어가는 꼴은 확 달려들어 쥐어뜯어 놓고 싶을 정도로 밉다. 이것까지도 참아야 한다."[63] 석정남이 자기 나이 또래 소녀들의 삶에 대해 극도로 예민했던 이유는, 여공과 여대생이라는 계급 사이의 엄격한 구별

---

62 장남수, 『빼앗긴 일터』, 101쪽.

63 석정남, 「불타는 눈물」, 『대화』, 12월호, 1977; 김원, 『여공 1970, 그녀들의 반역사』, 554쪽에서 재인용.

이 강요되었기 때문이었다. 하지만 여대생과 동등해지려고 했던 여공들은 언제나 사회로부터 비웃음을 샀다. 이런 이유에서 여공들은 1970, 80년대 대학가를 풍미했던 한 노학 연대의 일환으로, 노동 현장에 들어와 그들의 말투와 복장(대학생들은 이를 여성 노동계급의 여성성으로 생각했다)을 흉내 내던 여대생들을 의심의 눈초리로 바라보았다. 원풍모방 노동자였던 박순희는 여공과 여대생의 정체성에 얽힌 괴로웠던 오해에 관해 아래와 같이 이야기했다.

> 1970년대와 1980년대 대학생들과 지식인들은 노동자를 닮겠다고 허름하고 지저분한 군용복을 입는 경우가 많았다. 하지만 실제 여성 노동자들에게 작업복은 지식인들이 생각하는 그런 것이 아니었다. 비록 여성 노동자들은 작업복을 입고 외출하는 것을 부끄럽게 여겼지만, 작업복을 신주단지 모시듯이 정성스럽게 다리고 손질해서 입고 다녔다고 한다. 심지어 화장실에 갈 때 작업복이 더러워질까 봐 하의를 모두 벗고 용변을 보는 경우도 적지 않았다고 한다.[64]

학출 노동자들은 작업복을 입어서 자신의 계급을 낮춤으로써 노동계급에 대한 연대 의식을 드러냈지만, 지켜야 할 체면이 별로 없었던 여공들에게는 단정하고 청결한 작업복이야말로 자기 존중의 상징이었다.

송효순은 젊은 여성 노동자에게 올바른 행동가짐을 주입하

---

64 김원, 같은 책, 553쪽.

기 위해 박정희 정권 시기에 유행했던 여공들에 대한 지식인들의 교양 강좌에 관해 다음과 같이 자세하게 인용했다. "사랑받는 아내 교실"의 강사는 남편에게 사랑받기 위해 여성이 해야 할 일을 지적하면서, "여러분들, 제발 청바지 입지 마세요, 청바지 입으면 공순이 티 나고 교양 없어 보이니까요."[65] 김원이 지적한 바와 같이, 1980년대 이후 여공들 사이에서 나타난 반反지성주의와 대학생과 지식인에 대한 비판은 바로 노동계급 여성들에게 상처와 모멸감을 안겨 주었던 이와 같은 강연들과 몇몇 지식인들의 오만 때문이었는지도 모른다.[66]

조국 근대화 캠페인은 젊은 여성들을 공장으로 끌어모았으며, 그들의 노동이 부강한 국가를 건설하는 데 일조하고 있음을 칭송했다. 하지만 그들에게 주어진 실질적 보상은 형편없이 낮은 것이었다. 섬유공장 등에서, 승진에 대한 전망도, 가난에서 벗어날 가망도 거의 상실한 상황에서, 상당수 여성들은 당시 한창 호황을 구가 중이던 유흥 지역의 성매매 집결지나 술집으로 흘러들어 갔다. 도시산업선교회 출판물에는 이 같은 일련의 과정이 다음과 같이 기술되어 있다. "10년 전 청계천과 창신동에 악명 높은 성매매 가옥들이 즐비했을 무렵, 시골에서 상경해 생계를 유지하기 힘들었던 많은 어린 소녀들이 이곳으로 흘러들었다. 이들은 공장에 들어가 시다로 일한 뒤 재봉사로 근무했지만 임금이 너무 낮아서 살 곳이 없었다. 심지어 공장 담벼락에 기

---

65 송효순, 『서울로 가는 길』, 117, 158쪽.
66 김원, 같은 책, 548쪽.

대어 자는 이들도 있었다. 결국 이 소녀들 가운데 대다수는 유흥가로 가야만 했다."[67]

1장에서 살펴보았듯이, 식민지 시기 여공들의 경제적 빈곤과 절망적인 존재 조건은 여성 노동계급에 늘 따라붙는 이미지였다. 인천 삼원섬유에서의 체험을 담은 수기 『어느 돌멩이의 외침』에서 유동우는, 여성들이 공장 노동 때문에 지속적으로 성적으로 문란하다고 낙인찍히고 있다고 적고 있다. "공장 지대에 처녀란 단 한명도 없다"라는 소문이 여성 노동자들이 살고 있는 공장 지대에 돌고 있었기 때문이다.[68] 타락한 여성이라는 여공에 대한 일반적 이미지는 성매매로 옮겨 갔던 일부 여공들에 대한 이야기와의 관련성을 전혀 부정할 수는 없지만, 1960, 70년대 여성 노동자들에 대한 경멸을 표현하는 것이기도 했다. 하지만 더 넓은 문화적 맥락에서 공장에서 일했던 많은 노동계급 여성들은 이미 성판매 여성처럼 여겨졌는데, 공순이라는 그들에 대한 경멸적인 호칭은 '공순이-타락한 여성'이라는 문화적 맥락을 정확하게 보여 준다. 공순이는 남성이 쉽게 유혹할 수 있고, 처음 만난 사람들 사이에서 암묵적으로 지켜야 할 예절인 존칭을 사용하지 않아도 되는 여성을 의미했다.[69]

---

67 Christian Conference of Asia's Urban Rural Mission, *From the Womb of Han*, p. 16.

68 유동우, 『어느 돌멩이의 외침』, 44쪽.

69 노비가 담당하는 노동으로서의 육체노동에 대한 전통적인 멸시나 경멸에 대해서는 Koo Hagen, *Korean Workers*, p. 62[국역본, 99-100쪽] 참조. 여공을 모욕하는 용어로 '공순이'를 사용한 사례는 이 책의 4장 참조. "The South Korea Bourgeoisie: A Class in Search of Hegemony," in *State and Society in Contemporary Korea*, Ithaca: Cornell

남성들은 흔히 여성 노동자와 성판매 여성 사이의 유사점을 비교하곤 했지만, 여공들이 그렇게 말하는 경우는 거의 없었다. 한 가지 예외가 있다면, 다음과 같은 김경숙의 글에서 발견할 수 있다. 그녀는 거리에서 호객 행위를 하는 성판매 여성을 보고 다음과 같이 말했다. "너희들이나 나나 모두 이 세상에 버려진 닮은꼴들이야. 하지만 우리를 벌레 취급밖에 하지 않는 이 세상에 대해 아무런 반항도 하지 못한 채 그저 살아지는 대로 이대로 살아도 되는 걸까."[70] 미군이나 일본 남성 관광객 등을 상대하는 성산업에 종사하는 여성들은 흔히 "산업 전사"라고 불렸다. 여공과 마찬가지로 성판매 여성 역시 '음지에서' 한국의 GDP를 높이기 위해 일하는 산업 역군으로 칭송됐다. 1989년경에는 노동하는 여성 가운데 4분의 1이 넘는 여성들이 성산업에 종사하고 있는 것으로 추산됐다.[71] 실제로, 국가의 지원 아래 확산된 성산업은, 1970, 80년대에 수출산업에서 일했던 여성 노동만큼이나, 한국의 경제성장에서 중요한 부문이었다. 일레인 김에 따르면, 1970년대 박정희 정부는 일본을 위시한 외국 관

University Press , 1993, pp. 113-115에서 카터 에커트 역시 20세기 초반과 그 이전 토지 소유 계급 내 제도화된 노예 관계와 한국 자본가의 노동계급에 대한 태도 사이의 연관성에 대해 논했다.

70 김경숙 외, 『그러나 이제는 어제의 우리가 아니다』, 106쪽(Koo Hagen, *Korean Workers*, 202쪽에서 재인용).

71 일레인 김은 이 수치를 같은 해 국회 보고서에서 인용했다. 비록 1990년대 이후 한국 성산업은 성판매 여성, 댄서, 호스티스 등으로 한국 성산업에 유입된 동유럽, 동남아시아, 러시아 여성들로 새로운 방식으로 국제화됐지만, 1970, 80년대 성판매 여성은 대부분 한국 여성들이었다[일레인 김, 「남성들의 이야기」, 93쪽].

광객을 상대로 소중한 외화를 벌어들이는 기생 관광에 종사하는 여성들을 격려하고 공식적으로 칭송했다.[72]

사실 1970, 80년대 곳곳에 산재했던 성매매 산업은 가정부, 여대생, 여승무원, 여배우, 여공 등 모든 여성이 성매매에 종사한다고 보도했던 일련의 언론 매체들이 만들어 낸 히스테리와 공존했다. 이 같은 히스테리 속에서, 여성들에게 개방된 모든 직종은 잠재적인 성매매 산업으로 간주됐다. 이 같은 수사들은 외롭고 순진한 시골 소녀들에게 서울과 공장은 아주 위험한 장소라는 담론들과 긴밀히 연관되어 있었다. 일견 모순적으로 보일 수도 있지만, 이 같은 담론들은 독립적인 여성에게 남성과 동등한 임금을 지급할 수 없었던 산업사회 모델 — 예컨대, 남성 생계 부양자 모델 — 에 부합하는 것이었다. 한국 사회에서 공장 노동에 종사하는 여성은 성판매 여성으로 간주되거나 어린 아이처럼 온정주의의 대상이 되었다. 퍼트리샤 존슨은 영국 빅토리아 시기, 여성 노동계급에게는, 그들이 어디에서 일하든, 성판매

---

72 기생 관광은 대체로 외국인을 대상으로 한 유흥 산업이었다(Elaine Kim, Ibid., p. 109[국역본, 92쪽])[1970년대에 관광협회 요정과에서 발행하는 정식 접객원증을 보유한 성판매 여성은 약 2천 명 정도였고, 사창私娼까지 합치면 전국적으로 약 20만 명에 달했다고 한다. 특히 정부에서 허가한 관광 요정, 이른바 '기생 하우스'는 서울에만 30여 개였다. 서울과 부산시 관광과에서 등록된 기생은 주 1회 시립병원에서 성병 검진을 받았으며, 시나 관광협회에서 실시하는 교육을 마치면 수료증을 받았는데 이때 받은 수료증은 호텔방의 출입증으로 사용됐다. 한국에서 기생 관광 및 성산업에 대한 탁월한 연구로는 박정미, 「성 제국주의, 민족 전통, 그리고 '기생'의 침묵: '기생 관광' 반대 운동의 재현 정치, 1973~1988년」, 『사회와 역사』 101, 2014와 박정미, 「한국 성매매 정책에 관한 연구: '묵인-관리 체제'의 변동과 성판매 여성의 역사적 구성, 1945~2005년」, 서울대 사회학과 박사 학위논문, 2011 참조].

여성이라는 이미지가 늘 붙어 다녔다고 기술했다.[73] 공장 노동에 의해, 혹은 그들을 위험하고 부도덕한 거리에 노출시키는 노동에 의해 여성들이 "더럽혀진다"고 믿었던 사회에서, 여성들은 도처에서 성적인 학대와 마주했다. 산업화된 영국과 마찬가지로, 가부장이 보호하는 은신처를 거부하거나, 너무 가난한 나머지 가부장이나 남성의 보호를 받을 수 없는 한국 여성들 역시 쉽게 더럽혀질 수 있는 존재였다. 그러나 여기에는 또한 다음과 같은 깊은 모순이 작동하고 있었다. "유교 자본주의"라는 발전 신화는 여공들이 마치 가족처럼 기숙사에 살면서 회사의 보호를 받았다고 주장하지만, 사실 회사는 시도 때도 없이 이들에게 잔업을 강요하는 등 '가족과도 같다'던 여공들을 착취했다. 반면, 여성 노동계급이 노동자로서 자신의 권리를 주장할 경우, 사측에 의해 고용된 구사대나 남성 동료, 경찰로부터 성적인 위협과 공격을 받았다.[74]

비록 여성들의 저항이 좁은 의미로 규정된다고 해도, 임금 체불이나 복지, 노동법 개정에 대한 파업을 벌이며, 여공들이 집단적인 행동에 돌입했을 때, 왜 그들은 자주 성폭력을 마주하게 되었을까? 한국에서 공장에서 일하는 여성들과 성판매 여성들

---

73 P. Johnson, *Hidden Hands*, p. 57.
74 동일방직 노동쟁의에서 여성 노동자에 대한 성폭력에 관한 설명은 장남수, 『빼앗긴 일터』, 90-91쪽 참조. 신인령에 따르면, 성폭력은 돈을 받고 파업을 분쇄하는 일을 담당했던 공장 감독, 수위, 폭력배 등으로 이뤄진 "구사대"에 의해 이루어졌다. 구사대는 1930년대와 1980년대의 현상임을 지적해야 한다(신인령, 『여성·노동·법』, 풀빛, 1985, 294-297쪽).

을 규정하는 방식 ― 때로는 상반되는 존재로, 때로는 동일한 존재로 ― 은 여성 노동의 불안정성과 그들이 한국 사회에 제기하는 위협 ― 사회질서에 혼란을 초래하는 여성 노동자들의 경제적 독립과 성적 자립 ― 을 드러내는 것이었다.

유교 자본주의

크고 작은 공장들에서 나타났던 온정주의적 기업 경영 방식은 보수적인 가부장제 가정에서 성장했던 소녀들에게 전혀 새로운 것이 아니었다. 여성들을 종속시키는 힘을 구조적으로 분석한 이효재에 따르면, 박정희는 여성들을 국가적 필요를 위해 동원하는 과정에서, 가족 시스템의 권위주의적이고 쇼비니즘적인 전통을 칭송했다. "박정희의 교육·문화 정책은 자기희생적인 여성, 충직한 며느리, 고결한 부인에 대해 공식적인 보상을 주는 충忠과 효孝라는 전통적인 이데올로기를 강조했다. 이런 문화적 환경의 창출은 국가가 산업화를 위해 자신을 희생하는 값싼 노동력으로 여성을 동원할 수 있는 사회적 조건을 정당화했다."[75]

한국의 기업가들은 "딸들"인 여공들에 대한 동정적이고 온정적인 감정을 표현하기 위해 "아버지"라는 별칭을 자주 사용했다. 사장을 아버지로, 여성 노동자를 어린 딸로 부르는 공식은

---

75 이효재, 「일제하의 여성 노동문제」, 147쪽.

젠더와 계급 이데올로기를 드러낸다. 여성을 성년이 아닌 아이로 분류함으로써, 남성 사장과 관리자들은 자신들을 위해 일하는 여성들이 정치·경제적으로 독립적이지 않다는 점을 은연중에 드러냈다. "가부장제 이데올로기는 여성들을 저임금의 노동집약적 수출산업에서 가장 요구되는 노동력 유형인 순종적이고 복종적이며, 부지런하고 끈기 있으며 또한 노동자들의 시민권에 대해서는 아무런 감각이 없는 노동력으로 사회화하는 데 특히 중요한 역할을 했다. 그리하여 전통적인 가족제도는 수출산업을 위해 바람직한 노동력이 생산되고 재생산되는 데 장애가 아닌 핵심적인 기제로 기능했다."[76] 가정에서든 공장에서든 여성은 남성에 의해 재현되고 "보호받아야" 할 존재일 뿐, 자신을 스스로 드러낼 필요가 없는 존재였다.[77]

공장주들이 아버지 행세를 하며 마치 노동자와 함께 피를 나눈 것처럼 자신들을 위해 일하도록 노동자들을 독려했던[78] 한국의 가부장제적 자본주의 발전에 관한 이야기들은, 역설적이게도 뿔뿔이 흩어져 사는 실제 가족 구성원들에 대한 애절한 그리움을 노래하는 대중가요와 시에 담겨 있었다.[79] [진짜] 가족이 뿔

---

76 Koo Hagen, *Korean Workers*, p. 48[국역본, 81쪽].

77 존슨도 영국의 1847년 노동시간 규제 법안에서 여성을 아동 노동자와 함께 분류한 것을 두고, 이와 비슷하게 지적했다. P. Johnson, *Hidden Hands*, p. 10.

78 반면, 남성이 지배하는 공장에서 '아버지-아들' 관계가 어떻게 작동했는지에 대해서는 G. E. Ogle, *South Korea*, pp. 49-51 참조.

79 가족과의 이별에 대한 애절함을 표현하는 대중가요에 대한 탁월한 설명은 이영미, 「대중가요 속의 바다와 철도」, 한국역사연구회, 『우리는 지난 100년 동안 어떻게 살았을까 1』, 역사비평, 1998, 94-114쪽.

뿔이 흩어졌을 때에야 비로소 부모 또는 그 자녀들이 공단에서 일을 찾을 수 있었던 것이 가부장제적[온정주의적] 한국 자본주의의 핵심적인 특징이었다.

가족과 헤어져 혼자 살았던 여성 노동자가, 특히 온정주의 문화와 감시가 수반된 집단적인 여가 생활 — 예를 들어, 동일방직의 텔레비전 룸과 도서관, 기숙사 감시체계, 단체 소풍 등 — 이 만연했던 공장 안에서, 설사 노조에 참여한다고 해도, 고용주에게 잠재적으로 얼마나 위험한 존재였는지는 의문이다. 사실 여성 노동계급 자신 그리고 이들과 결부된 사람들 역시 결코 가부장제적인 문화로부터 자유로울 수 없었다. 이 같은 온정주의 이데올로기가 얼마나 뿌리 깊었는지는, 동일방직에서 노동자로 일했으며 민주 노조 운동의 중요한 조직가이자 베테랑 목사였던 조화순의 말에서도 확인된다. "노동자들과 나와의 관계는 부모-자식 관계와 같다." 이 말에서 우리는 누가 부모이고 누가 자식인지 의심할 여지가 없다.[80]

한편 장남수에게 가장 잔인했던 이별은 어린 여동생 형숙과의 이별이었다. 서울에서 자그마한 집을 빌려 함께 살았던 그들

---

80 Cho Wha Soon, *Let The Weak Be Strong*, p. 136. 하지만 같은 책 뒷부분에서 조화순은 여성들, 특히 생산직 여성 노동자들을 노동운동에서 비가시적으로 만든 구조를 다음과 같이 해명하고 하층계급 여성을 중심으로 한 운동을 요구했다. "노동운동 그룹 혹은 정치 운동 그룹 속에서 여성의 의견은 남성에 의해 무시되거나 주변화되었다. 여성 노동자들이 아무리 이야기하려 해도 그들의 의지와는 달리 [그들의 목소리는-옮긴이] 중심에서 밀려나 결국 완전히 배제되었다. 이런 식의 일은 꽤 자주 일어났다. 나 자신도 그런 경험을 했다. 그리고 이런 경험에 따른 상처는 매우 깊었다." Cho Wha Soon, *Let The Weak Be Strong*, p. 55.

가족은 장남수가 원풍모방 기숙사로 들어가고, 형숙이 부산으로 직장을 구하러 가게 되면서 뿔뿔이 흩어진다.[81] 교육 기회를 제공해 준다는 약속에 이끌려 형숙은 서울을 떠나 부산에 있는 공장에서 일하게 됐다. 수기에서 장남수는 형숙의 희망을 꺾는 어떤 말도 하진 않았지만, 하루 온종일 고된 노동에 시달리면서도, 매일 저녁 공부를 해야 하는 형숙이 녹초가 되진 않을까 걱정했다. 형숙을 만나려고 산 위에 있는 학교로 가는 길에, 장남수는 형숙이 일하는 공장으로 향했다. 장남수의 우려는 현실이었다. "그 애[형숙-옮긴이]도 문 앞에 서있는 날 발견하자 멈칫 서더니 '언니!'하며 달려 나와 내 목을 끌어안았다. 눈에 눈물이 핑 돌아 있다. '고생이 많지?' 나도 목이 메어 말이 잘 안되었다. 그 애의 거칠어진 손마디를 보며 얼마나 고생하고 있는가를 잘 느낄 수 있었다."[82]

유년기와 청년기에 장남수와 그녀의 가족이 겪었던 급격한 산업화는 가족이 뿔뿔이 흩어지는 것으로 나타났다. 장남수의 『빼앗긴 일터』의 이야기 형식은 농촌 가족의 가난에서 시작해, 서울로의 여정, 도시에서 가족 구성원들이 겪어야 했던 취업난, 그리고 부친의 파산과 좌절로 인한 귀향으로 이어진다. 흩어진 가족과 서울의 노동시장에서 그녀가 겪었던 고립감을 묘사하면서, 장남수는 노조를 알게 되고 나서야 위안을 얻었다고 말한다. 장남수가 노조에서 찾은 위안, 즉 공장 내 연대, 우정과 동료애

---

81 장남수, 『빼앗긴 일터』, 27쪽.

82 장남수, 같은 책, 48쪽.

그리고 집단적인 꿈 등이 『빼앗긴 일터』의 본론에 기록되어 있는데, 이는 외롭고 고통스럽던 그녀의 슬픔과 고난에 대한 해결책이다.

적어도 외부자의 시선에서 보았을 때, 공장은 한국의 경제 번영을 향한 발전 드라이브의 도상학 가운데 한 부분을 형성하고 있었다. 공장이라는 계획된 공간은, 노동자들의 휴식과 목욕(심지어 체열體熱로 데워지는 기숙사)조차 근대 자본주의의 시간-규율에 따라 지배할 수 있다고 믿는 효율성의 원칙 ― 공장주들과 경제계획 입안자들이 공유하고 있던 ― 을 명시적으로 보여준다.[83] 실제로 군사주의적 근대화 규율은 한국 사회에 광범위하게 영향을 미쳤다. 1976년부터 1985년에 이르기까지 제조업 부문의 주당 평균 노동시간은 53.3시간이었다.[84] 의류 산업에 고용된 남녀 노동자의 상당수가 주당 60시간을 일했으며, 주문량을 빨리 채우려면 주당 80시간이나 일해야 했다. 이처럼 긴 주당 노동시간은 생산직 노동자에게만 국한된 것은 아니었다. 학교, 은행, 정부 부처 모두 주 6일제였고, 토요일은 반일간 출근하는 것이 노동자나 학생들에게 의무적이었다.[85]

---

83 Koo Hagen, *Korean Workers*, pp. 63-64[국역본, 101-104쪽].

84 기록에 따르면 1979년 불황으로 섬유와 전자 산업 노동시간은 (대폭) 줄어들었다 (Christian Conference of Asia's Urban Rural Mission, *From the Womb of Han*, p. 68).

85 암스덴은 한국의 주간 노동시간이 일본이 식민지 조선에 도입된 노동 관행의 유산이라는 흥미로운 지적을 했다. 암스덴에 따르면, 일본은 초기 산업화 시기에 독일과 프랑스의 주간 노동시간을 모델로 삼았고, 이 관행을 식민지 조선에도 도입했다(Amsden, Ibid., pp. 205-206[국역본 227-228쪽]).

제조업 부문 남성 노동자의 노동시간은 여성과 비슷했지만 남성이 받았던 봉급은 여성 노동자의 두 배 이상이었다. 1980 년대 경공업 여성 노동자의 수입은 남성의 42.9퍼센트였고, 1970, 80년대 대다수 여성은 남성 노동자가 받는 수입의 절반 에도 못 미치는 임금을 받았다.[86] 특히 의류 산업의 노동조건은 열악했다. 1970년 서울 동대문 주변의 평화시장 의류공장에서 노동자들의 분노가 공개적으로 폭발했다. 그해 전태일은 의류공 장의 노동조건에 대한 사회적 관심을 불러일으키려고 필사적으 로 노력하다가 거리 시위 도중 목숨을 끊었다. 전태일의 분신은 그와 삼동회 동료들이 근로기준법 준수를 주장하기 위해 벌였던 마지막 외침이었다.[87]

근로기준법 복사본을 움켜쥐고 자신의 몸을 불살랐던 전태일 의 죽음에 대한 충격은 현재까지도 커다란 영향을 미치고 있다. 매년 노동절이면 그의 일기는 집회와 라디오 등을 통해 낭독됐

---

86 한국여성노동자회, 『한국 여성 노동의 현장: 한국 여성 노동자의 임금 문제』, 백산 서당, 1987; Koo Hagen, *Korean Workers*, p. 59 참조[국역본, 96쪽].

87 [옮긴이] 분신은 힌두교에서 '사티'suttee와 같이 과부가 남편의 시신을 화장할 때 자 신의 몸을 던져 죽는, 일종의 순사殉死와 같은 것이었다. 그러나 한국에서 분신은 종 교적 의미를 지닌 힌두형 분신보다는 베트남에서 승려들의 분신과 흡사했다. 특히 한국 분신에서 공통적인 특징은 은폐된 자살이 아닌, 공개된 자살이자 자신의 요구 를 관철시키기 위해 군중을 의식한 점 그리고 살아남은 자들이 분신한 자를 '열사'로 부르며 지속적으로 숭배한다는 점이다. 특히 노동자 열사(노동 열사)는 1970년 전태 일의 죽음부터 시작되었다. 하지만 본격적으로 노동 열사로 불리기 시작한 것은 1984년 택시 노동자 박종만의 죽음부터였다. 1980년대에 분신으로 자살한 노동 열사 는 30여 명에 달했다. 1980년대 이후 2012년까지 열사의 기원과 해체에 관한 경험적 연구는 임미리, 『열사, 분노와 슬픔의 정치학』, 오월의봄, 2017.

고, 그의 이름은 거의 모든 노동자 시위에서 울려 퍼졌다. 전태일은 열두 살 때 학교를 떠나 덕수궁에서 신문 배달과 구두닦이를 했으나, 또한 놀라울 정도로 많은 글을 썼다.[88] 한 가지 일만 해서는 생계를 유지할 수 없었던 남성 유년 노동자들은 대부분 밑바닥 직업을 전전해야만 했다. 전태일처럼, 이들은 낮에는 구두를 닦고, 오후에는 귀가하는 사람들에게 신문을 팔았으며, 밤에는 명동 골목길에서 담배꽁초를 모아 팔았다. 전태일은 몇 편의 일기와 소설 초고를 썼다. 전태일은 평화시장 내 동료 노동자들의 노동조건에 관한 실태 조사를 하기도 했다. 그는 자신의 삶을 둘러싼 고뇌로 많은 번민을 거듭했지만 노동조건 개선에 관한 신념은 유난히 강했다. 그의 글을 통해 전태일은 1960, 70년대에 서울로 상경해서 공장과 거리에서 무자비한 착취를 경험했던 모든 젊은 노동자들의 영원한 상징이 되었다.

상층계급 젊은이들은 그가 죽고 나서 출간된 일기를 보고 그에 대해 관심을 갖기 시작했다. 그는 한자로 쓰여 읽기 어렵고 난해했으며 추상적인 근로기준법에 관해 같이 토론하고 공부할 수 있는 제 나이 또래의 대학생 친구가 있었으면 좋겠다고 일기에 썼다. 그의 죽음과 거의 동시에 전태일의 이런 희망은, 그 자신은 아닐지라도, 동료 노동자들 사이에서 대신 이루어졌다. 전태일의 죽음과 시위에 관한 소문을 들은 대학생들이 그가 누워 있는 병원과 장례식이 열린 마석 모란 공원으로 모여 들었다. 이는 노동계급과 중간계급 출신 젊은이들 사이에 맺어진 노학

88 전태일, 『내 죽음을 헛되이 말라: 일기, 수기, 편지 모음』, 97쪽.

연대라고 불렸던 새로운 관계의 시작이었으며, 다음 장에서 좀 더 상세히 살펴볼 이들 사이의 분화의 시작이기도 했다.

1970, 80년대에 의류공장의 노동조건은 여전히 매우 열악한 상태였다. 조명과 환기 시설이 제대로 갖춰져 있지 않았기 때문에 노동자들은 재봉실에서 나온 먼지로 위장병, 안질, 결핵을 포함한 각종 질병에 시달렸다. 모욕적인 작업장 문화와 최소한의 안전 장비조차 마련되어 있지 않았던 곳에서 모든 생산직 노동자들에게 산업재해는 커다란 근심거리였다. 기계나 관리자, 심지어 동료 노동자에 의해 손가락이나 시력을 잃는 경우도 있었다. 예를 들어, 김승경은 노동자에게 종종 가위를 집어 던지곤 했던 관리자에 관한 기록을 남겼으며, 조화순도 인천 버스 회사에서 벌어진 버스 차장들 간의 심한 다툼에 대해 쓰기도 했다.[89]

많은 연구자들은 군부 통치 시기(1961~92) 동안 한국의 기업들 역시 군사화된 경영 방식으로 기업을 운영해 왔다고 지적한다.[90] 김승경과 구해근은 기업 경영에서 나타나는 전前 자본주의적 관행을 지적했는데, 특히 "노동자들을 그들 자신의 계약상 권리에 따라 노동력을 판매하는 존재가 아니라, 전통적인 하인이나 어린 아이처럼 간주하는" 가부장제적 권위주의에 대해 지

---

89 Kim Seung-Kyung, *Class Struggle or Family Struggle?*, p. 159; Cho Wha Soon, *Let The Weak Be Strong*, pp. 108-109, 송효순, 『서울로 가는 길』, 60쪽, 박영근, 『공장의 옥상에 올라』, 128쪽, 139쪽.

90 Roger L. Janelli with Dawnhee Yim, *Making Capitalism: The Social and Cultural Construction of a South Korean Conglomerate*, Stanford: Stanford University Press, 1993, pp. 225-228; Koo Hagen, *Korean Workers*, pp. 64-66[국역본, 102-106쪽].

적했다.[91] 하지만 이상적인 전통적 가부장제에서 나타나는 호혜성 — 가부장이 자신을 위해 일하는 사람을 보호하기 위해 권력을 사용하는 호혜성 — 은 공장에 존재하지 않았다. 오히려 젊은 여성 노동자들을 '순종적인 딸들'로 입양한 고용주들은, 화장실에 갈 틈도 없어 오줌보가 터지거나, 폐에 솜털이 가득 찰 때까지 일을 시키는 한국식 경영 방식을 고수했다. 여성 노동계급은 파업을 통해, 여성을 보호해야 한다는 전통적인 신념에 기반을 두고 있으면서도, 정작 공장에서는 여성들을 무자비하게 착취하는 사회의 모순을 낱낱이 밝혔다.[92]

"유교 자본주의"의 젠더와 계급 이데올로기에 내재한 모순을 폭로하며, 여공들은 파업을 통해 노동자로서 자신들의 권리를 주장했다.[93] 유교 자본주의의 독창성은, 전통적인 한국의 봉건적 위계를 근대적 공장 시스템에 덧씌우는 작업을 통해, 다시 말해, 산업화 과정에 문화적 연속성이라는 겉치레[유교]를 덧씌

---

91 Koo Hagen, *Korean Workers*, p. 67[국역본, 106-108쪽].

92 김승경은, "여성들은 가부장제적 가족이 여성들에게 약속한 보호받는 지위도 얻지 못했고 또한 노동시장 참여로 그들에게 약속된 자유도 얻지 못했다"라고 썼다 (Kim Seung-Kyung, "Women Workers and the Labor Movement in South Korea," Frances Abrahamer Rothstein and Michael L. Blim(eds), *Anthropology and the Global Factory: Studies of the New Industrialization in the Late Twentieth Century*, New York: Bergin & Garvey, 1992, p. 228).

93 "유교 자본주의"는 매우 논쟁적인 용어이다. 자넬리와 임돈희는 이 개념이 한국 기업에 의해 이뤄지는 이데올로기에 적용될 때 나타나는 문제점과 설명력에 관해 논의했다. 그들은 문화적 구성의 사용과 물질적 이해의 추구가 조화를 이뤘던 1980년대에 어떻게 유교의 "도덕적 요청"이 경영전략으로 스며들었는지에 초점을 맞췄다 (Roger L. Janelli with Dawnhee Yim, *Making Capitalism*, p. 239).

우는 방식으로 번창했다는 데 있었다. 여공들에게, 봉건적 위계질서라는 (산업화 이전 시기부터 이어져 온) 문화적 연속성은 그들의 경제적·사회적 주변화를 의미했는데, 경공업 부문에서 젠더 위계질서의 양상은 낡은 가부장제적 위계질서의 연속성, 즉 가정과 마찬가지로 여성 노동자가 공장 위계질서에서 맨 밑바닥에 놓이는 것을 의미했다.

김승경에 따르면, 1980년대 후반 마산에 위치한 전자공장들에서 작동했던 젠더 위계질서하에서, 미숙련 노동은 여성들이 전담했고, 그들을 감시/관리하는 감독은 언제나 남성이 맡았다.[94] 이처럼 "여성의 일"이라는 관념, 즉 남녀의 노동이 자연스럽게 젠더에 따라 분리된다는 생각은 고용구조의 모든 부문 — 성별에 따라 분리된 학교는 물론 사람들의 취미에 이르기까지 — 에 침투했다.[95] 이에 대해 김승경은, "작업장에서 나타나는 여성의 종속은, 사회에 만연한 젠더 간의 전통적 위계 관계에서 비롯되었기에, 자연스럽고 상식적인 것으로 간주되었다"라고 설명한다.[96]

그러나 공장에 젠더 위계만 작동하고 있었던 것은 아니었다. 석정남은 양성공과 기능공 간 그리고 남녀 간 서열이 안겨 주는

---

94 Kim Seung-Kyung, *Class Struggle or Family Struggle?*, pp. 3-6.
95 남녀에게 차별적으로 허용되던 행위 가운데 하나로 흡연을 들 수 있다. 모욕과 욕설 아마도 따귀를 맞을지도 모를 위험을 감수하지 않는다면, 흡연은 젊은 여성이 공공연하게 마음껏 할 수 없는 행동이었고 이는 다수의, 많은 여성들에게 숨겨진 비밀이 됐다(Kim Seung-Kyung, *Class Struggle or Family Struggle?*, p. 6).
96 Kim Seung-Kyung, *Class Struggle or Family Struggle?*, pp. 5-6.

고통에 대해 언급하고 있으며,[97] 김승경은 교육 수준, 약혼자가 있는지 여부, 남자 친구가 있다면 신랑감으로서 얼마나 좋은지 등등에 따른 여성 지위의 구별은 물론, 지역 차별에 대해서도 기록했다.[98] 임금 양극화, 승진 기회의 결여, 여성 직종에 대한 사회적인 무시 이외에도, 다양한 영역들에서 여성에 대한 차별이 이루어졌다. 젊은 여성의 천직은 주부라고 당연시되었기 때문에 그들은 현재 일을 하고 있다 해도 일시적인 노동자로만 간주되었다. 그들의 노동은 가난에서 벗어나기 위한 것이었지만, 그들이 번 돈은 결국 결혼 지참금 마련을 위한 저축, 상급 학교에 진학한 형제들에 대한 지원, 또는 가족의 부채 청산 등과 같이 가족을 위해 사용되었다.

조화순의 경험은 여공들이 겪는 모욕을 생생히 증언한다. 조화순(산업 선교를 위해 공장에 입사했을 당시, 그녀는 대학 교육을 받은 연합 기독교회 목사였다. 그녀는 산업 선교를 위해 6개월간 동일방직에서 일했다)은 동일방직에서 겪었던 경험을 아래와 같이 솔직하게 기술했다. 동일방직에서 조화순은 식당에서 일하다 엘리트 부서라고 할 수 있는 섬유 제작부로 잠시 옮겼는데, 이곳에서 그녀는 자신보다 훨씬 어린 노동자의 힐난을 견뎌야 했다.

이런 류[젊은 상급자 반장에게 망신을 당하는-옮긴이]의 상황에서조차 나는 이 공장에 복음을 전파해야만 한다고 생각했다. 내가 여

---

97 석정남, 『공장의 불빛』, 13-17쪽.

98 Kim Seung-Kyung, *Class Struggle or Family Struggle?*, pp. 34-35.

기에 노동 훈련을 위해 온 목적은 이 노동자들을 하느님께 이끄는 게 아니었던가? 여기서 일하는 목적도 그것이 아닌가? "여러분, 몇 살이세요?" "고향이 어디세요? 부모님은 살아 계세요?" 친절한 미소를 머금고 나는 어린 동료들에게 말을 걸려고 했지만, 내 손은 바빴다. 어디에선가 들려오는 휘슬 소리에 갑자기 나는 일을 멈췄다. 깜짝 놀라, 내가 소리 나는 방향을 쳐다보자, "너, 여기 처음 왔지! 넌 무슨 얘기할 게 그렇게 많아!"라고 반장이 손가락으로 나를 가리키며 소리쳤다. 그렇게 많은 사람들 앞에서 모욕을 당했던 때는 이때가 처음이었다.[99]

조화순은 동일방직에서 자신이 일했던 것은 신의 계시였다고 썼다. 고등교육을 받은 젊은 중산층 여성인 그녀는 공장 노동을 처음 시작하면서, 인간으로서의 자긍심을 박탈당하는 경험을 했다. "그런 환경에서도 …… 세련되고 정중하게 행동하는 사람이 있다면, 아마 그 사람이 정상이 아니었을 것"이라고 조화순은 솔직하게 회고했다.

하지만 이 모든 소외, 외로움 그리고 억압적인 노동조건 속에서도 여공들을 위한 위안거리가 있었다. 그들의 위안거리 가운데 가장 중요해 보이는 것은 여공들 사이의 우애였다. 급속한 후발 산업화는 경상도와 전라도에서 온 여성들을 동료로 만들었으며, 동일방직 같은 공장 기숙사에 모였던 3백여 명의 여성들

---

99 Cho Wha Soon, *Let The Weak Be Strong*, p. 51. 노동계급 여성에게 가해졌던 비공식적이고 모욕적인 언어에 관한 논의는 이 책의 4장을 참조.

은 함께 먹고 자고 일하며 휴일을 보냈다. 정미숙은, 도시 생활의 대인관계에서 나타나는 익명성에도 불구하고, 서로 비슷한 처지 — 단적인 예로 가난했던 어린 시절에 겪었던 소외감, 가족에 대한 경제적 부양이나 형제들의 교육을 맡아야 한다는 책임감 등과 같은 — 임이 확인되면, 여공들은 강력한 동질감을 바탕으로 단결할 수 있었다고 주장했다.[100] 동일방직, 반도상사, 원풍모방, YH무역과 같은 공장에서 여공들의 서로에 대한 애정loyalty은 민주 노조 운동에서 핵심적 역할을 했다.

저항의 언어

1970년대 한국 여성 노동자들의 파업과 관련해, 여러 연구자들은 노동쟁의를 둘러싼 연대의 취약성과 자연발생적으로 전개된 특성을 지적해 왔다(노동운동 진영은 나중에 이 파업들을 자신들의 역사로 주장하며, 이들 파업에 회고적 연속성을 부여했다). 이옥지가 지적한 것처럼, 당시만 해도 여성 노동자를 지원했던 세력이 거의 없었기에, 여성 노동자들이 주도한 쟁의들은 대부분 자율적이고 자생적일 수밖에 없었다. "조직 노동운동의 상층부는 정부와 기업가들 편에 붙어 현장 노동자들 [대부분 여성들이 주도했던] 자주적인 노조 운동을 견제하고 노동조건 개선 운동을 직접

---

100 정미숙, 「70년대 여성 노동운동의 활성화에 관한 경험 세계적 연구」, 67쪽.

적으로 파괴하는 데 앞장서기까지 했다."[101]

기독교 그룹으로부터의 조직적 지원이 결정적이었던 이유가 바로 여기에 있다. 한국전쟁 이후, 한국 사회에는 '공산주의'에 대한 심각한 적개심과 공포가 만연했는데, 공산주의에 대한 공포는 국가, 군대, 학교, 종교 조직 그리고 주류 일간지 등을 통해 보급 및 재생산되었다. 한국전쟁과 반공주의의 역사를 연구해 왔던 박명림은 어떻게 한국전쟁이, "강력한 반공 독재 체제를 완성시켜 주었는지" 설명하면서, "이러한 반공 독재 체제는 전쟁을 거치면서 내화된 지배 이데올로기인 반공·반북 이데올로기와 엄청나게 강화된 군, 경찰, 정보 기구 등의 국가 강권력을 통해 시민사회와 민중 부문에 강요됐다"고 서술했다.[102] 하지만 20세기 전반기에 식민 지배에 저항하는 민족 해방 운동의 형태로 존재했던 급진주의 전통이 한국에서 완전히 사라지지는 않았다. 공산주의라는 유령과 한국전쟁 시기의 끔찍한 기억들은 국

---

101 이옥지, 『한국 여성 노동자 운동사 1』, 137쪽[한국에서 어용 노조의 역사는 1948년 민족국가 수립 과정과 패를 같이한다. 1950년대 유일 노조였던 대한노총 건설은 1945년 해방 이후 좌파 노동조합 전평(조선노동조합전국평의회)의 무력화와 패를 같이했다. 1950년대 대한노총은 이승만 정부의 정치적 동원 부대였고 조직 구성도 정치 깡패 등 정부와 밀접한 인물로 구성되어 내부 갈등이 심했다. 5·16 군사 쿠데타 이후 중앙정보부 9인 위원회에 의해 재조직된 한국노총도 1960년대는 산업별 노조 형태였지만, 1970년대 들어서 유신 체제와 결합해 노동자를 경제적으로 동원하고 민주 노조를 폭력으로 무력화시키는 '준국가기구'였다. 대한노총과 한국노총의 역사에 관해서는 임송자, 『대한민국 노동운동의 보수적 기원: 1945년 해방~1961년까지』, 선인, 2007과 임송자, 「1960년대 한국노총의 분열·갈등과 민주 노조 운동을 향한 변화상」, 『한국 근현대사 연구』 57, 2011 참조].

102 박명림, 「한국전쟁의 쟁점」, 『해방전후사의 인식 6』, 한길사, 1989, 209쪽.

가에 의해 지속적으로 은폐되어야 했으며, 서울의 주요 관공서와 고속도로에는 반공주의를 선전하는 현수막이 빈번하게 등장했다. 냉전 반공주의 정부인 이승만 정부와 뒤따른 군사정부에게 공산주의는 지속적으로 무찔러야 할 적이었다.

이런 분위기에서 계급 갈등의 언어는 공개적으로 사용될 수 없었다.[103] 1960년대 초반 "산업 선교사들"이 공장에 처음 들어갔을 당시, 그들은 1920년대에 사회주의가 식민지 조선에 처음 유입되었을 때와는 전혀 다른 임무를 부여받았다. 1920년대 사회주의자들은, 노동계급을 자본주의사회에서 잠재적으로 가장 강력한 힘을 지닌 세력으로 생각하고 이들을 중심으로 한 사회 변혁을 꿈꿨다. 이에 비해, 개신교 산업 선교회 목사들이 노동자들에게 다가간 이유는, 그들을 그리스도인의 도움이 가장 필요한, 사회에서 가장 핍박 받고 고통받는 구성원들로 간주했기 때문이었다. 그러나 이 같은 태도는 시간이 지남에 따라 변화하게 되었다. 조화순은 "교회 중심적 성향"이 강했던 도시산업선교회의 사회 개량 운동이 어떻게 여성이 대다수를 차지했던 사업장 안에서 이들의 권리를 깨닫게 하는 해방운동의 일부가 되었는지를 자신의 특별한 경험담을 통해 자세히 설명했다. 그녀가 운영하는 소모임에 다니는 노동자들과 활동을 통해서, 조화순은 여

---

103 이남희에 따르면, 1983년 금서에 대한 부분적 해금이 단행된 1983년 이전에는 수많은 종류의 책들이 금서로 지정되어 있었다. E. H. 카의 『역사란 무엇인가』 역시 금서였는데, 금서의 소지만으로도 최소 징역 1년이 가능했다(Lee Nam-Hee, "South Korea Student Movement," C. Armstrong ed., *Korean Society: Civil Society, Democracy, and the State*, London; New York: Routledge, 2002).

성들의 자기주장이야말로 민주적 실천의 출발임을 알게 되었다. "우리는 '지식인'과 '목사' 같은 그런 명칭들을 없애야 해요"라고 그녀는 말한다. "진실된 길은 노동자들을 통해 배우고 그들과 함께 운동을 만들어 가는 것이죠."[104] 조화순이 여성 노동자들을 이끌었던 동일방직에서 민주 노조를 결성하려고 했을 때, 여성 노동자들에 맞서 민주 노조를 무력시키려고 했던 남성 노동자들조차 당시 민주 노조를 주도했던 여공의 중요한 역할을 인정했다. "자본주의사회에서 노동자보다 체제에 대해 더 큰 불안감apprehension을 품게 하는 존재는 없어요"라고 그녀는 결론짓는다.[105] 그러나 계급 갈등의 언어가 허용되지 않았던 조건에서 이들 산업 선교사들과 노동자들이 자신의 요구를 어떤 방식으로 제시했는지를 둘러싼 문제는 좀 더 살펴볼 필요가 있다. 이 문제를 검토하기 위해 여성들이 벌였던 쟁의들에 대해 검토해 보도록 하자.

1970년대 여성 노동자들이 주도했던 노동쟁의는 널리 알려진 대규모 공장들에서 일어났다. 비록 YH무역은 1979년 공장이 폐쇄됐던 때 노동자 수가 1천 명 남짓으로 줄어들었지만 1970년에는 4천 명의 종업원을 거느린 한국에서 가장 큰 가발 공장이었다. 식민지 시기 처음 만들어진 동일방직은 노동쟁의가 일어났던 1976년 당시 종업원 1,300여 명 — 그중 1천 명 이상이 여성이었다 — 을 거느린 국내에서 가장 큰 섬유 기업 가운

---

104 Cho Wha Soon, *Let The Weak Be Strong*, p. 124.

105 Ibid., p. 105.

데 하나였다.[106] 인천에 위치한 반도상사는 1977년 8백 명의 노동자를 고용하고 있었고, 해태제과는 1976년 노동쟁의가 있었을 당시 2,500명의 종업원을 두고 있었다.[107]

동일방직은 여성 지부장을 선출하려던 노동자들을 무자비하게 탄압했다. 동일방직 노조 이야기는 1970년대 노동운동에서 가장 많이 거론되는 상징적 사건이다.[108] 동일방직 노동쟁의는 한국식 "유교 자본주의"의 추악한 성격을 잘 보여 준다. 젊은 여성 노동자들이 벌인 노동쟁의는 국가·자본가·동료 남성 노동자들이 모두 여성 혐오 이데올로기를 옹호하는 동시에, 한국 사회에서 그와 같은 이데올로기가 "비가시적인" 상식이 되었을 정도로 손쉽게 받아들여져 왔다는 사실을 폭로해 주었다. 여성들은 그들에게 가해진 모든 폭력에 맞서 싸우는 방식으로 들고 일어섰다. 그렇다면, 이 사건은 과연 어떻게 일어났던 것일까?

---

106 [옮긴이] 동일방직의 기원은 1933년 오사카 동양방직 인천 공장이었다. 해방 후 1955년 서정익이 적산을 불하 받아 그 이름을 동일방직으로 변경했다.

107 Christian Conference of Asia's Urban Rural Mission, *From the Womb of Han*, p. 53.

108 KBS는 1995년 방송된 다큐멘터리 프로그램 <영상 실록 해방 50년> 가운데 1970년대 역사에서 동일방직 노조 이야기를 집중적으로 다루고 있다. 최근 만들어진 동일방직에 관한 다큐멘터리로는 <우리들은 정의파다>(이혜란 감독, 2006)가 있다. 조지 오글도 그의 책 *South Korea*에서 동일방직 노조를 집중적으로 다뤘다[그 외에도 유신 시기 노동쟁의가 일어났던 주요 사업장의 규모를 보면 『어느 돌멩이의 외침』의 배경이었던 부평 삼원 섬유는 3백 명, 신민당사 농성을 전개했던 YH무역 4천 명, 구로공단 한국마벨 1,700명, 신경숙 『외딴방』의 공간인 구로공단 동남전기 1천 명, 송효순의 『서울로 가는 길』의 배경인 영등포 대일화학 7백 명, 같은 영등포 문래동 방림방적 6천 명, 대표적 민주 노조인 원풍모방 1,400명 등이었다. 이외에도 잘 알려지지 않은 다수 노동쟁의가 아직 존재한다].

1972년 한국 최초의 여성 지부장이 동일방직 노조에서 선출되었다.[109] 여성 지부장의 등장은 조화순이 3년에 걸쳐 여성 노동자들을 대상으로 노동권에 대해 교육한 결과로 여공들의 자신감을 한껏 증진시켰다. 젊은 여성들은 노조가 자신들을 대변할 수 있고, 연대를 통해 노동조건과 임금을 변화시킬 수 있다는 것을 알게 되자, 노조 지부장 선거에 관심을 갖게 되었다. 이전 노조는 여공과 관련된 사안에 잘 나서지 않았고, 지부장 자리는 사측 관리자들이 신뢰할 만한 협상 파트너로 선택한 남성들로 채워졌는데, 이들은 여공들을 노조 선거의 유권자로 여기지 않았다.

이 같은 사실을 알고 있던 여성들은 비밀리에 자신들이 지지하던 대의원 후보를 조직해 선거 당일에 41명의 대의원 가운데 29명을 젊은 여성으로 선출했다. 이 선거의 결과로 대의원들은 여성 지부장으로 주길자를 선출했고 집행위원회를 모두 여성으로 뽑았다. 대의원으로 선출된 여성들은 공장 내 위계질서의 가장 밑바닥에 있는 여성들을 대표했고, 이제 노조는 남성 지도부나 감독자보다 여성들을 위해 행동하기 시작했다.[110] 이 일이 있

---

109 동일방직 노조에 대한 아래 설명은 한국기독교교회협의회, 『노동 현장과 증언』, 풀빛, 1984, 369쪽 등 여러 곳으로부터 가져왔고, Cho Wha Soon, *Let The Weak Be Strong*; 석정남, 『공장의 불빛』; Koo Hagen, *Korean Workers*; 이옥지, 『한국 여성 노동자 운동사 1』 등을 참조.

110 모두 도시산업선교회 구성원인 조화순과 오글은 동일방직 노동조합 선거의 맹아적인 페미니즘적 성격[도시산업선교회와 여성 노동자들의 공동 노력으로 남성이 지배했던 노조에서 여성들이 다수 대의원을 차지해 여성인 주길자를 최초로 여성지부장으로 선출한 일을 의미한다]을 강조했지만, 이와는 달리 김승경은 동일방직에서 일반 노동자의 목적은 그들을 대표할 노조를 만드는 것이었고 동일방직에서 젠더 위

고 나서, 중앙정보부 요원들이 대의원들과 조화순을 미행하기 시작했다. 또한 선거 이후 대의원들과 여성 노동자들은 언어폭력, 학대, 협박, 해고 위협에 시달렸지만, 공장 내에서 이들의 위상은 더욱 견고해졌다. 이들은 이와 같은 위협 속에서도 노조 활동을 꿋꿋이 이어 나갔으며, 다음 선거에도 참여해, 마침내 1975년[당시 동일방직 노조 집행부의 임기는 3년이었다] 지부장으로 이영숙을 뽑았다. 하지만 1976년에 열린 다음번 대의원 선거에서 그들은 심각한 난관에 봉착하게 된다.

매년 개최되었던 다음번 대의원 선거는 1976년 7월에 예정되어 있었는데, 사측에 매수된 남성 노동자들은 파업을 선동했다는 이유로 여성 노동자들을 비난하는 한편 지부장 이영숙을 파업 선동 혐의로 경찰에 고소해 7월 23일, 연행되도록 한 뒤, 여성 대의원과 지지자들을 동일방직 여성 기숙사에 감금하고 그들이 없는 사이에 대의원 선거를 소집했다[남성 노동자들과 이들을 매수한 사측의 목표는 다수의 대의원을 확보해, 이영숙 지도부에 대한 불신임안을 통과시키는 것이었다]. 여성 노동자들이 없는 틈을 타 사측 남성들이 대의원 선거에서 승리했다는 소식을 듣자, 여성들은 기숙사 문을 부수고 공장으로 쳐들어가 연좌 농성을 시작했다. 다음날인 1976년 7월 24일 수많은 사람들이 연좌 농성에 — 8백 명은 공장 내에서, 3백 명은 정문에서 — 동참했지

계질서의 전복은 운동의 동기가 아닌 의도적 실천의 부산물이라고 주장했다(Cho Wha Soon, *Let The Weak Be Strong*; G. E. Ogle, *South Korea*; Kim Seung-Kyung, *Class Struggle or Family Struggle?*).

만, 사측은 식수와 전기를 끊고 화장실도 폐쇄했다. 사흘째 되던 날인 7월 25일, 각 지역에서 연좌 농성을 지지하는 지원 물품이 배달되었지만, 경찰은 여공들에게 식수와 생리대를 들여보내려 던 가족들을 막아섰다. 그리고 마침내 그날 오후, 경찰의 강제해 산이 시작되었고, 여성들은 방석복과 곤봉으로 무장한 경찰들 앞에서 옷을 벗어 던지며 이에 맞섰다.

동일방직 여공들의 나체 투쟁은, 당시 금기시됐던, 여성들이 옷을 벗는 행동조차 가부장제와 여성스러움을 강조하는 사회적 맥락 안에서 제약을 받았다는 사실을 드러내 준다. 그러나 "우 리는 무력하고 무방비 상태인 여성들일 뿐입니다"라는 이들의 메시지는 그들의 적들을 침묵시키기보다 오히려 자극했다. 여성 들은 경찰이 자신들의 행동에 대해 부끄러움을 느끼고, 자신들 을 보호해 주길 원했지만, 이는 잘못된 판단이었다. 여성들은 처 참하게 구타당했을 뿐만 아니라 성적 학대를 당했으며, 72명이 구속되고 14명은 병원에 입원했다.[111] 이 사건의 관련자, 역사 가, 소설가, 활동가들은 이 사건을 이해해 보기 위해 거듭 노력 했다. 여성 노동자들의 저항이 왜 나체 시위라는 특수한 형태를 띠었을까? 절망한 여성들이 저항을 위해 나체 시위를 벌였다는 것은, 어떤 의미에서, 여성 노동자를 둘러싸고 한국 사회에서 작

---

111 [옮긴이] 여성들은 이 나체 투쟁에서 자신들이 사회적 희생양임을 내세웠다. 그 이 유는 남성/사회가 희생양인 여성을 보호해 줄 것이라고 생각했기 때문이다. 하지만 실제론 여성으로서 해서는 안 되는 공적 활동을 했다는 이유로 파업이나 나체 투쟁 은 남성들의 분노를 샀다. 그녀와 다른 여성 노동자들이 동일방직 노동쟁의 기간 동 안에 체험했던 성폭력에 대한 생생한 설명은 석정남, 『공장의 불빛』, 90-91쪽 참조.

동하고 있던 서로 상충하는 이데올로기들에 위기를 초래했다. 그 이데올로기 가운데 하나는, 여성 노동자들을 헌신적인 효녀로 호명하는 이데올로기로, 이들은 가족과 민족을 위해 헌신적으로 일하는 존재지만, 정작 그 자신을 위해서는 아무런 요구도 하지 않는 존재로 여겨졌다. 또 다른 이데올로기는 여성 노동자들이 옷을 벗어도 아무런 부끄러움을 느끼지 않을 정도로 이미 공장 노동과 유흥가를 접하며 타락했다는 이데올로기이다. 결국 나체 시위라는 저항을 통해 여공들은, "타락한 계급 가운데 가장 타락한 구성원"[112]으로 하층계급 여성을 위치시키려는, 서로 연관된 동시에 공명하는 이데올로기의 층위들을 교란시켰다.[113]

이 같은 탄압에도 동일방직의 민주 노조는 살아남았고, 더 많은 여성이 대의원으로 계속 선출됐으며, 작업장에서 획득한 성과 역시 적지 않았다. 사측과의 협상을 통해 생리휴가를 얻어 냈으며, 1976년에는 기계를 멈추지 않으려고 10분 만에 급하게 식사를 해야 했던 노동자와 아침 교대자를 위한 아침 식사를 쟁취했고, 이후 감독에 의한 신체적 모욕을 금지하도록 했다. 그러

---

112 P. Johnson, *Hidden Hands*, p. 76.

113 [옮긴이] 나체 투쟁을 포함한 동일방직 투쟁을 둘러싼 1970년대 여성과 지식, 신체의 문제에 관한 주목할 만한 연구로는 이정희, 「훈육되는 몸, 저항하는 몸: 1980년대 초반의 여성 노동 수기를 중심으로」(『페미니즘 연구』 3, 2003)가 있다. 이정희는 유신 시기 지배 이데올로기가 노동을 긍정항에, 섹슈얼리티를 부정항에 할당함으로써 노동 여성의 섹슈얼리티를 침묵시켰지만, 노동 여성의 몸이 권력의 통제 전략에 일방적으로 순응하기만 한 것은 아니며 대표적인 사례가 나체 시위임을 밝히고 있다. 그리고 다큐멘터리 <우리는 정의파다>(2006)와 <위로공단>(2014)에서도 동일방직 여성의 문제는 중요하게 재현되고 있다.

나 민주 노조는 지속적으로 사측, 한국노총 산하의 섬유 노조 그리고 중앙정보부로부터 탄압을 받았다. 조화순에 따르면, 동일방직 노조가 이룬 중요한 성취는 사측, 한국노총 그리고 국가 간의 공모와 협력을 사회에 공개적으로 알린 것이었다.[114] 한국노총에 도움을 요청하러 갔던 석정남이 전하는 다음의 글은 한국노총의 본질을 잘 보여 주고 있다. "언젠가 우리가 한국노총에 협조를 요청하러 갔을 때 우리의 이야기에 제법 귀를 기울이는 듯하던 어느 직원은 이렇게 질문했다. '그 공장에서 여성들이 옷을 벗고 나체로 데모를 했던 적이 있지요? 여자들이 많은 남자 앞에서 그런 몰상식한 짓을 하다니······.' 왜 우리가 그렇게까지 하지 않으면 안 되었던가 하는 이유에는 관심이 없었고, 여자로서 옷을 벗었다는 사실만을 강조하면서 똥물 사건은 조작된 것이라고 말하는 그를 어떻게 설득해야 할지 ······."[115]

그러나 노동계급 여성이 전국적인 정치 무대에 등장했던 것은 1979년 YH무역 노동쟁의에서였다. 한때 한국에서 가장 큰 가발 회사였던 YH무역은 1970년대 중반부터 내부 경영 부실과 횡령으로 말미암아 심각한 경영난에 빠지게 되었고, 이에 사측은 공장폐쇄와 대규모 해고를 노조에 통고한다. 공장폐쇄로 일자리를 잃게 될 것으로 보이자 1975년 만들어진 새로운 민주

---

114 Cho Wha Soon, *Let The Weak Be Strong*, p. 72, 104.

115 석정남, 『공장의 불빛』, 머리말. 한국노총의 활동에 관한 좀 더 자세한 설명은 김낙중, 『한국 노동운동사: 해방후편』, 청사, 1982, 5장과 6장; 남화숙, 『배 만들기 나라 만들기: 박정희 시대의 민주 노조 운동과 대한조선공사』, 남관숙·남화숙 옮김, 후마니타스, 2013, 2장 참조.

노조 가운데 하나였던 YH무역 노조와 노동자들은 직장폐쇄에
맞서 투쟁하기로 결정했다. 첫 번째로, 이들은 1979년 4월 2일
정부에 자신들의 상황을 알리기로 했다. 이를 위해 "YH 노동자
들은 노동청 북부 지방 사무소를 찾아갔으나, '자본주의사회는
자본을 가진 자가 하기 싫다면 누구도 막을 수 없다'는 무책임
하고 냉정한 과장의 이야기만 듣고 되돌아올 수밖에 없었다."[116]

4월 3일 노조는 총회를 소집했고, 5백 명의 노동자들은 사
측, 조흥은행, 노동청이 공장폐쇄 협상에 나설 것을 호소하며 연
좌 농성을 시작했다. 태능 경찰서는 파업을 폭력적으로 진압했
지만, YH 노동자들은 주간에는 교대로 조업을 하고, 오후에는
연좌 농성을 전개하는 전술을 계속했다. 9월 초순 협상이 결렬
되자 사측은 9월 6일에 공장을 폐쇄할 것을 통지했고, 경찰이
돌아와 파업 참가자들을 색출하기 시작하자, 노동자들은 마지막
카드를 꺼냈다.

9월 9일 새벽, 약 2백 명의 YH무역 노동자들은 농성 장소를
기숙사에서 김영삼이 이끄는 마포 신민당사로 옮겼다. 경찰이
신민당사를 둘러싸자, 김영삼은 파업 노동자를 지지한다는 성명
을 발표했고, 신문들은 YH 노동쟁의와 신민당사 농성을 머리기
사로 다뤘다.[117] 8월 11일 1천여 명의 전투경찰이 신민당사에

---

116 한국기독교교회협의회, 『노동 현장과 증언』, 579쪽.

117 『동아일보』(1979/10/10, 1979/10/11), 『한국일보』(1979/10/12)[당시 주요 신문들
의 신민당사 농성에 대한 기사 제목을 보면 다음과 같다. 「여러분들이 마지막으로 신
민당을 찾아 준 것을 눈물 겹쳐 생각한다」(『동아일보』 1979/08/10), 「YH무역 2백여
명 신민당사서 "폐업 반대" 여공들 철야 농성」(『조선일보』 1979/08/10)].

난입해 YH 노동자들뿐만 아니라 야당 국회의원, 기자 등 당사 안에 있던 모든 이들을 공격했다. 신민당사 진압 중에 조합원 김경숙이 신민당사 4층에서 떨어져 사망했다.[118]

YH 노동자들의 신민당사 농성은 유신 체제의 정치적 위기를 촉발했다. 신민당이 국회 농성에 돌입했고, 김경숙의 사망과 관련해 당시 신민당 총재였던 김영삼이 『뉴욕타임스』와의 기자회견에서 유신 정부를 비난하며 경찰의 개입 의혹을 철저히 조사해야 한다고 요구하자, 10월 4일 박정희 정부는 김영삼을 국회에서 제명했다. 지역적으로 분할된 한국 정당 체계에서, 김영삼을 지지하던 수천 명의 지지자들이 부산과 마산 지역에서 시위를 벌였고, 이에 박정희는 두 지역에 계엄령을 선포했다.[119] 일체의 저항을 용인하지 않는 유신 체제를 구축하려 했던 박정희는, 유신 체제 전체, 박정희 자신 그리고 높은 실업률에 대한 분노를 표출하며 부산과 마산에서 확산되고 있는 시위를 막기 위해

---

118 김경숙의 죽음에 관한 이 일화 역시 몇 해 동안 반향을 불러일으켰다. 신경숙 역시 자신의 소설 『외딴방』에서 김경숙을 묘사하고 있다. 그 외에도 다큐멘터리와 여러 개의 논픽션 기록뿐만 아니라 대통령 직속 의문사진상규명위원회에서 수행한 조사 보고서도 있다[김경숙에 대한 자세한 기록은 "여공, 유신을 몰아내다: YH 사건 김경숙," <인물현대사> KBS, 2005/02/04 방송 참조].

119 [옮긴이] 부마항쟁과 김영삼을 둘러싼 문제는 논쟁적이다. 물론 김영삼의 주요 정치적 기반 — 제10대 총선 당시 김영삼의 지역구는 부산이었고 고향은 거제였다 — 이 부마항쟁의 공간과 겹치지만, 그의 제명 때문에 항쟁이 일어난 것은 아니었다. 오히려 해당 지역의 높은 실업률, 부가가치세 등 자영업자에 대한 증세에 따른 조세 저항, 빈부 격차 심화 등이 복합적으로 작용해 도시 하층민 중심으로 시위가 급격히 확산된 것이다. 이에 대해서는, 조병주, 「조세 저항의 정치과정 연구: 1970년대 부가가치세 도입과 유신 체제 붕괴를 중심으로」, 한국학중앙연구원 석사 학위논문, 2016 참조.

물리력, 필요하다면 공수부대를 투입할 계획이었다.[120] 마침내 1979년 10월 26일, 박정희가 군대를 투입하기에 앞서, 그는 자신이 임명한 중앙정보부장 김재규에 의해 암살되었다.

신민당사 농성은 여론의 주목을 받았지만, 잔인하게 마무리 되었다. 네 명의 노조 활동가가 구속됐고, 여성 노동자 한 명이 사망했으며, 223명의 노동자들이 해고되어 공장에서 쫓겨났다. 비록 YH무역 여성 노동자들의 농성은 박정희 체제 붕괴의 기폭제가 되었지만, 전두환이 주도한 신군부로 이뤄진 제5공화국 정부는 노동자들에 대해 그 어떤 관심을 보이지도 않았고, 이들의 요구에 관해 어떤 언급도 하지 않았다.[121] YH 노동자들은 노동계급 운동에 대해 야당 정치인이 최초로 개입하도록 했고, 생산직 여성에 대한 정치사회의 관심을 불러일으켰지만, 역설적으로 이런 관심은 한국의 정당정치가 그동안 노동계급 여성들에 대해

---

120 박정희 정권은 1972년 계엄령을 선포하고 유신헌법을 제정했다. 유신헌법은 대통령이 국회의원의 3분의 1을 지명할 수 있게 했고, 그에게 모든 영역을 초월하는 거의 절대적인 행정 권력을 부여했으며, 정부에 대한 그 어떤 반대에 대해서도 재갈을 물릴 수 있도록 했다. 또한 박정희는 충분한 자금과 효율적 조직을 갖춘 중앙정보부를 통해 광범위한 비상 권력 역시 행사했다(C. Eckert et al., *Korea Old and New*, pp. 359-375).

121 [옮긴이] 10·26 직후 밑으로부터 노동쟁의는 다양하게 전개됐다. 10·26 직후 해태제과의 8시간 노동제 쟁취와 이로 인한 파급효과로 임금 인상, 1980년 4월 청계피복의 퇴직금제 요구 농성과 사북 동원 탄좌 투쟁, 동국제강과 원진레이온 투쟁 등이 대표적인 사례였다. 이런 분위기로 쟁의가 발생한 30개 사업체 가운데 26개 업체의 요구가 대부분 빠른 시간 내에 해결됐다. 그러나 1980년 5·17 비상계엄 전국 확대와 광주항쟁 이후 신군부는 노동계 정화 조치라는 이름으로 노조 간부를 강제 해직시켰으며, 민주 노조 운동을 무력화하기 위해 제3자 개입 금지, 기업별 노조 강제, 단체교섭 무력화, 노조 결성 원천 봉쇄, 쟁의행위 봉쇄, 변형근로제 신설 등의 법적 조치와 노사협조를 강제하는 노사협의회법 등 노동관계법 개정을 실시했다.

얼마나 무관심했는지를 보여 주는 것이기도 했다.

노동운동을 이끌다

1970년대라는 짧은 기간 동안이었지만, 경공업 분야에 종사했던 여성 노동자들은 인간다운 대우를 요구하며 자신들의 작업장에서 고용주와 정부에 맞섰다. 그렇지만 이들은 유신 체제의 억압적 국가기구로부터 잔혹한 탄압을 받았고, 외로운 투쟁을 벌여야만 했다. 1970년대 대부분 반독재 투쟁 조직들이 모두 비합법적인 지하 운동 조직이었던 상황에서,[122] 오직 여공들만이 고용주와 이들을 지원했던 정부와 중앙정보부 그리고 한국노총에 공공연하게 맞섰다. 그들의 선도적인 투쟁을 통해, 다른 민주 노조 운동과 학생운동, 저항운동들은 힘을 얻었다. 그러나 유신 체제 아래에서 여성 노동자들이 자신들을 위해 획득한 것이 무엇인지를 판단하기란 쉽지 않다.

　단적인 예로, 김승경은 1970년대 민주 노조가 벌였던 노동쟁의의 성과와 한계를 이렇게 평가한다. 김승경의 결론에 따르면, 1970년대 여성들의 노동쟁의는 순교자를 낳았지만 승리한 경우

---

122 1960, 70년대 전위적 혁명 그룹(통혁당·인혁당·남민전)에 관한 설명은 "1960, 70년대 '공안 사건'의 전개 양상과 평가," 한국역사연구회 현대사연구반 엮음, 『한국현대사 3: 1960, 70년대 한국 사회와 변혁 운동』, 풀빛, 1991, 171-206쪽 참조.

는 많지 않다.[123] 김승경은 여공들이 수행했던 모순적인 역할을 들여다보기보다 여성들의 역할을 낭만화하거나 그들을 희생자로 만드는 데 집중하는 등 그들에게 동정적인 태도를 보였던 노동운동 내부 기록자들이 공유하고 있던 경향을 비판했다.[124]

반면, 김승경은 자신들의 지위에 대해 여공들이 보였던 양가적인 반응, 즉 "복종과 저항의 불안한 융합"[125]에 대해 중요한 질문을 제기한다. 여성 노동계급은 글쓰기와 저항을 통해 그들이 그토록 해체하려고 했던 젠더와 계급 이데올로기의 핵심 요소를 재생산했다. 경찰 및 동료 남성 노동자들로부터 공격을 받고 구타를 당한 뒤, 동일방직 여공들은 종교 지도자들에게 자신들에 대한 지지를 호소하는 편지를 썼다. 편지에서 사용된 언어는 급진적이기도 했지만 동시에 복고적이기도 했다. 편지 안에는 엘리트에게 읍소하는 듯한 노예의 목소리와 투쟁하는 새로운 주체의 목소리가 다음과 같이 뒤섞여 있었다. "사회의 냉대와 무시, 그리고 기업주의 채찍 속에서도 사람답게 살아 보려고 울부짖는 우리 가난한 근로자들의 피맺힌 통곡을 들어 주십시오. …… 저희는 인간답게 살고 싶으며 가난하고 무식하나마 정의와 민주주

---

123 Kim Seung-Kyung, *Class Struggle or Family Struggle?*, p. 109.

124 Ibid., p. 16.

125 마셜 버먼은 이 구절을 1905년 1월 9일 러시아 황제(니콜라이 2세)에게 청원을 하기 위해 시위를 벌였던 군중들을 묘사하는 맥락에서 사용했다. 러시아 황제의 군대는 겨울 궁전 앞에서 이들에게 총격을 가했다. Marshall Berman, *All That Is Solid Melts into Air: The Experience of Modernity*, New York, N.Y., U.S.A.: Viking Penguin, 1988, p. 251[『현대성의 경험: 견고한 모든 것은 대기 속에 녹아 버린다』, 윤호병·이만식 옮김, 현대미학사, 1994, 373쪽. 한국어 번역본에는 '차이점과 분노'로 잘못 옮겨져 있다].

의를 노동조합을 통해 배웠습니다. 양심을 지키고 불의에 불복해서는 안 됨을 알고 끝까지 싸우려는 저희가 잘못일까요? 현명하신 여러분의 판단이 듣고 싶습니다. 힘찬 격려를 바랍니다."[126]

여성 노동운동의 전술과 관련해, 김승경은, "여성 노동자들 역시, 집단행동을 통해 자신들의 요구를 관철시키려 전투적으로 투쟁할 때조차, 여성의 연약함이라는, 한국 사회에서 지배적이자 문화적으로 두드러진 이미지를 이용"했다고 지적했다.[127] 앞서 언급했듯이, 여성들에게서 나타나는 정치적 언어의 빈곤은 부분적으로 반공주의 국가의 병리적 증상 때문이었다. 서적, 수업, 연설, 신문 그리고 심지어는 사적인 모임에 대해서도 강력한 통제가 이뤄졌고, 이 같은 통제는 노동계급 여성의 연대 역시 방해했다. 조화순이 1978년 부산에서 가톨릭-개신교 가을 강연에서 동일방직 노동자 투쟁에 관한 연설을 한 이유로 체포됐을 당시, 재판정에 그녀가 보여 주었던 답변 방식은 정치적인 질문을 신학적 답변으로 우회하는 것이었다.[128] 재판 과정에서 조화순은 자신이 정치적으로 주장할 수 없었던 바를 표현하기 위해, 성경 구절이나 주님의 심판 등 종말론적 언어를 사용했다.

---

126 동일방직복직투쟁위원회, 『동일방직 노동조합운동사』, 돌베개, 1985, 73-74쪽. Koo Hagen, *Korean Workers*, p. 82[국역본, 128쪽]에서 재인용.

127 Kim Seung-Kyung, *Class Struggle or Family Struggle?*, p. 171.

128 (조화순에 대한) 기소는 대통령 긴급조치 9호 위반 때문이었는데, (긴급)조치는 "집회와 시위에 관한 법률" 위반과 대통령 비판을 범죄행위로 규정했다(Cho Wha Soon, *Let The Weak Be Strong*, p. 97).

검사는 내게 물었다. '당신의 행동은 계급투쟁을 목적으로 한 것이 아닌가?' 나는 다음과 같이 대답했다. '나는 모른다. 나는 그런 것에는 무지하고 계급투쟁이란 것이 무슨 뜻인지도 이해하지 못한다. 나는 한 마리의 길 잃은 양을 찾아 헤매는 목동처럼 성경 말씀을 따르려고 했을 뿐이다.' ······ 누가 복음에 어떤 이들이 예수님을 찾아, '헤롯이 당신을 죽이려 하나이다! 나가서 여기를 떠나시오!'라고 경고했다. 하지만 도망치는 대신에 예수님은 그들에게 '가서 그 여우 같은 헤롯에게 전해라. 오늘과 내일, 내가 사탄을 쫓아내며 병자를 낫게 하여 삼 일째 되는 날에 완전히 나의 일을 마칠 것이다. 오늘과 내일 그리고 그 다음날도 나는 나의 길을 가야만 한다. 예언자가 예루살렘이 아닌 다른 곳에서 죽을 수야 없지 않겠느냐'라고 말씀하셨다. 예수의 제자로서 나는, 예수와 같은 마음으로 이 일을 행할 것이다. 나는 재판장과 청중에게 돌아서 외쳤다. '비록 이 땅의 어떤 악에도 나는 죽음을 두려워하지 않고 그들과 맞서 싸울 것이다. 나의 벗인 노동자들도 마찬가지이다. 우리는 죽음을 두려워하지 않고 이 땅의 악에 맞서 싸울 것이다. 모든 억압받고 가난하고 소외된 자들의 한恨이 주님의 심판이란 비수가 될 것이며 악의 무리들의 심장부를 깊게 찌를 것이다.'[129]

이런 언술 방식에서 알 수 있듯이 신학은 이들을 공산주의자로 몰아가려는 공안 검사들과 중앙정보부 심문관에 맞서기 위한 마지막 방어선이었다.

---

129 Cho Wha Soon, *Let The Weak Be Strong*, pp. 99-100.

조화순 자신의 설명에 따르면, 신학은 노동자들이 자신들을 탄압하는 자들에 맞서 싸우는 도덕적이고 영적인 전투에 큰 도움을 주었다. 그렇지만 그것은 또한 그녀와 동지들을 적대자들에게 완전히 노출시키는 결과를 초래했다. 다시 말해, 조화순은 신학을 바탕으로 동료 노동자들이 정당한 임금을 요구하고, 민주 노조를 건설할 수 있는 동기를 제공해 주었지만, 정치적 판단 능력의 결핍은, 도덕적이거나 신학적 측면을 전혀 고려하지 않던 고용주와 경찰에게 그 자신은 물론, 여성 노동자들을 있는 그대로 노출시키는 결과를 초래했다. 동일방직 투쟁 과정에서 조화순은 정부 노동위원회와, 놀랍게도, 경찰의 공정함을 계속해서 신뢰했다. 이 같은 판단으로 말미암아, 여공들은 단식투쟁과 나체 시위와 같은 집단행동이 초래한 모든 결과를 온몸으로 짊어져야 했다. 동일방직 투쟁에 참여했던 여성들은 블랙리스트에 오르는 등의 심각한 위험을 감수해야만 했다. 그러나 노동쟁의에 참여했던 여성들은 다른 방법으로도 한국 사회에 자신들의 목소리를 전달했다. 그들은 자신들에게 다소간의 문화적 권위를 부여하는 문학, 특히 자전적 수기라는 형식을 통해 일하는 여성들의 삶을 분명하게 표현하고자 했다. 문학적 글쓰기를 통한 재현의 힘을 이용해 여공들은 자신들의 온전한 모습, 다시 말해 양가적인 자아를 표현하기 위한 언어를 사용했다. 이 점에서 여공 문학 작가들은 자신들을 산업화에 따른 희생과 고통의 상징으로만 칭송하거나(노동운동 진영), 산업 전사와 같은 헌신적인 딸로만 칭송하는(정부 측) 상황이 어떻게 해서 자신들을 모순적인 주체로 표현하는 것을 허용하지 않는 상징주의의 감옥에 유폐시켰는지를 보여 주었다. 다음 장에서는 교육에 대한 열망, 문학을 통한 위안, 빈곤의 성정치 등에서 드러나는 것처럼 동요했던 그들의 정체성을 둘러싼 쟁점들에 대해 여성들 자신이 어떻게 대응했는지를 살펴볼 것이다.

4장

슬 럼
로맨스

나는 오늘 어처구니없는 소리를 들었다. 내가 차에서 내려서 조금 걸어갔을 때다. "야! 공순아! 이제 오니?"하는 소리가 들려왔다. 나는 소리가 나는 쪽을 쳐다보았다. 거기에는 남학생 몇 명이 서 있었다. "야, 공순아! 뭘 쳐다보니? 싸가지 없게스리"라고 말을 했다. 나는 도저히 참을 수가 없어서 말을 했다. "그래 나는 공순이다. 그러는 너희들은 뭐 잘난 것 있니? 학교 뺏지만 달면 학생이냐! 천만에 말씀이야. 너희들 그 썩은 정신 상태부터 뜯어고쳐야 돼! 알겠니?"하고 돌아섰다. 그런데 또 몰상식스런 말을 했다. "못 배운 기집애가 어디서 큰소리야. 배우지 않은 기집애라서 말하는 싸가지가 돼먹지 않았어"라는 소리가 들려왔다. 나는 속에서 욕이 나오는 것을 참고 집에 왔다. 집에 와서 생각해 보니 너무 억울해서 막 막 울었다. 왜 우리는 그런 소리를 들어야만 되나? 왜 공순이란 소리를 들어야만 하나?

나보순 외, 『우리들 가진 것 비록 적어도』, 돌베개, 1983, 47-48쪽 한국의 수출 지향적 산업화의 첫 단계에서 여공은 민족과 가족의 번영을 위해 애국적이고 이타적으로 헌신했던 상징으로 칭송되어 왔지만, 동시에 무시되어 온 존재이기도 했다. 실제로, 남성 중심의 거의 모든 노조들에서 발견된 여공들에 대한 정치적 억압과, 장래성 없는 직종들로의 경제적 주변화 현상은 후발 산업화 과정에서 여공들이 수행한 중요한 역할을 눈에 띄지 않게 만들었다. 또한 여공들이 급속한 경제 발전 프로젝트에서 다양한 방식으로 핵심적 역할 ― 저임금을 받는 근면한 노동자로서, 농촌 가계의 재정적 지원자로서, 그리고 낡은 가부장제적 위계질서를 강화하고 재생산하는 공장의 젠더 위계질서의 맨 밑바닥에 놓인 젊은 여성으로서 ― 을 수행했음에도 불구하고, 이들의 역할은 지워져 버렸다. 1970년대의 급속한 경제 발전이 자신들에게 크게 의존하고 있으면서도 자신들의 존재를 지워 버린 한국 사회의 모순을 폭로하며, 여공들이 노동자로서 자기주장을 내세웠을 때 고용주, 경찰, 그리고 때때로 동료 남성 노동자들은 그들에게 분노를 표출했다. 여성 노동운동은 작업장과 사회에서 차별 없는 민주 사회를 만들기 위해 여공들을 '동정의 대상으로 취급하거나 희생양이라는 지위'로 고정시키려는 남성들의 시도에 대한 대응이었다. 이런 이유로 1970, 80년대 등장했던 여성 노동계급의 글쓰기는 이 시기 여성들의 삶을 이해하는 데 중요하다. 여공들은 민족의 발전과 계급투쟁이라는 거대 서사에서 주변화되었지만, 자신들만의 서사를 만들었으며, 한국 산업화 과정에서 겪었던 고통스런 체험을 글로 표현했다.

4장에서는 급속한 산업화의 효과를 더욱 자세히 검토하기 위한 아카이브로서 여성 노동계급의 자전적 수기를 검토할 것이다. 특히 나는 자전적 수기의 저자들에게 반복적으로 등장하는 딜레마를 집중적으로 검토할 예정이다. 여기서 딜레마란 한국 문학에서 그들이 차지했던 불안정한 위치와 "노동계급 여성성"을 뚜렷이 드러내고자 했던 그들의 노력을 의미한다. 그들은 하층계급 여성의 내면세계를 거의 인정하지 않았던 사회적 환경과 문학계 안에서 하위 주체 스스로 글쓰기 방식을 구축하고자 노력했다. 그들은 서울의 공장으로 일하러 온 지방 출신 소녀에 대해 매우 착취적이었던 한국 사회의 은밀한 진실을 공유했다. 문학에 입문할 때조차, 이들 작가들은 "여공"이라는 페르소나 — 가난한 여성, 성적 착취의 대상, 노동운동의 영웅 등과 같이 상호 모순적인 하위 텍스트에 결박된 정체성 — 에 맞서 싸웠다. 나는 당시 억압적 국가 아래에서 고통받았던 여성 노동계급에 대한 직접적인 설명으로 읽혔던 그들의 자전적 수기가, 산업화가 한창 진행되고 있던 한국 사회 속에 깊숙이 각인되어 있던 문화와 노동계급 여성성을 둘러싼 지배적인 가정들에 대해 문제를 제기했다고 주장하고자 한다. 장남수, 석정남, 송효순은 그들이 살았던 한국 산업사회의 모순을 해명하기 위해 수기를 썼다. 이 수기들을 통해 우리는 당시 여성들이 마땅히 해야만 했던 모든 것들 ― 딸로서 자식 된 도리, 고된 노동, 남자 형제를 위한 희생 등 ― 이 어떻게 여공이라는 페르소나 속에 체화되었는지를, 또한 여공이라는 페르소나가 독신의, 타락한, 여성스럽지 못한 존재로서의 여성 노동계급이라는 이미지에 의해 어떻게 오염되었는지를 살펴볼 수 있다. 그들은 어렵게 획득한 교육의 기회, 문해력 그리고 상층계급 출신 남성과의 불행한 연애 등의 이야기를 통해 한국 사회를 비판했던 것이다.

여공들의 자전적 수기는 성적 학대와 폭력이 만연했던 시기였음에도 이를 명확하게 표현할 수 있는 언어가 없었던 경제적·사회적·성적 격동기에 쓰였다. 그들의 수기는, 도처에 만연한 성폭력이나 군부가 지배했던 사회에 드리워졌던 자의적 폭력의 위협에 초점을 맞추는 대신, 여공의 미덕을 상세하게 설명하는 방어적인 어조를 취했다. 작가들은 여성들이 비천한 노동에 종사하기 때문에 ― 하지만 빈곤이나 장시간 노동 등 여공이 처해 있던 경제적 어려움으로 그들은 버려지기 쉬운 존재로 널리 알려졌다 ― 현모양처 같은 여성스러움을 지키지 못했다고 비난받는 역설과 씨름했다. 연애 문제와 관련된 여공들의 글 속에는 빈곤의 성정치 ― 가난한 젊은 여성들이 성적으로 공격당하기 쉬운 상황에 체계적으로 노출되는 것을 가리킨다 ― 가 명확하게 드러나 있다. 이 문제를 다른 방식으로 간단히 표현하자면 다음과 같다. 사랑에 빠진 공순이에게 어떤 일이 일어났는가?

작가가 되다

1984년 서울의 주요한 문학 출판사 가운데 한 곳인 창작과비평에서 『빼앗긴 일터』라는 제목의 수기가 출간됐다. 수기의 앞부분은 작가인 장남수라는 이름의 젊은 여성이 어떻게 학교를 그만두고 도시로 나와 일을 시작하게 되었는지 상세히 서술하고 있다. 학교를 그만두었지만 혼자서라도 계속해서 책을 읽기로 결심한 그녀는, 열세 살의 자신을, 지루한 들판에서 일이 끝난 뒤 나무 위에 걸터앉아 소설 『더버빌 가의 테스』를 읽는 모습으로 묘사했다. 이 장면에서 우리는 자신이 속한 하층계급을 문학 정전에서는 어떻게 묘사하고 있는지 궁금해 하는 농촌 소녀의 호기심을 엿볼 수 있는데, 이를 통해 우리는 문학과 자기 이해 사이의 연관성을 파악할 수 있다.

장남수는 원풍모방 노동쟁의에 참여했다가 투옥되었고, 석방된 뒤 수기를 쓰게 된다. 블랙리스트 명단에 장남수의 이름이 오르고, 그에 따라 일자리를 더는 찾지 못하게 된 시점은, 마침 사회적으로 노동 문학이라는 새로운 장르에 대한 관심이 광범위하고 현저하게 늘어난 시기였다. 비록 한국식 자본주의 발전을 비판하기 위해서는 구속이나 구금 등과 같은 값비싼 대가를 치러야 했지만, 공단으로부터 들려오는 노동 현장의 이야기에 대한 독자들의 관심은 날로 늘어 갔다. 1980년대 노동 문학은 프롤레타리아 여성의 모습을 재현하려고 했던 일련의 문학 운동 가운데 가장 최신의 문학 운동이었다. 제조업에 기반을 둔 급속한 산업화의 중심적인 주체이자 이를 설득력 있게 비판하는 주인공이기도 했던 여공들은, 한국에서 전개된 자본주의 발전의 비용과 이익이라는 모순적인 측면을 평가할 수 있는 핵심 요소들을 내포하고 있는 존재로 비춰졌다.

1960년대부터 1980년대에 걸친 급속한 산업화 과정에서 여성 노동계급이 수행한 중요한 역할은 거의 주목을 받지 못했는데, 이는 여성들이 형편없이 낮은 임금을 받으며 자기 폄하적인 직종들에서 일하면서 주변화되었기 때문이었다. 여성 노동자들의 가치나 중요성을 사회적으로 높게 평가했다는 증거는 그 어디에서도 찾을 수 없었다. 외려 출근길에서조차, 돈을 벌어야 할 필요와 육체노동에 종사한다는 이유로, 여공들은 타락한 공순이라는 비웃음과 학대를 받았다. 젊은 생산직 남녀 노동자들의 희생을 요구했던 국가 주도 산업화의 맥락에서, 여성 노동자들이 자전적 수기를 썼던 이유는 노동하는 여성 스스로 자아를 구성함으로써 앞서 지적한 사회적 망각에 대항하기 위한 것이었다.[1] 여공들이 사로잡혀 있던 모순들은 이미 익숙한 것이었는데, 여성 노동자들은 수출산업에서 핵심적인 역할을 수행하고 자신들

---

1 박정희는, 희생은 일시적이고 결국 그 희생은 보상받을 것이라고 장담했다. "우리의 수출 규모를 증대하기 위해 다른 국가에서 생산된 상품보다 낮은 가격으로 질 좋은 상품을 생산해야 하고, 이는 고임금 아래에서는 불가능하다. 만약 고임금과 높은 상품 가격으로 수출 규모가 줄어든다면 우리에게 무슨 일이 일어날 것인가? 나는 여러분들이 노동자의 생활 개선과 기업의 성장 모두가 우리 국가 발전에 달려있다는 점을 이해해 주길 원하며, 따라서 국가 건설을 위해 여러분이 자긍심과 책임감을 갖고 협력할 것을 호소한다. 수출의 지속적인 확장에 따른 급속한 경제성장이 우리 3백만 노동자의 번영된 미래를 제공해 줄 것임을 나는 여러분께 확신한다"(Park Chung Hee, *Our Nation's Path: Ideology of Social Reconstruction*, Seoul: Hollym, 1970, pp. 2-3).

이 받은 임금을 고향으로 부쳐 농촌 경제를 유지하는 데 일조했지만, "진정한 노동자"로 여겨지지 않았다. 게다가 공장 내 위계질서의 가장 낮은 곳에서 일시적 노동자로서의 지위를 받아들여야만 했다. 여성들이 동일방직이나 YH무역 같은 사업장에서 노조 활동을 통해 스스로 노동자임을 외치기 시작했을 때, 이들이 대면해야 했던 고용주와 경찰의 대응은 실로 잔혹했다. 여성 노동계급에 대한 탄압은 성공적인 수출 주도 산업화의 핵심적 특징이었다. 이에 맞서기 위해 여성들이 채택했던 저항 전략은 그들 삶의 일부였던 젠더와 계급 이데올로기에 여공들이 비판적이면서도, 동시에 그와 같은 이데올로기로부터 스스로 자유롭지 못하다는 것을 보여 주었다.

여공들의 자기 재현을 상징하는 자전적 수기는, 그 자체로 여공들의 존재를 오랫동안 망각해 왔던 사회에 맞서는 것이었다. 그러나 수기의 대항 헤게모니로서의 지위는 1980년대 "고급문화" 및 국가 검열에 대한 단순한 이분법적 저항 이상의 복잡한 성격을 지니고 있었다. 이들 수기가 출간된 시기는 전두환 정권이 자신의 헤게모니를 획득하기 위해 분투하던 시기 — 예컨대, 유화 조치 등 자유화 조치 — 인 동시에[2] 고급문화 또는 적어도 문단의 한 흐름이 노동자들의 서사 및 민중미술 혹은 "민중예술 운동"으로 관심을 돌리던 시기이기도 했다.

---

[2] 전두환 정권 붕괴에서 중간계급의 결정적인 역할에 관한 논의는 Choi Jang Jip, "Political Cleavages in South Korea," in Koo Hagen(ed), *State and Society in Contemporary Korea*, Ithaca: Cornell University Press, 1993 참조.

이 장에서 검토하는 수기들은 1980년대 노동계급 출신 작가들이 쓴 대표적인 문화적 창작물들이다. 이 시기에는 마당극, 탈춤, 풍물패 및 노래패 공연은 물론이고, 노동 소설, 시 선집, 노동 수기, 심지어 〈파업전야〉[3] 같은 영화가 저항 문화의 일부로서 비공식적으로 상영되고 퍼져 나갔다. 이 같은 움직임은 1970, 80년대에 자생적인 '서민' 문화의 전통을 널리 확산시켰으며, 서민 문화를 일상생활의 일부로 만들고자 했던 더 폭넓은 민중운동의 일부였다.[4] 앞에서 소개했던 여성 노동자들이 쓴 세 권의 수기는 모두 "진보적인" 상업 출판사에서 출간되었고, 한국에서 가장 큰 서점인 교보문고 및 종로서적에서 판매되었다.[5] 문학평론가인 권영민은 한국의 산업화가 낳은 좀 더 광범위한 문학의 범주 안에 노동 문학을 포함시키기도 했다.

1980년대에 접어들면서 노동문제에 대한 소설적 인식과 그 형상화 방법 자체도 상당한 변화를 드러낸다. 1980년대 후반부터 일기 시작한 민주화 운동과 정치적인 체제의 개방은 권위주의적 사회체제의 청산이라는 거대한 변화를 실감하게 하고 있다 …… 오히려 한국

---

3 [옮긴이] 〈파업전야〉(1990)는 1987년 이후 노동자계급의 투쟁을 그린 리얼리즘 영화로 장윤현 등 장산곶매 구성원들이 중심이 되어 만든 독립 영화였다. 당시 이 영화에 대한 정부의 상영 금지로 상영할 때마다 경찰과 충돌이 심했다.

4 Choi Chungmoo, "The Minjung Culture Movement and the Construction of Popular Culture in Korea," in Kenneth M. Wells, ed. *South Korea's Minjung Movement: the Culture and Politics of Dissidence*, Honolulu, Hawaii: University of Hawaii Press, 1995.

5 정확한 판매 규모는 확인할 수 없으나 이 책들은 1980년대 후반 주류 (대형) 서점에서 쉽게 구할 수 있었다.

사회의 산업화 과정에서 야기된 사회문제로서, 노동자들의 삶의 불균형이 더욱 직접적인 문학적인 관심사가 되고 있다고 할 수 있다.[6]

따라서 여공 문학은 여성 노동계급 특유의 관심사와 욕망을 다루는 동시에 좀 더 광범위한 노동 문학의 일부이기도 했다.

여주인공으로서의 여공

장남수의 수기 『빼앗긴 일터』는 경상남도 밀양의 한 시골 마을에서 성장한 자신의 가족사로 시작한다. 서문에서부터 장남수는 이를 당당하게 서술한다. 그녀는 유년기 자신의 가족 관계가 "봉건적"이었다고 판단했는데, 눈곱만한 농토도 가지지 못한 아버지가 어느 날 서울로 떠나야 했을 때 장남수는 이를 가리켜, "'뿌리 뽑힌 삶'이라는 노동자 1대[아버지 노동자 세대-옮긴이]가 이렇게 시작되었"다고 말한다.[7] 그녀는 저녁마다 기성회비를 걱정해야 했던 학교생활을 떠올리면서, 가난으로 중학교에 진학하지 못하고 학교를 그만두게 된 일에 대해 무척이나 슬퍼했다고

---

6 권영민은 이 책에서 다룬 것보다 더 넓은 범위의 문학작품을 언급하고 있다. 권영민, 『해방 40년의 문학』, 318쪽. 좀 더 자세한 내용은 권영민, 『해방 40년의 문학』, 「산업 문학」을 참조.

7 장남수, 『빼앗긴 일터』, 8쪽.

썼다. 이 자전적 수기의 서두에서 장남수는 다양한 어휘를 사용한다. 그녀는 농부의 시선으로 농촌 생활을 묘사하면서도, 오랫동안 노조 생활을 한 사람답게 자신을 둘러싼 환경을 분석해 내면서, 이를 독자들에게 간명하고 직접적으로 들려주고 있다. 독자들에게 충격을 준 최초의 지점은, 농촌 전원의 목가적인 분위기 속에서, 나무 위에 걸터앉아 소설 『테스』를 읽던 때를 묘사하는 장면이다. 장남수가 『테스』에 빠져들었듯, 독자들 역시 농촌 소녀인 여주인공 장남수의 이야기가 『테스』처럼 비극으로 끝날 것인지 궁금해 할 수밖에 없다.

이 대목에서 독자들은 문학에서 흔히 묘사되는 바와 같이 자신들 앞에 놓인 역경을 알아차리지 못하는 보잘것없는 노동계급과 농민의 딸이라는 기존의 희생양 이미지를 장남수가 능숙하게 거부하는 것을 처음으로 어렴풋이 알아차릴 수 있다. 토머스 하디의 소설 『더버빌 가의 테스』는, 영국 농촌 소녀들의 불행한 생애와 남성 및 종교로 인한 그들의 몰락을 다루고 있는 이야기다. 장남수가 좋아하는 책들은, 여주인공의 이름이 책의 제목이기도 한 『테스』와, 톨스토이의 『부활』의 '카튜샤'처럼, 주로 용기 있는 소작농 딸이 주인공으로 등장하는 그런 작품들이다.

『더버빌 가의 테스』는 하녀, 농부의 딸, 여공의 삶과 여가 속에 문학이 침투하고 있음을 알려 주는 흥미로운 시금석이다. 1891년 영국에서 『테스』가 처음 출판되었을 당시, 이 책을 둘러싼 독자들의 의견은 양분됐다. 무엇보다도 상당수 독자들은 주인공이 미혼모라는 것을 받아들일 수 없었다. 그러나 이디스 홀은 1920년대 자신의 하녀 생활에 대해 쓴 자서전에서, "흥미로운 성격과 사고, 개성을 지닌 가난한 소녀", 테스와의 만남은 자신과 같은 수많은 독자들 ― 특히 19세기 후반과 20세기 초반 하층 중간계급과 노동계급 여성과 같은 새로운 독자층 ― 에게 커다란 위안이었다고 말한 바 있다. 홀은 『테스』가 "빈한한 가문 출신인 여주인공 그리고 두뇌가 없는 로봇 같은 노동계급들이 등장하는 소설로 이 시기에 내가 처음으로 읽고 공부한 진지한 소설"이었다고 언급하면서 "이 책은 내가 인간임을 느끼게 해주었다. 『테스』가 있었기에 주인들이 마치 내가 거기에 없는 것처럼 내게 말할 때조차도, 나는 그런 상황을 견딜 수 있었다. 즉 나는 내가 권리를 지닌 인간이 될 수 있다는 사실을 알게 되었다"고 덧붙이고 있다.[8]

한국에서도, 여성 노동계급은 문학과 양가적인 관계에 있는 것으로 알려졌다. 『공장의 불빛』에서 석정남은 문단에 소속된 남성 시인을 처음 소개받았던 때를 언급하고 있다. 그 시인은 반세기 전 식자층 독자들의 취향을 대표하는 바이런과 독일 시인 하이네 등을 좋아하는 그녀의 시적 취향을 비웃었다.[9] 처음부터 석정남은 동일방직 기숙사 1층에 있었던 조용한 도서실을 좋아했는데, 그 이유는 몇 시간이고 방해받지 않고 시를 읽을 수 있고, 답답한 공장 생활과 하찮다고 무시당해 온 노동을 잊을

---

8 Edith Hall, *Canary Girls and Stockpots*. London: Luton, 1977, pp. 39-40. Jonathan Rose, *The Intellectual life of the British Working Classes*, New Haven: Yale University Press, 2001, p. 275에서 재인용.

9 석정남, 『공장의 불빛』, 54쪽.

수 있기 때문이었다. 그녀는 조용하고 아늑한 도서실에 앉아 있으면 힘들었던 공장에서의 기억을 깨끗이 잊어버렸다. 그녀는 도서실에서 윤동주와 하이네 등을 읽으며 조장도, 반장도 그리고 실 잇기 시험도 잊고 그것들을 "행복한" 시간과 공간들로 맞바꾼 데 만족한다.[10] 그러나 그녀가 마침내 발 딛은 글쓰기는 그녀 자신의 체험과 단절되지 않았다. 석정남은 "노동"과 "문학", 즉 레이먼드 윌리엄스가 언급한 "문학의 가치와 노동하는 사람들의 삶"[11] 사이의 분리를 강화하지 않고, 시인을 비롯한 다른 독자들뿐만 아니라 여공들도 자신의 작품을 읽을 수 있도록 함으로써, 문학과 노동 사이의 분리를 모호하게 만들었다.

이런 문학 정전들이 여성 노동자들의 글쓰기에 미친 문학적 영향을 좀 더 심층적으로 살펴보면, 여성 노동계급과 문학 사이에서 나타나는 양가적 관계의 좀 더 심층적인 근거를 밝혀낼 수 있다. 19세기 가장 위대한 파업시 가운데 하나였던 「슐레지엔의 직조공」The Silesian Weavers의 작가 하인리히 하이네는 자신이 쓴 시와 에세이의 독자가 하층계급이라고 했으면서도,[12] "나는 승리를 거둔 프롤레타리아가 내 시를 위협한다고 생각하면 형언할 수 없는 슬픔에 사로잡힌다. 그 시들은 낡고 낭만적인 세계와 함께 사라져 버릴 것이다"라고 말했다.[13] 하이네는 노동자들을 그

---

10 같은 책, 18쪽.

11 R. Williams, *Problems in Materialism and Culture*. London: Verso, 1983, p. 221.

12 [옮긴이] 슐레지엔의 직조공은 하이네의 정치시 가운데 하나로, 1844년 착취와 임금 하락에 대한 반란을 일으켜 관심을 이끌었던 슐레지엔 직조공의 고통에 관한 내용이다.

자체로 매우 좋아했다. 실제로, 비참한 삶을 살아가는 노동자들은 산업사회의 잔혹성을 비추는 데 중요한 미학적 기능을 수행했다. 그러나 독자로서 노동계급들은 아이러니하게도 하이네가 산업주의에 반하는 글을 쓸 수 있었던 특권을 위협했다. 토머스 하디 역시 중하층계급과 하층 노동계급 여성이라는 새로운 독자층이 영국에서 출현할 수 있도록 한 작가로 평가되는데, 그는 매력적인 하층계급 여주인공을 매개로 노동계급 여성 독자들에게 상층계급 문화의 위험성을 알렸다. 그는 소설에서 상층계급 남성의 유혹에 넘어간 뒤 버림받는 하녀와 가정부들을 동정하고 변호하려 했다. 그럼에도 하디의 책에서 여주인공들 —『테스』의 여주인공 테스와 『성난 군중으로부터 멀리』의 패니 로빈과 같은 여성들 — 은 비참한 죽음을 맞이했다. 하디의 여주인공들 역시 당시 영국 사회에서 당연하다고 여겨졌던 바대로 가혹하게 처벌받았던 것이다.[14]

소설에서 주요 등장인물이거나 여주인공일 때조차 여성 노동자에게 허용된 지면은 이와 같았다. 여공들이 자신의 삶을 이해하려고 읽었던 문학작품들, 그리고 한국의 여공 문학에 영감을 준 문학작품들은 이와 같은 내용들, 다시 말해 상층계급 남성의 유혹과 배신에 대한 내용들로 채워져 있었다. 이들 문학작

---

13 Ernst Pawel, *The Poet Dying: Heinrich Heine's Last Years in Paris*, New York: Farrar, Straus and Giroux, 1995, p. 126에서 재인용.

14 Claire Tomalin, *Thomas Hardy*, New York: Penguin Press, 2006, p. 17.

품이 미친 영향에 대해 강조하는 이유는, 비단 여공 작가들이 그 충격을 언급했기 때문만은 아니다. 그것은 다른 지역에서 등장한 산업화 문화를 다른 언어로 옮기는 데서 나타나는 번역의 복잡한 정치학을 파악하기 위해서다.

『테스』와 마찬가지로, 장남수의 『빼앗긴 일터』는 산업화 시대의 거대한 사건 ― 서울로의 상경, 공장 취업, 노동운동 참여 ― 에 휘말린 시골 출신 소녀에 관한 이야기다. 하지만 하디와 달리 장남수는 시골 출신 소녀가 "역사를 만들고 있다"는 사실을 누군가는 알아줄 것이라는 확신을 가지고 글을 썼다. 실제로, 동일방직, 원풍모방, YH무역에서 벌어진 파업에 직접 참여했고 구속된 경험이 있었던 여성들이 최초의 노동 문학 작가가 된 것은 결코 우연이 아니었다. 이 젊은 여성들은 직장에서 해고되어 다른 지역으로 쫓겨났고, 재취업을 위해 이름을 바꾼 뒤에야, 임시직 일자리나마 얻을 수 있었다. 그러다 마침내 그들은 이 같은 경험을 글로 쓰기 시작했고, 이를 통해 오랫동안 자신들을 억눌러 온 사회구조를 독자들에게 이해시킬 수 있게 됐다.

여공들의 자전적 수기들은 레이먼드 윌리엄스가 영국 웨일스에서 자서전 형태의 산업 문학이 유행한 것에 대해 쓴 글에서 언급한 바 있는 바로 그 목소리였다. "비록 그들이 자신들의 계급적 조건에 관해 매우 잘 인식하고 있었다 해도, 어쨌든 이 [노동계급] 작가들은 노동계급을 대표하는 동시에, 그 안에서 글을 쓸 수 있는 예외적 인간들이었으며, 자서전이라는 중요한 형식적 특성은 이 같은 상황에 조응하는 것이었다."[15] "대표적인"과 "예외적인"이라는 단어의 결합, 즉 노동계급의 자전적 수기의 집단적 특성과 개인적 특성 사이의 긴장이 여공 작가들에게 커다란 영향을 미쳤다. 이 작가들은 노동계급의 삶의 양식을 찬양하는 동시에, 계급 간 경계를 붕괴시키는 양가적인 과정에 참여했다. 자크 랑시에르는 그의 책 『프롤레타리아의 밤』에서 19세기 프랑스에서 노동계급과 지식인 간의 관계를 해체하고자 했다. 그러면서 그는 노동자들이 겪는 분열, 즉 글쓰기를 통해 또 다른 종류의 삶으로 탈출하고자 하지만 결국 프롤레타리아 작가로서 그들의 계급성을 구현하게 될 때 발생하는 내적 분열에 관심을 기울였다. 랑시에르는 이에 대해 다음과 같은 질문을 던진다. "우리 탈영병들이, 프롤레타리아적 삶의 제약으로부터 벗어나기를 열망하면서도, 노동계급의 정체성에 대한 담론과 이미지를 역설적으로 그리고 우회적으로 만들어 내는 것은 어째서인가?"[16]

랑시에르의 질문은 1970, 80년대 한국 노동계급 작가들에게도 중요하다. 노동계급의 삶을 찬양하는 것과 이로부터 벗어나려는 것 사이에 끼어 있던 노동계급 작가들은 그들의 삶을 짓누르는 사회구조 안에 자신의 자화상을 위치시키는 자전적 수기라는 장르를 통해 노동계급에 대한 '찬양'과 '탈영'이라는 서로 다른 두 가지 시도들 사이의 긴장을 화해시키고자 했다. 따라서 수기에 실린 가장 내밀하고 사적인 에피소드들에서조차, 작가들은 자신들이 겪은 일들이 벌어진 원인을 명시적으로 밝히고자 했다. 즉 그들이 겪은 빈곤은 이들의 섹슈얼리티에 영향을 주었

---

15 R. Williams, *Problems in Materialism and Culture*, p. 221.

16 J. Rancière, *The Nights of Labor*, p. 64

고, 가난한 농촌 출신이라는 배경이 도시 생활에 잘 적응하지 못하게 했으며, 가족의 생계를 책임져야 한다는 부담으로 위험한 직장[17]을 선택해야 했다는 것이다.

이들 자전적 수기의 힘과 새로운 점은 젊고 가난한 여성들의 글쓰기가 그동안 억압되어 왔다는 사실에 부분적으로 기인한다. 이들 젊은 여성들은 어린 나이에 학업을 포기해야 했고, 거대한 청소년 노동시장에 뛰어들 수밖에 없었다. 바로 자전적 수기라는 장르의 친숙함은 여공 작가들이 자기 자신과 자신의 환경이 드러나도록 글을 쓸 수 있는 공간을 제공했다. 뒤에서 살펴보겠지만, 석정남은 이 같은 자전적 수기를 썼을 때 치러야 할 결과 ― 그녀는 자신이 비참하게 살아온 내력을 사람들이 알게 되는 것을 소름이 끼치도록 창피한 노릇이라고 말한다 ― 에 대해서도 말한다.

『공장의 불빛』에서 석정남은 그녀의 작품을 처음으로 읽고 일기를 출판할 것을 독려했던 "남성 시인"의 정체를 드러내지 않았다. 시인의 이름을 넌지시 암시하기는 했지만, 석정남은 시인의 특징이나 성격을 드러내지는 않았다. 그녀의 친구가 석정남에게 사회참여적인 성격을 지닌 기독교 교육 단체인 크리스챤 아카데미[18]에서 시인을 만나 볼 것을 권했을 때, 그녀는 이 시인

---

17 한 사례로 장남수는 자신의 친구 남옥이 "큰돈이나 벌려나 해서 모두들 고생 고통을 각오하며" 이란으로 일하러 가기로 결정했지만, 이란으로 떠난 지 한 달 만에 현지에서 교통사고로 사망한 사건을 언급했다(장남수, 『빼앗긴 일터』, 56-58쪽).

18 [옮긴이] 크리스챤아카데미는 1959년 미국 유학을 마친 뒤 귀국한 목사 강원룡의 주도로 비합리적인 전도가 아닌 타 종교와의 교류를 목적으로 만들어진 "한국기독교 사

이 어떤 모습일지 혼자 상상에 잠겼다. 그녀는 그가 시인 특유의 로맨틱한 특징을 지녔을 것이라고 상상했다. "내가 생각하는 시인이란 우선 다른 사람보다 뭔가 다르고 고상하며 머리는 굽슬굽슬 길게 늘어뜨리고 눈은 퀭하면서 빛나야 하고."[19] 그러나 실제 시인을 만난 그녀는 실망스러운 어조로 우리에게 그가 삼십대 통통한 모습이라고 말한다. 그녀는 시인이 자신을 '하대'하자 더더욱 실망한다.

여기서 언어와 호칭 문제를 검토해 볼 필요가 있다. 한국어에서 경어를 사용하는 것은 사람들 사이의 관계에서 상대방의 사회적 지위가 더 높다는 것을 드러낸다. 그녀가 만난 시인은 석정남보다 나이가 많고, 교육을 더 많이 받았으며, 사회적 지위도 높았기 때문에, 석정남에 비해 언어 선택의 폭이 넓었다. 말하자면, 그는 경어체를 사용해 그녀에게 이야기할 수도 있고, 반말을 사용할 수도 있었다. 시인이 반말을 사용했다는 사실은 그가 남성이자 지식인으로 한국 사회에서 누리는 사회적 지위를 보여 준다. 그는 그녀를 정중하게 대하진 않았지만, 석정남은 그에게 경어로 말해야 했다. 그의 반말 때문에 석정남은 화가 났고 그녀는 잠시 침묵했다. 노동계급 여성들에게, 경어체를 사용하느냐 안 하느냐의 문제가 중요했다는 점은, 그들이 쓴 글에 이 문제가 자

회문제연구소"에서 비롯됐다. 이후 양극화된 사회를 지양하고 중간 집단 육성을 위해 노동자, 여성, 농민 등에 대한 교육을 실시했다. 1979년 크리스챤아카데미 사건으로 실무자 다수가 구속됐다. 자세한 내용은 이임하, 「1970년대 크리스챤아카데미 사건 연구」, 차성환 외, 『1970년대 민중운동 연구』, 민주화운동기념사업회, 2005 참조.
19 석정남, 『공장의 불빛』, 54쪽.

주 등장했다는 점을 통해서도 알 수 있다. 이 시기 만들어진 영화 〈영자의 전성시대〉(1975)에는, 어떤 이유로 노동계급 여성들이 일상적인 대화 속에서조차 침묵할 수밖에 없게 되는지를 보여 주는 흥미로운 장면이 등장한다.[20] 공장노동자 창수를 처음 만나는 장면에서, 창수는 영자에게 반말로 말을 건다. 영자는 당황해하며 창수에게 대꾸하는 대신, 마치 방안에 제3자가 있는 것처럼 질문을 던진다. "서울 사람들은 아무한테나 반말하나요?" 이 장면에서 이들 사이의 대화를 매개하는 것은 나이·계급·젠더였는데, 앞서 언급한 석정남과 남성 시인 또는 창수와 영자 간의 대화에서 드러나듯이, 여성은 남성에게 당연히 존댓말을 해야 하는 것으로 간주되는 한국 사회에서 노동계급 여성이 자기 자신을 드러내는 일이 얼마나 어려운지 보여 준다.[21]

수기에서 석정남은 시인에게 자신의 일기를 읽을 것을 허락하는 데 주저했다고 썼다. 하지만 그에게 머뭇거린 이유를 설명할 수는 없었다. 그녀는 그 이유를 우리에게 다음과 같이 설명한다. "내가 무엇보다 창피하게 생각하는 것은 다름이 아니라

---

20 [옮긴이] 김호선 감독의 영화 〈영자의 전성시대〉는 조선작의 1973년 소설을 원작으로 한 작품이다. 극중에서 주인공 영자(염복순)는 가정부, 여공, 성판매 여성을 거치는, 산업화 시기 하층계급 여성의 생애 여정을 보여 준다. 이에 대한 해석은 노지승, 「영화 〈영자의 전성시대〉에 나타난 하층민 여성의 쾌락」, 『한국현대문학연구』 24집, 2008 참조.

21 이런 주장에 대해 나는 Shin Gi-Hyun, "Politeness and Deference in Korean: A Case Study of Pragmatic Dynamics," PhD dissertation, Monash University, 1999에 의존했다. 불평등한 계급 관계에도 불구하고 평등한 호칭을 사용하는 예외적 사례에 대해서는 이 장의 뒷부분에 나오는 "계급 간 로맨스"를 참조.

돈에 쪼들리고 살고 있는 내 생활에 대해서이다. 물론 내가 공장에 다니는 공순이니까 가난한 사람이라는 것은 시인도 알고 있을 것이다. 그러나 가난한 정도를 지나 비참하게 살아온 내력을 알게 된다면 …… 생각만 해도 소름이 끼치도록 창피한 노릇이 아닐 수 없다."[22] 이렇게 자신을 드러냄으로써 석정남은 수기를 출간할 경우 자신이 개인적으로 치러야 할 대가에 대해 걱정하고 있었지만, 용기를 내 자신의 일기를 출간해 보겠다는 마음도 먹고 있었다. 대체로 여성 노동계급을 제대로 다루지 않았던 문단에 자신의 일기를 선보임으로써 석정남은 특별한 종류의 폭로를 감행했다. 여기에 더해, 동일방직 노동쟁의를 다룬 「불타는 눈물」이 발표되었는데, 이 책이 출간될 당시 그녀는 여전히 동일방직에서 일하고 있었다.[23]

처음에 공장 사람들은 자신들의 동료가 『대화』라는 잡지에 글을 실은 정식 작가라는 사실을 자랑스러워했다. 여성 경비도 그녀를 찾아와 "문장력이 괜찮던데 그쪽으로 열심히 해봐"라며 머리를 쓰다듬어 줬다.[24] 그러나 『대화』 12월호에 「불타는 눈물」이 발표되자 회사 안에서는 갑자기 그녀에 대한 싸늘한 적의가 생겨났다. 그녀는 동일방직을 비방하는 "비열한 악선전"을 썼다고 따지는 노무 관리자에게 불려 갔고, 노무 관리자는 잡지를 팔

---

22 석정남, 『공장의 불빛』, 55쪽.

23 [옮긴이] 인천 동일방직 노동자 석정남의 수기는 1977년 11월과 12월에 각각 「인간답게 살고 싶다」와 「불타는 눈물」이라는 이름으로 연재되었다. 이후 1984년 『공장의 불빛』이라는 제목의 단행본이 출간되었다.

24 석정남, 같은 책, 56쪽.

기 위해 쇼킹한 사건을 실어야 잡지가 팔리니까 잡지사가 그녀를 이용한 것이라고 말한다. 그녀는 경고를 받긴 했지만, 다행히 해고되지는 않았다. 이 같은 상황에서도 석정남의 이야기를 게재한 잡지 월간 『대화』의 독자들은 1976년 노동 문학 운동에 새로운 활력을 주게 된 첫 작품 가운데 하나를 읽고 있었다.

앞서 살펴보았듯이, 자신들의 노동조건에 항의할 때마다, 여성 노동자들은 극심한 고립감을 느꼈다. 1970년대 여성 노동자들이 노조를 조직해, 자신들의 노동조건을 개선하고자 했을 때, 그들을 지원했던 유일한 세력은 여공들과 공장에서 함께 일하면서 소모임을 운영했던 조화순 목사 같은 도시산업선교회 목사들이었다. 원풍모방에서 일했던 장남수는 1978년 1월, 신문이나 라디오를 통해서가 아니라, 원풍모방 공장 안에서 돌던 소문으로 "동일방직 똥물 사건"에 대해 알게 된다.[25] 동료들과 그 일에 대해 이야기를 나누던 와중에, 친구인 순임이가 펄쩍 뛰며 "그럼 신문에 났겠다"고 말하자, 두옥 언니는 "얘는, 그런 게 어떻게 신문에 나니?"라고 반문하며, "하여튼 두고 봐, 신문엔 한 줄도 안 날 테니까"라며 잘라 말했다. 실제로도 그랬다. "'우리는 똥을 먹고 살 수는 없다'는 동일방직 노동자들의 피 끓는 절규

---

25 동일방직 똥물 사건은 1978년 2월 21일에 일어났는데, 동일방직 노조 대의원 선거 시점에 사측의 사주를 받은 일군의 남성과 여성 두 명이 투표함을 부수고 투표를 하러 온 여성 노동자들에게 똥물을 문질렀다. 하지만 곁에 있던 경찰과 전국섬유노조 간부들은 방관한 채 선거 관리 업무를 하지 않았다. 이 사건에 관한 자세한 내용은 Cho Wha Soon, *Let The Weak be Strong*, 1장과 2장; 이옥지, 『한국 여성 노동자 운동사 1』, 340-341쪽 참조.

의 호소문이 뿌려지기 시작했다. 그 후 계속해서 동일방직 사건은 엄청난 사회문제가 되어 갔지만 정말 신문엔 한 줄도 언급되지 않았다."[26] 여성 노동문제에 대한 기존 언론의 이 같은 무관심은 여공들로 하여금 자전적 이야기를 통해 자신의 경험담을 증언하도록 고무했으며, 1970년대 후반과 1980년대 언론 민주화 운동이 활발히 벌어질 수 있었던 동기를 제공했다.

이런 수기들과 그들 작품이 독자들에게 미친 영향력은 1970년대 사람들이 자본주의적인 서울에 대해 환멸감을 가졌으며, 이에 대해 강한 불만을 표현했다는 점을 우리에게 알려 준다. 여공들의 수기들에 표현된 절박한 어조와 그들이 수기에 서술했던 긴박하고 폭력적이었던 시대상은, 작가와 독자 모두가 노동문학이라는 새로운 장르에 얼마나 깊이 빠져들었는지 보여 준다. 대학생들은 여공들이 자신들을 어떻게 생각하고 있는지 알지 못했다. 또한 이들을 찾아왔던 언론인들도 노동자 출신 작가들이 서술한 만큼 공장 노동의 악취를 담아내지 못했다. 유신체제 아래서 박정희 정부가 내세웠던 조국 근대화 담론은 여공들의 자전적 수기에 담긴 저항의 도덕률에 의해 공공연하게 비판을 받았다.

---

26 장남수, 『빼앗긴 일터』, 65쪽.

고학

낮에는 일하고 밤에 학업을 이어 나갔던 그들의 활동은 '고학'苦
學이라고 불렸는데, 프롤레타리아 작가들은 독자들에게 여공들
이 얼마나 공부하기 어려웠는지 알려 주고 있다. 교육은 여공들
이 서울의 다른 하층계급 젊은 여성들과 자신들을 구분 짓고, 천
한 노동이라는 오명을 지울 수 있었던 유일한 방법 가운데 하나
였다. 김승경은 1980년대 후반 마산 여성 노동자들이 공장 노동
과 성노동 사이의 "신분상의 차이를 유지하기 위해" 어떤 노력을
했는지 관찰했다. 교육은 그 자체로 젊은 여성들이 좀 더 험한 일
자리로부터 거리를 둘 수 있는 수단 가운데 하나였다.[27]

장남수, 석정남, 송효순 세 명의 작가들은 모두 학교를 일찍
그만두었는데, 바로 그 순간 그들은 가난한 사람들에게 미래는
제한적일 수밖에 없다는 사실을 발견했다.[28] 장남수는 초등학교
를 다닐 무렵부터 학교가 파하면 집에 돌아오기가 무섭게 들에
나가 일을 시작했다. 학교를 졸업할 무렵 그녀는 전체 학년에서
우등생이었지만, 그해 말 우등상은 부잣집 딸에게 돌아갔다. 그
녀는 이 사건을 세상에 나가는 길에서 배운 좋은 교훈이자[29] 교
육을 사회적 배제로 처음 경험했던 일이라고 수기에 기록했다.

---

27 Kim Seung-Kyung, *Class Struggle or Family Struggle?*, p. 58.

28 학교를 그만두게 된 비통한 심정에 대해서는, 특히 송효순, 『서울로 가는 길』, 18쪽
참조.

29 "가난하다는 것, 돈이 없다는 것이 사람을 평가하는 데 최우선적으로 고려되는 결
정적인 요소라는 것"이라고 그녀는 말했다(장남수, 『빼앗긴 일터』, 9쪽).

"풀을 베어 머리에 이고 올 때라든가 소를 몰고 한 줄을 지어 집으로 돌아올 때 책가방을 든 동창이나 하얀 칼라의 여학생을 마주치면 견디기 힘들었다. 그럴 땐 너무 속상해 집에 와도 밥 먹을 기분이 안 났다."[30] 도시와 농촌의 많은 가족들에게, 가장 중요했던 것은 남자아이의 교육이었다. 여공들의 글에는 남자 형제들을 위해 진학을 포기했던 여성들에 관한 이야기들이 많다. 정미숙은 1970년대 노동운동에 관한 연구를 위해 여성 노동자를 인터뷰했는데, 한 여성 노동자는 다음과 같이 말했다. "오빠는 고등학교 나왔어요. 저는 중학교를 장학생으로 들어가는 바람에 다녔고 …… 언니는 초등학교 나왔고 여동생은 초등학교도 나오지 못했어요. 제일 큰언니는 오빠와 두 살 차이인데 초등학교도 나오지 못해서 글씨도 몰라요. 오빠가 고등학교 다닐 때 우리들이 어른들이 지는 물지게를 지고 비탈길을 아슬아슬하게 올라가면 오빠는 배를 쭉 펴고 영어 씨부렁거리고 있는 것을 보면 굉장히 미웠던 경험이 있어요. 오빠를 떠받들고 우리 집의 기둥이다 하며 오빠에게 절대적으로 복종하는 분위기였어요."[31]

장남수의 경우, 아버지와 어머니를 따라 서울로 가지 못하고 시골에 남아 일을 하면서도, 학교에 다니는 친구들을 생각하며 "악착스레 책을 읽고 선배인 상화 언니에게 영어도 배웠"[32]던 반면, 수많은 소녀들은 배우고자 하는 열망을 품고 도시로 떠났다.

30 장남수, 같은 책, 12쪽.
31 정미숙, 「70년대 여성 노동운동의 활성화에 관한 경험 세계적 연구」, 55쪽.
32 장남수, 『빼앗긴 일터』, 13쪽.

장남수 역시 열다섯 살이 되던 해에 서울 사는 삼촌을 돕기 위해 서울로 올라온 뒤, 얼마 후 로렉스제과라고 불린 사탕공장에서 일하기 시작했는데, 그곳에서 일하던 노동자들은 대체로 나이가 어려 그녀를 "언니"라고 부르는 아이들이 많았다. 일은 아침 8시에 시작됐지만 로렉스제과에는 공식적인 퇴근 시간이 없었다. 그녀는 그나마 야학 학생이었기 때문에, "뻣뻣한 사탕 비닐을 하루 종일 만지며 일하다 보면 손가락에 피가 맺힌다. 그러면 반창고를 붙이고 또 일"하는 원망에 가득 찬 친구들을 남겨둔 채 오후 5시에 퇴근할 수 있었다.[33]

1970년대에는 대체로 세 가지 종류의 야학이 있었다. 첫 번째는 정부의 지시에 따라 회사 안에 세워진 직업훈련 학교가 있었고, 다음으로 고등학생들이 대학 입학시험 준비를 위해 다니는 사설 학원이나, 중도에 그만둔 학업을 계속 이어 가거나 '마치기' 위해 주로 직장에 다니는 이들이 애용했던 검정고시 야학이 있었다. 마지막으로 기독교 단체나 운동권 대학생들이 운영했던 노동야학이 있었는데, 노동야학에서는 한문 교육을 비롯해 노동법이나 노동자의 '권리' 등 다양한 주제들을 가르쳤다.

직업훈련 학교는, 제4차 경제개발 5개년 계획 시기(1977~81)에, 기술직 숙련 노동자 부족에 대처하기 위해 세워졌는데, 정부는 직업훈련원법을 개정해 3백 명 이상의 노동자를 고용하는 회사는 사내에 직업훈련 학교를 세워 사내 훈련을 실시하지 않으면 벌금을 부과하도록 했다.[34] 하지만 3장에서 언급했듯이, 섬유

---

33 장남수, 같은 책, 22쪽.

공장들은 이런 시설의 설치를 기피했다. 결혼을 하면 일을 그만 둬야 했던, 게다가 승진 기회 역시 거의 없었던 임시적 여성 노동자들에게 직업훈련 학교는 어울리지 않는다고 생각했기 때문이었다. 대신 이들은 산업체 부설 초등학교와 중학교를 세웠는데, 그 결과, 경제학자 앨리스 암스덴에 따르면, 여성을 보호해야 하는 어린애로 여겨 시혜를 베푼다는 "온정주의가 24시간 내내 작용했다. 여공들은 회사 기숙사에서 먹고 자고 했으며 일터에서 9시간 반 동안 일한 뒤 산업체 특수학급에서 공부했다."[35]

대부분의 학원들은 상업적인 목적으로 만들어졌는데, 여기서는 주로 노련한 강사와 대학 졸업생들을 교사로 썼다. 이와 달리 장남수와 동생 형숙이 공부했던 야학은 무료였고 교사들도 대학생들이었다. 장남수는 오후 5시 30분부터 저녁 9시 30분까지, 30, 40명의 동료들과 천막 교실에서 공부를 했는데, 이들은 모두 중학교 입학 자격증을 따려고 했다. 찬바람이 몰아치는 황량한 벌판에 세워진 천막 교실이었지만, 그녀는 다시 학생이 될 수 있다는 사실에 기뻤다.[36]

역사학자 전상숙에 따르면, 1970년대에 미숙련·저임금·저학력 여성들은 노동시장에서 일자리를 찾는 것이 어렵지 않은 상태였다. 즉, "고학력 여성의 경우 학력에 걸맞은 취업 기회를 갖기 어려웠던 반면, 저학력·저임금의 생산직 여성은 상대적으

---

34 A. Amsden, *Asia's Next Giant*, p. 223[국역본, 247쪽].

35 A. Amsden, Ibid., p. 252[국역본, 278쪽].

36 장남수, 『빼앗긴 일터』, 17쪽.

로 취업 기회가 많았기 때문이다."[37] 따라서 여성들의 교육열은 취업 목적과는 거의 관련이 없었다. 물론 여공들이 승진을 위해 중등학교 입학 자격시험을 준비했던 것도 아니었다.

세 번째 유형의 야학은 공장노동자를 위해 특별히 만들어졌다. 1970년대를 시작으로, 대학생들은 "읽기, 쓰기, 산수"의 기초와 자본주의사회의 구조적 모순에 관한 내용이 담긴 노동야학을 조식했나.[38] 이런 야학들은 은밀하게 운영되었지만 점차 성장해서, 결국 대학생들의 현장 투신 운동 — 공장에 들어가 노동자들의 의식 고양 활동을 지속적으로 벌이는 — 으로 이어지게 된다.[39]

종교 단체 역시 노동야학 운동에 간여했다. 조화순이 1966년 인천에 있던 동일방직에 취업해 산업 선교를 시작했을 당시만 해도, 사측은 조화순의 노동교육을, 의심은커녕, 크게 환영했다.[40] 실제로 1960년대 산업 선교를 시작했던 조지 오글 목사는 그의 노동교육 사업으로 정부와 인천시위원회로부터 칭송을 받았다.[41] 조화순이 기록하고 있듯이, 1960년대 산업 전도는 노무

---

37 전상숙, 「여성, 그들의 직업」, 한국역사연구회, 『우리는 지난 100년 동안 어떻게 살았을까 2』, 역사비평, 1998, 234쪽.

38 G. E. Ogle, *South Korea*, p. 107.

39 학출(대학생 출신 활동가나 노동자)은 문자 그대로 "대학생 출신"이라는 의미지만, 대학에서 학업과 경력을 포기하고 공장과 농촌 지역으로 들어가 민중을 위해 노동하는 대학생을 의미했다. 경찰은 학출 노동자를 "위장 취업자"라는 용어로 불렀다.

40 도시산업선교회의 작업은 1940, 50년대에 프랑스에서 교회의 전도 주체로 노동자들을 상정하고 공단과 부두에서 일했던 기독교사회주의의 가톨릭노동사제운동을 모델로 했다.

관리의 일환으로, 사측이 먼저 요청했던 노동자교육 프로그램이
었다. "(당시) 우리는 지금[1988년]과 같은 그런 상황은 상상할
수 없었어요. 그러나 1960년대 후반 그 시절엔 그것이 가능했
죠. 그때는 노동문제가 일반적인 사회적 이슈가 되기 전인 산업
선교 활동의 초창기였죠."[42]

1967~68년 사이 조화순이 최초로 진행했던 강의 프로그램
은 동일방직 노동자들이 골랐던 다음과 같은 주제들로 꾸려졌으
며, 근무시간 전후로 1,300명에 이르는 전체 노동자 가운데 2백
명이 넘는 노동자들이 참석했다. 교육 프로그램의 주제는, "이
성과의 만남, 뜨개질, 요리, 수공예, 꽃꽂이 그리고 가정에서의
예의범절" 등이었다.[43] 조화순이 그녀의 자서전 『약한 자를 강하
게 하소서』에 썼듯이, 기숙사에서 이뤄졌던 소모임 활동은 아래
로부터 전개됐던 야학 운동의 민주적인 흐름을 반영함과 더불
어, 여공들의 신분 상승을 위한 개인적 지식과 노동자로서 권리
를 자각하는 정치적 지식 사이의 장벽을 허물며 이들을 점차 변

---

41 G. E. Ogle, *South Korea*, p. 88[조지 오글 목사의 산업 선교 활동에 대한 연구는 이상
록, 「기독교의 운동 혹은 대항-운동의 논리와 역학: 1960~1970년대 조지 오글 목사의
도시 산업 선교 활동과 산업 민주주의 구상」, 『사이』 19, 2015 참조].

42 Cho Wha Soon, *Let The Weak be Strong*, p. 57[한국에서 산업 전도에서 산업 선교로
의 변화는 1968년을 계기로 구분된다. 이전 시기 공장에서 고용주의 요구에 따른 전
도 목적의 활동에서, 1968년을 계기로 '공장에서 하느님을 찾자'는 흐름 속에서 여성
사업장을 중심으로 노조 지원 활동이 전개되었다. 자세한 내용은 홍현영, 「도시산업
선교회와 1970년대 노동운동」, 차성환 외, 『70년대 민중운동』, 민주화운동기념사업
회, 2005와 장숙경, 『산업 선교, 그리고 70년대 노동운동』, 선인, 2013 참조].

43 Cho Wha Soon, *Let The Weak be Strong*, p. 58.

화시켰다. 이후 조화순은 동일방직 노조 결성에 참여했고 반도상사의 노동조합 투쟁 등으로 민주 노조를 확산시키는 데 기여했다.

정미숙은 가부장적 가정환경에서 교육 기회를 포기해야 했던 젊은 여성들이 공유했던 경험, 다시 말해 배움에 대한 열망으로 말미암아, 여성 노동자들이 기독교 단체, 대학생 그리고 훗날 민주 노조가 제공했던 교육 프로그램에 활발하게 참여했다고 서술했다.[44] 실제로, 여성이 공장에서 일한다는 것은 대체로 그들이 정규교육을 받을 수 있는 가능성이 더 이상 없다는 것을 의미했다. 오빠나 남동생을 대학생으로 만들기 위해, 월급을 꼬박꼬박 부쳐야 했던 여공들은 남성 형제들을 위해 그들의 노동력을 바쳐야만 했다.

"다수 민중을 위한 민주적 교육과 훈련"을 시도했던 야학 운동은 다양한 범위의 목표에 초점을 맞췄다. 이들이 계속 진행했던 자기 개선이라는 주제는 공장 밖에서 새로운 정체성을 모색하거나, 교육이 약속하고 있는 것으로 보였던 문화 자본인 한자, 예절 등을 소유하고 싶어 했던 공장노동자들에게 매우 매력적인 것이었다. 교회와 대학생들이 운영했던 교육 프로그램의 가장 큰 매력은, 젊은 여공들이 공유하고 있던 공장 노동의 고된 현실을 있는 그대로 받아들이며, 그들이 체험했던 고난과 결부된 현실에 대한 포괄적인 해석을 제공함으로써, 그들이 수업에 참여할 열망을 제공한 데 있었다. 이와 더불어, 그들에게 중간계급

---

44 정미숙, 「70년대 여성 노동운동의 활성화에 관한 경험 세계적 연구」, vii쪽.

으로의 신분 상승이라는 열망을 제공하기도 했다.

그러나 정작 이 같은 교육과정은 여공들에게 쓰디쓴 교훈을
남겼다. 천한 운명으로부터 탈출을 꿈꿨던 여공들은, 장남수가
기술한 것처럼, 자신들이 어떻게 책에 몰두하게 됐고 사무직을
꿈꾸었는가에 대해 썼다.

> 그때[원풍모방에서 일할 때] 내가 다녔던 학원은 영등포에 있는 한
> 림하원으로 원풍모방에서만도 여러 명이 다녔다. 열심히 주산을 배
> 우고 영어를 외우며 빨리 급수를 따서 좋은 곳에 취직을 할 수 있기
> 를 꿈꾸며 나는 학원 스쿨버스를 타곤 했다. 일하고 공부하는 것이
> 힘겹기도 했지만 공장에서 일만 하고 있다는 것이 견딜 수가 없었다.
> 나는 하루라도 빨리 공부를 통해 이 생활을 탈피할 수 있다고 철썩
> 같이 믿고 있었던 것이다.[45]

그렇지만 장남수는 여성 노동시장에서 자신이 받았던 교육이 별
다른 의미가 없다는 것을 이내 깨닫게 된다. 그녀는 "갈수록 공
부에는 흥미가 없어졌고 학원에서 아무리 기 쓰고 공부해 봤자
내가 뭐 사무실에 취직할 것도 아니고 사무실에 취직하는 것이
뭐 대수로운가라는 생각이 점점 확실하게 내 가슴을 채우기 시
작했다"[46]라고 결론을 내렸다. 오히려, 야학에 나가야 했기에 자
신의 모든 시간을 공장에 바칠 수 없었던 그녀는 결국 로렉스제

---

45 장남수, 『빼앗긴 일터』, 27쪽.
46 장남수, 같은 책, 28쪽.

4장   슬럼 로맨스

과에서도 해고되고 만다.

자크 랑시에르는 노동자를 가족의 구성원, 신분 상승을 꿈꾸는 존재 등 단일한 정체성이 아닌 여러 가지 생애를 지닌 개인person 이라고 규정했다.[47] 이 같은 규정은, 노동자-학생으로서의 삶을 간헐적으로 반복하며 살아가는 [나아가 그 과정에서 공부에 대한 생각이 바뀌어 가는] 장남수의 삶을 통해 명확히 드러난다.

국민학교 다닐 때 몇 푼의 전기세를 아끼려는 집안 식구들의 성화 때문에 살며시 일어나 5촉짜리 전구를 책으로 가리고 서서 밤을 새워 책을 읽었던 기억이 난다. 그땐 다리도 아프지 않았는데. 이런 설움도 느끼지 않았는데. 선생님께 들었던 '형설지공'을 마음에 새기며 나도 이렇게 공부하면 나중에 성공할 거라고 그렇게 믿었다. 노력하면 안 될 게 없다고 믿었던 그 천진스러움은 얼마나 먼 얘기일까.[48]

반면, 대학생들에게 노동야학은 현장 투신 운동 — 위장 취업자로 직접 공장에 들어가 노동자들을 조직함으로써 혁명을 준비하는 — 을 보완하는 또 다른 형태의 운동 방식이기도 했다. 노동야학을 통해, 풍요로운 계급 출신의 대학생들은, "교사이자 계몽자"로서의 역할을 완전히 포기하지 않은 채로, 노동자들의 삶의 방식을 배워 나갔다.

---

47 J. Rancière, *The Nights of Labor*, p. ix.

48 장남수, 『빼앗긴 일터』, 56-57쪽.

노동자와 학생

전태일은 그의 일기를 통해 광범위한 독자를 확보한, 노동 현장 출신 최초의 젊은 작가였다. 1970년 그의 죽음 이후 그의 글들은 비공식적으로 유통되다가 마침내 『내 죽음을 헛되이 말라』라는 제목의 선집으로 출간되었다.[49] 전태일의 글은 사회 부정의를 반영하는 내용에서 가난의 복잡성을 세밀하게 묘사한 시에 이르기까지 다양한 범위에 걸쳐 있었다. 그는 자신이 겪었던 유년 노동시장에 대해서도 기록했다. 또한 가난 때문에 어린 여동생들을 서대문에서 하룻밤 유기했던 끔찍한 사건을 진솔하게 묘사하기도 했다.[50] 그의 평전을 읽은 많은 사람들은, 전태일의 생애 전 기간에 걸쳐 급속하게 발전한 한국 경제와 사회의 모든 모순을 간접적으로나마 체험할 수 있었다. 죽음의 순간조차, 전태일은 그 모순 한가운데 있었는데, 그는 어린 노동자들의 육체적 고통에 맞서 그들을 보호하기 위한 활동에 자신의 생애에서 적지 않은 시간을 바쳤고, 결국 분신으로 스스로 목숨을 끊었다.

전태일의 글과 근로기준법 준수를 위한 투쟁, 그리고 분신은 그를 따르는 젊은이들에게 커다란 영향을 미쳤다. 전태일은 다른 사회에 대한 그의 꿈, 대학생과 노동자 사이의 평등과 우애에 대한 혁명적 갈망을 글로 썼다. 전태일 세대와 그를 따르던 세대의 상상력을 사로잡았던 것은 바로 이 같은 그의 꿈이었는

---

49 전태일, 『내 죽음을 헛되이 말라』.

50 조영래, 『전태일 평전』, 돌베개, 1983, 69-74쪽.

데, 그 꿈은 비밀리에 유통된 그의 글을 읽었던 다양한 젊은이들의 정치적 상상력을 열어젖혔다. 전태일은 자신이 무엇에 반대하고 무엇을 원하는지 말함으로써 한국 사회 젊은이들의 집단적 열망을 대변했다. 계급을 가로지르는 광범위한 독자층을 지녔던 그의 글은, 1980년대 대학생들을 공장과 노동자들 사이로 이끌었던 학출 노동운동에도 영감을 주었다.

그러나 전태일의 경우에서처럼, 스스로 시와 소설 초고를 쓰기도 했고, 노동법의 세부 조항에 대해서도 통달했을 정도로 독학을 했던 인물이 자신을 도와줄 대학생 친구를 간절히 원했다는 사실은 검토할 만한 가치가 있다. 실제로 "제대로 된 교육"을 받지 못했던 전태일과 그 또래의 젊은 노동자들에게, 대학생은 배움과 문학의 상징이었다. 당시 교육과 문학에서 대학생이 얼마나 큰 상징적 중요성을 지녔는지 알아보기 위해, 장남수의 수기를 통해 노동계급의 일상적 삶에서 교육과 문학이 차지했던 역할을 살펴보자. 장남수와 그녀의 친구 송자는 밤잠을 포기하면서까지 중학교 자격증을 따기 위해 매일 밤 야학에 나갔다. 공장에 다니면서도 계속 학업을 이어 나갔던 열아홉 살 장남수는, 초등학교 졸업을 끝으로 정규교육을 받을 수 없었지만, 야학에서 대학생들과 소설과 사회에 대해 토론할 수 있었다. 비록 노동시장에서는 쓸모가 없는 교육이었지만, 그들이 교육을 위해 치렀던 희생은 대학생들이 지녔던 배움이 지닌 상징적 가치를 보여 준다.

그러나 노동계급에게 교육과 이를 표상하는 대학생의 중요성이 단지 상징적인 것만은 아니었다. 무엇보다 교육은 여성 노동자에게 문화 자본은 물론, 사회를 체계적으로 비판할 수 있는 무기를 제공했다. '경제 기적'을 위해 잔혹한 노동조건을 감수해야만 했던 수많은 노동자들, 그리고 자신을 압도하는 어려운 문제와 고민 앞에서 번민했던 전태일 등은 자신들에게 도움을 줄 대학생 친구를 절실히 갈망했다. 전태일은 대학생과 노동자가 힘을 합친다면 이들의 힘이 얼마나 강력해질지 이미 예견하고 있었던 것처럼 보인다. 그의 예측대로, 1980년대 후반에 이르러, 학생운동과 노동운동은 노학 연대를 통해 한국 사회의 변혁을 이끄는 두 개의 강력한 사회 세력으로 등장했다. 1987년 6월, 민주화를 요구하는 학생, 야당 정치인, 기독교 그룹, 노동자 그리고 일부 중간계급의 시위로 전국이 요동쳤다. 같은 해 7월부터는 자유로운 노동조합 설립, 노동조건 개선, 임금 인상 그리고 민주개혁에 대한 요구를 지지하는 노동자들의 시위와 파업인 1987년 7~9월 노동자 대투쟁이 일어나서, 한국의 거의 모든 주요 산업에 영향을 미쳤다. 분명히 이는 1980년대 이뤄졌던 노동자와 학생 간의 강력한 결합의 결과였다.

어렵게 입학한 대학과 전도유망한 미래의 전망과 기득권을 포기하고 노동운동에 투신해 "위장 취업자"가 된 학출에 대해서는 많은 글들이 있다.[51] 한국 노동법은 대학생이나 대학 졸업자가 자신의 신분을 숨기고 생산직 노동자로 공장에서 일하는 것

---

51 Lee Nam-Hee, *The Making of Minjung: Democracy and the Politics of Representation in South Korea*, Ithaca: Cornell University Press, 2007, p. 1, 11, 13[국역본, 21, 36-38, 39-41 쪽]; Kim Seung-Kyung, *Class Struggle or Family Struggle?*, p. 133.

을 불법으로 규정했지만, 학출 노동자들은 노동 현장으로 진출해 이 법을 무력화시켰다. 1991년에 간행된 한 자료에 따르면, 1980년대 중반 3천 명 이상의 대학생들이 공장에서 일했으며, 이런 흐름은 1990년대 초반까지 계속됐다.[52]

노동자들의 시각에서 노학 연대를 검토해 본다면, 노학 연대는 자신이 전복하고자 했던 과거의 위계질서, 다시 말해서 전위로서 대학생 출신 노동자의 노동자에 대한 지도라는 관점과 연속성을 여전히 내포하고 있었다. 하지만 정작 노동계급의 삶 속으로 들어간 대학생들을 받아들이고 공장을 둘러싼 세계와 빈민촌에 관해 가르쳐 준 것은 노동자들이었다.[53] 노학 연대는 1980년대 학생운동의 특징이었지만, 노동자들에게 미친 영향은 생각보다 그리 크지 않았던 것으로 보인다. 대학생들은 진실로 다른 삶을 살고자 했던 이들이었다기보다는, 단지 "위장된 지식인"으로 대학에서 잠시 미끄러져 들어온 존재였다. 이른바 노학 연대는 다양한 방식을 통해 이 두 계급이 서로 얼마나 분리되어 있

---

52 조지 오글도 1985~86년 경찰 보고서를 인용하면서 이 시기에 671명의 학출들이 체포됐다고 언급했다(G. E. Ogle, *South Korea*, p. 99)[1985년 통계에 따르면 수도권에 160~700여 명의 학출 노동자가 확인된다. 물론 이 수치는 추정치이고 이보다 훨씬 많았을 것으로 보인다. 자세한 내용은 유경순, 「80년대 변혁적 노동운동의 형성과 분화에 관한 연구」, 고려대 한국사학과 박사 학위논문, 2014 참조].

53 [옮긴이] 1980년대 노학 연대에서 학출 노동자들의 궁극적인 목표는 노동조합 건설을 통한 노동조건 개선이 아니었다. 1980년 광주 이후 마르크스주의를 수용하고 운동의 지도 세력(전위)임을 자임했던 학출 노동자들에게 노동자들은 지도와 계몽의 대상이었다. 이는 자율적 노조 건설, 노동조건 개선을 기대했던 기층 노동자들과는 운동 목표가 달랐고, 이는 구로동맹파업 이후 선도 투쟁, 정치투쟁과 경제투쟁을 둘러싼 갈등을 불러일으켰다.

었는지에 대한 인식을 강화했다.[54]

노동자에서 학생으로 계급 이동 역시 있었지만, 노동운동이나 학생운동이 규정했던 변혁 운동이 상상했던 방식으로 이런 이동이 일어나지는 않았다. 노동자에서 학생으로의 계급 이동의 한 가지 유명한 사례는 1980년대 악명 높았던 "가짜 여대생" 사건으로, 이 사건은 당시 한국의 엄청난 사회 변화와 서울이라는 도시가 지녔던 익명성의 산물이었다. 당시 서울은 신분을 위장하는 데 필요한 주도면밀한 뻔뻔함만 있다면, 얼마든지 태생을 숨기고 새로운 가면을 쓸 수 있는 공간이었다.[55]

1988년 베스트셀러 소설이었던 윤정모의 『고삐』에서 주인공 정인은 가짜 대학생 흉내를 내며 유흥업소에 취업하는 등 계급 간 경계에서 살아간다.[56] 이 소설에서 주인공 정인은 [교사인

---

54 [옮긴이] 역설적이지만 1987년 이전의 경우 지식인들에 의해 '만들어진 노동자상'과 학출 활동의 근거였던 노동 현장의 현실 간의 괴리가 빈번하게 드러났다. 예를 들어, 현장에 뛰어든 대학생들은, 노동과정에 대한 적응도, 운동가가 아닌 생활인으로의 전락할지도 모를 것에 대한 경계심, 그리고 변혁의 주체로서 자신이 상상해 온 노동자상과 현실에서 만난 실제 노동자 사이의 괴리로 인해 어려움을 겪었다. 학출 노동자의 자기 체험은 서혜경, 「정말 중요한 것은 무엇일까?」, 유경순 엮음, 『같은 시대, 다른 이야기: 구로동맹파업의 주역들, 삶을 말하다』, 메이데이, 2007 참조.

55 [1980년대 대학가에서는 '가짜 대학생'이 사회문제가 되었다. 당시 신문 기사를 보면, 「가짜 대학생 범람」이라는 제목으로 "서울대 출입 외부인 1천 명 가운데 5백 명이 가짜 대학생, 진짜 행사하며 콜걸 노릇도, 과대표 맡고 교수 주례로 결혼식 올리기" 등과 같은 내용을 어렵지 않게 찾을 수 있다. 『동아일보』[1984/10/18] 다른 사례는, 1984년 9월에 발생한 '서울대 프락치 사건'이었다. 더 자세한 내용은 Lee Nam-Hee, *The Making of Minjung*, 34n106[국역본 283-284쪽, 각주 56번) 참조.

56 윤정모, 『고삐』, 풀빛, 1988[주인공 정인의 남편인 한상우가 기관원에게 연행되면서 그녀의 과거사가 하나씩 드러난다. 부산 온천장에서의 생활이 지겨워 홀로 서울

상우와 결혼해 살아가는] 순진한 중간계급 여성으로 변신하기 위해, 유흥가에서 주위들은 지식을 일부러 잊어야만 했다. 즉 여기서 계급 유동성은 각성이 아닌, 은폐의 이야기가 된다.

해외여행이 일부 특권층을 제외하고는 요원했던 시절이었기 때문에, 다른 국가와 한국이 처했던 상황을 비교하기 어려웠고, 자신이 사는 사회에 대한 정보는 검열을 받거나 접근이 제한되었기 때문에, 계급을 오가며 신분을 사칭하는 것은 놀라운 일이 아니었다. 학출과 노동자라는 두 계급의 젊은이들 사이의 접촉, 특히 자발적으로 서로를 만나려고 했던 시도는 이들 간의 파멸적인 운명을 예시해 주는 것이었다. 실제로 계급으로 나뉜 서울 거리의 초상이 가장 잘 드러날 수 있는 장면은, 여공과 다른 계급의 만남, 특히 "노동자들을 만나러 나와 그들의 역할을 자신의 것으로 취하려 했던"[57] 대학생과의 조우였다. 아마도 공장에서 일하고 있는 젊은이들과 대학생들 사이의, 가장 많이 언급되지만 깨지기 쉬운 관계가 바로 연애였을 것이다. 연애 관계에서 여성 노동자들은 지위, 일자리, 가난, 학력 등 자신들을 추상적으로

에 올라온 주인공 정인은 맥주홀, 살롱, 스트립 걸 등의 생활을 했는데, 돈을 잘 벌기 위해서는 대학생 행세를 해야 한다는 이야기를 듣고, 집에서 가까운 대학을 찾아가, 그 학교의 배지를 구하게 된다. 주인공 정인은 술집 스트립 걸로 일하다가, 우연히 거리에서 현재의 남편 상우를 만나 그의 순수한 사랑으로 결혼을 했고, 평범한 삶을 살아가기 위해 노력하지만, 부친이 빨갱이일지도 모른다는 두려움과 자신의 부끄러운 과거가 정인을 옥죄는 고삐였다. 하지만 정인은 남편의 재판을 통해 민주화를 위해 투쟁하는 많은 이들을 알게 되고, 자신의 개인적 굴레는 민족을 옥죄고 있는 굴레임을 알게 된다].

57 J. Rancière, *The Nights of Labor*, p. 22.

규정하는 모든 것들에 대해 민감하게 반응했다. 사실 1970년대와 1980년대 초반에, 일을 찾아 서울로 몰려든 젊은이들 가운데 상당수가, 젊은 미혼 여성들이었다. 1983년 제조업 부문의 72퍼센트를 차지했던 이들 여성의 나이는 대체로 18세와 24세 사이였다.[58] 이들 가운데 대다수는 단신으로 서울에 올라와 지방의 가족에게 월급을 부쳤다.

계급 간 로맨스

새로운 노동 문학의 가장 열광적인 독자 가운데 한 부류는 대학생들이었다. 대학생들은 문학작품 속에서 출신 계급이 서로 다른 사람들 사이의 분할을 나타내는 표식으로 자신들이 묘사된다는 사실을 발견했다. 계급 간 연애사만큼, 계급 간 분할을 잘 보여주는 이야기는 없다. 노동계급 문학에서 연애담은, 거리의 "로맨스 경제"(이른바 성매매 산업)로 그늘진, 여공들의 위험한 연애담이라는 모습으로 널리 퍼져 있었다. 공장과 홍등가와의 지리적 근접성, 많은 돈을 금방 벌 수 있다는 유혹, 그리고 포주들의 감언이설에 속아 여공들은 위험천만한 성매매에 빠져들게 되었다. 노동계급 여성뿐만 아니라 가난에 찌들었던 모든 여성들은, 경

---

58 Moon, Seungsook. "Economic Development and Gender Politics in South Korea, 1963~1992." Ph.D. diss., Brandeis University, 1994, p. 271.

제 호황 속에서 탄생한 지하경제와 수많은 군인들의 유흥 장소이기도 했던, 성매매 산업의 유혹에 시달렸다. 호황을 구가하던 성매매 산업은 노동계급 거주지뿐만 아니라 중간계급이 주로 거주했던 교외 지역까지 넘쳐흘렀다. 좁다란 고가도로 밑에서 성판매 여성들을 진열했던 가게의 쇼윈도를 어렵지 않게 발견할 수 있었고, 대학가뿐만 아니라 모든 대형 역사驛舍 주변에도 손쉽게 눈에 띄었다. 장남수의『빼앗긴 일터』에 등장하는 "운희의 사랑 이야기"는 계급 간 연애의 위험을 경고하는 이야기로, 여성 노동계급이 노동계급 이외의 계급과 사랑에 빠지는 것이 얼마나 위험한 것인지를 보여 주는 좋은 예다.[59]

운희는 서울에 거주하며 일하는 시골 출신 소녀다. 그녀는 전라도에서 상경해 인형 옷을 만드는 공장에서 일한다. 모처럼 맞은 어느 휴일 날, 운희는 친구들과 함께 늘 가보길 꿈꾸었던 서울의 고궁을 찾았고, 그곳 박물관에서 상냥하고 매력적인 대학생 성호를 만난다. 그들은 급속하게 가까워졌고, 친구들의 걱정에도 운희는 그의 하숙집을 청소해 주고, 학비와 용돈을 빌려주는 등 성호에게 정성을 다했다. 어느 날 오후, 퇴근한 뒤 운희는 자신을 기다리고 있던 성호를 만났다. 운희를 기다리고 있던 성호는, 이유는 묻지 말고 급하게 20만 원을 자신에게 빌려줄 수 있냐고 물었다. 운희는 머뭇거리면서도 그렇게 큰돈을 어떻게 구할지 따지지도 않고 구해 보겠다고 말한다. 그리고 그날 밤 그들은 여관에서 밤을 보내며 관계를 맺는다.

---

59 장남수, 『빼앗긴 일터』, 94-101쪽.

다음 날 아침, 운희는 일찍 일어나 가족의 빚을 갚기 위해 부모님께 보낼 30만 원을 곗돈으로 모은 미화의 집으로 간다. 그러나 미화는 집에 없었고, 주인아줌마는 미화의 방에서 운희가 기다릴 수 있게 해준다. 초조하게 기다리던 중 운희는 유혹에 굴복해 나중에 미화에게 모든 것을 설명할 생각으로 미화의 돈을 훔친다. 운희는 곧장 성호의 하숙집으로 갔지만, 냉혹한 현실이 그곳에 자리 잡고 있었다. 성호에게 돈을 건네고 떠날 즈음, 운희는 베이지색 바바리를 입고 예쁘게 화장을 한 여성이 성호 쪽으로 걸어오는 것을 본다. 그녀는 성호와 같은 계급 출신 여성인, 진짜 여자 친구일 것이다. 당황스러워 하는 성호를 뒤로하고, 운희는 괴로움을 이기려고 집으로 내달렸지만, 그곳에는 그녀를 기다리는 사복 경찰이 있다. 운희가 자신의 연애담을 이야기할 때 운희와 장남수는 감옥에 같이 있었다.

계급 간 경계를 넘어선 연애를 하다, 도둑질을 하게 되고, 급기야 감옥까지 가게 된 운희의 이야기는, 산업화 시기에 상층계급이 누렸던 특권의 대가를 누군가는 반드시 대신 지불해야 한다는 원칙을 보여 준다.[60] 운희와 같은 여공들은, 자신들이 노동을 통해 번 돈을 그 비용으로 지불했던 연애로 말미암아, 신세를 망치게 되었다는 사실을 깨달아야만 했다. 또한 쉽게 속아 넘어갔다는, 또는 공장 생활을 따분해 하며, 외로움을 느꼈고,

---

60 나는 이 표현을 마이클 스프린커의 다음과 같은 문장에서 빌려 왔다. "누군가 생산적 노동에 참가하지 않는 지배계급에 의해 행사되는 특권에 대한 대가를 결국 지불해야만 한다"(Michael Sprinker, *Imaginary Relations: Aesthetics and Ideology in the Theory of Historical Materialism*, London ; New York, NY: Verso, 1996, p. 185).

결과적으로 여가 생활과 연애에 목말라 했다는 이유로 그들은 터무니없는 비난을 받아야 했다. 엄밀히 말하자면, 운희는 성호에게 고용된 것이 아니었고, 성호가 부탁했기에 돈을 준 것이지 그를 위해 돈을 벌었기 때문에 그런 것은 아니었다. 그러나 그녀가 경험한 경제적이고 에로틱한 거래는, 성판매 여성과 포주 사이의 상투적 관계와 매우 닮아 있었는데, 이는 장남수와 같은 모든 여성 노동계급 독자들에게 다른 계급과의 연애가 초래할 수 있는 위험에 대한 경고로 읽혔다.

그녀 자신의 계급 간 연애담에 대한 설명에서, 장남수는 평등한 관계의 가능성을 모색한다. 역사학자 정현백은 "많은 독서량과 폭넓은 관심을 통해 형성된"[61] 장남수와 대학생 현우의 로맨스를 지켜보면서, 1970년대 한국 사회에서 나타날 수 있는 계급 간 연애담의 복잡한 모습을 처음으로 지적했다. 상층계급으로 시집가는 것으로 완결되는 여공들의 연애담은, 그들이 기숙사와 협소한 판자촌, 가난이라는 상황으로부터 벗어날 수 있는 몇 안 되는 방법 가운데 하나였다.

1977년 작가 장남수는 열아홉 살이었고, 서울 영등포의 유명한 원풍모방에서 막 일을 시작한 때였다.[62] 장남수는 신원 증명서를 재발급 받기 위해서 경상도에 있는 집에 갔다가 되돌아

---

61 정현백, 「여성 노동자의 의식과 노동 세계」, 126쪽.

62 원풍모방은 1970년대 가장 격렬했던 노동쟁의 사업장 가운데 하나였다. 더 자세한 내용은 한국기독교교회협의회, 『노동 현장과 증언』, 403-408쪽 참조[최근 정리된 원풍모방 노동조합에 대한 기록은 김남일, 『원풍모방 노동운동사』, 원풍모방노동운동사발간위원회·민주화운동기념사업회, 2010 참조].

오는 길이었다. 그녀가 개찰구에서 할머니에게 막 작별 인사를 건네고, 완행열차에 타고 서울로 되돌아갈 무렵, 그녀는 한 대학생과 대화에 빠져들었다.

옆 자리에 앉은 남자가 말을 걸어왔다.
"아가씨 어디까지 가요?"
"저는 영등포까지 가는 데 거긴 어디까지 가세요?"[63]
"잘 됐네요. 저는 용산까지 갑니다. 우리 얘기나 하죠."
나는 웃으며 고개를 끄덕였다. K 대학교 2학년, 이름은 현우라고 했다. 나는 직장에 다니며 공부하고 싶어 현재는 학원에 다닌다고 말해 주었다.[64]

이때 장남수가 다니던 야학인 한림학원은 급진적 대학생과 노동자들이 공동으로 운영했던 야학이 아닌, 공장노동자들이 중학교 입시 자격증을 따기 위해 다니던 평범한 야학이었다. 이들이 주고받은 이와 같은 대화는 돈을 벌거나 형제자매에게 교육의 기회를 열어 주기 위해 원치 않으면서도 학교를 그만두어야 했던 여공들에게 교육이 얼마나 절실한 문제였는지를 설명해 준다. 장남수가 그랬듯이, 주경야독은 공장 노동과 학업이라는 두 가지 생활을 억지로 합쳐 놓은 것이었기 때문에, 이들의 몸에 견디기 힘든 부담을 주었다. 하지만 어린 시절에 학교를 그만둬야

---

63 영등포는 1980년대 노동운동에서 중심이 된 서울의 공단 지구이다.
64 장남수, 『빼앗긴 일터』, 35쪽.

만 했던 그들은 오히려 교육 기회를 얼마나 어렵게 얻어 낸 것인지 드러내지 않았다. 반면, 아래에 제시된 남수와 현우의 대화에서 확인할 수 있듯이, "노동자" 장남수와 "지식인" 현우 사이에 대화를 통해 이루어진 지식의 흐름flow of knowledge은, 지식인의 다른 계급에 대한 호기심과 노동자의 계급 이동을 향한 욕망이 교환되는 과정이었다.

> "우리 친구하자, 말도 놓기로 하고."
> 그의 제의에 응하긴 했지만 몇 번이나 또, 또, 하는 지적을 받은 후에야 겨우 말을 놓을 수 있었다. 나는 그와 생각이 잘 통한다고 느끼며 쉬지 않고 재잘댔다. 똘스또이의 『부활』을 얘기하고 헤르만 헷세의 『데미안』을 얘기했다.[65]

장남수와 현우가 토론했던 소설들은 흥미로운 사실을 보여 준다. 레오 톨스토이의 『부활』은 네플류도프라는 타락한 귀족이 하녀 카츄샤를 유혹해 영적으로 구원받는 이야기다. 정신적 속죄에 관한 이야기 외에도 『부활』은 계급 간의 사랑에 관한 내용도 다루고 있다. 장남수와 현우가 같이 읽었던 헤르만 헤세의 『데미안』 역시 감수성 예민한 주인공이 기존의 종교적 규범을 위선적이라고 주장하는, 총명하고 카리스마로 가득 찬 데미안에게 영향을 받게 되는 영적인 여정과 관련된 이야기다.[66]

---

65 장남수, 『빼앗긴 일터』, 35쪽.
66 헤세의 소설에서 데미안은 여러 외피들을 입고 등장한다. 즉 데미안은 남학생 데

"남수야 데미안이 멋있었어?"

"응, 너무 멋있더라."

"그래? 그럼 내가 데미안이 되어 줄 수 없을까?"

"피 — 현우씬 안 돼."

"왜? 왜 안돼?"

나는 웃음을 터뜨렸다.

그도 덩달아 웃었다. 나는 월간 『대화』도 보여 주었다.[67] 그 속에 나오는 「인간 시장」을 읽어 보라고 하자,

"무슨 내용인데? 남수가 얘기해 봐."

그래서 또 열심히 얘기해 주었다. 어느새 차는 안양을 지나고 있었다.

"어, 저기 회사 같은 데 왜 밤에 불이 켜져 있지?"

"일하니까 그렇지."

퉁명스럽게 대꾸하는 내게

"정말 밤에도 일해? 진짜 밤에도 일하니?"

어이가 없고 기가 막혔다. 도대체 어떻게 된 친구일까. 이 친구는? 밤에도 일하느냐고? 가슴에 확 밀어닥치는 괴리감이 나를 우울하게 했다. 아, 저 사람은 어쩜 저다지도 세상 모르고 편할까? 대학생들은

미안으로서도 나타나지만 또한 인물화를 통해서도 나타나며, 에바 부인과 작가 자신으로서도 나타난다. 따라서 그의 이미지는 이 소설에서 영적 각성 혹은 자기 각성의 상징이 되고 있다.

67 월간 『대화』는 석정남이 작가로 데뷔했던 잡지다, 같은 책, 35-36쪽[석정남의 수기 외에도 월간 『대화』에 실린 르포는 삼원섬유 지부장 유동우의 「어느 돌멩이의 외침」, 『대화』 1977년 1~3월호가 있다. 이후 유동우의 삶과 당시 『대화』의 대중적 파급력은 유동우 구술, 「돌멩이는 아직도 외친다」, 『실천문학』 11호, 2013 참조].

다 그런 걸까?

그는 내 표정을 보며,

"난 정말 몰랐어. 밤에도 일한다는 것, 너무 세상을 모르고 살아왔나 봐. 그러나 가난한 건 행복 아니니? 부자보다 가난한 사람이 더 행복하다고 나는 생각해."

"흥 그래서 현우 씨 그 가난을 맛보고 싶어서 완행열차를 탔구나. 참 사치스럽다. 진짜 가난을 알기나 하고 그래?"

내 반문에 그는 고개를 숙였다. 용산역까지 가지 않고 영등포역에서 같이 내린 그는

"그냥 가기는 참 아쉽다. 식사나 할까?"

"싫어 난 그냥 갈 거야."

"그럼 주소 가르쳐 줘. 편지할게."

"싫어. 현우 씨 잘 가요."

돌아서자 그는 소년처럼 팔을 벌려 앞을 막으며 비켜 주지 않는다.

"그럼 현우 씨 주소 적어 줘. 내가 편지할게. 그렇게 하면 되잖아?"

그는 어쩔 수 없다는 듯 메모지를 꺼내어 주소를 적었다.

"어휴 뭐 이렇게 글씨를 못써."

그러나 내 말엔 대꾸도 않고 적더니 "꼭 편지해야 된다"며 다짐을 했다. 뻐스를 타고 손을 흔들었으나 그는 바라보고 서 있기만 했다. 텅텅 빈 새벽 버스 속에서 '그래 편지하자. 그래서 그에게 더 세상 얘기를 해주자'라는 생각을 했고 나는 곧 그에게 편지를 썼다. 금방 답장이 왔다.[68]

---

68 장남수, 『빼앗긴 일터』, 35-36쪽.

남수와 그녀의 새로운 친구 현우는 편지를 통해 가까워졌고 다시 만날 약속을 잡게 된다.

나는 정말 내가 편한 날짜, 편한 장소로 정해 답을 보냈다. 약속한 날, 시간도 정확히 그 장소로 나갔으나 그는 나타나지 않았다. 한참 동안 기다리던 나는 잔뜩 구겨진 자존심을 학대하며 버스를 타고 종점에서 내리니 수유리였다. 4·19탑이 가까이 있었다. 그는 4·19탑 얘기를 했었는데 …… 흰 기둥들이 눈에 들어왔다. 묘소를 한 바퀴 돌아보고 잔디 위에 앉아 몇 시간을 생각했다. 바람맞았다는 것이, 그것도 처음 약속에서 바람맞았다는 것이 견딜 수 없었다.[69]

장남수가 배회했던 수유리의 4·19 기념탑은 1960년 4월 혁명 시기 사망한 학생들을 기리기 위한 기념물이다. 4·19는 이승만 정부의 지시에 따른 발포로 많은 시민들이 희생된 사건이었다. 4·19는 정부에 의해 조직적으로 이루어진 3·15 부정선거, 이승만 정부의 부패에 맞선 학생, 시민들의 저항으로 결국 4월 26일 이승만이 하야함에 따라 종결됐다. 4·19 기념탑은 부패한 정권에 맞서 싸움을 이끌었던 학생들을 기념하는 중요한 상징물이었다. 그러나 민주주의의 상징이었던 4·19 기념탑은, 대학생인 현우보다 정치적으로 훨씬 민감했지만 그에게 바람을 맞아 자존심이 상했던 장남수에게는 아무런 감흥도 주지 못한다. 오히려 자신과는 다른 계급인 대학생 현우가 자신과의 약속을 하

---

69 장남수, 같은 책, 37쪽.

찮게 여겼다는 생각에 더욱 허탈해 한다.

내가 그를 이성으로 생각했던 것인가 하는 의아심이 들기도 했다. 내가 어리석지. 그는 대학생이다. 나 같은 공순이 만나 세상 얘기할 만큼 한가한 사람이 아니다. 혼자 뇌까리며 터덜터덜 돌아왔다. 이틀 후에 편지가 왔다.

"일요일의 약속 못 지켰음을 진심으로 사과한다. 병역 관계로 어쩔 수 없었어. 연락할 여유도 없었고……"

따져 본즉 그럴 수밖에 없었겠구나 수긍이 간다. 그러나 아무것도 아니다. 이제는 …… 그는 토요일 6~7시 사이에 전화를 해달라고 했지만 그만두었다. 밤중에도 일하느냐고 물어 오던 음성이 머릿속에 뱅뱅 돈다. 나는 섬유공장 노동자고 그는 대학생이다. …… 마음이 차분해졌다. 며칠 사이에 난 무척 많은 걸 배운 것 같다.

그가 대학생이 아니었던들 그렇게 자존심이 상하지 않았을 테고 약속을 어겼대도 이해하고 또 계속 만나고 그랬을지 모른다. 전화를 바라던 토요일 저녁 많은 생각을 하며 보낸 후 문득 야학 친구가 보고 싶어 송자에게 연락을 했다.[70]

장남수가 깊은 분노를 드러낸 건 이튿날 친구 송자와 오류동 과수원 주변을 걸을 때였다. 남수와 송자는 우연히 보신탕으로 사용될 개가 묶여 있던 울타리에 들어갔다. 송자는 남수에게, 이웃에 방해가 되지 않도록 개들이 주사를 맞아 짖지 못하게 됐다

---

70 장남수, 같은 책, 37쪽.

고 설명해 주었다. 송자의 이야기를 들은 남수는 개들의 쉰 소리와 튀어나온 눈을 보고 그 자리에서 옴짝할 수 없었다. 이 순간이 그녀에게 냉혹한 반성의 순간이었다. "가까이 가보니 정말 개들은 모두 컹컹거리기만 하지 제소리를 못 내고 있었다. 짖는 것이 생명인 동물을 짖지 못하게 해놓았으니 모두 안타깝게 바둥대며 짖으려고 애쓰고 있었다. 목엔 쇠사슬을 걸고서 …… 나도 목이 답답해지며 가슴이 콱 막히는 것 같았다."[71]

장남수는 자신을 쇠사슬에 묶여 있는 개와 같은 처지라고 생각했다. 그녀는 가난, 교육의 결핍, 사회적 경멸 등 자신이 속한 계급 때문에 덫에 걸렸다는 감정뿐만 아니라, 무엇보다 그녀가 어떻게 올가미에 묶였고 어떻게 목소리를 내지 못하게 되었는지를 이제 누구보다 더 정확하게 알게 되었다고 말한다. 장남수는 자신의 욕망을 꺾어 온 사회적 모순에 대해 심사숙고하지 않으면 안 되었다.

옛날엔 왕자와 시골 처녀의 사랑 얘기, 공주와 나무꾼의 사랑 얘기가 전해 오곤 했다는데 지금 사회는 대학생은 대학생, 사장 딸은 고관 아들 그리고 노동자는 노동자끼리라는 관념으로 틀이 잡혀 있는 것 같다. 사람과 사람과의 깊은 인간애로 만나자는 것이 아니라 간판과 간판끼리, 명예와 명예끼리 각각 그렇고 그렇게 되어 가는 것 같다. …… 공단에서 일하는 우리들이 연애를 하면 성문란이라고 한다. 대학생이 잘못하는 것은 귀엽게 봐주고 노동자가 잘못하면 '천

---

71 장남수, 같은 책, 38쪽.

한 것들'이라고 욕한다.[72]

정현백은 장남수와 현우 사이의 관계를 노동자 생활로부터의 탈출과 사랑과 결혼을 통한 신분 상승의 기회로 해석한다. "기차 안에서 만난 대학생이 그녀의 지적인 태도에 호기심을 느끼고 접근해 오자 [장남수는] 깊은 내적 갈등에 빠지게 된다. 결국 그녀는 자신과는 어울리지 않은 계층의 사람이라는 인식을 확인하며, 그녀에게 주어진 기회를 스스로 포기하고 만다. 그녀는 사람 사이에 층계를 만들어 온 세상이 분하고, 노동자라는 데 대한 열등의식으로 초라하게 찌들려 살아온 세월을 억울해하지만, 결코 결혼을 통한 상승을 노동자가 택해야 할 길로 받아들이지도 않고, 또 그것이 현실적으로 가능하다고 믿지도 않는다."[73] 정현백이 제시한 함의는, 장남수가 여공에서 사모님으로의 변화를 거부했다는 사실, 다시 말해 그녀가 계급 경계를 가로지르는 선택을 하지 않을 것이라는 점이다. 이 단계에서 독자들은 그녀가 싸워서 쟁취하고자 하는 사회 — 사람들이 "여공"과 "대학생"으로서 만나 사랑하는 것이 아니라, 계급사회의 제약으로부터 해방된 또 다른 사회에서 서로 만나고 사랑할 수 있는 유토피아적 비전 — 를 알 수 있다. 실제로 장남수가 이상적으로 생각했던 사랑은, 왜 사랑으로 모든 문제를 해결할 수 없는지, 다시 말하자면 자본주의사회에서는, 왜 정치·사회·화폐

---

72 장남수, 같은 책, 100-101쪽.

73 정현백, 「여성 노동자의 의식과 노동 세계」, 126쪽.

가 반드시 결부되어 있는지 가장 정확하게 설명해 주고 있다.

불행하게 마무리됐던 여공의 슬럼 로맨스 이야기들은 한국 노동운동 안에서 많이 회자되었다. 조화순은 자신을 배신한 대학생의 집 주변에서 목숨을 끊은 여성 노동자의 이야기를 아래와 같이 자세히 이야기해 준다. "그들의 외로움은 그들을 남성에게 끌리게 했어요. 대학생과 짝을 맞추는 사랑을 꿈꾼 노동자 중에서 이런 류의 결말은 흔해요."[74] 김승경은 자신이 일했던 마산 공장에서 대학생과의 데이트는 "명예로운 것"으로 여겨졌다고 이야기한다.[75] 그녀는 연세대 신문에 마산 수출자유지역 여공이 주변의 경남대 대학생에게 성적으로 착취당하고 있다는 기사가 실리자, 경남대 학생들이 기사를 쓴 기자의 허수아비를 불사르며 반발했다고 전한다. 이처럼 여공과 대학생 모두 계급 간 로맨스라는 주제에 대해 민감했던 것으로 보인다. 소설가들도 계급 간 로맨스라는 주제를 다루었다. 박완서의 단편소설 「티타임의 모녀」에서 주인공 여성은 여공 출신으로 집안도 좋고 일류 대학 학벌까지 있는 전직 학출 노동운동가를 남편으로 두고 있지만, 그가 자신의 급진적인 과거를 잊고 자신을 떠날까 봐 두려워하며 산다.[76] 이남희는 박완서의 단편소설에 대해 다음과 같이 이야기한다. "운동이 추구하는 이상의 세계에서만 그녀는 남편에

---

74 Cho Wha Soon, *Let the Weak be Strong*, p. 76; 김원, 『여공 1970, 그녀들의 반역사』, 561쪽.

75 Kim Seung-Kyung, *Class Struggle or Family Struggle?*, p. 73.

76 박완서, 「티타임의 모녀」, 『창작과비평』 21(2), 1993년 6월.

게 진실로 존중받을 수 있다고 생각한다. 그리하여 그녀는 주변의 모든 정황이 그 반대를 가리키고 있지만, 여전히 남편이 운동의 이상을 유지하고 있다고 믿고자 노력한다. 남편과 대등하고자 하는 욕망은 자신과 남편이 함께 농촌으로 이사했으면 하는 그녀의 소망으로 표출된다. …… 그녀가 남편과 동등해질 수 있는 유일한 방도였던 것이다."[77] 온 힘을 다해 대학생들과 대등해지고 싶던 여공들의 욕망은 문학작품에서 해소되기 어려운 문제로 제시된다. 연이은 비극으로 끝을 맺는 이야기들은 계급 간 연애에 대해 장남수가 왜 그렇게 거부감을 느꼈는지 설명해 준다. 여공들의 자전적 수기에 제시된 계급 간 연애의 결말에 대한 이야기들을 읽다 보면, 성장하는 노동계급 운동에 대한 낙관주의와 더불어, 계급 간 연애에 대한 비관주의를 읽어 낼 수 있다.

여공의 미덕

장남수의 연애담은 여공들의 세계뿐만이 아니라, 그들의 도덕적 감수성에 대해서도 보여 준다. 가부장제와 계급사회의 시선 속에서 여성의 노동은 천시되었다. 특히 이 같은 시선에서 볼 때 여공들의 위상은, 1970, 80년대에 호황을 누렸던 성매매 지역에서 일했던 여성들과 사회적으로 유사한 것으로 간주되었다. 그렇지

---

77 Lee Nam-Hee, *The Making of Minjung*, p. 286[국역본, 457쪽].

만 놀랍게도 여공 작가들은 성판매 여성이라는 주제에 대해서는 거의 다루지 않았다. 장남수의 『빼앗긴 일터』는 성판매 여성들과는 분명하게 구분되는 여성 노동자의 미덕에 관한 책이다.

대중에게 자신들이 존중받을 만한 존재임을 납득시키기 위해 싸워 온 여공들이 자신을 성판매 여성들과 비교할 여유는 없었을 것이다. 일레인 김이 지적하듯이, 전통적으로 한국인들은 여성이 집 밖에서 일하는 것을 가족의 위신을 실추시키는 것이라고 보았고, 이는 공장이라는 새로운 사회적 공간에 취업한 가난한 하층계급 출신 여성들의 여성성에 눈에 띄는 상처를 입혔다.[78] 그러나 여성성의 결핍에 초점을 맞추는 것은 하층계급 여성들에 대한 극도의 성적 대상화(혹은 성애화sexualization)에 대해 우리가 관심을 가지지 못하도록 만드는 신비화 방식이기도 하다. 오히려 바로 그런 이유로 "여성스럽지 않은" 여공들은 서울의 밤거리, 만원 버스, 고궁, 그리고 공단 남성들 사이에서 성적 위협의 대상이 될 수밖에 없지 않았을까? 여성성femininity과 섹슈얼리티 간의 간극은 성적 학대로 연결되었는데, 여공에 대한 성적 학대는 "여성스럽지 않은" 여성을 성적으로 더욱 온순하게 만드는 성적 규율의 한 형식이 되었다.

여성스러움womanhood은 가난한 계급의 여성이 가질 수 없는 자질로 여겨졌기 때문에, 일하는 여성은 여성스럽지 못한 돈에 대한 욕망으로 오염된 존재로 간주됐다. 경제적 욕망에 오염된 것으로 여겨졌던 여성 노동계급에 대한 특정한 이미지는 여공에

---

78 Elaine Kim, "Men's Talk," p. 142[국역본 281쪽].

게 큰 영향을 미쳤다. 여성성, 아름다움, 우아함은 한국에서 상층계급만이 지닐 수 있는 "계급 자산"이었으며, 여공에게는 실현 불가능한 것이었다.[79] 장남수는 이를 다음과 같이 설명했다.

사람들은 말한다. 여자 목소리가 담을 넘어가도 아니 되고 여자는 얌전하고 교양 있게 애기를 해야 하며 행동도 조용해야 한다고 …… 그러면 우리는 무언가? 자로 잰다면 우리는 여자로선 제로 아닌가. 큰 소리로 하지 않으면 말이 전달이 안 되고 작업복을 입고 분주하게 기계 사이를 오가며 일해야 하니 자연히 행동이 덤성덤성하다. 이 나라의 산업 발전과 경제성장을 위해 밤잠도 못 자고 땀 흘리는 우리에게 돌아오는 대가는 공순이라는 천시하는 명칭과 세상에서 말하는 여자다움이 박탈되는 거라면 우린 뭔가?[80]

여성성은 의심을 받았지만 성판매 여성과 유사한 존재로 간주되었던 여성 노동계급의 성적 유용성은 성적 학대를 거의 범죄로 인정하지 않는 "법과 질서"에 기반을 둔 사회 속에 과잉 결정되어 있었다. 이 점은 여공의 자전적 수기에도 쓰이지 않았던 잉여의 맥락이며, 기존 남성 중심적 노조 운동에서도 인정할 수 없던 것이었다. 김원이 보여 주듯이, 노동하는 여성을 재현했던 유교 규범과 중간계급 도덕률 모두를 비판할 능력이 없었던 노동운동에 의해 여공은 경제성장을 위해 일방적으로 동원되는

---

79 나는 "계급 자산"이라는 용어를 P. Johnson, *Hidden Hands*, p. 34에서 빌려 왔다.
80 장남수, 『빼앗긴 일터』, 42-43쪽.

"무성적" 혹은 "생산적 육체"로 구성되었다.[81] 자전적 수기의 저자였던 여성들은 남성 중심적인 노동운동이 다루지 못했던 연애, 동거, 결혼 등과 같은 여성들의 내밀한 문제들을 다루었기 때문에 문제적이었다. 여공 문학의 저자들은, 가난한 여성들을 도덕적으로 타락한 존재로 간주했던 한국 사회에서, 여공들이 사랑에 빠지는 일이 얼마나 긴장되고 떨리며, 위험천만한 일인지 우리에게 알려 주었다.

하지만 여공 문학은 문학인가?

여공들의 자전적 수기가 출간되기 이전만 해도, 여성 노동계급이 쓴 작품들은 한국의 문학 전통 내에서 거의 인정받지 못했다. 이런 상황에서 여공 문학이 처음 등장했을 때, 그들이 쓴 수기들은 당대의 문화적 권위 전반에 대한 문제 제기였다. 사실, 자전적 수기의 저자인 여공들 역시, 학력과 등단 제도 등 문학 생산의 조건들, 개인적이고 사회적인 차원에서 문학의 해방적인 역할에 대한 요구, 빡빡한 출판 일정 등과 같은 당시 문단의 요건들을 충족해야 했다. 이 같은 사실은, 여공들이 정전의 반열에 올라갈 만한 작품을 쓰고, 그 구성원이 된다는 것이 얼마나 어

---

81 김원, 「여공의 정체성과 욕망: 1970년대 여공에 관한 지배적 담론의 비판적 연구」, 『사회과학연구』 12집 1호, 서강대 사회과학연구소, 2004, 45-46쪽.

려운 일이었는지, 그녀들의 처지가 얼마나 열악했는지를 우리에게 상기시킨다.

그러나 석정남과 장남수의 작품은 그녀들의 수기를 출판하고 받아들였던 당대의 문학 시장 외부에 있지 않았다. 수기들이 출간되었을 당시, 가장 인기를 끌었던 송효순의 『서울로 가는 길』은, 기독교적이고 순종적인 내용이 주를 이뤘고, 주로 여성들의 고통을 묘사하는 등, "노동계급의 애환"이 지나치게 강조된 텍스트로, 현재 시각으로 볼 때 세 개의 수기 가운데 가장 시대에 뒤떨어졌다. 장남수나 석정남의 수기에 비해, 송효순의 『서울로 가는 길』은 [남성 중심의] 노동운동 진영뿐만 아니라, 문학작품들 속에서 관습적으로 나타나던, 다시 말해 노동계급 여성을 감상적인 인물로 묘사하는 기존의 관습에 잘 맞아떨어졌던 작품이었다. 하지만 『서울로 가는 길』과 대조적으로, 석정남과 장남수는 앞서 언급한 대학생 또는 남성 시인 등 중간계급과의 관계 속에서 그들이 경험한 사회적 멸시를 묘사함으로써, 자신들을 문학적·사회적 주체로 제시했다. 그들은 노동하는 삶의 가난과 그들 내면세계의 풍요 사이의 불일치를 묘사했는데, 특히 장남수의 이야기는 빈곤의 성정치를 잘 드러낸 텍스트라고 평가할 수 있다.

이런 이유로 장남수와 석정남, 두 작가는 1980년대 한국 문단에서 여러 가지 측면에서 재평가될 수 있는 존재로 기억된다. 장남수의 자전적 수기의 서문으로 돌아가 자신이 작가로 인정받는 일이 그녀에게 얼마나 어려운 일이었는지 되돌아볼 필요가 있다. "나는 유명한 정치인도 스타도 예술가도 아닙니다. …… 그저 노동자들이 대부분 그렇듯이 가난한 농촌 가정에 달갑잖은 딸자식으로 태어나 공장노동자가 된 한 여성일 뿐입니다."[82] 『빼앗긴 일터』 서문을 통해 장남수는 [기존 문단의] 문화적이고 사회적인 위계질서 내에서 작가로서 자신이 안정적으로 정착할 수 있기를 갈망했던 동시에, 기존 문단의 위계질서를 조롱하기도 했다. 아마도 여공 수기의 작가들이 공통적으로 문단에 던졌던 충격은, [여성 노동계급에 대한] 정치적 재현과 문학적 재현을 그들의 작품 속에 강렬히 결부시켰다는 점일 것이다. 이들 작품들 속에서 이 같은 정치적·문학적 재현은, 여성 노동계급이 주인공이 되는 새로운 사회의 도래를 예시하는, 기존의 문단과 사회에 대한 도전으로 간주되었다.

1970, 80년대 한국 여성 섬유 노동자의 삶에 관한 풍부한 자료들이 생산된 것은 우연이 아니다. 이 시기 여성 노동자들은 전투적인 노동운동을 통해 투쟁하고 사회로부터 관심을 이끌어 냈으며 문단에서도 자신들의 독자적인 공간을 만들어 냈다. 장남수와 다른 여공들에게, 저임금에 맞선 투쟁은 여성들의 욕망에 대한 억압에 맞선 싸움이기도 했다. 이와 같은 장남수의 자전적 수기와 작품은 성별에 따른 임금 차별에 관해 이의를 제기하는 것이 얼마나 어려웠는지, "여성스러움"으로 규정된 젠더 규율이 여성을 통제하기 위해 어떻게 작동했는지, 계급과 섹슈얼리티가 어떻게 불가분의 관계로 얽혀 있는지 보여 주었다. 산업화 시기 역사적인 제약에도 장남수는, 어떻게 여성 노동계급이 저임금과 여성에게 차별적인 노동조건, 더 나아가 가난이 숙

---

82 장남수, 『빼앗긴 일터』, 3쪽.

명이라는 관습적 사고를 거부할 수 있었는지, 그리고 서울로 가
는 완행열차를 타고 가던 어느 날 밤에 깨달은 다른 종류의 관
계의 가능성에 대한 믿음을 글로 남겼다.

5장

소녀의 사랑과 자 살

"너는 십대 노동자들에 대해" 윤호는 말했다. "30분 동안 말했어. 네가 잘 알고 있는 척하면서 말했지만 그렇지 않아. 죄의식 없이 십대 노동자들에 대해 말할 수 있는 사람은 이 나라에 없을 거야. 나를 포함해서 말이야."

조세희, 『난장이가 쏘아 올린 작은 공』

"가끔 저녁에 버스를 타고 집으로 돌아오면서 혹은 골목길을 걸으면서 나는 그녀를 생각하곤 해. 정말 그녀는 죽은 걸까?"

신경숙, 『외딴방』

이 책에서 나는 여공들이 한국의 급속한 산업화 과정과 현대문학에서 중요한 정치적 의미를 가진 문화적 인물이 되어 가는 과정을 탐구하고 있다. 나는 주로 재현의 정치학에 대해 관심을 기울이고 있기는 하지만, 계속해서 내 맘속에 맴도는 질문은 다음과 같다. 여공은 어떻게 스스로 작가가 될 수 있었나? 나는 재현의 문제를 이런 작가 되기의 문제와 함께 제기한다. 왜냐하면 이들 사이에 놓인 간극, 즉 재현된 자와 재현하는 자 사이의 간극은 노동자계급 여성들의 글쓰기에 대한 억압과 문학작품 속 여주인공으로서 그들이 가진 힘에 대해 많은 것들을 밝혀 주기 때문이다. 이 장에서 나는 여공 스스로가 어떻게 작가가 되었는지를 이야기해 주는. 어떤 작품에 대해 살펴보고자 한다. 그 책은 바로 신경숙의 『외딴방』이다. 1995년 출간된 이 책은 1970년대 말과 1980년대 초로 독자들을 이끌고 가는 일련의 회고적 구성을 띠고 있다. 『외딴방』은 작가 되기에 관한 책으로, 구로공단에서 사춘기를 보낸 한 인물에 의해 사건이 서술되고 있다.

1995년에 출간된 이래로, 신경숙의 『외딴방』은 여공 문학의 정점으로 평가되어 왔다. 이 소설은 급진적 저널리즘, 프로문학 그리고 노동자계급의 자전적 수기로 이어지는 지난 75년[1]간의 과정에서 하나의 정점을 표상한다고 평가될 수 있으며, 여공이라는 포착하기 어려운 주제를 명료하게 표현하고자 했던 일련의 작품들 가운데 하나이기도 하다. 비평적으로 높은 평가를 받았을 뿐만 아니라 대중적인 베스트셀러이기도 했던 『외딴방』은, 야만적이었던 급격한 근대화 과정이라는, 오래지 않은 과거로 독자를 천천히 그리고 부드럽게 이끈다. 1970년대 말에서 1980년대 초, 산업화되고 있는 서울에 살았던 여성 노동계급과 소녀들의 이야기를 다루고 있는 이 책은 새롭게 등장한 주체인 여공에 대한 이야기를 전달하기 위해, 사춘기 여성의 섹슈얼리티와 자살에 집중한다.

이 책은 서술자가 어느 저녁 제주도에서 바다를 바라보며 열여섯의 자신을 회상하는 것으로부터 시작된다. "우리나라 어디서나 볼 수 있는 별 특징 없는 통통한 얼굴 모양을 가진 소녀. 78년, 유신 말기."[2] 그러면서 이 책은 "십대 노동자" 혹은 "여공"의 이야기를 들려준다. 사촌과 함께 서울로 온, "경숙"이라는 이름의 서술자는 낮에는 공장노동자로 일하면서 밤에는 산업체 특수학급에서 공부하는 학생이다. 이 책이 주로 다루고 있는 시기는 1978년에서 1981년 사이로, 경숙의 16세부터 19세까지의 삶이다. 경숙은 소설에서 "나는 아직 내 삶의 그 4년과 화해하지 못했다"라고 거듭 이야기하는데, 이 점에서 주인공 경숙은 사춘기 시절의 자아를 현재 시점에서 이해하려 애쓰는, 다시 말

---

1 [옮긴이] 이는 한국에서 프로문학이 시작된 1920년대 초부터 『외딴방』이 출간된 1995년까지의 기간을 일컫는다.

2 신경숙, 『외딴방』, 15쪽.

해 1970년대 말의 나와 1990년대 중반의 나를 화해시키려는 성공한 소설가이다.

'나'라는 서술자가 등장하는 이 소설은 부분적으로는 허구이자, 부분적으로는 자서전적인 회고록이다. 작가가 고백하고 있듯이 장르상의 이 같은 불분명함은 처절했던 당시에 관해 글을 쓰기 위한 그녀의 의도적인 전략이다. 페미니스트 문학사가 이상경은, 『외딴방』의 실제 작가와 서술자인 '나' 사이의 미끄러짐, 즉 비밀을 폭로하는 고백적 어조의 소설 텍스트와 작가 신경숙의 실제 삶 사이에는 일치하지 않는 점이 있음을 지적한 바 있다.[3] 앞서 출간된 책에 실린 저자의 약력에서, 신경숙은 자신의 출생과 어릴 적 삶에 대해 자세하고 꾸밈없이 드러내면서, 자신이 서울의 산업체 특수학급을 다녔다는 사실을 기록한 바 있다. 이 진술은 독자들에게 작가 신경숙이 산업체 특수학급을 다니는 동안 공장에서 일하면서 힘겨운 사춘기를 보냈다는 사실을 알려 준다. 그러나 『외딴방』은 자서전이 아니다. 소설의 첫 문장과 마지막 문장에서 작가는 이렇게 반복적으로 쓰고 있다. "이 글은 사실도 픽션도 아닌 그 중간쯤의 글이 된 것 같다. 하지만 이걸 문학이라고 할 수 있을 것인지. 글쓰기를 생각해 본다. 내게 글쓰기란 무엇인가? 하고." 이 책의 마지막까지 작가는 형식과 장르를 고민하며, 이 책을 쓰는 것이 무척 내키지 않았지만 어쩔 수 없었음을, 그리고 이 책이 얼마만큼 그녀의 마음의 평온을 대가로 지불하게 했으며, 그녀를 부정적이고 성난 내

---

3 이상경, 『한국 근대 여성문학사론』, 소명출판, 2002, 283쪽을 보라.

성적인 사람으로 만들었는지 등을 독자들에게 늘어놓는다.[4] 그런데 신경숙은 왜 이렇게 자신의 이야기를 글로 쓰는 게 힘들었던 것일까? 작가가 활용한 문학적 전략들의 기능은 무엇인가? 누가 혹은 무엇이 그녀를 과거의 이야기로 향하게 했는가?

작가는 여공 문학의 관습을 공개적으로 비판하기 위해 서사 전략상 여러 장르를 뒤섞는다. 서사적 픽션과 자전적 수기의 형식을 오가며 이야기가 전개되는 가운데, 가정소설과 노동 소설의 관습이 가족과 동료 여공들의 형상화에 영향을 주고 있으며, 과거를 회상하면서 고딕소설에나 나올 법한 공포에 휩싸이기도 한다. 만약 신경숙이 문학작품들 속에 아직 존재하지 않았던 어떤 주체를 명확하게 정식화하는 과정에 있었던 것으로 본다면, 그녀가 자신의 글쓰기를 통해 비판하고 싶었던 것은, [여공의] 비가시적인 정체성(정치적 불명료함으로부터 그녀가 만들어 내야 했던 아직 실현되지 않은 주체로서의)이라기보다는, 일련의 클리셰 속에서 만들어진, 착취받는 노동자를 대표하는 여공의 대중적 정체성이었다고 할 수 있다. 우리는 이미 1970, 80년대에 하층민 여성들을 소재로 한 글쓰기의 관례가 어떻게 형성되었는지, 정치적인 편의에 따라 그들을 내세우기 위해 사용되었던 수사들이 무엇이었으며, 이와 같은 전통이 자신의 삶에 대해 쓰기 시작한 최초의 여성들에게 초래한 난점들은 무엇이었는지 살펴보았다. 신경숙은 이런 수사들을 효율적으로 배치하면서도 동시에 거기에 저항했다. 『외딴방』의 의미는 희재라는 한 여공의 죽음

---

4 신경숙, 『외딴방』, 178쪽.

이라는 장르적 클리셰[5]가 독자들에게 어떻게 해석될 수 있는가에 전적으로 달려 있다. 현재의 기억 속에 떠오른 서울 생활의 외로움과 가난에 의해 서사가 구성되었지만, 이런 외로움과 가난이 "미학적으로 치유됨"[6]을 확인한 독자들이 기대할 수 있는 즐거움은 그것이 무엇이었든 간에 서술자의 강박적 비탄과 분노 그리고 이 책을 이끌고 나가는 상실감과 죄책감 그리고 공모 의식으로 말미암아 방해받게 된다.

주체가 어떻게 소설 속에서 그리고 소설을 통해서 만들어지는지에 대해 섬세하게 사고하기 위해 나는 낸시 암스트롱의 직관을 빌리고자 한다. 『소설이 생각하는 법』에서 암스트롱은 영국 소설의 역사를 근대적 개인주의의 역사로서 재평가한다. 그녀는 "소설의 역사와 근대 주체의 역사는, 문자 그대로 완전히 하나다"라고 주장한다.[7] 암스트롱은 허구적 작품들 속에 등장하는, 개인주의적 욕망의 한계를 실험하는 사회적 주체들agent을 통해 작품들을 분석한다. 즉 문학 속에 일찍이 존재한 바 없는 주체들을 분명하게 그려 낼 때 작가들은 개인적 욕망과 사회질서의 제약을 화해시키기 위해 필사적으로 노력했다. 이제는 정전으로 평가받는 소설들 속에서 과도한(반사회적인) 욕망을 가진 개인들이 죽음을 맞이할 때(예컨대, 『플로스 강의 물방앗간』의

---

5 [옮긴이] 저자는 소설 속 희재의 죽음을 여공 문학의 전통의 맥락에서 여공이 비극적 희생양으로 등장하는 장르적 관습을 따르고 있는 것으로 보고 있다.

6 이 말은 Marcus Wood, *Slavery, Empathy and Pornography*, Oxford: Oxford University Press, 2003에서 가져왔다.

7 N. Armstrong, *How Novels Think*, New York: Columbia University Press, 2006, p. 3.

매기 튤리버, 『폭풍의 언덕』의 캐서린 언쇼), 그런 욕망들이 무효화시키고자 했던 사회적 질서는 보존된다. 암스트롱에게 소설 쓰기라는 행위는 우리가 추구하고자 하는 주체들을 창조하고 우리가 살고 싶어 하는 사회의 범위를 넓히는 것이다. 글쓰기와 그것이 독자들에게 요구하는 동정[공감]은 새로운 주체를 형성하는 데 중대한 요소이다. 이와 같이 공장에서 고생한 『외딴방』의 주인공은 수많은 여공 가운데 하나일 뿐이지만, 이런 경험을 소재로 소설을 쓰는 바로 그 순간 그녀는 예외적인 인물이자, 완전히 개인화된 창조물이 된다.

문해력과 젠더의 기능, 억압받는 이들의 역할, 그리고 개인주의의 한계를 시험하는 근대소설의 주체 등과 관련해, 암스트롱은 여공 문학 독자들에게 매우 흥미로운 아이디어를 제시한다. 암스트롱은 앞의 글에서 19세기 문학뿐만 아니라 철학 속에 개괄된 인간 공동체의 한계를 탐구하면서, 독자들을 고딕소설인 브램 스토커의 『드라큘라』, 헨리 라이더 해거드의 『그녀』, 그리고 메리 셸리의 『프랑켄슈타인』으로 이끌고 간다. 여기에서 암스트롱은 "기이하고, 완전한 인간에 미달되며, 위험한" 대안적 주체가 지속적으로 부정됨으로써 근대적 개인이 정의되었다는 사실을 암시하기 위해 페미니스트 문화 이론의 역사를 원용하기도 한다.[8]

암스트롱의 논의를 참조한다면 『외딴방』은 한 여공의 자살에 대한 이야기이자 또 다른 여공의 성공에 관한 이야기로서 파

---

8 Ibid.

괴적이고 위협적인 과거로부터 자아와 내면을 창조하려는 기획과 깊은 관계가 있다. 그러나 『외딴방』의 서술자는 [자아와 내면이라는] 개인성을 부여하는 이 같은 문학적 힘을 쉽게 받아들이거나 지지하지 않는다. 이런 과정을 밝히기 위해 우리는 『외딴방』의 두 여공의 관계에 주목할 필요가 있다. 이 책에서 가장 중요한 관계인 두 여공, 즉 희재와 서술자인 경숙의 우정은 소설여러 군데에 감질날 정도로 슬쩍 슬쩍 언급되어 있다. 우리는 일단 그들이 처음 만나기 전인 145쪽을 보도록 하자.

"내가 희재 언니를 처음 본 것은 그해[1978년-옮긴이] 봄이었던 것 같다."[9] 경숙은 외사촌과 함께 공중목욕탕에서 돌아온 어느 일요일을 회상한다. 그녀는 시멘트 마당에서 교복을 빨고 있는 소녀를 보게 된다. 그 교복은 자신의 것과 같다. 그들은 같은 학교를 다니고 있었음에 틀림없다. 그들은 하숙집 옥상에서 빨래를 널면서 처음으로 이야기를 나눈다. 경숙은 희재의 얼굴을 이렇게 묘사한다. "햇볕같이 표정이 없는 무심한 얼굴." 그러나 이내 희재가 공장에서 입은 상처에 서술자는 눈길을 보낸다.

"미싱 바늘에 찔렸거든. 물에 손을 넣었더니 불었어. 물에 손을 넣었더니 불었어. 어느 방에 살아?"

"삼층."

"사반이지. 저번에 버스에서 봤어. 학교에서도 한 번 보고 …… 여기에 사는지 몰랐네."

---

9 신경숙, 『외딴방』, 145쪽.

"나는 한 번도 못 봤어요."

희재 언니는 내 말에 또 희미하게 웃었다. 내 얼굴이 어려 보여서였는지 그녀는 그냥 동생에게 말하듯 했고 그래서 나는 예예, 그랬다.

"이 집은 좋아 …… 누가 죽어도 모를거야."

안 그래? 하는 투로 그녀는 눈을 동그랗게 모으고 나를 보았다.[10]

이렇게 암시와 복선이 드리워진 채 그들의 우정은 시작된다. 여기에서 우리는 공장과 여학교라는, 동성애적인 사춘기 세계에서 생겨나는 여성의 우정, 사랑, 경애 그리고 숭배에 대한 엄청난 욕구를 알아차릴 수 있다. "그녀[희재-옮긴이]가 가버리고 난 후 …… 그녀의 블라우스, 치마, 손짓, 입모양, 가는 목의 핏줄기들이 그녀가 간 후에도 내 주위에 남아 냇물처럼 졸졸 내 어딘가로 흘러들어 꿈결인가? 나는 휘-돌아보곤 했다. 무슨 비밀을 가린 휘장처럼 이불 홑청이 펄럭였고, 그녀의 손수건이 바람에 밀려 바닥에 떨어져 있었다."[11] 그들이 처음 서로를 알아보는 순간, 직장과 학교에서 느꼈던 지루함과 권태는 사라진다.

경숙에게 희재의 강렬함과 관능성은 중독적이라 할 만하다. 경숙은 희재를 "햇볕같이 표정이 없는 무심한 얼굴"이라고 표현하는데, 이는 아마도 경숙이 독자에게 보내는 경고인 듯하다. 즉, 당신이 죽은 여공을 이해할 수 있다고 상상하지 말라. 동정은 당신이 이 세계로 들어오도록 승인하는 보증서가 아니다. 당

---

10 같은 책, 147-148쪽.

11 같은 책, 150쪽.

신은 내가 나 자신을 희생해 당신을 여기로 데려왔다는 사실을 먼저 알아야만 한다. 내 욕망은 희재를 당신들에게 알리려는 것이 아니라, 나 자신에게 희재를 분명하게 만드는 것이다. 나 자신을 다양한 존재로 서술해 보자면, 나는 그 사건에서 결백하면서도 동시에 공모 관계에 있으며, 죽음에 대해 슬퍼하고는 있지만 작가로 성공했고, 외롭지만 모두가 내 책을 읽고 있다.

이야기가 전개되면서 서술자는 기억의 고통과 함께, 써야 한다는 강박을 점점 더 드러낸다. 그녀는 홀로 있을 공간이 필요했다. 사실 그녀는 십대 시절을 애도하고, 마음 아파하며, 과거 이야기로 돌아가기 위해 일상을 떠나 제주도로 홀로 도피할 필요가 있었다. 여기에서 작가는 독자들에게 자신의 이야기가 공개되는 데 따른 심적 비용, 막대한 반감과 양가성이 개인적인 슬픔에 관한 것이라고 말하고 있지만, 이 같은 개인적인 슬픔이 (여성해방의) 상징적인 자리를 차지하거나, (노동자의 권리를 위한) 투쟁의 일부가 되거나, "사회적인 대의"를 위한 것으로 간주될 수 있음을 알고 있다. 또한 서술자는 정작 글을 쓰면서도, 자신의 개인적 경험을 세상에 드러내기 위해 출판을 하고 인터뷰를 함으로써, 누군가의 사적인 죽음을 간단히 정리하는 것에 대해서도 불안해한다. 희재의 목소리는 그녀를 따라다니는데, 그녀는 그 세계에 대해 말함으로써 죽은 후에도 생생하게 남아 있는 듯한[12] 희재의 목소리를 잃을까 봐 두려워하고 있는 듯하다. 희재를 글로 묘사하는 것은 그 생생함을 잃는 것이고 이에 문학

---

12 같은 책, 156쪽.

은 마치 평범한 타협처럼 느껴진다. 어떻게 문학이 사랑하는 망자亡者의 목소리에 비교될 수 있단 말인가?

경숙이 마침내 과거의 희재를 묘사하는 것은 소설이 시작되고 꽤 많은 분량이 흘러간 이후이다. 마침내 작가는 희재를 현재 삶으로 데려오는 고딕소설의 관습에 다다른다. 현재의 경숙은 집에서 잠을 자다 길게 울리는 현관 초인종 소리에 새벽 다섯 시에 잠에서 깬다. 그녀는 문으로 다가가지만 문 열기를 주저한다. 그러면서 그녀가 초인종 소리를 상상한 것은 아닌지 의심하기 시작한다. 그녀는 다시 침실로 돌아온다.

분명 초인종 소리였는데. 갑자기 초인종 소리를 듣다니? 가슴을 쓸어내리는데 등 뒤에서 인기척이 느껴졌다. 소스라치며 뒤돌아봤다. 의자에 걸쳐 놓았던 어깨에 걸치는 숄이 방바닥에 스르르 떨어져 왔다. 엎드려 숄을 집어 올리는데 안도의 숨이 저절로 새어나왔다.
…… 누군가 이 방으로 들어온 것 같았다.
…… 누구세요? 라고 물어도 나야. 라고 소리를 낼 수 없는 사람이 내 등 뒤에 서서 내 목덜미를 바라보고 있는 것 같다.
…… 그만, 불을 끄고 침대로 가서 누웠다. 인기척이 따라와서 내 곁에 웅크리고 누웠다.

희재 언니야?
……
그래?
…… 깜짝 놀랐잖아?

……

어떻게 알고 여기까지 왔어?

……

나, 너무 잘 살고 있지?

……

미안해.

……

뭐라구?

……

언니? 뭐라고 하는 거야?

……

못 알아듣겠어. 조금만 크게 얘기해 봐? 뭐?

……

나는 글쓰기로 언니에게 도달해 보려고 해.[13]

이 장면은 바로 『폭풍의 언덕』에 나오는 죽은 연인 캐서린을 찾아 헤매는 히스클리프를 연상시킨다. 마치 살아 돌아온 듯한 희재는 경숙에게 '문학의 바깥'[14]에 머물기를 주문하는 듯함으로써 죽음과 문학에 동시에 저항한다. 여기서 신경숙은 야만적인 1970년대를 평가하는 대안적인 형식으로서 "명백히 과거에 죽은 자"에게 우리가 귀 기울일 것을 요청한다.[15] 『외딴방』을 통해

---

13 같은 책, 195-197쪽.
14 같은 책, 197쪽.

작가는 여공의 죽음이라는 여공 문학의 지배적인 클리셰와 친구의 죽음이 자신의 내면에 미친 현실적 충격을 중재하고 있다. 여공 문학에서 여공을 정치적으로 중요하게 만드는 것은 바로 그들이 고통받는 하층계급 여성들이라는 점이었다. 그런데 희재의 자살에서, 서술자 경숙은 희재의 이야기를 독자에게 전달해 주는 중개자이자, 마지막 부분에서야 자신의 역할을 폭로하게 되는 숨겨진 또 다른 주인공이다. 가식적으로 자신을 망각한 채 여공을 동정하는 위조된, 부르주아적 감정을 투사하는 대신 독자들은 희재의 죽음이 경숙에게 가져다준 실제 충격과 싸워야만 한다. 그것은 아득히 먼, 접근할 수 없는 여공의 삶에 대해 (우리가 아무런 비용도 치르지 않은 채) 애도를 보내도록 요청하는 것이 아니라, 그들의 삶이라는 실재를 우리에게 보여 주는 것이다. 독자가 간접적으로 체험하는 슬픔은 어떤 권유에 의한 것이 아니다. 그것은 그 자체로 서사의 동력이 되었던 서술자의 슬픔과 분노와 그리고 죄의식에 의한 것이다.

희재는 여공 문학의 관습에서 벗어나 여성 노동계급의 삶에 대한 새로운 리얼리즘을 드러낸다. 그녀는 노동자였을까? 아니면 학생, 재봉사, 술집 여자였을까? 그녀는 십대였을까 아니면 그보다 더 나이가 많았을까? 그녀는 홑몸으로 자살한 것인가 아니면 뱃속에 아이를 가진 채 죽은 것인가? 그리고 마침내 서술자는 접근할 수 없는 과거, 완전히 다른 계급들, 즉 죽은 여공과 독자 사이에 다리를 놓는다. 이처럼 『외딴방』이라는 소설 안에

---

15 N. Armstrong, *How Novels Think*, p. 152.

서 감상적인 문학은 리얼리즘이 된다.

글쓰기, 욕망, 정체성

『외딴방』은 한 소녀가 공단에서 청춘을 보내며 작가가 되고자 분투하는 이야기이자, 글 쓰는 작가와 재현의 대상(여공)이 분리되어 있다는 사실에 문제를 제기하는 소설이다. 1990년 이전의 문학에서 여공은 분명 존재했지만 그들의 글쓰기가 억압받는 상황에서 여공들은 재현의 대상으로만 존재했었다. 가난 때문에 그들은 1920, 30년대에는 식민지 자본주의의 야만성에, 1960~80년대에는 급속한 산업화에 노출되었고, 이야기 속의 허구적 인물로서 어떤 문학적 원형, 다시 말해 성폭력의 피해자로서 재현되었다. 『외딴방』은 이 같은 사실들 가운데 어떤 것도 그럴듯한 말로 얼버무리며 넘어가지 않는다. 이 책을 펼쳤을 때 우리는 1970년대 후반, 공장에서 젠더와 계급을 규율했던 힘 그리고 일상의 노동이 미래에 대한 꿈과 상상력을 집어삼킨 상황과 마주치게 된다.

모든 성장소설Bildungsroman이 그렇듯이, 『외딴방』에서 등장인물들의 운명은 그들이 자신들의 사회적 또는 반反사회적 욕망을 어떻게 다루는지에 달려 있다. 경숙은 자신이 욕망하는 것을 세상에 언명함으로써 정체성을 형성하고 그것을 시험한다. 그녀와 희재는 마음 깊숙이 간직한 장래 희망, 즉 자신들의 욕망을 드러내는 '그럼 게임'[16]을 한다. 판타지와 냉혹한 경제적 현실이 소녀들의 갈망 속에 뒤엉켜 있는데, 그 갈망 속에서 은행원과 전화교환수라는 이상적인 직업은 사랑과 모성에 대한 판타지와 경합한다. "예쁜 아이를 낳을 수 있을까?"라는 희재의 순진한 질문은 불길한 예감을 자아낸다. 이런 소녀들의 소망에 특징적인 판타지와 현실적 제약은 경숙과 희재가 공유하고 있는 자매애 혹은 소녀들의 사랑이라는 강화된 관계 속에서 서로 확인된다. 경숙이 키가 크고 수줍고 진지하다면, 희재는 감정적이고 육감적이면서 속내를 알기 어렵다. 희재의 남자 친구에 관한 이야기에 경숙은 할 말을 잃거나 때로는 충격을 받지만, 희재는 청춘의 비통함에 괴로워하는 경숙을 섬세하게 돌보고 그녀를 위로하는 방법을 아는 친구이다. 그러나 희재는 경숙의 외사촌과 오빠로부터 정체를 의심받는다. 희재는 혼자 살며 나이도 명확하지 않다. 희재는 노동자계급의 전형적인 특징에 잘 맞아 떨어지지 않으며, 열정적으로 연애에 뛰어드는 경향이 있다. 그러나 그녀의 감수성은 순결한 서술자 경숙의 감수성과 잘 어울리며, 쪽방에서 그리고 함께 다니는 산업체 특수학급에서 그들은 친한 친구가 된다.

새로운 신조어이기는 하지만 소녀들의 사랑girl-love 혹은 자매애는 1970년대 한국에서 젊은 여성들 사이에 금기시되는 형

---

16 [옮긴이] 경숙과 희재는 경숙이 '그럼 게임'이라고 이름 붙인 게임을 한다. 그것은 '게임'이라기보다는 한 사람이 자신의 희망 사항을 말하면 다른 한 사람이 '그럼'이라고 말하면서 맞장구를 쳐주는 대화방식이다.

식이거나 관습은 아니었다. 샤론 마커스가 19세기 영국 여성들 사이의 결혼에 대해 논의했듯이 동성 사회성homosociality은 관습에 반하는 행위라기보다는, 유럽 부르주아 사회에 이미 제도화된 사회적 삶이었다.[17] 한국에서, 공장이나 고등학교 같은 동성의 세계에서 소녀들의 사랑은 가족, 연애, 출산에 대한 담론들과 규범들을 습득하는 데 핵심적인 역할을 한다. 그러나 『외딴방』에서 소녀들의 사랑이 가장 강력한 관계로 제시되더라도, 그것은 견고한 이성애적인 관계를 더욱 강화할 뿐이다. 바로 이 같은 소녀들의 사랑을 통해, 우리는 1970년대 여공 문학의 핵심적 질문에 접근한다. 즉, 여공은 성적 주체인가? 그렇다면 어떤 종류의 성적 주체인가? 그리고 이런 환경에서 어떻게 그들은 욕망을 갖게 되는가?

강렬하면서 서로를 신뢰하는 경숙과 희재의 관계는 그들의 욕망과 그 한계의 표현이다. 작가는 동성 사회적 세계와 밀접히 결합되어 있는 인물들을 제시하고 있지만, 그들 사이의 관계는 동성애와는 달리, 성적 욕망에 의한 관계가 아니라 서로의 내밀한 꿈을 이야기하면서 서로를 믿고 신뢰하는 관계이다. 이들 소녀들의 사랑은 중요한데, 그것은 이들의 사랑을 통해 작가가 의도적으로 노동자계급의 주체 형성을 다룬 기존 글들에서 나타나는 수많은 관습들을 회피하려 했기 때문이다. 다시 말해, 작가/서술자는 이 시기에 확립된, 노동자계급의 주체성이 형성되는

---

17 Sharon Marcus, *Between Women: Friendship, Desire and Marriage in Victoria England*, New Jersey: Princeton University Press, 2007, p. 35.

전통적인 양상, 즉 노조 결성과 파업에 대한 서술을 반복적으로 회피하고 있다. 작가는 두 사람들 사이의 동성 사회적 관계가 명확하게 지속되는 모습을 통해 기존 노동 문학의 전형적인 서사 구조와는 대비되는 내면성, 욕망, 소녀들의 사랑으로 이루어진 서사 구조를 펼쳐 보이고 있다. 그러나 희재와 경숙 사이의 관계는, 비록 이 소설에서 가장 강력하고 육감적인 관계이지만, 동성 간 섹스에 대한 욕망은 상상할 수 없다. 경숙과 희재는, 밤마다 비좁은 희재의 방에서 남자들과의 끔찍한 관계에 대해 이야기를 나누면서 함께 자기도 하지만, 이들은 서로를 욕망하거나 성적 만족을 찾지 않는다.

야망, 교육, 가족

『외딴방』에서 많이 인용되는 유명한 장면 가운데 하나는 경숙이 컨베이어 벨트에 조세희의 소설 『난장이가 쏘아 올린 작은 공』을 올려놓고 베껴 쓰는 장면이다. 경숙과 가족들은 그녀가 다니고 있는 산업체 특수학급을 장차 그녀가 속한 계급에서 탈출할 수 있게 하는 유일한 방법으로 생각하고 있다. 서술자는 고향을 떠나 서울로 와서 어떻게 큰오빠, 외사촌과 같이 살게 되었는지 설명하는데, 이 과정에서 어떤 가정환경에서 그들이 살았고, 누가 그들을 위해 희생하고 그들이 어떻게 교육을 받게 되는지 드러난다. 그녀가 초등학교를 졸업하고 중학교에 갈 무렵, 둘째 오빠가 먼저 고등학교 입학시험에 합격하게 되자 가족들은 갑자기 두 사람을 동시에 학교에 입학시킬 돈을 마련해야 했다. 고전적인 모성적 희생에 의거해 어머니는 아이들의 학비를 위해 반지를 판다. 이 장면은 어머니가 자신의 욕망을 마침내 완전히 없애 버리는 순간을 의미한다. 그러나 이 같은 임시방편적 학비 조달은 오래 지속되지 못했다. 경숙이 고등학교에 들어갈 무렵, 그녀의 셋째 오빠가 대학 입학시험에 합격하고 여동생이 중학교에 들어가게 되었다. 가족에게는 경숙을 고등학교에 보낼 돈은 없었고, 결국 경숙은 큰오빠를 따라 서울로 올라와 산업체 특수학급에 입학하게 된다.

이 책에서 신경숙은 가족들 가운데 바로 남성들 때문에 그녀가 어린 나이에 공장에서 일하게 되었음을 밝히고 있다. 그녀는 두 오빠와 자신 사이의 관계에 대해서 서술하면서, 자신이 공장을 다니며 학교를 다니는 것에 대해 오빠들이 어떤 책임감을 느끼고 있음을 암시적으로 서술한다. 가난 때문에 두 오빠의 성격은 날카로웠지만, 그들은 경숙과 외사촌을 조금이라도 배려해 주기 위해 최선을 다한다. 비록 벌집 단칸방에 살지만 오빠들은 여동생들이 옷을 갈아입을 때라고 생각되면 집 밖 공원 벤치에서 기다리기도 하고, 먹을 것을 사주기도 하며, 그들의 꿈에 대해 묻기도 한다. 큰오빠는 나이가 어린 경숙이 "괜찮은" 공장에 들어갈 수 있도록 가짜 서류들을 마련해 주기까지 한다.[18]

---

18 신경숙, 같은 책, 45쪽. 그들이 일자리를 얻은 공장은 구로공단에 위치한 동남전기였다. 이 전기회사는 공단 내 최대 규모의 공장으로 의류공장, 가발공장보다 괜찮은

경숙의 아버지는 아주 짧게 등장하지만, 그는 가부장적 가족의 특징을 잘 보여 주는 인물이다. 경숙이 열여섯 살에 집을 떠나 서울로 올라갔을 때, 그녀의 아버지는 가게를 닫고 3일간 방에서 나오지 않는다. 이 소설에서 아버지뿐만 아니라 경숙의 오빠들도 반복적으로 경숙의 인생에 대해 책임감과 죄책감을 드러낸다. 경숙과 외사촌이 공장에서 일하기 시작한 날, 경숙의 큰오빠는 동생들에게 저녁을 사준다. 경숙은 외사촌과 자신에게 돼지갈비를 사먹이면서도, 정작 자기는 먹지도 않은 채 돼지갈비 연기 속에 고단하게 앉아 있는 큰오빠의 모습을 바라본다. 그들에 대한 오빠로서의 걱정과 그들 앞에 닥칠 미래에 대한 불안은 그가 동생들에게 사주는 음식 속에 표현되어 있다. 여동생과 외사촌이 서울에 오면서부터 그들을 보살피게 된 큰오빠는 가족에 대한 생계 부양의 의무가 있기 때문에 방위로 복무 중이었다. 경숙과 외사촌이 처음 서울에 올라왔을 때, 큰오빠는 방을 얻지 않은 채 야간 당직을 도맡아 하는 동사무소에서 숙식을 해결하고 있는 상황이었다. 또 그는 저녁에는 야간대학 법학과를 다니고 있었다. 큰오빠는 자나 깨나 성공을 위해 24시간이 모자랄 정도로 일과 공부를 병행하고 있었다. 그러나 경숙은 큰오빠의 외모에 대해, 규칙적인 식사를 하지 않았지만 피부는 희고 맑으

일자리로 평가받고 있었다. 당시 전기회사는 보통 공장들에 비해 비교적 최신 기술을 필요로 했고 최신 경영 방식을 채택하는 곳으로 여겨졌기 때문이다[경숙이 다니는 동남전기 주식회자는 18세부터 입사가 가능했다. 입사 당시 16세이던 경숙은 자격 미달이므로 동사무소에서 일하던 오빠는 경숙을 위해 가짜 서류를 만들어 준다. 경숙은 처음에 자신도 모르는 '이연미'라는 이름으로 일을 시작하게 된다].

며 손은 깨끗하고 셔츠도 눈부시게 하얗다고 말한다. "그는 세상의 힘든 일에 대해서는 전혀 모르는 듯한 용모"를 가졌다.[19]

경숙은 서울에 도착한 충격 그리고 그들이 서울에서 "하층민"으로 취급받고 있다는 충격에 대해 오빠들에게 말한다. 오빠들은 그들이 마주한 모든 장애물들에 대해 예리한 평가를 덧붙여 조언을 한다. 그들의 조언은 학교에 가고 싶지 않은 외사촌과 교육을 신분 상승을 위한 결혼의 수단으로 생각하는 큰오빠 사이의 다음 대화에서처럼 때로는 잔인하기도 하고 동시에 동정 어린 것이기도 하다.

"내 나이가 몇 살인데 이제 학교를 다녀?"

"니 나이가 몇 살인데?"

"열아홉."

"그게 뭐가 많아?"

"그럼 많지. 내 친구들은 다 졸업하는데."

큰오빠는 말없이 외사촌을 바라본다. 큰오빠의 응시에 지레 겁을 먹고 외사촌은 기가 죽는다.

"넌 언제까지나 공장 생활을 하겠다는 거야?"

외사촌은 입을 꾹 다문다.

"사람들이 너에게 공순이라고 하는 게 좋으냐?"

외사촌은 더더욱 입을 꾹, 다문다.

"학교에 다니지 않으면 그 생활에서 벗어날 수 없어."

19 같은 책, 34쪽.

그래도 닫힌 외사촌의 입은 열리지 않는다.

"그래도 좋아?"

외사촌이 고갤 떨군다.

"응?"

"다들 그렇게 살잖아."

외사촌은 큰오빠의 추궁에 힘겹게 대꾸한다.

"누가 다들 그렇게 살아? 너희들이 그렇게 살지. 다들 학교 가고 대학 가고 자기가 하고 싶은 일 하려고 하면서 살고 있어."

큰오빠의 다그침에 이제 외사촌은 거의 울려고 한다.

큰오빠는 여지없이 또 다그친다.

"그러니까 끝끝내 여기에서 이렇게 살겠다 그거냐?"

"끝끝내는 무슨 끝끝내야. 돈 벌어서 카메라도 살 거구 시집도 가야지."

큰오빠는 어조를 누그러뜨리며 피식, 웃는다.

"카메라는 왜?"

큰오빠와 외사촌을 바라보고만 있던 내가 말한다.

"사진 찍는 사람이 되고 싶대."

큰오빠는 꿈은 크구나, 하다가 미안했는지 시집도 그렇다, 공장에 다니면 거기에 맞는 사람하고밖에 못 가는 법이다, 우리나라에서 사람답게 살려면 우선 학교를 다니고 봐야 한다고, 강경하게 말한다. 그래도 외사촌이 학교에 가겠다는 소리를 안 하자, 큰오빠는 다시 큰소리를 낸다.

"그러려면 뭐 하러 여기까지 와서 이렇게 살아? 집 가까운 데서 공장 다니면서 살지? 학교에 안 가려면 보따리 싸가지고 도로 집으로 내려가거라."[20]

엄격한 계급 차별에 대한 사람들의 두려움은 때때로 과장된 것이기도 하다. 그렇지만 출신 지역, 교육 받은 학교, 그리고 직장 네트워크를 통해 사회적 배경이 형성된다고 할 때, 스스로 벌어서 힘들게 공부해야만 했던 고학생들은 자신의 사회적 배경이 아주 보잘것없다고 느끼기 쉬울 것이다. 원치 않게 일찍 학교를 떠난 많은 여공들이 계급 차별과 마주하게 되고, 자신들의 꿈과 열망을 상실한 채 단순노동에 종사할 수밖에 없게 된 순간, 그들에게 교육은 뼈저리게 아픈 지점이 된다. 교육은 여공에 관한 기록물들에서 두드러지게 나타나는 판타지적 요소다. 또한 이 점에서 교육(야학에 참여하는 노동자들을 위한)은 산업 선교회 목사들과 대학생들이 공장 지대로 진입하는 지점이기도 했다. 낮에 일해야 하는 노동자들에게 교육은 원천적으로 봉쇄돼 있었지만, 의식화된 공장노동자들에게는 조금씩 허락되고 있기도 했다. 이 공장노동자들은 몸을 해치면서까지 야학에 들어가 공부를 계속해야 한다는 생각을 선뜻 받아들였다. 그러나 교육이 가진 해방의 가능성과 삶의 현실을 화해시키기는 어려웠다. 정미숙은 가부장적인 가족 환경에서 여성이라는 이유로 교육 기회를 박탈당했던 한恨과 저임금 장시간 노동에 대한 불만을 해소하기 위해, 여성 노동자들은 도시산업선교회나 노동조합이 마련한 교육 프로그램에 참여하게 되었다고 말한다.[21]

---

20 같은 책, 86쪽.

이 점은 노조에 가입하면 산업체 특수학급을 다닐 수 없었던 신경숙의 이야기에서 복잡한 양상을 띤다. 노조에 가입하지 않은 사람에게만 산업체 특수학급에 들어갈 수 있는 특권이 주어지자, 경숙과 외사촌은 노조에 가입한 동료들이 지켜보는 가운데 둘 중 하나를 선택해야 하는 상황에 내몰린다. 경숙과 외사촌은 결국 산업체 특수학급을 선택하게 되는데, 그 죄책감으로 말미암아 그들은 일과 학업을 병행하는 데 집중할 수 없게 되기도 했다. 일과 학업을 병행하는 것은 또한 교육을 위해 휴식과 여가를 완전히 포기하는 것을 의미했다. 한국 사회에서 교육은 매우 중요한 가치를 가진 것으로 평가돼 왔다. 오랜 세월 동안, 한국에서는 교육적 성취에 의해 경제적·사회적 삶이 결정되었다. 교육은 좋은 직업으로 가는 관문을 의미했다. 더구나 숙련된 기술에 걸맞은 적절한 임금을 받을 수 있도록 기업주와 협상할 수 있는 강력한 노동조합이 부재한 상황이었기 때문에, 한국 노동자들의 경제적 처지는 매우 가혹했다. 한국의 부모들은, 자녀들[특히, 아들]이 이 같은 삶을 살지 않도록 하기 위해, 그 어떤 고생도 마다하지 않고 자녀들에게 교육을 시켰다.

『외딴방』에서 서술자의 어머니 역시 여섯 아이들이 교육을 받을 수 있도록 자신이 할 수 있는 모든 노력을 다한다. 또한 경

---

21 정미숙, 「70년대 여성 노동운동의 활성화를 위한 경험 세계적 연구」, 143쪽[정미숙은 가부장적인 가족 구조 속에서 여성들이 느꼈던 차별적인 교육 경험은 공통의 한恨을 만들었고 이것이 노동운동을 활성화하는 데 중요한 조건이 되었다고 말한다. 여성 노동자들은 이런 한을 노조와 선교회에서 제공하는 소모임, 교육 프로그램을 통해 자신의 존재를 자각함으로써 풀 수 있었다].

숙의 큰오빠는 다른 야심 있는 가난한 학생들과 마찬가지로 법대를 졸업하기 위해 6년간 야간 대학을 인내하며 다닌다. 큰오빠는 서울에서 살림을 꾸려 가기 위해 몇 겹의 삶, 즉 학생, 노동자, 방위로서의 삶은 물론이고, 맏아들과 오빠로서의 역할을 능숙하게 꾸려 간다. 작가가 된 경숙은 어머니에게 건넨 자신의 책을 어머니가 읽지 않았을 때도 그것이 단지 세대 차이일 뿐이라 생각하며, 어머니가 글을 읽을 줄 모른다는 사실을 눈치채지 못한다. 사실, 경숙의 어머니는 딸에게 자신이 문맹인 것을 숨겼고, 경숙은 남동생이 어머니에게 글을 가르치고 있다는 걸 말해 주고 나서야 어머니가 문맹이었음을 알게 된다. 아이들에게 교육의 가치를 가르쳐 준 사람은 바로 문맹이었던 어머니였다. 어머니는 그녀가 외우고 있던 주기도문과 사도신경 뒤에 숨어 어머니로서 자신의 권위를 지키는 것은 물론 자신의 욕망을 아이들을 통해 보상받으려는 판타지를 드러내지 않기 위해 노력한다.

『외딴방』에서 판타지와 은폐는, 교육은 물론 다른 계급화된 목표를 추구하는 과정에서 중요한 모티프로 기능한다. 사실, 저자/서술자는 다른 이들에게 자신의 어머니가 문맹이라는 사실을 밝히기 어렵다는 점을 잘 알고 있다. 그녀는 자신이 어머니가 문맹이라는 점을 부끄러워하거나 혹은 고의로 회피한 것이 아닌지 스스로에게 묻는다.[22] 서술자는 자신이 어머니의 문맹에 대해 의도적으로 무지했던 것과 문단에 자신의 교육적 배경을 숨기려는 충동이 서로 관련되어 있었음을 밝힌다. "내 여고 시절은, 나 자

---

22 신경숙, 『외딴방』, 70쪽.

신이 나 스스로를 무슨 비밀을 가진 사람으로 취급하며 나를, 천성이 낙천적이었던 나를, 내성적으로 만들어 왔다."[23]

마지막으로, 우리는 영등포여고 산업체 특수학급에서 소녀들이 배웠던 단조로운 교과목들과 소녀들이 교육에 대해 품었던 판타지를 연결해 생각해 볼 필요가 있다. 이 학급에서 실제로 배우는 것은 경숙이 원했던 공부와는 달리 따분한 회계와 부기였고, 여기에 산업체 특수학급 학생들에 대한 주간 학생들의 무시까지 더해져 경숙은 자신이 배우는 교과목에 저항하게 된다. 게다가 그녀만 홀로 이 같은 교과목들에 저항한 것은 아니었다. 경숙은 헤겔의 책(헤겔의 어떤 책인지는 명시돼 있지 않다)을 책상 밑에 넣어 두는 미서라는 아이와 책상을 같이 쓰게 된다. 경숙은 학년 내내 미서가 그 책을 읽는 모습을 본다. 경숙이 무슨 내용인지 묻자 미서는 모른다고 말한다. "상관 마." 미서는 이렇게 답할 뿐 이해하지도 못하는 책을 학교에 가져와 읽는 이유에 대해서는 설명하지 않는다. 시간이 조금 흐른 후 경숙은 미서로부터 그 이유를 듣는다. "오랜 후, 열일곱의 나와 친해진 미서가 헤겔에 대해서 말한다. 이 책을 읽고 있을 때만 내가 너희들하고 다른 것 같아. 나는 너희들이 싫어."[24]

앞에서 언급했다시피, 교육과 사무직을 둘러싼 복잡한 판타지가, 학교교육을 받거나 사무직 노동시장에 진입하고 싶어 하는 단순한 욕망만을 반드시 지칭하지 않음을 우리는 알고 있다.

---

23 같은 책, 70쪽.
24 같은 책, 163쪽.

표면적으로 보면, 그들의 욕망과는 달리 그들이 선택할 수 있는 직업의 종류는 사실 지극히 제한적이었다. 우리는 작가가 되고 싶다는 경숙의 꿈이 밝혀졌을 때 주고받았던 고통스러운 대화들, 큰오빠의 놀람, 걱정 등의 반응들을 살펴볼 필요가 있다. 이 반응들을 통해, 우리는 판타지를 가진 사람들이 노동자계급 공동체로부터 따돌림을 당하지 않으려면, 그와 같은 판타지를 조심스럽게 억눌러야만 한다는 사실을 알 수 있다.

> 외사촌은 큰오빠가 면회를 와서 우리를 공단 입구의 어느 제과점에 데리고 갔을 때 열여섯의 나를 가리키며 큰소리로 말한다.
>
> "쟨 작가가 될 거래요."
>
> "작가? 니가 말이냐?"
>
> 나는 쳐다보는 큰오빠가 너무나 의아해하는 바람에 나는 외사촌에게 눈을 흘긴다.
>
> "어떠니? 그게 무슨 비밀이니?"[25]

고립과 주체성

『외딴방』이라는 제목 — 서울에서 가난에 찌들어 사는 주인공의 고립감과 외로움을 상기시키는 — 은 이 소설의 전반적인 분위

---

25 같은 책, 43쪽.

기를 잘 보여 준다. 서술자는 그녀와 가족이 살았던, 서른일곱 개나 되는 방이 벌집처럼 다닥다닥 붙어 있는 그 집을 묘사할 때도, 자신에게 남아 있는 압도적인 기억이 왜 고독인지 설명하지 못한다. "수원행 전철이 통과하는 전철역이 그 동네의 시작이다. …… 창문만 열면 전철역에서 셀 수도 없는 많은 사람들이 쏟아져 나오는 게 보였다. 구멍가게나 시장으로 들어가는 입구, 육교 위 또한 늘 사람으로 번잡했었건만, 왜 내게는 그때나 지금이나 그 방을 생각하면 한없이 외졌다는 생각, 외로운 곳에, 우리들, 거기서 외따로이 살았다는 생각이 먼저 드는 것인지."[26] 북적거리는 노동자계급 동네 한가운데에서 경숙은 미로와도 같은 서른일곱 개의 방들 가운데 살고 있는 현실과, 그 주거지가 그녀에게 남긴 지울 수 없는 외로움을 서로 화해시킬 수 없었다. 그녀는 그곳을 "떠나와 한 번도 가보지 않은 집. 그 집의 방들. 그 집이 아니라 그 방이 아니라 그 근처에조차 다시 가지 않았지만 잘 보관한 사진처럼 선명한, 이렇게 선명하게 떠오르는" 곳으로 기억한다.[27]

이 소설을 관통하고 있는 외로움과 고독은 또 다른 이유에서 주목할 만하다. 사실, 경숙 이외에도, 1970년대 내내 수만 명의 소녀들이 농촌에서 서울로 몰려들었다. 저자는 서울로 몰려든 이들 가운데서, 그녀와 비슷하게 책을 열심히 읽거나(헤겔을 읽는 그녀의 반 친구 미서와 같은), 예술가의 꿈을 갖고 있는(사진가가 되고 싶어 하는 그녀의 외사촌), 아니면 출세에 목말라 하거나(법대생

---

26 같은 책, 47쪽.

27 같은 책, 46쪽.

인 큰오빠) 눈에 띄는 야심과 재능을 가진(데모꾼인 셋째 오빠) 다양한 인물들을 소개하고 있다. 경숙의 외로움은 후발 산업화로 말미암아 급격한 도시화를 겪은 서울의 아노미와 가난의 위협 때문일 수 있다. 또는 어쩌면 장시간 노동, 늦은 밤의 수업, 성추행, 박봉 그리고 반복되는 노동으로 젊음과 아름다움을 모두 잃을지도 모른다는 두려움 속에서, 작가로 성공하기 위해 그녀가 외롭게 투쟁했기 때문일 수도 있다.

작가는 또한 당시 대중적 노동운동 속에서 고립되어 있던 자신의 상황에 대해 쓰고 있는 것으로도 보인다. 신경숙의 이야기는 산업화 과정에 있는 한국에서 노동운동에 참여하는 것이 가난한 노동자가 주체가 되는 유일한 방법이었던 시절을 배경으로 하고 있다. 그러나 저자는 노동자가 주체가 되는 이 같은 방법을 거부한다. 이 책은 회상이라는 장치를 통해 여공, 노조 활동 그리고 어려운 환경에서 받게 된 교육에 관한 기존의 수사에 반복적으로 저항하고 있기 때문이다.

예를 들어, 경숙과 그녀의 외사촌은 이전에 노동자의 전폭적인 지지를 받는 노조와 회사 사이의 싸움에서 이러지도 저러지도 못하고 있었다. 그러다 그들은 노조에 가입하면 더는 학교에 다닐 수 없을지도 모른다는 사실을 알면서도 마침내 노조에 가입한다. 이 책은 이 장면에서 1970년대 여성 노동자가 대부분이었던 공장에서 노조와 노동조건을 둘러싼 헌신적인 투쟁에 대한 드라마틱한 이야기를 회고하는 것처럼 보인다. 그러나 투쟁이 전개되는 와중에, 서술자가 불쑥 등장해 갑작스럽게 극적인 긴장을 깨며, 사건이 종료된 안전한 현재 시점에서 이렇게 묻는다. "다들 어디서 어떻게 살고 있을까? 그 회사에 천 여 명의 사람들이 있었으니 무슨 사고론가 벌써 이 세상을 뜬 사람도 있겠지."[28] 이 같은 서술은 이전 장면의 드라마를 아득한 노스탤지어로 압축시키며, 노동운동이라는 고도의 정치적 사안을, 그녀가 전혀 알지 못했던 인물들에 대한 회상으로 급격히 대체해 버린다. 작가는 왜 그랬을까? 그녀가 저항하고 있는 어떤 수사가 있었던 것인가? 즉 여공들의 내면성은 정작 도외시한 채, 노동쟁의와 여공을 전형적인 방식으로 재현하는 이 시기의 수사에 저항하고 있는 것은 아닐까?

서술자가 작업장, 생산 라인, 자신의 동료들, 그리고 그들의 역할을 묘사할 때, 그녀는 "풍속화"라는 용어를 사용한다. "풍속화"는 이 같은 묘사에 대한 그녀의 자의식, 즉 화가나 작가들이 여성들의 노동을 소재로 생생한 예술 작품을 만들 때 여공들을 솔직하게 묘사하는 것이 매우 어려운 일임을 우리에게 환기시키는 용어이다. 어떤 차원에서 이 소설은, "가난한 외톨이 소녀들"을 딱하게 바라보는 대중과 이들 대중의 동정심에 기반한 기존의 성장소설 문법을 뒤집고 있기도 하다. 일반적으로 여성이 주인공인 성장소설은 딱한 처지의 가난한 소녀들이 서울에 올라와 결혼을 통해 신분 상승(젠더의 계급 이동)을 하게 되는 로맨스로 포장되어 있다. 그러나 『외딴방』은 이런 유형의 성장소설과는 차이가 있다. 통상적인 성장소설에서 여주인공들은 야만적인 공장 지대와 벌집 같은 빈민촌에서 벗어남으로써, 그들의 미덕에

---

28 같은 책, 80-81쪽.

대해 보상을 받는 반면, 주인공의 기억 속 다른 인물들은, 가난 그 자체 때문에 혹은 가난에서 탈출할 만한 어떤 의지가 없기 때문에 노동계급에 머물러 있다고 비난 받는 서사적 논리 속에서 묘사되고 있다. 그러나 『외딴방』의 이야기는 이와는 달리, 공장에서 고난을 겪었던 과거에 사로 잡혀 있으면서도 그 기억으로부터 탈출하려는 서술자의 현재의 노력 사이를 오가며 전개된다. 이 와중에 기억 속의 옛 인물이 현재에 불쑥 등장해 그 탈출을 비난하기도 한다. 경숙의 옛 학교 친구인 하계숙은 그녀의 소설을 읽고 전화를 걸어, 경숙이 산업체 특수학급과 공장에서 보낸 나날들을 비밀로 하고 싶어 하는 것 같다며 그녀를 비난한다.

하계숙으로부터 처음 전화를 받았을 때, 경숙은 그 이름을 떠올리고자 애쓴다. "엉덩이를 약간 뒤로 뺀 채 조심스럽게 교실 뒷문을 열던 빨간 아랫입술의 그녀."[29] 하계숙은 연장 근무를 시키는 것으로 악명 높은 회사에서 일하고 있어서 매일 학교에 늦게 오곤 했다. 그런데 그들은 학생이었을까? 아니면 노동자였을까? 작가는 한때 그들과 공유했던, 그러나 입 밖으로는 꺼내지 못했던 부끄러움이라는 단어를 하계숙으로부터 듣게 된다.

처음만 어려웠지 자주 통화하게 된 하계숙은 어느 날 내게 말했다.
"너는 우리 얘기는 쓰지 않더구나."
어딘가가 또 저려 왔다.
"네가 썼다는 책을 사서 읽어 봤단다. 첫 책만 못 읽었어. 큰 서점이

---

29 같은 책, 22쪽.

있는 데로 외출하기가 쉽지 않단다. 그건 동네 서점에서 구하기가 힘들더라구. 그래서 그것만 못 봤지. …… 어린 시절 얘기를 많이 쓰는 것 같고, 대학 때 이야기도 쓰는 것 같고 사랑 얘기도 쓰는 것 같은데 우리들 얘기는 전혀 없었어."

"……"

"우리들 얘기가 혹시 써져 있을까, 하고 일부러 찾아가며 읽었거든." 내가 침묵을 지키자 하계숙은 내 이름을 나직이 부르며 목소리의 톤을 가라앉혔다.

"혹시 네가 그런 시절이 있었다는 걸 부끄러워하는 건 아니니?"

나는 긴장해서 수화기를 바꿔 들었다. 좀 수다스럽다 싶을 만큼 말을 유쾌하게 하던 하계숙은 내 긴장을 침묵으로 받아들이고 시무룩해졌다.

"넌 우리들하고 다른 삶을 사는 것 같더라."[30]

고통스러웠던 그 시절에 대해 글을 쓸 수 있었음에도 쓰지 않는다는 친구의 비난에 대해 서술자가 고민한 결과, 이 책이 우리 앞에 놓여 있는 것이다. 이 같은 고민의 결과는 유익했다. 왜냐하면 신경숙이 자신의 숨겨진 삶, 즉 낮에는 공장에서 일하고 밤에는 산업체 특수학급에서 공부했던 4년간에 대해 쓴 이 책은 베스트셀러가 되었으며, 한국에서 최근까지도 비평적으로 가장 격찬 받는 작품이고, 외국어로 번역되어 세계적인 상까지 받았기 때문이다.[31]

---

30 같은 책, 35-36쪽.

1970년 말에서 1980년 초에 이르는 시기를 배경으로 하고 있지만, 『외딴방』은 사실상 1990년대 중반의 시대정신을 가장 깊이 있게 언급하고 있는 작품이다. 1990년대 중반까지, 노동자 계급 여성들의 재현에 있어서 정치적으로 서로 다른 입장과 시각들이 있었고, 따라서 이 책이 나왔을 때 이 책의 시각에 동의 하지 않는 일군의 독자들의 날카로운 비판이 예상되었다. 그러나 이런 예상과는 달리, 고립감과 외로움을 드러내는 이 책의 제목과 서사는, 1990년대라는 죄의식에 시달리는, 후기 산업화 시기의 한국 사회가 극히 민감해 하고 있던 지점을 건드리고 있었다. 이 책이 재판을 찍을 때마다 매번 한국에서 높이 평가되었고, 호의적인 비평을 받았으며, 정치적으로 양분된 사회에서 대중적인 베스트셀러가 되었다는 사실을 상기하는 것은 중요하다. 정치적인 입장을 가로질러 많은 사람들이 이 책을 받아들인 것은 무엇 때문인가? 이 같은 합의는 어떤 성격을 갖고 있는가? 모두가 즐길 수 있는, 그리고 또 모두가 흡족해 하는, 여공에 대한 이야기란 대체 어떤 것일까?

---

31 『외딴방』의 불어판은 2009년 제2회 리나페르쉬 상Prix de l'inaperçu을 받았고 독일 어, 일본어, 중국어로도 번역되었다[영문판은 이보다 늦은 2015년 가을에 *The Girl Who Wrote Loneliness*라는 제목으로 출간되었다].

계급 혼종성

『외딴방』의 두드러진 특징은 노동자계급 공동체의 진솔한 이야기를 들려주었다는 것에 있다기보다, 한국 사회 특유의 계급 혼종성과 유동성을 포착했다는 데 있다. 작가는 농촌에 살고 있던 한 계급이 도시에서 어떻게 이와는 전혀 다른 계급으로 이동할 수 있는가를 설명하고 있다. 즉 작가가 십대 시절에 속했던 계급과 삼십대에 속해 있는 계급은 완전히 다르다. 이를 달리 표현하자면, 『외딴방』은 한 사람이 어떻게 자신이 속한 계급에 대해 발견하게 되고, 이에 대해 반감을 가질 수 있는지, 그리고 어떻게 자신이 갖지 못한 지위를 상상하거나 자신이 선망하는 계급에 대해 탐닉하게 되는가 등의 문제를 다루고 있다. 이 책의 인물들은 상상된 정체성을 빌려 오기도 하고, 그것이 자신에게 맞는지 시험해 보기도 한다. 이 같은 행위는 한국 문학 연구자가 양윤선이 사회적 관계들이 구조화되는 위계적인 신분 원리를 위반한다는 의미에서 '불경하다'고 부른 바로 그 행위이다.[32] 소설 속 인물들은, 가정환경으로 인해 어쩔 수 없이 포기해야 했던, 자신의 옛 자아에 집착한다. 예컨대, 산업체 특수학급을 중퇴한 후에도, 여전히 교복을 입는 희재의 경우가 그러하다. 다른 인물들도 자신들에게 위안을 주고 판타지에 살을 붙이기 위해 또는 [자신의 현 상황에서는] 접근할 수 없는 것에 접근하기 위해

---

32 Yang Yoon Sun, "Nation in the Backyard: Yi Injik and the Rise of Korean New Fiction, 1906-1913," Ph Dissertation, University of Chicago, 2009.

변장을 하고 있다. 학원에서 일하기 위해 방위 신분을 숨기고 가발을 쓴 큰오빠도 같은 경우이다.

『외딴방』에서 서울은 계급이 매우 강력한 힘을 발휘하는 곳으로, 돈과 대학 학력만 있으면 가난에서 탈출해 고단한 노동을 하지 않아도 되는 곳이다. 희재는 학교를 그만두고 전혀 다른 사회에서 일하며 그곳에서 기술을 배우는 와중에도 계속 교복을 입는다. 예컨대, 그녀의 이웃들은, 새로운 직장에서 일을 마치고 새벽 시간에 교복을 입은 채 집으로 돌아오는 모습을 보게 된다. 그녀가 입은 교복은, 생존을 위해 분투하는 변화무쌍한 익명의 세계 속에서 어떤 안전한 자리에 그녀가 머물러 있다는 것을 의미한다. 교복은 그 자체로 대도시의 익명성을 가리키며, 이 같은 익명성은 또 다른 새로운 잠재적 능력을 만들어 내기도 한다.

신경숙의 『외딴방』은 1970, 80년대 서울이 군부에 의해 지배되고 있다는 사실을 상기시킨다. 이 사회는 의심과 편집증 위에서 운영되고 있으며, 연줄이 모든 것을 지배하는 사회였다. 이런 환경에서는 많은 것들이 근거가 없고, 불법적이며, 이런 사회에서는 외양이 실체인 양 가장하는 능력이 무엇보다도 중요시된다. 이는 자크 랑시에르가 말한 "지배적인 시스템이 붕괴 과정에 있는, 무질서 속의 문화"[33]이다. 계급 유동성에는 정치적인 측면도 있지만 정체성에 영향을 주는 내면적인 측면도 있다. 우

---

33 J. Rancière, "Good Times or Pleasure at the Barricades," in Adrian Rifkin and Roger Thomas(eds.), *Voices of the People: The Social Life of "La Sociale" at the End of the Second Empire*, London: Routledge and Kegan Paul, 1998, p. 50.

리는 다른 계급의 정체성을 차용하거나, 아니면 이른바 '학출' 노동운동가처럼 노동운동의 임무를 띠고 일부러 빈민가에 사는 등의 행위를 일종의 자리바꿈displacement으로 생각해 볼 수 있다. 즉 이런 자리바꿈은 "연속적인 변장, 교체, 이동으로 이루어져 있고, 그런 연속적인 치환을 통해 우리는 복잡한 사회에서 자아와 함께 살아가는 방법을 배운다."[34] 『외딴방』은 주변 환경에 의해 초래되는 고통을 완화하기 위해 등장인물들이 자신을 포장하는 의상과 변장에 매혹되어 있다. 서술자는 계급이 지배하는 엄혹한 사회에서 그 엄혹함과 타협하는 데 중요한 무기가 되는 꿈과 거짓말에 매혹된 채 그 주위를 배회하고 있다.

아름다움과 산업화의 상처들

하층계급 여성들의 육체에 대한 착취와 그 착취에서 발생되는 고통을 통해 문학을 한다는 것은 『외딴방』의 서술자에게 어떤 심적 타격을 준다. 자신의 체험들을 글로 적어 낯선 이들이 그 삶을 응시할 수 있도록 한다는 것은 분명 심리적 비용이 드는 일인 것이다. 많은 이들이 "노동자", "프롤레타리아", "여공"에 대해 말하고 쓰기 시작했을 때, 신경숙은 이런 질문을 하게 된다. 네가너의 조건을 부끄러워하면서 어떻게 그 조건의 결과를 존중할

---

34 N. Armstrong, *How Novels Think*, p. 9.

수 있겠니? 기계와 생산 라인에서 벗어난 노동자는 어떤 존재인가? 자신이 쓰고 읽은 책, 그리고 자신의 펜과 분리된 작가는 어떤 존재인가? 다른 세 식구와 뒤섞여 자는 좁은 방에서 그리고 공장에서 여공은 어떻게 작가가 되는가? 공장에서 많은 것들 — 우정, 물질적 부의 생산, 혁명의 자극 등 — 이 발생할 수 있다면, 왜 공장 노동자들 가운데 작가는 나올 수 없는가? 등등. 여기서 우리는 영국 작가 샬럿 브론테의 언급을 참조해 볼 수 있다. 브론테는 상류층 가정의 가정교사가 겪는 굴욕에 대해 이야기하며, 그들보다 독립적인 육체노동자들의 상황을 추측하면서 다음과 같이 말한 바 있다. "대갓집 가정교사가 되느니, 차라리 일부러 하녀가 되어 튼튼한 장갑 한 짝을 사서 마음 편하게 독립적으로 난로와 자물쇠를 닦고 침실과 계단을 쓸고 싶다."[35]

샬럿 브론테는 품위와 여성적 예의범절로부터 해방되어 (여성) 노동자, 아마도 장식 없이 간편한 드레스를 입은 여성 노동자가 되고 싶어 하는 중간계급의 유명한 신념을 우리에게 들려주고 있는 듯하다. 브론테는 소박하며 자유로운 육체노동(비록 굶주림의 상태일지라도)을 상류층의 노예 상태보다 높게 평가한다. 이 같은 구분은 인상적이지만, 사실 우리가 여공들이 일하는 공장에 들어가 혹독한 육체노동을 하면서, 이와 동시에 굴종적으로 입을 다물고 단정하게 일할 것을 요구받는다면, 이 같은 주장은 그 힘을 잃게 될 것이다. 더구나 여성이 대부분인 공장

---

35 Charlotte Brontë, *Villette*, London: Penguin Classics, 1985, p. 382[『빌레트 2』, 안진이 옮김, 현대문화센터, 2010, 76쪽].

에서도 여공들은 여전히 자신들의 미모에 대해 관심을 갖는다. 오히려 여공들은 작업 과정의 결과가 동료들의 얼굴과 몸에 나타나는 것을 지켜보며, 용접과 납땜 때문에 피부가 거칠어질까 봐 더욱더 두려워하게 된다.

외사촌이 내 귀에 대고 속삭인다.
"우리가 납땜하는 데 안 가길 얼마나 다행인지 몰라."
열여섯의 나, 영문을 몰라 왜? 하고 되묻는다.
"13번 얼굴 좀 봐."
나는 직업훈련원에서 동남전기 주식회사로 함께 배정된 13번의 얼굴을 고개를 빼고 쳐다본다. 13번의 머리 위로 납 연기가 파지직 피어오른다. 석 달 만에 13번의 얼굴은 누렇게 떠 있다.
"납중독이나 아닌지 모르겠어."
열여섯의 나, 화장실 거울에 내 얼굴을 비춰 본다. 수돗물을 먹더니 하얘졌다, 고 주인 여자는 말했었다. 내 흰 얼굴 위로 13번의 누렇게 뜬 얼굴이 스쳐 간다. 납땜하는 데로 배정 안 받길 잘했다고 나도 생각한다.[36]

산업재해 혹은 피해는 다양한 형태로 드러난다. 『외딴방』의 야간 학급에서 경숙의 옆자리에 앉은 왼손잡이 소녀 향숙은 작은 사탕공장에서 일하고 있다.

36 신경숙, 『외딴방』, 73쪽.

어느 날 나는 그녀의 손을 잡았다가 얼른 뗀다. 딱딱하다 못해 굳어 있다. 너무 얼른 떼버린 것 같아서 다시 잡았다가 놓는다. 내 마음을 알겠는지 왼손잡이 안향숙이 빙긋이 웃는다.

"캔디를 싸는 일을 하거든. 닳아져서 그래."

"하루에 얼마나 싸는데?"

"보통 2만 개 정도."

"……"

캔디 2만 개. 나는 짐작이 가지 않는다. 안향숙은 내 손을 잡아 본다.

"니 손은 참 부드럽구나. 너 회사에서 놀고먹는구나."

내 손등을 감싸 쥔 그녀의 손바닥이 발바닥 같다.

"처음엔 재밌더라구. 이런 것도 일인가 싶었어. 며칠 지나니까 캔디를 넣고 비닐을 비틀어야 하는 여기에서 피가 흘렀단다."

그녀는 오른손과 왼손 엄지와 검지를 내 앞에 내민다. 잘 내밀지 않아서 몰랐는데 손가락이 삐뚤어져 있다.

"이젠 굳어서 괜찮아. 근데 2년 전에 이 손가락을 못 쓰게 되고 말았어. 그래서 왼손으로 글씨 쓰는 거야."

그녀는 다시 얼른 오른손을 아래로 내린다. 그리곤 내 눈을 들여다 본다.

"내 손가락이 이렇다는 거 누구한테도 말하면 안 돼."

"……"

"응?"

나는 고갤 끄덕인다.[37]

---

37 같은 책, 136-137쪽.

미모를 사회적으로 높게 평가하는 사회에서, 소녀들은 공장에서 발생한 사고와 신체의 손상을 숨겨야만 했다. 그것은 노동자계급 남성에게 이런 사고와 손상이 없어서가 아니다. 그러나 노동계급 남성들의 경우 일반적으로 그들의 손상은 특별히 숨겨야 하는 것은 아니었다. 게다가 한국 사회에서 남성들은 젊은 여성들의 외모를 일방적으로 평가할 수 있는 사람들로 으레 간주되곤 했다. 서울의 공단과 집창촌을 배경으로 한 1975년 영화 〈영자의 전성시대〉는 조금 다른 사례를 제공한다. 버스 차장으로 일하던 영자는 교통사고로 왼쪽 팔을 잃는다. 성판매 여성으로 일하게 된 영자에게는 그녀의 있는 그대로의 모습에 매혹된 고객들이 있다. 그리고 마침내 영화의 결말에서 영자는 한쪽 다리에 장애가 있는 노동자계급 남성과 결혼해 아이 엄마가된다. 여성의 신체 손상뿐만 아니라 남성의 신체 손상도 보여주는 이 영화는 전형적으로 이들 부부를 동정이나 자선의 대상으로 보여 주기보다는, 손상의 흔적이 있는 평범한 노동자계급 가족으로 그려 내고 있다.

그러나 미모라는 가치는 반드시 이성애적 관계에서만 의미있는 것은 아니다. 동성 공동체 내에서도 규칙이 만들어지고 미모 경쟁이 벌어진다. 성별이 분리된 공장과 학교에서도 경숙의 외사촌은 루즈를 바른다. 그리고 그녀는 자신의 외모를 주변의 다른 여성들의 외모와 가차 없이 비교한다. 큰오빠의 여자친구, 동료 노동자인 윤순임, 총무과에서 일하는 화려한 외모의 미스명 등이 그들이다. 다른 여성들에 대한 경쟁 심리와, 타인의 찬사를 받으려는 동기가 외사촌의 행동을 추동하고 있는 것이다.

경숙은 자기 주변의 산업체 특수학급 학생들을 살펴보면서 "십대"라는 별칭이, 노동시장과 교육 시장에서 자리를 잡으려는 다양한 집단의 여성들을 아우를 수 없는 얼마나 부적절한 용어 인지를 관찰하게 된다. 이 학급에서 가장 어린 축인 경숙은 영등포여고 산업체 특수학급에 다니는 학생들의 얼굴을 자세히 들여다보면서 이 학급에 스물둘, 스물다섯, 스물여섯 살의 성인들이, 단발머리에 교복을 입고 "피로에 절은"[38] 얼굴을 하고 있음을 보게 된다. 나이와 미모와 신체적 손상에 대한 걱정은 모두 공장 체험과 관련이 있는데, 이런 체험들은 청소년이 (미혼) 여성으로 성장하게 하는 데 중요한 체험들로 작용한다.

섹슈얼리티

신경숙은 그녀의 작품을 직접적인 "여성 성장소설"로 생각하지 않는다고 말한 바 있지만 이 소설은 작가가 겪은 육체적 성장 과정과 긴밀한 관련을 맺고 있다. 작가도 스스로 "나는 이 소설에서 내가 겪었던 초경에 대해 쓰기도 했다. 나는 생리를 할 때마다 너무 힘들어 이 기간을 그냥 지나칠 수 없었다"라고 말한 바 있다.[39] 『외딴방』에서 서술자의 섹슈얼리티 그리고 성별화된

---

38 신경숙, 『외딴방』, 136쪽.

39 Gabriel Sylvian, "Interview with Shin Kyong-Suk," *Azalea: Journal of Korean Literature*

육체와 그녀가 맺는 관계는 그 생리통 때문에 그늘져 보인다. 서술자는 야간 잔업을 하는 와중에 초경을 시작한다.[40] 생리통은 극심해서 화장실 벽에 아픈 허리를 기대고 있을 정도였는데, 경숙은 외사촌에게서 그녀가 단순히 배가 아픈 것이 아니라 생리통 때문에 아픈 것이라는 말을 듣게 된다. 사실 성性에 대한 그녀의 지식은 많은 부분 공장에서 얻은 것이다. 공장에서 성추행자로 악명 높은 이 계장이 경숙을 찍었을 때, 노조원인 미스 리는 그의 평판에 대해 이미 경고한 바 있다. "지 맘속으로 찍으면 이 계장 그놈 얼마나 추근대는 줄 아니? 그러다가 안 되면 온갖 구박을 다 하는 놈이야. 조심해."[41] 이 계장은 애초 그녀의 외사촌을 목표로 삼았다가, 이유 없이 경숙에게 관심을 돌린다. 경숙은 어느 날 선물과 함께 쪽지를 발견한다. 퇴근 후 다방에서 만나자는 이 계장의 쪽지였다. 경숙은 다음과 같은 대화를 주고받으며 외사촌과 함께 집으로 걸어간다.

"너 왜 그러냐?"

"내가 뭘?"

"야—"

답답한 외사촌이 소리를 버럭 지른다

"대체 무슨 일이냐구?"

and Culture 2, 2008, p. 61.

40 신경숙, 『외딴방』, 189쪽.

41 같은 책, 113쪽.

"내가 뭘?"

"그럼 지금 니가 정상이란 말이니? 왜 내 뒤에 그렇게 바짝 붙어서서 나 걷지도 못하게 해. 누가 너 잡으러 오니? 너 지금 덜덜 떨잖아. 너 오늘 오후 내내 그랬어!"

"……"

"무슨 일이야?"

나는 그때야 외사촌에게 이 계장이 준 것들을 내민다.……

만년필과 함께 이 계장이 쓴 은하다방에서 만나자는 편지를 읽어 본 외사촌은 시장 앞 쓰레기통에 그것들을 홱 던져 버린다.

"별 미친놈을 다 보겠네, 혼자 실컷 기다리다 가라지."

그러나 이내 외사촌에게 더 좋은 생각이 떠올라 그들은 계장을 만나러 간다. 외사촌은 경숙을 끌고 은하다방으로 가 계장에게 차와 밥과 맥주를 사달라고 조르자고 말한다. 그러나 그들이 다방 안의 흐릿한 담배 연기 속에 앉아 기다리고 있는 이 계장을 본 순간, 외사촌은 그에게 대들기로 결심한다.

"얘가 몇 살인 줄 알아요?"

"……"

"열일곱 살이라구요."

"……"

"얘는요, 아직 생리도 없어요."

열일곱의 나, 화들짝 놀란다.

"계장님은 동생도 없어요? 건들 사람이 따로 있지."

"동생 같아서 학교도 가고 하니까 밥 좀 사줄려고 하는데 미스 박이 웬 수선이냐?"

"밥은요, 우리 큰오빠가 사줘요."

외사촌은 내 손을 붙잡고 은하다방을 빠져나온다.[42]

시장에 들러 집으로 돌아가는 길에 외사촌은 그들이 일하는 공장이 어떻게 이 계장의 사냥터가 되었는지에 대해 알려 준다. "여동생 같아서 단지 저녁을 사주려 하는 것이라는" 이 계장의 변명을 얼떨결에 아무 말도 못하고 잠자코 듣고 있었던 경숙은 공장에 대한 생각을 바꿀 새로운 지식을 얻게 된다.[43] 그러나 경숙은 공장에서 여성들이 사라진 이유를 자세히 캐묻지 않는다.[44] 여공들 대부분이 그 이유를 짐작하고 있어 이유를 군이 밝힐 필요가 없기 때문이다. 경숙은 환상의 세계에 의도적으로 살기를 좋아한다. 경숙의 어리숙함과 고의적인 무지는, 침묵을 통해 성추행에 공모하는 것이다. 경숙의 성적 호기심은 그녀가 무지하고 싶어 하기 때문에 극도로 억제된다. 따라서 고의로 무지한 경숙이라는 캐릭터는 이 시대에 여공들이 어떻게 공장 내 성정치의 공모자가 되는지를 잘 보여 주고 있다.

또한 그 우리가 이 책에서, 동일방직 사건과 YH무역의 노동

---

42 같은 책, 115쪽.

43 같은 책, 115쪽.

44 [옮긴이] 작업장에서 사라진 여자란 이 계장의 아이를 임신해 회사를 그만둔 미스 최와 같은 여자를 가리킨다.

쟁의 사건들[45] 그리고 1970년대 말 공단 지역의 특징적인 모습이었던 다양한 시위와 파업에 대한 허구화된 설명을 접했을 때, 우리는 노동운동에서도 공장에서와 마찬가지로 강간이 파업에 참여한 젊은 여성들을 겁먹게 하는 수단이 되고 있음을 알게 된다. 그러나 작가는 노동운동하는 여성들이 왜 극단적인 성폭력에 노출되어야 하는지에 대해서는 일일이 설명하지 않는다. 그 대신, 여성들이 파업과 연좌 농성에 참여함으로써 극단적인 성적 위협에 노출되는 순간 느끼게 되는 공포를 잘 보여 준다.

희재의 죽음

희재가 학교를 그만둔 이후 그녀의 삶은 미끄러지기 시작했다. 그러다 얼마 후 그녀에게 새로운 남자가 생긴다. 경숙은 희재가 '진희 의상실'에서 일하는 것을 알게 되지만, 큰오빠는 희재가 새벽에 들어오는 것을 보았고 그녀의 방에서 새벽에 남자가 나오는 것을 보았다면서 경숙에게 희재가 술집에 나가느냐는 질문

---

45 [옮긴이] 『외딴방』에서 경숙은 자신이 일하는 동남전기 맞은편 건물 옥상에서 여공들이 나체로 서 있다가 경찰들에게 팔과 목이 휘감긴 채 끌려가는 장면을 보게 된다. 1976년의 동일방직 사건을 연상시키는 이 나체 시위 사건은 실제 동일방직 사건과는 다른 허구이다. 그러나 『외딴방』에는 1979년 일어난 YH무역 노동쟁의 사건과 신민당사에서 농성을 벌이다 투신해 죽은 실존 인물 김경숙이 사망한 실제 사건이 여공들의 소문 속에서 재현된다. 또한 소설 속에는 YH 노조원 출신 김삼옥이라는 인물도 등장하고 있다.

을 반복한다. 경숙의 외사촌과 큰오빠는 희재가 학교와 공장이라는 제도를 벗어났다면, 갈 곳은 술집 말고는 없다고 생각하는 듯하다.

희재는 경숙의 외사촌에게 자신이 의상실에서 일하고 있고 야근을 하느라 늦게 귀가한다고 말하지만, 큰오빠는 물론 외사촌조차 (그리고 독자 역시) 희재의 말을 의심한다. 이렇듯 주변 사람들은 고의적으로 희재에게 일탈의 누명을 씌우고 있다. 서로를 감시하는 이웃의 시선들 속에서, 노동자계급의 섹슈얼리티는 옷차림의 변화조차도 타락의 증거로 읽힐 수 있을 정도로 과잉 규정된다. 희재가 파마를 하면 여학생으로서의 정체성은 영원히 사라진 것으로 간주되며, 그녀가 속한 사회는 그녀의 파마머리에서 타락을 읽어 낸다. 이처럼 섹슈얼리티와 그 기호는 헤어스타일에 완전하게 입력되어 있다. 희재는 학교와 공장에서 벗어나, 서울에서 부유浮游하는 젊은 여성을 상징하는 인물이다. 돈을 벌어야 할 필요가 그들을 추동한다. 경제적으로 안락한 사람들은 절대 이해할 수 없는 절박함이 그들에게는 있다. 절박하다는 것이 야심과 꿈의 상실을 의미하지는 않는다. 오히려 절박함은 그런 꿈과 성공을 위해 어느 정도의 타락을 감수하도록 만든다.

희재의 죽음은 비극의 무작위성을 예증한다. 그녀의 실수는 남자와 잤다는 것이며, 그와 같은 소문은 많은 다른 노동자계급 거주 지역에서조차 그녀를 전형적으로 타락한 여성으로 취급하게 만든다. 이것이 바로 『외딴방』이 묘사하고 있는 윤리적 세계다. 이 세계는 성적으로 적극적이며 활발한 노동자계급 여성의 모습을 설명할 수 없으며, 또한 작업장에서 벌어지는 성추행의 리얼리티도 설명할 수 없다. 희재가 늦은 밤에 목격되고 경숙의 큰오빠에 의해 '술집 여자'로 낙인찍히는 순간, 비극적 운명의 그림자가 드리운다.

여기에서 우리는 조금 다른 형식으로 여공 문학에 나타나는 성적 욕망에 대한 언어의 결핍과 다시 마주하게 된다. 1970, 80년대라는 군부독재 시기가 (성적으로 만만하다고 여겨진) 하층계급 여성에게 매우 위험한 시기였다는 점을 고려하면, 이들이 욕망하는 여성으로 이 사회에서 생존하기는 지극히 어려웠을 것이다. 욕망의 언어는 순수함과 미덕이라는 더 큰 글쓰기 스타일에 의해 약화되었다. 『외딴방』에서 그런 욕망의 언어가 어렵게 드러났을 때, 한편으로 다른 사람들은 희재를 비난하고, 다른 한편으로 그녀 스스로는 자기혐오에 시달리게 된다. 그러나 『외딴방』은 이런 희재에 대한 비난과 희재 스스로가 느낄 법한 자기혐오를 효과적으로 피해 간다. 즉 경숙의 순수함(무지함)은 독자들로 하여금 그녀의 죽음에 대한 판단을 유보하게 만들거나, 또는 희재의 입장에서 그녀의 죽음에 대해 생각해 볼 수 있게 만든다.

마지막 장면에서, 희재는 골목길에서 마주친 경숙에게 도움을 요청한다. 희재는 "시골로 가족을 만나러 가는데" 방문을 잠그는 것을 잊었다고 말한다. 희재는 경숙에게 저녁에 학교에서 집으로 돌아오면 방문을 잠가 달라고 말한다. "나보고 저녁에 돌아오면 문을 잠가 달라고. 열쇠통은 문고리에 걸려 있다고. 어려운 일이 아니어서 그러겠다고 했다. 아니다. 낮 동안은 어떻게 하려느냐고 했던 것도 같다. 그녀는 안 잠가도 가져갈 것도 없다, 고 했다. 그건 맞는 말이었다."[46] 경숙은 집으로 돌아와서 희재의 방문을 잠근다. 그리고 그녀는 희재가 휴가에서 돌아오길 기다린다. 시간을 흘렀지만 희재는 돌아오지 않는다. 문은 여전히 잠겨 있다. 경숙뿐만 아니라 희재와 헤어졌다는 남자 친구도 방문 앞에서 희재를 기다린다. 방 안에서는 아무런 소리도 들리지 않는다. 얼마 후 냄새 때문에 상황이 심상치 않음을 의심하게 된 그녀의 남자 친구가 방문을 부수고 희재는 그녀의 방에서 죽은 채로 발견된다.

이 장면에서 서술자가 내면적으로 오랫동안 갈등했던 이유가 밝혀진다. 그녀가 오랫동안 침묵하면서 희재의 망령에 쫓겼던 것은 소위 희재의 타락으로 불리는 임신이나 죽음 때문이 아니라 공모 의식의 고통에서 온 것이다. 즉 작가 자신이 희재의 죽음에 연루되었다는 사실, 그리고 가장 가난했던 시기에, 사랑하는 친구는 죽었지만 자신은 기회의 세계에 편승해 살아남았다는 사실 때문이다. 이 지점에서 우리는 이 책의 성공의 이유에 대해, 어떻게 이 책이 그 많은 독자들과 공명했는지 저자와 독자가 공유하고 있는 합의점을 마침내 발견할 수 있다. 이 책이 성공한 것은 노동자계급 문학에 내포된 정치학 때문이 아니다. 바로 자살, 즉 자기혐오에 의한 죽음 때문이다. 그리고 다른 한편으로는 공유된 슬픔, 즉 여공의 죽음과 우리가 서로 무관하지 않다는 집단적 공모 의식 때문이다. 그리고 우리가 살고 있는 이 세계에는 희재를 비난했던, 도덕 세계의 흔적이 여전히 남아 있다.

죽고 싶을 정도로 괴로워하지만 그 고통을 감내하고 죽기를

---

46 같은 책, 380쪽.

거부함으로써 서술자는 페미니스트 철학자 뤼스 이리가레의 말을 실행시킨다. "살아 있는 것은 나에게는 해방의 일부이다."[47] 서술자는 자신이 공모했던 그 사회에 살아 있다는 것이 매우 고통스러운 일임을 숨기지 않는다. 이 이야기는 서술자의 어린 시절에 대한 (주변인들의) 침묵이나, 피상적이고 가식적인 "찬양"(여성 잡지들에서)이 십대 노동자들의 삶 전체를 대변할 수밖에 없는 현실을 들려준다. 끊임없이 매체들이 피상적으로 떠들어대는 "여공"의 집단적 정체성 때문에, 희재의 정체성은 죽어서도 잘 확정되지 않는다. 여공에 대한 구태의연한 이해 방식과 표현 방식을 삭제하는 것이 작가로서는 희재를 보호하는 유일한 방법이었을지도 모른다.

『외딴방』은 또한 낸시 암스트롱의 말로 바꾸어 표현하자면, 계급에 대한 연민이, 행동이 되기를 멈추고 감정이 되기 시작한[48] 문화적 순간에 대해 언급하고 있다. 1990년대 중반, 한국의 민중들은 그들이 성취해 낸 민주주의를 만들어 나가느라 바빴으며, '학출'이라 불렸던 대학생 출신 노동운동가들은 거의 대부분 공단을 떠났다. 역사가들과 작가들에게 1990년대가 그들이 살아왔던 역사와 외상을 돌아볼 수 있는 가능성의 시기였다면, 신경숙에게 이 시기는 책을 읽고 쓰면서 고군분투하는 사춘기 자아를 돌아보고 발견하는 시기였다.

47 Luce Irigaray, *Why Different?: A Culture of Two Subjects*, New York: Semiotext(e), 2000, p. 79.

48 N. Armstrong, *How Novels Think*, p. 14.

신경숙의 『외딴방』은 여공에 의해 쓰인 여공 문학으로서, 일종의 예외적인 성격을 갖고 있다. 즉 이 소설은 랑시에르의 용어인 "문학적 고독"Literary Solitude[49]에 의한 작품으로, 역사적 투쟁의 뼈대 위에서 새로운 종류의 이야기를 성취해 낸다. 예컨대, 이 이야기는 계급 정치가 아닌 희재와 같은 '타락한' 여성의 이야기를 지지하며, 오랫동안 지속되어 온 계급 갈등에 기반을 둔 대중 정치로부터 거리를 둔다. 궁극적으로 『외딴방』은 1920, 30년대와 1970, 80년대의 여공 문학의 특징을 이루는 연대라는 표지로부터 거리를 두었고, 그 때문에 불안정해진 것이 아니라 오히려 그 독창성과 뛰어남으로 인해 정전의 반열에 올랐다. 그런데 기존의 문학으로부터 거리를 둠으로써, 『외딴방』은 이전의 프로문학 작품과는 다른 방식으로 이 시대에 대해 말을 걸고 있지만, 그 주제들은 낯익고 오래된 죄책감과 동정이었다. 작가와 독자가 동시에 문학 텍스트의 의미 구성에 관여하고 있다면 그리고 문학이 우리에 대해 많은 것을 이야기할 수 있다면, 『외딴방』의 어마어마한 성공이 한국 사회의 독자들은 물론 번역본을 통해 접하게 되는 새로운 해외 독자에게 무엇을 말해 줄 수 있는 것일까?

이 책은 위대한 19세기 노동 소설에서 제시된 계급 갈등에 대한 두려움을 공유하고 있으면서도, 작가가 겪었던 여공의 내면에 대한 가장 완벽한 초상을 문학적으로 그려 내고 있다. 신경숙의 책은 혁명에 대한 두려움과 계급 고착화에 대한 두려움을 모두 보여 주면서 연민의 문학과 그 연민의 대상 사이의 파

---

49 J. Rancière, *The Flesh of Words*, Stanford: Stanford University Press, 2004, p. 110.

열을 다룬다. 그럼에도 불구하고, 신경숙은 이 이야기가 가진 힘의 원천을 우리가 이해할 수 있다고 주장한다. 그녀는 이 책을 통해 자신의 젊은 시절을 기록했을 뿐만 아니라, 노동자들이 고된 노동 탓에 또는 글을 모르기 때문에 또는 자기 스스로에 대한 확신이 없기 때문에 등등의 이유로 미처 기록할 수 없었던 문화적 아카이브의 존재를 암시하고 있다.

이 책에서 그녀는 자신이 떠올린 과거의 지인과 친구들의 이야기들을 곰곰이 생각한다. 어느 날 산업체 특수학급 동창이 서술자에게 전화를 건다. "신문광고에서 너를 봤지. …… 그들은 대부분 나를 신문 광고에서 봤다, 고 했다. …… 그녀는 남편에게 내 책 광고가 실린 신문 속의 내 사진을 가리키며 얘가 내 친구라고 말했다며 …… 학교라고 다니긴 다녔는데 연락되는 사람이 없으니 남편이 그랬었거든. 정말 여고를 나오긴 나왔느냐구 …… 그런 판에 난 너를 보고 내 여고 때 친구라고 말할 수 있었으니 내가 안 자랑스러웠겠니. 수화기 저편의 그녀의 말을 들으며 나는 웃었지만 통화가 끝난 후엔 나도 명치가 저려 수화기를 매만지며 잠시 앉아 있었다."[50]

글쓰기의 가치, 작가라는 꿈에 대한 가졌던 심적 부담감, 언니라 부르던 친구의 자살 등을 경험했던 그 시절의 의미에 관해 질문하면서, 신경숙은 이 경험을 통해 고통스럽게 습득한 계급화된 지식을 우리와 공유한다. 그러나 이 문학적 프로젝트의 성공 여부가 여공 문학의 관습을 준수하는 것에 있지 않고 그 대

---

50 신경숙, 『외딴방』, 25쪽.

신 죄책감과 호기심이 뒤섞인 독자들의 감각에 달려 있다는 사실을 강조하기 위해, 신경숙은 여공 문학의 관습을 배제하고 사실과 픽션의 중간에 놓인 이 글쓰기의 성격에 계속 질문을 던짐으로써 이 프로젝트에 힘을 부여한다.

신경숙의 『외딴방』은 한국 노동 문학의 최후의 걸작이다. 1990년대를 넘어서면 여성 노동자들은 대중문화에서 다시 한 번 사라진다. 1990년대 이후, 여성 노동자들의 이야기는 중간계급에 속한 전문직 여성들의 이미지와 이야기, 그리고 그들의 일자리 찾기 투쟁으로 대체되기 시작한다. 이 같은 전문직 여성들에 관한 이야기는 1990년대 인기를 끈 텔레비전 드라마 — 〈아들과 딸〉(MBC, 1992), 〈신데렐라〉(MBC, 1997), 〈진실〉(MBC, 1996) — 등에서 반복된다. 이 드라마들은 여성 노동자들이 그들 이전에 존재했다는 사실, 그리고 직장에서 인정받기 위해 투쟁했다는 사실을 종종 인정하지 않는 것처럼 보인다. 그러나 한국의 여공들이 문학에서 사라졌다고 그들의 존재가 없어진 것은 아니다. 인문지리학자인 노리다케 아야미則武礼美가 보여 주었듯이, 1970년대 후반과 1980년대 초반 일부 여공들은 노점이나 옷가게를 운영하기도 했고, 오랫동안 노동자들의 지역이었던 동대문에서 몇 년간 자신들의 사업을 꾸리면서 어느 정도 주체성을 획득하기도 했다.[51] 그러나 한국 내 제조업 부문이 축소되고 사업체들이 중국, 인도네시아, 베트남에 재배치되면서 새로운 청년

---

51 Ayami Noritake, "Negotiating Space and Gender: Female Street Entrepreneurs in Seoul," *Intersections: Gender and Sexuality in Asia and the Pacific*, Issue 17, July, 2008.

세대는 글로벌화된 한국 경제에서 고통을 겪고 있다. 그들의 이야기가 어떤 형태가 될지 그리고 그들을 맞이하게 될 독자들의 호기심이 어떤 성격의 것일지는 열린 질문으로 남아 있다.

에필로그

한국의 산업화 시대를 다룬 문학에서, 여공의 사랑 이야기들은 성폭력의 위협에 의해 그늘져 있었다. 사랑과 성폭력이 맞물린 이런 이야기들에서 여공들의 욕망은 그 자체로 위험한 것이었다. 이 같은 이야기들은 그 이야기들이 은밀하면서도 대담한 방식으로 재현하려 했던 현실과 상호작용하고 있었다. 급속한 산업화를 추진하기 위해 자행된 엄청난 폭력에 직면해, 작가들은 여성에 대한 이 같은 폭력의 원인과 속성을 구체적으로 표현하기 위해 분투했다. 여공 문학에서 성폭력을 암호화하고 혼란스럽게 만드는 전략은 일견 해방을 의미하기도 하지만, 이와 동시에 굴복의 표시이기도 하다. 이 책에서 지적했듯이, 식민지 시기 공장에서 일어난 성희롱, 협박, 공모의 복잡한 정치학에 대한 분석은 젠더 정치가 완전히 계급투쟁 담론으로 흡수되고 말았음을 보여 주고 있다. 1970년대 문학의 경우, 위협적인 사회에서 성적 쾌락을 추구하는 것은 자아의 중요성을 강조하는 험난한 여행에 비유할 수 있다. 노동계급 여성에 대한 폭력이 정치적인 문제로 전혀 부각되지 않는 사회에서, 여공들은 자신들에게 필요한 모든 자원을 그들 내부에서 찾아야만 했다.

한국 특유의 남성 중심의 군사화된 산업 발전의 성격을 고려해 볼 때, 성적 쾌락을 추구하는 젊은 여성 노동자들은 그 쾌락을 표현할 언어적 제약을 겪을 뿐만 아니라 환경에 의해서도 방해받는다는 점은 강조할 필요가 있다. 전 국민을 대상으로 한 심야 통행금지가 있었지만, 젊은 여성들의 통행금지 시간은 암묵적으로 그보다 몇 시간 빨랐다. 저녁이 깊어 갈수록 버스에서는 여성들을 찾아볼 수 없을 정도였다. 급속한 난개발이 만들어 낸 건축양식은, 끝없이 위험한 장소들을 만들어 냈다. 서울 근교에는 가로등조차 없는 어두운 골목들이 즐비했다. 여성들이 어디를 가든 조심해야 한다는 경고가 따라다녔다. 식당이나 카페에서 여자들은 무리 지어 화장실에 가야 했고, 한 친구가 볼일을 보는 동안 다른 친구는 남자 소변기가 밖에 놓여 있는 허술한 남녀 공용 화장실 밖에서 망을 보기도 했다. 그리고 성매매 산업과 유흥업 등 온갖 종류의 불법 거래들이 도처에 붐을 이루었다. 강간 신고는 1965~74년 사이에 100퍼센트 이상 증가했고, 그 후 6년 동안 다시 100퍼센트가량 증가했다.[1] 보편적인 성폭력의 문화는, 1970, 80년대의 특징으로 우리가 알고 있는

---

1 최인섭, 「강간 범죄의 실태에 대한 연구」, 『한국의 폭력 문화와 폭력성 범죄』, 한국 형사정책연구원, 238쪽, 1991. 도서관 이용을 허락해 이 보고서를 보게 해주신 한국 성폭력상담소 연구원, 특히 이은상 소장님께 감사한다.

것들 — 급속한 경제성장, 중간계급 자산의 성장, 노동 집약적 산업에서 기술집약적인 산업으로의 성장, 정치경제적 상황에 대한 비판적 사고와 교육의 확대 — 에 추가될 수 있을 것이다. 이 같은 폭력의 문화는 여성들만을 타깃으로 했다기보다는 군대, 학교, 작업장, 가정 등에서 그 대상이 되는 이들에게 인내와 존경과 침묵을 설교하는 다양한 위계적 관계 위에서 작동했다.

한국 노동계급 여성의 삶과 문학에서 그들이 재현된 양상을 추적하면서, 성폭력이 코드화되어 있거나 코드화되어 있지 않은 방식으로 지속적으로 언급되어 있지만, 정작 노동계급 공동체 내부에서 성폭력의 위상과 역할에 대해서는 명확한 분석이 없다는 점을 알 수 있다. 성폭력은 너무나 만연했기에, 특별한 주목을 받지 못할 정도였으며, 그 원인 역시 너무나 복잡해, 어떤 특정한 원인을 지목하기 어려울 지경이기도 했다. 그러나 특히 군인 출신의 대통령들 아래에서 성폭력이 전 국민을 훈육시킨 방법이라는 점은 확실한 듯하다. 가해자의 폭력을 비난하거나 그를 처벌하지 않은 채, 폭행을 당한 피해자가 여성들 사이에서 따돌림을 당하는 환경에서, 정권은 성폭력을 통해 인구의 대부분을 감시하고 고립시키며 포위하는 데 결정적 역할을 했다. 동일방직과 YH무역에서 벌어진 시위는, 군사정권이 자신의 존재 방식을 전면에 드러낸 매우 드문 사건이었다. 박정희 군사정권이 경찰의 이 같은 행위를 용인한 것은 하등 놀라운 일이 아니다. 페미니스트 연구자이자 운동가인 권인숙이 우리에게 가르쳐 주었듯이, 강간과 성적 공격은 경찰 등의 공안이 국가에 대한 그들의 충성을 표현하는 또 다른 방식일 뿐이다.[2]

에필로그

우리가, 매우 치밀하게 계획된 산업화의 이 같은 본질적 요소를 간과해 왔다는 사실은 숙고해 볼 만하다. 박정희가 집권했던 한국 사회에 대한 재평가라는 맥락에서, 박정희 정권이 추진한 산업화 전략의 최종적인 공과를 계산하는 대차대조표의 항목에 성폭력을 포함시킬 것인가? 포함시킨다면 어떤 답이 나올까? 성폭력이 국민에게 가한 위협의 문제는 차치하더라도, 그것이 수많은 사회적 비용과 손실을 초래했다는 점은 확실하다. 그러나 폭력을 허락한 국가와 그 폭력을 실행한 국민들에게 그 폭력의 사회적 비용과 손실에 대해 꼭 충분히 설명해 주어야 한다. 진정 어디가 끝이고, 어디가 시작일까? 바로 여기에서 문학이 끼어든다. 문학은 여공에 대한 공공연한 비밀을 다룸으로써 여공을 희생시키는 데 일조한 독자들을 비판하기도 하고 또는 독자들의 책임을 면제했을 뿐만 아니라, 이야기 속의 인물들과 그들의 경험은 물론 그들의 소문에 기반을 둔 서사를 대중에게 알렸다. 즉 여공 문학의 작가들은 아직 명명되지 않은 어떤 것을 한국 사회에 폭로하는 역할을 맡은 것이다.

또한 여기에서 우리는 자기-이해를 돕거나 방해하는, 우리 사회에서 아직 명명되지 않은 것을 더욱 신비화하거나 또는 이름을 붙이는 문학의 가능성을 마주하게 된다. 여공 이야기 역시 이 같은 기능들을 모두 갖고 있다. 그러나 여공 문학은 서울의

---

2 권인숙, 『하나의 벽을 넘어서』, 거름, 1989. 권인숙 사건에 대한 훌륭한 분석은 이상록, 「시민을 성폭행하는 민주국가, 대한민국」, 『20세기 여성 사건사: 근대 여성 교육의 시작에서 사이버 페미니즘까지』, 여성신문사, 2001을 참조.

무자비한 산업화 드라이브에 새로 편입된 이 여성들이 감내해야만 했던 모욕을 예리하게 다루며, 여공 문학의 독자들에 대해 다음과 같은 질문을 날카롭게 제기한다. 자신과는 다른 계급이 겪는 수모와 고통에 대한 이야기를 읽는 것은 독자들에게 무슨 의미가 있는가? 폭력적인 사회를 폭로하기 위해? 아니면 계급 간의 확연한 차이를 생생하게 기록하기 위해? 주인공과 우리 사이에 놓인 간극을 음미하는 것은 동정심 때문인가? 한국 근대문학에서 여공이라는 캐릭터가 여러 시대에 걸쳐 여러 형태로 오래 지속된 것은 그녀가 살고 있는 세계와 여공이라는 인물에 대한 독자들의 호기심 때문이다. 1920, 30년대에, 여공은 성폭력과 공모가 얽혀 있는 공장을 배경으로 묘사되면서, 독자들에게 자본주의의 유혹과 기만적인 노동시장에 대해 알려 주었다. 1970, 80년대 여공은 일종의 방어 전략으로서 기존의 언어를 통해 자신들의 욕망을 표현하는 여성 노동 계급의 장점을 보여 주었다. 1976년 동일방직에서 명시적인 저항의 언어를 대체한 나체 시위가 여공들의 정치적 요구를 표현했던 것처럼, 여공 문학에서 독자들에게 소개된 이들의 연애와 사랑 이야기는 [여공의 타락이나 성적 문란함이 아니라] 비록 완전하지는 않지만 그들이 추구한 성적 쾌락을 일부 표현하고 있기도 하다. 1990년대에 출간된 신경숙의 『외딴방』은 여공의 성과 사랑이라는 주제와 관련해, 이전의 장르들보다 독자들이 훨씬 더 공감할 수 있는 규범적인 책을 생산해 낸 듯하다. 여공을 죽게 만든 모든 것들에 매료되어 있는 작가 신경숙은 독자들을 외로운 노동자 여성에 대한 오래된 공포에 초대함으로써 그들이 감정을 이입할 수 있는 소설을 만들어 냈다.

이 책에서 나는 여공의 삶을 깊숙이 통제한 성폭력을 이해하지 못하고는 한국의 급속한 산업화 경험에 대한 이해 역시 불완전한 것이 될 수밖에 없다는 점을 말하고자 했다. 이 외에도, 이 책에서 나는 문학 속에서 성폭력이 형상화되는 양상을 추적해 보았다. 성폭력의 정치학을 신비화하거나 흐릿하게 만들거나, 또는 그것을 다른 특별한 것으로 대체해 코드화하는 것은 독자에게 성폭력이 여성의 삶을 통제한다는 플롯의 실마리를 간과하게 만든다. 그러나 독자들은 그들 앞에 펼쳐진 많은 것들을 이해할 만한 준비가 충분히 되어 있다. 급속한 산업화 사회의 한 가운데 놓인 성폭력이 사회에 공유된 비밀이었기 때문에, 성폭력이 자세하게 텍스트에 묘사되어 있지 않더라도 작가와 독자들은 또한 당시 권력에 의해 상당히 깊숙이 행해졌던 검열을 뛰어넘어 서로 소통하고 공감할 수 있었다. 미묘한 의미와 형상화를 민감하게 알아차릴 수 있는 민감한 독자들이, 서로에게 공유된 비밀에 공감하면서 자칫 무의미한 것으로 치부될 수 있는 누군가의 고통에 어떤 의미를 부여할 수 있는 가슴 아픈 이야기들을 갈망하고 있었기에 여공 문학은 전성기를 맞이했던 것이다.

옮긴이 후기

1

"여공 문학." 노동 문학도 민중문학도 아닌 여공 문학이라는 도발적인 개념이 이 책에 등장한다. 1980년대에 노동 문학은 붉은 메시아 프롤레타리아/노동계급에 복무하는 변혁의 무기였다. 하지만 1980년대 대공장 남성 노동계급에 대한 과도한 숭배와 남성 중심주의로 노동 문학 텍스트 안에 여성이라는 존재가 들어설 틈은 부재했다.

이 책의 가장 큰 장점은 한국 문학 텍스트들에 대한 촘촘한 분석을 통해 변혁 운동 속에서 망각되거나 부차화된 노동계급 여성의 욕망, 섹슈얼리티, 로맨스, 체제와의 공모 등 미처 언어화되지 못한, 다시 말해 '말이 되지 못한 것들'을 복원하고 적극적인 의미를 부여한 데 있다. 장남수와 겹쳐져서 읽히는 『테스』라든지 『외딴방』의 희재의 욕망에 대한 분석은 이 책의 백미다.

저자는 텍스트에만 제한된 분석을 넘어서 여공들의 텍스트에 숨겨진 의미를 밝힘으로써 행위자로서 그녀들을 적극적으로 재평가하고 있다. 특히 여공들의 로맨스나 죽음/자살, 그리고 1970, 80년대 섹슈얼리티에 대한 분석에서 독자들은 여공들의 글쓰기를 그들의 입장에서 적극적으로 재현하려는 저자의 통찰력을 충분히 느낄 수 있을 것이다. 또 성폭력, 상경과 교육, 신분 상승과 연애 등 언어화/제도화되기 직전에 그들이 꿈꾸었던 유토피아에 대해서도 공감할 수 있을 것이다.

이 책의 저자 루스 배러클러프 선생님과의 인연은 10년 전으로 거슬러 올라간다. 이메일로 나의 책 『여공 1970, 그녀들의 반역사』에 관해 이야기하면서, 서울에서 만나고 싶다는, 또한 미국에서 학회가 있는데 토론자로 초청하고 싶다는 내용이었다. 우리는 서울대 호암관에서 같이 점심을 먹으며 이야기를 나누었다. 지금에야 하는 얘기지만, 당시 너무 긴장해서 무슨 말을 했는지 기억이 잘 나지 않는다. 선생과 인연은 그렇게 시작되었다. 그녀와 나는 동갑내기이기도 한데, 재미있는 일은, 이 책의 서문에 나오듯이, 저 멀리 오스트레일리아에 있던 그녀가 1989년 여름, 나와 같이 한국에 있었다는 사실이다. 루스 선생의 에세이 "Disaster Tourism and Political Commitment: South Korea and Australasia Student Exchange in 1980s"(『아래로부터 글쓰기와 타자의 문학 2 심포지엄』, 2014/11/14)에 잘 나와 있지만, 나는 그해 여름 캠퍼스 전체가 평양 시내처럼 장식된 서강대 대운동장에서 평양청년학생축전가를 부르며, 춤을 추고 있었을 것이다. 냉전이 마지막을 향해 치닫던 비슷한 시기, 루스 선생도 민주화 직후인 1980년대 후반 한국을 낯설게 경험하고 있었을 것이다. 언젠가 기회가 된다면, 1980년대 아시아에서 태평양을 가로지르는 냉전 체험에 대해 어떻게 기억해야 할지 같이 연구해 보고 싶다.

이 책의 번역을 함께 할 것을 흔쾌히 승낙해 준 노지승 선생과의 만남도 10년 전, 아마 2008년 봄과 여름 사이가 아니었나 싶다. 운중동에서 전혀 새로운 생활을 시작했던 무렵, 일면식이 없던 노지승 선생으로부터 이메일이 왔다. 지금도 계속되고 있지만, 당시 나는 2003년 무렵부터 박정희 시기를 연구하는 역사학과 사회과학 연구자들이 모여서 자료를 읽는 소박한 강독회에 참여하고 있었다. 내 책에 그런 모임의 존재를 넌지시 적었는데, 노지승 선생이 그것을 보고는 '같이 하고 싶다'고 연락을 해왔고, 흔쾌히 만나자고 했다. 좀 더운 날이었는데 놀랍게도 노선생은 만석의 몸을 하고 멀리 과천까지 나왔다. 그 뒤 노지승 선생과 박정희 시기 강독회 그리고 술자리의 인연은 매달 한 번씩 이어지고 있다.

이 책의 번역을 노지승 선생에게 제안하고 시작했던 개인적인 이유는, 2000년대 초중반 이후 여공에 대한 재현과 이들의 존재에 대한 한국 내 연구가 정체되었다는 막연한 감각과, 루스 선생의 책이 이런 막힌 지점을 풀어 줄 수 있는 '자극제'가 될 훌륭한 저작이라고 판단했기 때문이었다. 이 점에서 두 사람의 협업은 매우 즐거운 경험이었다.

번역을 마치며 몇 분에게는 감사의 인사를 하고자 한다. 우선 책을 출판한 후마니타스 정민용 대표에게 감사드린다. 또한 이 책이 한국어로 제대로 된 모양을 갖출 수 있게 도움을 준 후마니타스 편집진에게 감사드린다. 다음번 기회가 된다면, 루스 선생과 노지승 선생과 같이 젠더, 냉전, 망각 등에 대한 책을 준비하길 기대하며 부족한 옮긴이의 글을 줄이고자 한다.

2017년 6월

히로시마에서 김원

2

내가 이 책의 저자인 루스 배러클러프를 처음 만난 것은 2009년 초였다. 지금도 사정은 별로 달라지지 않았지만, 그때 루스와 나는 모두 어린 딸들의 육아와 연구 사이를 오가며 고군분투하는 엄마 연구자들이었다. 나는 당시 서울대에서 강의교수로 일하고 있는데, 여공 문학에 대한 한 외국 연구자의 발표에 토론자가 되어 달라는 요청을 받았다. 잠시 망설이다가 요청을 수락한 나는 『여공 문학』의 일부가 된 원고를 처음으로 읽기 시작했고, 루스와의 인연이 시작되었다. 나는 곧 여공문학에 대한 루스의 야심 찬 기획에 매혹되었고 루스와 나 사이에 어떤 공통의 연구 지점이 있다는 사실을 알아차리게 되었다. 나는 당시 한국 영화 연구, 정확하게는 한국 영화 속에 등장하는 하층계급 여성들과 한국영화의 여성 관객 연구에 빠져 있었는데 이 연구가 루스가 다루고 있던 '여공'이라는 타자들에 대한 연구와 어떤 친연성이 있다고 느꼈기 때문이다.

이 책은 식민지 시기 여공이 등장하는 기사와 소설들부터 1990년대 초 발간된 신경숙의 『외딴방』까지를 다루고 있다. 식민지 시기 여공들은 재현의 대상이었을 뿐 그들 자신의 목소리와 언어를 갖지 못했다. 물론 간혹 저자가 여공인 것으로 추측되는 이들도 있지만, 그들의 언어가 온전히 여공들의 것이라기에는 모호했다. 1970년대 여공들은 '수기'라는 형식의 글쓰기로 노동운동의 자장 내에서 본격적으로 자신의 목소리를 내기 시작했고, 드디어 1990년대 신경숙의 『외딴방』을 통해 여공은 베스트셀러 작가로 탄생하게 되었다. 이런 통시적 서술이 갖는 논쟁적인 부분도 물론 있겠지만 한국 문학사에서 '여공'의 존재를 가시화시켜 주체로 만들고, '여공 문학'을 하나의 독립된 계보와 역사로 만든 것은 오롯이 이 책의 공功이다. 또한 번역하는 동안 저자의 놀라운 통찰력과 열정적인 글쓰기가 내게 많은 지적 자극을 주었던 만큼 한국어판 『여공 문학』도 여러 독자들에게도 비슷한 지적 자극을 주리라 기대해 마지않는다. 특히 식민지 시기 문학에 나타난 여성 표상으로 박사 논문을 쓴 바 있던 내가 식민지 시기 노동 세계에 뛰어든 여러 여성들의 모습을 추적했으면서도 정작 '여공'의 존재를 간과했다는 사실이 이 책을 번역하면서 새삼 뼈아프게 느껴졌다. 또한 번역자로서 능력의 한계도 있었지만 후마니타스 편집진의 도움으로 『여공 문학』의 번역이 더욱 조여지고 다듬어졌음도 꼭 언급하고 싶다.

옮긴이 후기

루스와 이 책이 나와 맺은 인연은 어찌 보면 우연적이고 개인적인 것에서 출발했지만, 그 우연한 만남이 책의 번역과 발간이라는 공적인 생산력이 될 수 있었다는 점은 내게 매우 신비롭게 느껴진다. 서울과 인천 그리고 캔버라에서 루스와의 만남을 이어 오는 동안, 나는 새로운 연구의 영감은 물론 각박한 일상을 버틸 수 있는 몽상의 힘마저 얻곤 했다. 이 책을 공역한 김원 선생과의 만남도 루스와의 만남과 동일하게 신비롭다. 내 기억이 맞는다면 2008년 초, 『여공 1970, 그녀들의 반역사』를 읽고 한 세미나 팀에 참여하고 싶다고 난데없이 나타난 만삭의 임산부를 김원 선생은 '놀라지 않고' 심상하게 맞아 주었다. 나는 그 심상한 '세련됨'이 무척 고마웠다. 그 당시 내가 연구자로서 기약 없는 삶을 살면서 둘째를 낳아야 했던 상황에 있었기에 더 고맙게 느껴졌는지도 모른다. 그랬던 김원 선생이 나를 이 책의 역자로 이끌었다. 이 책의 저자와 역자들은 어느 순간부터 알 수 없는 힘에 이끌려 운명을 만들고 있었던 것은 아닌가. 이 책은 분명 그러한 운명의 한 자락에 놓여 있는 것이리라. 그리고 또 다른 책의 형태로 서로의 운명이 다시 마주칠 수 있기를 기대해 본다.

2017년 6월

인천 송도에서 노지승

참고문헌

잡지와 신문

『개벽』開闢

『대화』

『동아일보』

『삼천리』三千里

『신가정』新家庭

『신여성』新女性

『여성』女性

『조선일보』

『조선중앙일보』朝鮮中央日報

『조선지광』朝鮮之光

『한국일보』

논문 (한국어)

강경애, 「원고료 200원」, 이상경 엮음, 『강경애 전집』, 소명출판, 1999, 559-567.

강경애, 「월사금」, 이상경 엮음, 『강경애 전집』, 소명출판, 1999, 441-443.

강경애, 「자서소전」, 이상경 엮음, 『강경애 전집』, 소명출판, 1999, 788-789.

강경애, 「작자의 말」, 『동아일보』(1934/07/27).

강이수, 「식민지하 여공 문제와 강경애 『인간문제』」 『역사비평』 1993년 봄
　　호, 335-348.

김양선, 「강경애: 간도 체험과 지식인 여성의 자기반성」, 『역사비평』 1996
　　년 봄호, 346-363.

김원, 「여공의 정체성과 욕망: 1970년대 여공에 관한 지배적 담론의 비판적 연
　　구」, 『사회과학연구』 12집 1호, 서강대 사회과학연구소, 2004, 44-80.

김윤환, 「근대적 임금노동의 형성 과정」, 김윤환 외, 『한국 노동문제의 인식』,
　　동녘, 1983.

노지승, 「영화 <영자의 전성시대>에 나타난 하층민 여성의 쾌락」, 『한국현
　　대문학연구』 24집, 2008, 413-444.

박명림, 「한국전쟁의 쟁점」, 『해방전후사의 인식 6』, 한길사, 1989, 163-213.

박완서, 「티타임의 모녀」, 『창작과비평』 21(2), 1993년 6월.

서은주, 「강경애: 궁핍 속에 피어난 사회주의 문학」, 『역사비평』 1992년 겨
　　울호, 296-300.

석정남, 「불타는 눈물」, 『대화』 12월호, 1977.

신영숙, 「일제 식민지하의 변화된 여성의 삶」, 한국여성연구소 여성사 연구
　　실, 『우리 여성의 역사』, 청년사, 1999, 302-329.

양주동, 「문학소녀K의 추억」, 양주동박사 화갑기념논문집 간행회 엮음, 『무
　　애 양주동박사 화갑기념논문집』, 동국대학교, 1963.

유진오, 「여직공」, 『동아소설 대계: 이효석·유진오 편』, 동아출판사, 1995.

이북명, 「여공」, 하정일 엮음, 『식민지 시대 노동소설선』, 민족과 문학,
　　1988, 215-230.

이상록, 「시민을 성폭행하는 민주국가, 대한민국」, 『20세기 여성 사건사: 근
　　대 여성 교육의 시작에서 사이버 페미니즘까지』, 여성신문사, 2001.

이성구, 「조선시대 여성의 일과 생활」, 한국여성연구소 여성사 연구실, 『우

리 여성의 역사』, 청년사, 1999, 192-224.

이성룡, 「직업 부인이 되기까지」, 『동아일보』(1929/11/03), 5.

이송희, 「현대의 여성운동」, 한국여성연구소 여성사연구실 엮음, 『우리 여성의 역사』, 청년사, 1999, 397-421.

이애숙, 「여성, 그들의 사랑과 결혼」, 한국역사연구회, 『우리는 지난 100년 동안 어떻게 살았을까 2, 사람과 사회 이야기』, 역사비평, 1998, 208-211.

이영미, 「대중가요 속의 바다와 철도」, 한국역사연구회, 『우리는 지난 100년 동안 어떻게 살았을까. 1, 삶과 문화 이야기』, 역사비평, 1998, 96-114.

이효재, 「일제하의 여성 노동문제」, 김윤환 엮음, 『한국 노동문제의 구조』, 광민사, 1978, 131-179.

이희춘, 「강경애 소설 연구」, 『한국언어문학』 46, 2001, 371-394.

張麟, 「勞動婦人의 組織化를」, 『槿友』, 1929, 33-34.

전상숙, 「여성, 그들의 직업」, 한국역사연구회, 『우리는 지난 100년 동안 어떻게 살았을까 2, 사람과 사회 이야기』, 역사비평, 1998, 225-239.

정숭교, 「서울 서울내기 서울 사람」, 한국역사연구회, 『우리는 지난 100년 동안 어떻게 살았을까 2, 사람과 사회 이야기』, 역사비평, 1998, 58-62.

정해은, 「봉건체제의 동요와 여성의 성장」, 한국여성연구소 여성사연구실, 『우리 여성의 역사』, 청년사, 1999, 225-250.

정현백, 「여성 노동자의 의식과 노동 세계: 노동자 수기 분석을 중심으로」, 『여성』 제1호, 1985, 116-162.

최민지, 「한국 여성 노동운동소사」, 이효재 엮음, 『여성해방의 이론과 현실』, 창작과비평, 1979.

최인섭, 「강간 범죄의 실태에 대한 연구」, 『한국의 폭력 문화와 폭력성 범죄』, 한국형사정책연구원, 1991.

단행본

강경애, 『인간문제』, 소명출판, 1996.

강이수, 「1930년대 면방대기업 여성 노동자의 상태에 대한 연구」, 이화여대

사회학과 박사 학위논문, 1992.

권영민, 『해방 40년의 문학』, 민음사, 1985.

권인숙, 『하나의 벽을 넘어서』, 거름, 1989.

김경숙 엮음, 『그러나 우리는 어제 우리가 아니다』, 돌베개, 1986.

김경일, 『여성의 근대, 근대의 여성 - 20세기 전반기 신여성과 근대성』, 푸른
역사, 2004.

김경일, 『일제하 노동운동사』, 창작과비평, 1992.

김근수, 『한국 잡지사 연구』, 한국학연구소, 1992.

김낙중, 『한국노동운동사 2: 해방후편』, 청사, 1982.

김동춘, 『근대의 그늘: 한국의 근대성과 민족주의』, 당대, 2000.

김원, 『여공 1970: 그녀들의 반역사』, 이매진, 2005[2006].

김윤환, 『한국노동운동사 1: 일제하편』, 청사, 1982.

나보순 엮음, 『우리들 가진 것 비록 적어도: 근로자들의 글모음 1』, 돌베개,
1983.

문경란, 「미군정기 한국 여성 운동에 관한 연구」, 이화여대 여성학과 석사
학위논문, 1989.

박영근 엮음, 『공장의 옥상에 올라』, 풀빛, 1984.

서형실, 「식민지 시대 여성 노동에 관한 연구: 1930년대 전반기 고무 제품 제
조업과 제사업을 중심으로」, 이화여대 여성학과 석사 학위논문, 1990.

석정남, 『공장의 불빛』, 일월서각, 1984.

송효순, 『서울로 가는 길』, 형성사, 1982.

신경숙, 『외딴방』, 문학동네, 1995.

신인령, 『여성·노동·법』, 풀빛, 1985.

역사문제연구소, 『카프 문학 운동 연구』, 역사비평, 1989.

유동우, 『어느 돌멩이의 외침』, 돌베개, 1984.

윤정모, 『고삐』, 풀빛, 1988.

이상경 엮음, 『강경애 전집』, 소명출판, 1999.

이상경, 『한국 근대 여성문학사론』, 소명출판, 2002.

이옥지, 『한국 여성 노동자 운동사 1』, 한울아카데미, 2001.

한국사사전편찬회 엮음, 『한국 근현대사 사전, 1860~1990』, 가람기획, 1990.

이정옥, 「일제하 공업노동에서의 민족과 성」, 서울대 사회학과 박사 학위논문, 1990.

장남수, 『빼앗긴 일터』, 창작과비평, 1984.

전태일, 『내 죽음을 헛되이 말라 : 일기, 수기, 편지 모음』, 돌베개, 1988.

정명자, 「내가 알을 깨고 나온 순간」, 공동체, 1989.

정미숙, 「70년대 여성 노동운동의 활성화에 관한 경험 세계적 연구 : 섬유업을 중심으로」, 이화여대 여성학과 석사 학위논문, 1993.

조세희, 『난장이가 쏘아 올린 작은 공』, 이성과힘, 2005.

조영래, 『전태일 평전』, 돌베개, 1983.

한국기독교교회협의회, 『노동 현장과 증언』, 풀빛, 1984.

한국노동조합총연맹, 『한국노동조합운동사』, 고려서적, 1979.

한국여성노동자회, 『한국 여성 노동의 현장 : 한국 여성 노동자의 임금문제』, 백산서당, 1987.

한국여성연구회, 『한국 여성사: 근대편』, 풀빛, 1992.

한국역사연구회 현대사연구반 엮음, 『한국현대사 3권 1960-70년대 한국사회와 변혁운동』, 풀빛, 1991.

Abelmann, Nancy. *Echoes of the Past, Epics of Dissent*, Berkeley: University of California Press, 1996.

_____. *The Melodrama of Mobility: Women, Talk and Class in Contemporary South Korea*, Honolulu: University of Hawai'i Press, 2003.

Amsden, Alice. *Asia's Next Giant: South Korea and late Industrialzation*, Oxford: Oxford University Press, 1989[『아시아의 다음 거인』, 이근달 옮김, 시사영어사, 1990].

Armstrong, Nancy. *Desire and Domestic Fiction: A Political History of the Novel*, New York: Oxford University Press, 1987.

_____. *How Novels Think*, New York: Columbia University Press, 2006.

Barme, Geremie. *In the Red: On contemporary Chinese culture*, New York: Columbia University Press, 1999.

Benjamen, Walter. *The ArcadesProject*, Cambridge:Belknap Press, 1999[『아케이드 프로젝트』, 조형준 옮김, 새물결, 2005].

Bourdieu, Pierre. *Acts of Resistance*, Cambridge: Polity Press, 1998.

Bowen-Struyk, Heather. 'Rethinking Japanese Proletarian Literature,' PhD thesis, University of Michigan, 2001

Bronte, Charlotte, *Villette*, London: Penguin Classics, 1985[『빌레트』, 안진이 옮김, 현대문화센터, 2010].

Bronte, Emily, *Wuthering Heights*, London: Penguin Classics, 2003[『폭풍의 언덕』, 김종길 옮김, 민음사, 2016].

Butler, Judith. *Gender Trouble: Feminism and the Subversion of Identity*, New York: Routledge, 1999[『젠더 트러블: 페미니즘과 정체성의 전복』, 조현준 옮김, 문학동네, 2008].

_____. Gender as Performance: An Interview with Judith Butler, *Radical Philosophy* 67 (summer 1994).

_____. and Scott, Joan (eds.). *Feminists Theorize the Political*, New York: Routledge, 1991.

Carby, Hazel. *Reconstructing Womanhood*, New York: Oxford University Press, 1987.

Chakrabarty, Dipesh. *Re-Thinking Working-Class History: Bengal 1890-1940*, New Jersey: Princeton University Press, 1989.

Cho Wha Soon, *Let The Weak Be Strong: A Woman's Struggle for Justice*, Bloomington: Meyer Stone Books, 1988.

Choi Kyeong-Hee. 'Impaired Body as Colonial Trope: Kang Kyông-ae's "Underground Village",' *Public Culture*, Vol 13, No 3, 2001, pp. 431-458.

Choi Chungmoo. 'The Minjung Culture Movement and the Construction of Popular Culture in Korea,' in Wells, Kenneth (ed.) *South Korea's Minjung Movement: The Culture and Politics of Dissidence*, Honolulu: University of Hawaii Press, 1995, pp. 105-118.

Choi Hyun-moo. 'Contemporary Korean Literature: From Victimization to Minjung Nationalism,' So, Carolyn U. (trans.), in Wells, Kenneth (ed.)

South Korea's Minjung Movement: The Culture and Politics of Dissidence, Honolulu: University of Hawaii Press, 1995, pp. 167-178.

Choi, Jang Jip. 'Political Cleavages in South Korea,' in Koo Hagen(ed.). *State and Society in Contemporary Korea*, Ithaca: Cornell University Press, 1993, pp.13-50.

Chow, Rey. *Woman and Chinese Modernity: The Politics of Reading between West and East*, Minneapolis: University of Minnesota Press, 1991.

Christian Conference of Asia's Urban Rural Mission (eds.) *From the Womb of Han: Stories of Korean Women Workers*, Hong Kong: Christian Conference of Asia's Urban Rural Mission, 1982.

Clark, Anna. 'The Politics of Seduction in English Popular Culture, 1748-1848.,' in Radford, J. (ed.), *The Progress of Romance: The Politics of Popular Fiction*. London: Routledge and Kegan Paul, 1986, pp. 47-70.

_____. *The Struggle for the Breeches: Gender and the Making of the British Working Class*, Berkeley: University of California Press, 1995.

_____. *Women's Silence, Men's Violence: Sexual Assault in England, 1770-1845*, London: Pandora Press, 1987.

Coetzee, J. M. *Giving Offense: Essays on Censorship*, Chicago: University of Chicago Press, 1996.

Crook, Stephen. *Modernist Radicalism and its Aftermath*, London: Routledge, 1991.

Cumings, Bruce. *The Origins of the Korean War: Liberation and the Emergence of Separate Regimes*, Princeton: Princeton University Press, 1981[『한국전쟁의 기원』, 김자동 옮김, 일월서각, 1986].

Damousi, Joy. *Women Come Rally*, Melbourne: Oxford University Press, 1994.

Denning, Michael. *Mechanic Accents: Dime Novels and Working-Class Culture in America*, London: Verso, 1998.

_____. *The Cultural Front*, London: Verso, 1997.

Deyo, Frederic. *Beneath the Miracle: Labour Subordination in the New Asian Industrialism*, Berkeley: University of California Press, 1989.

Douglas, Mary. *How Institutions Think*, Syracuse: Syracuse University Press, 1986.

Eagleton, Terry. *The Rape of Clarissa: Writing, Sexuality and Class Struggle* in Samuel Richardson, Minneapolis: University of Minnesota Press, 1982.

_____. *Heathcliff and the Great Hunger: Studies in Irish Culture*, London: Verso, 1996.

Eckert, Carter. 'Total War, Industrialization, and Social Change in Late Colonial Korea,' in Duus, Peter (ed.), *The Japanese Wartime Empire, 1931-1945*, Princeton: Princeton University Press, pp.3-39.

_____. *Offspring of Empire: The Koch'ang Kims and the Colonial Origins of Korean Capitalism*, Seattle: University of Washington Press, 1991[『제국의 후예』, 주익종 옮김, 푸른역사, 2008].

_____. 'The South Korea Bourgeoisie: A Class in Search of Hegemony,' in Koo Hagen(ed.), *State and Society in Contemporary Korea*, Ithaca: Cornell University Press, 1993.

_____. et al, *Korea Old and New*, Seoul: Ilchokak, 1991.

Eliot, George. *Mill on the Floss*, New York: Harper and Row, 1965[『플로스 강의 물방앗간』, 이봉지/한애경 옮긴이, 민음사, 2007].

_____. *Mill on the Floss*, New York: Harper and Row, 1965.

Eliot, George. *Romola*, London: Penguin, 1980.

Empson, William. *Some Versions of Pastoral*, New York: New Directions, 1974.

Faison, Elyssa. *Managing Women: Disciplining Labor in Modern Japan*, Berkeley: University of California Press, 2007.

Gaskell, Elizabeth. *Mary Barton*, Oxford: Oxford University Press, 1987.

_____. *The Life of Charlotte Bronte*, Oxford: Oxford University Press, 1966.

Guillory, John. *Cultural Capital: The Problem of Literary Canon Formation*, Chicago: Chicago University Press, 1993.

Hall, Edith. *Canary Girls and Stockpots*, London: Luton, 1977.

Henderson, Gregory. *Korea: The Politics of the Vortex*, Cambridge: Harvard University Press, 1968[『소용돌이의 한국정치』, 이종삼, 박행웅 옮김, 한울아카데미, 2005].

Irigaray, Luce. *Why Different?: A Culture of Two Subjects*, New York: Semiotext(e), 2000.

Jameson, Frederic. *Late Marxism: Adorno, or, The Persistence of the Dialectic*, London: Verso, 1996[『후기 마르크스주의』, 김유동 옮김, 한길사, 2000].

_____. 'Magical Narratives: Romance as Genre,' *New Literary History*. Volume 7, 1975.

Janelli, Roger & Dawnhee Yim. *Making Capitalism: The Social and Cultural Construction of a South Korean Conglomerate*, Stanford: Stanford University Press, 1993.

Johnson, Patricia. *Hidden Hands: Working-Class Women and Victorian Social Problem Fiction*, Athens: Ohio University Press, 2001.

Joyce, Patrick. (ed.), *Class*, Oxford: Oxford University Press, 1995.

Kang, Hildi. *Under the Black Umbrella: Voices from Colonial Korea 1910-1945*, Ithaca: Cornell University Press, 2001.

Kawashima, Ken. *The Proletarian Gamble: Korean Workers in Interwar Japan*, Durham: Duke University Press, 2009.

Kim Eun-shil. 'The Making of the Modern Female Gender: The Politics of Gender in Reproductive Practices in Korea,' PhD dissertation, University of California, 1993.

Kim Kyông-sûk. *Kûrôna Urinûn Ôje-ûi uriga Anida* [But We Are Not Yesterday's We], Seoul: Tolbegae, 1986

Kim Pyông-Ik. 'Recent Korean Labor Novels: "Labor" Literature vs. Labor "Literature",' *Korea Journal*, Vol.29, No.3 March 1989, pp. 12-22.

Kim Dong-chun. *The Shape of Korea's Modernity*, unpublished paper, translator unknown, 1996.

Kim Elaine. 'Men's Talk,' in Kim, Elaine & Choi, Chungmoo. (eds.), *Dangerous Women: Gender and Korean Nationalism*, London: Routledge, 1998, pp. 67-117[일레인 김, 「남성들의 이야기」, 최정무 외 지음, 『위험한 여성』, 박은미 옮김, 삼인, 2001].

Kim Janice. *To Live to Work*, Stanford: Stanford University Press, 2009.

Kim Seung-Kyung. *Class Struggle or Family Struggle?: The Lives of Women Factory Workers in South Korea*, Cambridge: Cambridge University Press, 1997.

_____. 'Women Workers and the Labour Movement in South Korea,' in

Rothstein, Frances. & Blim, Michael. (eds.), *Anthropology and the Global Factory*, New York: Bergin and Garvey, 1992.

Kim Uchang. 'The Agony of Cultural Construction,' in Koo Hagen(ed.), *State and Society in Contemporary Korea*, Ithaca: Cornell University Press, 1993, pp.163-195.

Kim Yoon-shik. 'Phases of Development of Proletarian Literature in Korea,' *Korea Journal*, Vol.27, No.1 Jan 1987, pp.31-45.

Kim Yung-Hee. 'A Critique on Traditional Korean Family Institutions: Kim Wônju's "Death of a Girl",' *Korean Studies* Vol. 23, 1999, pp. 24-42.

Koo Hagen. *Korean Workers: The Culture and Politics of Class Formation*, Ithaca: Cornell University Press, 2001[『한국 노동계급의 형성』, 신광영 옮김, 창작과비평, 2002].

_____. 'Work, Culture, and Consciousness of the Korean Working-class' in Perry, Elizabeth (ed.), *Putting Class In Its Place*, New York: Columbia University Press, 1996, pp. 53-76.

_____. 'From Farm to Factory: Proletarianization in Korea,' *American Sociological Review* 55 (1990 October), pp.669-81.

Koven, Seth. *Slumming: Sexual and Social Politics in Victorian London*, Princeton: Princeton University Press, 2004.

Lang, Amy Schrager. *The Syntax of Class: Writing Inequality in Nineteenth Century America*, Princeton: Princeton University Press, 2003.

Lang, Miriam. *San Mao and the Known World*, PhD Dissertation, Australian National University, 1999.

Lee Hyo Jae. 'Industrialisation and Women: The Social Background of Cho Wha Soon's Ministry,' in Cho Wha Soon. *Let The Weak Be Strong*, Bloomington: Meyer Stone Books, 1988, 146-150.

Lee Nam-Hee, *The Making of Minjung: Democracy and the Politics of Representation in South Korea*, Ithaca: Cornell University Press, 2007[『민중 만들기: 한국 민주화 운동과 재현의 정치학』, 이경희·유리 옮김, 후마니타스, 2015].

Lee, Hermione. *Virginia Woolf*, London: Vintage, 1997.

Lee, Hoon K. *Land Utilization and Rural Economy in Korea*, New York: Greenwood

Press, 1936.

Lee, Nam-Hee. 'The South Korea Student Movement: Undongkwon as Counter-Public Sphere' in Charles Armstrong, *Korean Society: Civil Society, Democracy and the State*, London: Routledge, 2002.

Mackie, Vera. *Creating Socialist Women in Japan: Gender, Labour and Activism, 1900-1937*, Cambridge: Cambridge University Press, 1997.

MacKinnon, Catherine. *Sexual Harassment of Working Women: A Case of Sex Discrimination*, New Haven: Yale University Press, 1979.

Marcus, Sharon. *Between Women: Friendship, Desire and Marriage in Victorian England*, New Jersey: Princeton University Press, 2007.

_____. 'Fighting Bodies, Fighting Words: A Theory and Politics of Rape Prevention,' in Judith Butler and Joan Scott (eds.), *Feminists Theorize the Political*,New York: Routledge, 1991.

Marshall Berman, *All That Is Solid Melts into Air: The Experience of Modernity*, New York, N.Y., U.S.A. : Viking Penguin, 1988[『현대성의 경험 : 견고한 모든 것은 대기 속에 녹아 버린다』, 윤호병·이만식 옮김, 현대미학사, 2004].

Milner, Andrew. *Cultural Materialism*, Carlton: Melbourne University Press, 1993.

Mitchell, Richard. *Thought Control in Prewar Japan*, Ithaca, NY:Cornell University Press, 1976.

Moon, Katherine. *Sex Among Allies: Military Prostitution in US-Korea Relations, 1971-76*, New York: Columbia University Press, 1999[『동맹 속의 섹스』, 이정주 옮김, 삼인, 2002].

Moon, Seungsook. Economic Development and Gender Politics in South Korea: 1963-1992, PhD dissertation, Brandeis University, 1994.

Nam, Hwasook. *Building Ships, Building a Nation: Korea's Democratic Unionism Under Park Chung Hee*, Seattle: University of Washington Press, 2009 [『배 만들기 나라 만들기 : 박정희 시대의 민주 노조 운동과 대한조선공사』, 남관숙, 남화숙 옮김, 후마니타스, 2013].

Nam, Jeong-lim. 'Gender Politics in the Korean Transition to Demcoracy,' *Korean Studies*, Vol 24, 2000.

Noritake, Ayami. 'Negotiating Space and Gender: Female Street Entrepreneurs in Seoul,' *Intersections: Gender and Sexuality in Asia and the Pacific*, Vol 17, July 2008.

Ogle, George. *South Korea: Dissent Within the Economic Miracle*, London: Zed Books, 1990.

Park, Chung Hee. *Our Nation's Path*, Seoul: Hollym, 1970.

Park, Soon-Won. *Colonial Industrialization and Labor in Korea: The Onoda Cement Factory*, Cambridge: Harvard University Asia Center, 1999.

Pawel, Ernst. *The Poet Dying: Heinrich Heine's Last Years in Paris*, New York: Farrar, Straus and Giroux, 1995.

Pierre. et al. (ed) *The Weight of the World: Social Suffering in Contemporary Society*, Stanford: Stanford University Press, 1999, pp.627-629 [『세계의 비참』 1, 2, 3, 김주경 옮김, 동문선, 2000].

Pine, Adrienne. *Working Hard, Drinking Hard: On Violence and Survival in Honduras*, Berkeley: University of California Press, 2009.

Rabinowitz, Paula. *Labor and Desire: Women's Revolutionary Fiction in Depression America*, Chapel Hill: University of North Carolina Press, 1991.

Rancière, Jacques. *The Nights of Labor: The Workers' Dream in Nineteenth-Century France*, Philadelphia: Temple University Press, 1989.

_____. 'Good Times or Pleasure at the Barricades' in Adrian Rifkin and Roger Thomas (eds.), *Voices of the People: The Social Life of "La Sociale" at the End of the Second Empire*, London: Routledge and Kegan Paul, 1998.

_____. *The Philosopher and His Poor*, Durham: Duke University Press, 2003.

_____. *The Flesh of Words*, Stanford: Stanford University Press, 2004.

Robinson, Michael Edson. *Cultural Nationalism in Colonial Korea, 1920-1925*, Seattle: University of Washington Press, 1988[『일제하 문화적 민족주의』, 김민환 옮김, 나남, 1990].

Rooney, Ellen. 'Criticism and the Subject of Sexual Violence,' *Modern Language Notes*, 98:5 (December 1983), pp. 1269-1278.

Rose, Jonathon. *The Intellectual Life of the British Working Classes*, New Haven: Yale University Press, 2001

Rose, Sonya. *Limited* Livelihoods: Gender and Class in Nineteenth Century England, Berkeley: University of California Press, 1992.

Rowbotham, Sheila. *Beyond the Fragments: Feminism and the Making of Socialism*, London: Merlin Press, 1979.

Said, Edward. 'Opponents, Audiences, Constituencies and Community,' in Foster, H. (ed.) *The Anti-Aesthetic: Essays on Postmodern Culture*, Seattle: Bay Press, pp.135-159[『반미학』, 윤호병 옮김, 현대미학사, 2002].

Scalapino, Robert and Lee Chong-Sik, *Communism in Korea*, Vol. 1. Berkeley: University of California Press, 1972[『한국 공산주의 운동사』, 한홍구 옮김, 돌베개, 2015].

Scott, Joan Wallach. *Gender and the Politics of History*, New York: Columbia University Press, 1988.

Shiach, Morag. *Modernism, Labour and Selfhood in British Literature and Culture, 1890-1930*, Cambridge: Cambridge University Press, 2004.

Shin Gi-Hyun. Politeness and Deference in Korean: A Case Study of Pragmatic Dynamics, PhD dissertation, Monash University, 1999.

Shin, Michael. 'Interior Landscapes: Yi Kwangsu's "The Heartless" and the Origins of Modern Literature,' in Shin, Gi-Wook & Robinson, Michael. (eds.), *Colonial Modernity in Korea*, Cambridge: Harvard University Press, 1999, pp. 248-287[신기욱·마이클 로빈슨 엮음, 『한국의 식민지 근대성: 내재적 발전론과 식민지 근대화론을 넘어서』, 도면회 옮김, 삼인, 2006].

Silverberg, Miriam. 'The Modern Girls as Militant,' in Bernstein, Gail.(ed.), *Recreating Japanese Women, 1600-1945*, Berkeley: University of California Press, 1991, pp.239-266.

Smith, Sheila. *The Other Nation: The Poor in English Novels of the 1840s and 1850s*, Oxford: Oxford University Press, 1980.

Smith, W.Donald. 'The 1932 Aso Coal Strike: Korean-Japanese Solidarity and Conflict,' *Korean Studies*, vol.20, 1996, pp.94-122.

Soh, Chung-Hee. *The Chosen Women in Korean Politics*, New York: Praeger, 1991.

Song Youn-Ok. 'Japanese Colonial Rule and State-Managed Prostitution: Korea's Licensed Prostitutes,' *Positions* 5:1, (Spring 1997), pp.171-217.

Sprinker, Michael. *Imaginary Relations: Aesthetics and Ideology in the* Theory of Historical Materialism, London: Verso, 1987.

_____. *History and Ideology in Proust*, London: Verso, 1998.

Suh, Dae-Sook. *Documents of Korean Communism 1918-1948*, Princeton: Princeton University Press, 1970.

Suleri, Sara. 'Woman Skin Deep: feminism and the post-colonial condition'In. Williams, Patrick & Chrisman, Laura. (eds) *Colonial Discourse and Post-Colonial Theory*, New York: Columbia University Press, 1994, pp. 244-256.

Sylvian, Gabriel. 'Interview with Shin Kyong-Suk,' *Azalea: Journal of Korean Literature and Culture* 2, 2008.

Tomalin, Claire. *Thomas Hardy: The Time-Torn Man*, London: Penguin Books, 2006.

Tsurumi, E. Patricia. *Factory Girls: Women in the Thread Mills of Meiji Japan*, Princeton: Princeton University Press, 1990.

Wells, Kenneth 'The Cultural Construction of Korean History,' in Wells, Kenneth (ed.) *South Korea's Minjung Movement: The Culture and Politics of Dissidence*, Honolulu: University of Hawaii Press, 1995, pp.11-30.

Wells, Kenneth. "The Price of Legitimacy: Women and the Kûnuhoe Movement 1927-1931," in Shin, Gi-wook. & Robinson, Michael. (eds.), *Colonial Modernity in Korea*, Cambridge: Harvard University Press, 1999, pp.191-220[『한국의 식민지 근대성-내재적 발전론과 식민지 근대화론을 넘어서』, 도면회 옮김, 삼인, 2006].

Williams, Raymond. *Marxism and Literature*, Oxford: Oxford University Press, 1977[『마르크스주의와 문학』, 박만준 옮김, 지식을만드는지식, 2013].

_____. *Culture and Society*, London: Penguin Books, 1985[『문화와 사회 1780-1950』, 나영균 옮김, 이화여자대학교 출판부, 1988].

_____. *The Country and the City*, London: Penguin, 1973[『시골과 도시』, 이현석 옮김, 나남, 2013].

_____. *Problems in Materialism and Culture*, London: Verso, 1983.

Woo, Jung-En. *Race To The Swift: State and Finance in Korean Industrialisation*, New York: Columbia University Press, 1991.

Wood, Marcus. *Slavery, Empathy and Pornography*, Oxford: Oxford University

Press, 2003.

Woolf, Virginia. *A Room of One's Own*, Oxford: Oxford University Press, 1992 [『자기만의 방』, 이미애 옮김, 민음사, 2006].

Yang, Yoon Sun. *Nation in the Backyard: Yi Injik and the Rise of Korean New Fiction, 1906-1913*, PhD diss., University of Chicago, 2009.

Yoo, Theodore Jun. *The Politics of Gender in Colonial Korea: Education, Labor and Health, 1910-1945*, Berkeley: University of California Press, 2008.

찾아보기

<직업을 찾기 위해 무작정 상경한 소녀>(1974)
© 경향신문, 민주화운동기념사업회